Louise Deacon

Biss zum ersten Kuss

PIPER

Zu diesem Buch

Dieses Buch ist ein Muss für alle, die von der großen Liebe träumen. Weltweit erleben Millionen Teenager das Glück und Unglück der jungen Bella Swan. Doch was ist mit dem wirklichen Leben, dem eigenen Edward oder Jacob? Werwölfe und Vampire trifft man in der wahren Welt nur selten, und Beziehungen mit Menschen können reichlich kompliziert sein. Die Psychologin Louise Deacon lüftet mit umfassendem Fachwissen und Beispielen aus der Praxis die Geheimnisse einer Beziehung. Bist du auf der Suche? Dann erfährst du hier, wie auch du mit deinem Traummann glücklich wirst!

Louise Deacon arbeitet seit zwanzig Jahren als klinische Psychologin und Tutorin an einer Universität. Sie hat sich auf die Bereiche Beziehungen, Depressionen und Gesundheit spezialisiert. Deacon lebt mit ihrem Mann und ihren beiden Kindern in Surrey. »Biss zum ersten Kuss« ist ihr erstes Buch. Weiteres zur Autorin unter: www.twilighttrueloveandyou.com

Inhalt

Über mich, die Autorin dieses Buches

Als Psychologin helfe ich seit einundzwanzig Jahren Menschen, die private Probleme haben. Ich habe mich auf den Bereich Beziehungen und Sexualität spezialisiert, und viele meiner Patienten sind junge Leute, die Schwierigkeiten in ihrem Liebesleben haben. Ein wichtiger Schwerpunkt meiner Arbeit besteht darin, sie dabei zu unterstützen, künftig Partner zu finden, mit denen sie schlicht glücklicher sein können. Obwohl dieses Buch auf Erkenntnissen basiert, die ich im Rahmen meiner Arbeit gewonnen habe, fand aus Gründen der Vertraulichkeit hier kein echter Fall Verwendung. Die Beispiele, die ich nenne, sind jedoch wahre Geschichten von Menschen, denen ich persönlich begegnet bin und die ihre Erfahrungen gern mit euch teilen wollten.

Zum ersten Mal wurde mir die Bedeutung der »Twilight«-Saga bewusst, als ich mir einige der Filme im Kino ansah. Ich staunte nicht schlecht über die Reaktionen der Mädchen im Publikum. Sie seufzten, hielten den Atem an und kreischten. Noch nie hatte ich so heftige Gefühlsausbrüche bei Kinozuschauern erlebt. Als Psychologin war ich davon ausgesprochen fasziniert.

Eines hat mich schon immer gewundert: Wie sehr sich

romantische Lektüre wie zum Beispiel »Twilight« darauf auswirkt, welche Entscheidungen Menschen in Bezug auf ihre Partnerschaften fällen. Viele junge Frauen hatten mir erzählt, sie würden an einer unglücklichen Beziehung festhalten, weil sie annahmen, ihre Liebesgeschichten würden letztlich doch wie in vielen Filmen und Büchern gut ausgehen. Einfach weil ihr Freund sich ändern würde, und dann käme unweigerlich das Happy End.

Als ich die »Twilight«-Bücher selbst las, begriff ich, warum sie Millionen derart in ihren Bann geschlagen hatten. Die Saga ist perfekt gemacht, um die Psyche der modernen Frau anzusprechen. Die darin erzählte Geschichte beflügelt nicht nur unsere Phantasie und appelliert an unsere Gefühle, sondern sie besitzt das Potenzial, unser ganzes Leben zu prägen. Sie kann nämlich Einfluss darauf haben, was die gegenwärtige Generation junger Frauen für eine Vorstellung von Männern und von der Liebe hat.

Deshalb habe ich dieses Buch geschrieben. Damit »Twilight«-Fans durchschauen, wie diese Liebesgeschichte sich auf sie und ihr Leben auswirken kann. Ich möchte ihnen helfen, den Fallstricken der Liebe zu entgehen und ihre wahre Liebe zu finden.

Über dieses Buch

Dieses Buch möchte euch helfen, »Twilight« noch besser zu verstehen. Es kann euch die Bedeutung für euer eigenes Leben aufzeigen und helfen, eure wahre Liebe zu finden. Manche Mädchen schaffen das ganz von allein und erkennen instinktiv, welcher Mann sie glücklich machen kann. Meist ist ihnen selbst unerklärlich, wie das funktioniert. Der Erfolg bleibt sogar für sie ein Geheimnis. Für die »Twilight«-Fans will ich dieses Rätsel in den folgenden Kapiteln lösen.

Die »Twilight«-Geheimnisse

Geheimnis Nummer eins:
Die ungeheure Wirkung von »Twilight« verstehen
Warum Edward und Jacob an die ureigensten menschlichen Bedürfnisse appellieren.

Geheimnis Nummer zwei:
Entdecke die verborgenen Gefahren deiner romantischen Illusionen
Verstehen, wie »Twilight« unser Männerbild geprägt hat.

Geheimnis Nummer drei:
Einen ganz normalen Menschen lieben
Erkennt die wahre Natur eurer Gefühle für Edward und Jacob. So lässt sich begreifen, warum nur ein echter Mensch euren Ansprüchen als Frau gerecht werden kann.

Geheimnis Nummer vier:
Was deine Persönlichkeit ausmacht
Anhand von Bellas Charakter und ihren Bedürfnissen in einer Beziehung lässt sich viel über das eigene Naturell und die eigenen Wünsche lernen.

Geheimnis Nummer fünf:
Deinen Freund richtig gut verstehen
So hat Bella Edward wahrgenommen, und so kannst du den wahren Charakter deines Partners erkennen.

Geheimnis Nummer sechs:
Wie du dir sicher sein kannst, dass eure Beziehung tatsächlich funktioniert
Wie du daraus, wie Edward und Bella als Paar agieren, etwas über die eigene Beziehung lernen kannst.

Geheimnis Nummer sieben:
Ein Blick in die Zukunft eurer Beziehung
Wie es dir gelingt, eure Zukunftschancen richtig einzuschätzen.

Geheimnis Nummer eins

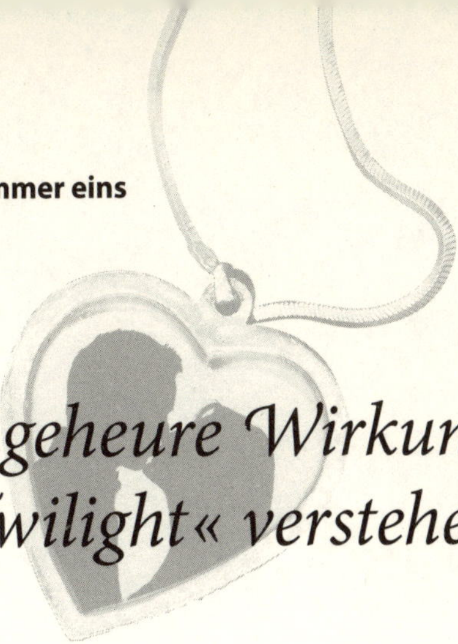

Die ungeheure Wirkung von »Twilight« verstehen

Es sind nicht nur einfach tolle Bücher!

1

Werdet ihr euren Edward, euren Jacob finden?

Bella Swan kommt allein und ziemlich verzweifelt nach Forks.

Sie hat ihr Zuhause im geliebten sonnigen Phoenix verlassen, um auf der verregneten Halbinsel Olympic bei ihrem Vater Charlie zu leben, den sie in den letzten drei Jahren kaum gesehen hat. Sie hat nie zu den beliebten Mädchen gehört, und ihr graut vor dem Besuch der neuen Highschool.

An ihrem ersten Schultag wird sie in der Biostunde neben den atemberaubend gut aussehenden Edward Cullen gesetzt. Sie verliebt sich Hals über Kopf, und auf einen Schlag ist in ihrem Leben nichts mehr so, wie es war.

Könnte euch das auch passieren? Oder ist das nur eine Phantasiegeschichte? Kann sich das Leben tatsächlich komplett verändern, wenn man dem perfekten Partner begegnet?

Euer Dilemma

Ist dein Freund – oder wird dein nächster Freund – »dein Edward« oder »dein Jacob« sein?

Diese Frage haben sich Millionen von euch auf der ganzen Welt gestellt, nachdem sie Stephenie Meyers »Bis(s)«-Bücher gelesen hatten. Die Geschichte darin ist so eindrucksvoll, dass sie den Blick auf das eigene Liebesleben beeinflusst. In mancherlei Hinsicht kann das von Vorteil sein. Vermutlich seid ihr danach nicht mehr bereit, euch mit jemand zufriedenzugeben, der euch nicht genug liebt.

Aber es gibt auch Nachteile. Die romantischen Vorstellungen, die »Twilight« vermittelt, könnten dazu führen, dass ihr euch auf jemand einlasst, der euch nicht glücklich machen oder sogar gefährlich werden könnte.

Und dann gibt es da noch ein weiteres Problem, falls ihr »Twilight«-Fans seid. Der Mann eurer Träume ist kein Normalsterblicher mehr. Er ist unsterblich, besitzt übermenschliche Kräfte und eine Alabasterhaut (wenn ihr zur Edward-Fraktion gehört) oder er kann nach Belieben seine Gestalt verändern (wenn ihr mehr für Jacob schwärmt). Er soll euch zärtlich, mit aller Macht und auf ewig verfallen sein. Er wäre eher bereit zu sterben, als auf euch zu verzichten. Er gäbe sein Leben, um euch zu beschützen. Euer Dilemma ist: Mit Edwards Topas-Augen und seinen perfekten Gesichtszügen oder mit Jacobs Sixpack vermag es einfach kein sterblicher Junge aufzunehmen.

Einen Freund findet man nicht so leicht

Es ist schon schwer genug, überhaupt jemand zu finden, der zu einem passt. Genau genommen ist das schwerer denn je. Man hat mehr Freiheiten und Auswahl in punkto Freunde denn je. Weil du heute so einfach und vergleichsweise günstig von A nach B kommst, hast du die Möglichkeit, schon in deinem normalen Alltag Hunderte von Jungs kennenzulernen. Via Internet kannst du innerhalb von Sekunden mit jemand irgendwo auf der Welt in Kontakt treten.

Nehmen wir Bella. An ihrem ersten Tag an der Highschool von Forks lernt sie Eric und Mike kennen, zwei ganz nette einheimische Jungs. Sofort merkt sie, dass die beiden an ihr interessiert wären. In der Schul-Cafeteria gibt es viele weitere potenzielle Freunde.

Die Auswahl für einen möglichen Freund ist heutzutage atemberaubend groß (auch wenn viele dieser Jungs selbst alles andere als atemberaubend sind!). Wo liegt also das Problem? Psychologische Studien zur Entscheidungsfindung haben ergeben, dass uns die Wahl umso schwerer fällt, je größer die Zahl der Möglichkeiten ist. Im Mittelalter etwa hatte man noch keine Schul-Cafeterias, sondern nur die Auswahl zwischen Gottfried, dem Bauern vom Berg (dunkelhäutig, gut gebaut, der dich zum Lachen bringt, dem aber leider ein paar Zähne fehlen), und Sigismund, dem Bauern aus dem Tal (rothaarig, mit guten Zähnen, aber leider langweilig, weil er immer wieder denselben Witz von der Jungfrau und dem Bischof erzählt). Damals gab es also nicht so viel zu überlegen. Wahrscheinlich hätte nämlich eh dein Vater entschieden, wen du heiraten sollst.

Und selbst wenn du Glück gehabt hättest und man deine Sympathien berücksichtigt hätte, wäre dir nicht viel Zeit zum Entscheiden geblieben. Hättest du zu lange gezögert, hättest du bald als alte Jungfer gegolten. Über unverheiratete Achtzehnjährige wurde damals bereits getuschelt. Deine Mutter hätte sich geschämt und versucht, dich in ein Kloster zu stecken. Aber auch die Wahl zwischen Gottfried und Sigismund wäre nicht so schwerwiegend gewesen. Nach eurer Hochzeit wäre die Wahrscheinlichkeit groß gewesen, dass einer von euch in den nächsten paar Jahren ziemlich bald das Zeitliche segnete (im Kindbett, an der Pest oder am Hunger). Somit hättest du dich also nicht auf allzu lange Zeit festgelegt.

Heute dagegen bieten sich dir unzählige Möglichkeiten, und du hast viel Zeit, bevor du deine Wahl triffst, die dann von weitreichender Bedeutung ist. Angesichts der höheren Lebenserwartung ist die Wahrscheinlichkeit groß, dass du fünfzig Jahre und mehr mit deinem Partner verbringst. Aber das ist nicht der einzige Aspekt, der deine Entscheidung erschwert. In unserer modernen Gesellschaft weißt du außer den Informationen, die dir ein Junge von sich aus gibt, auch sehr wenig über deine Mitmenschen. Damals hättest du die meisten von klein auf gekannt oder würdest über dein Netz aus Familie und Freunden zumindest seinen Ruf kennen. Klatsch und Tratsch liebten die Menschen schon immer, und in einem kleinen Dorf ohne Fernsehen oder Bücher wüsste man praktisch alles über die ganze Nachbarschaft. Dann wäre dir der Jähzorn des dunkelhaarigen, muskelbepackten Gottfried ebenso bekannt gewesen wie die Unzuverlässigkeit des rothaarigen Sigismund.

Heute macht man jedoch eher solche Erfahrungen:

Die neunzehnjährige Lauren, die sich noch in der Ausbildung zur Tierarzthelferin befindet, meldet sich bei einer Partneragentur im Internet an. »Vor einiger Zeit habe ich mich von meinem Freund getrennt, mit dem ich schon seit der Schule zusammen war. Danach begegnete mir monatelang niemand, der meinen Vorstellungen entsprach. Jedes Wochenende ging ich mit denselben Leuten aus. Wir waren zwar eine nette Truppe von Freunden, die ich seit Jahren kenne, aber so lernte ich natürlich niemand Neuen kennen. Also entschloss ich mich, mein Glück im Internet zu versuchen.«

Bald lernt Lauren Marc kennen, dessen Profil sich geradezu perfekt liest. Er gibt dort an, fünfundzwanzig zu sein, über dreißigtausend im Jahr zu verdienen und auf der Suche nach dem richtigen Mädchen zu sein. »Wir trafen uns das erste Mal und verbrachten einen wunderbaren Abend zusammen. Er schaute mir in die Augen und versicherte mir ›die Richtige‹ zu sein. Wir gingen dann noch ein paarmal zusammen aus, aber schon nach wenigen Wochen war ich hoffnungslos verknallt.«

Marc hatte ihr allerdings nichts von seiner Spielautomatensucht erzählt. Und auch nicht, dass er keinerlei Interesse an einer langfristigen Beziehung hat, sondern in Wirklichkeit nur auf Spaß ohne jegliche Verpflichtungen aus ist.

»Ich habe das alles erst nach und nach im Verlauf von Monaten herausgefunden. Er ist nämlich gar nicht der Mensch, als der er sich anfangs ausgab.«

Weil sie niemanden kannte, der ihn kannte, tappte Lauren zunächst völlig im Dunkeln. Wenn sie mit jemand aus seinem Freundeskreis gesprochen hätte – egal ob männlich oder weiblich –, hätte sie erfahren, dass Marc für seine Spielsucht berüchtigt war und auch dafür, seine Freundinnen zu betrügen. Aber sie konnte sich eben ausschließlich auf sein Profil bei der Dating-Agentur verlassen, das Marc selbst verfasst hatte, und natürlich auf ihr eigenes Urteil.

In eine ähnliche Lage könnt ihr auch geraten. Es ist verdammt schwer, seine Mitmenschen korrekt einzuschätzen – vor allem wenn es sich um einen Typen handelt, der euch nach Kräften beeindrucken möchte. Wenn ihr euch erst einmal in ihn verliebt habt, ist es oft schon zu spät. Prägung ist etwas, das nicht nur Gestaltwandlern widerfährt. Und wenn man einmal eine Prägung durch jemand erfahren hat, ist es nicht leicht, seine Gefühle für diesen Menschen zu ändern, selbst wenn man allerlei Unerfreuliches über ihn herausfindet.

Lauren trifft sich immer noch mit Marc. »Ich weiß ja, dass er ein Schürzenjäger ist und es mit der Wahrheit nicht immer so genau nimmt … aber ich liebe ihn nun mal.«

Wie oft habt ihr so etwas von euren Freundinnen schon gehört? »Ich weiß, dass er mir nicht guttut/ein Egoist ist/mich schlecht behandelt/mich betrügt/mich schlägt … aber ich liebe ihn trotzdem!«

Liebe braucht ihr mehr denn je

Daran, dass man geliebt werden möchte, gibt es nicht das Geringste auszusetzen. Jeder Mensch will geliebt werden. Fast alle Leute sind gern in Gesellschaft. Unser Überleben hängt vom Netz der Beziehungen ab, die wir pflegen. Eure Sehnsucht nach Liebe ist wie bei Bella auch etwas völlig Natürliches.

Unsere moderne Gesellschaft gibt uns jedoch zu verstehen, wir müssten als Individuum funktionieren. Die Message lautet, dass eine moderne junge Frau unabhängig und auch allein glücklich sein sollte. Häufig leben Familien räumlich getrennt oder sind überhaupt zerbrochen, wie bei Bella. Oft kennen wir die meisten Menschen in unserer unmittelbaren Umgebung gar nicht. Seine Heimat zu verlassen, um auf eine höhere Schule oder die Uni zu gehen oder auch wegen eines Jobs, gilt als ganz normal. Das Gleiche gilt fürs Alleinleben oder für Umzüge ans andere Ende des Landes in eine fremde Stadt. Einem grundlegenden menschlichen Bedürfnis wird der moderne unabhängige Lebensstil allerdings nicht gerecht: dem Wunsch, für andere Menschen etwas Besonderes zu sein. Folglich sehnen wir uns nach einem Freund, der den Alltag mit uns teilt, nach einem Mann, der sich für die privatesten Einzelheiten unseres Lebens interessiert, nach einem Partner, den es kümmert, ob wir glücklich oder traurig, gelangweilt oder einsam sind.

Und es kommt noch schlimmer, denn diese Sehnsucht in uns wird mit jedem Tag stärker. Jedes Mal, wenn wir das Radio einschalten, den Fernseher anmachen oder eine Zeitschrift aufschlagen, werden wir mit Liebesgeschichten bombardiert. Mit Liebesliedern und Begebenheiten, die unsere Gefühle ansprechen und unser Denken beeinflussen. Mit dem MP3-Player in unserer Jacke und dem in unseren Rucksack gestopften Taschenbuch tragen wir die immer gleiche Botschaft mit uns herum: Liebe ist eine wunderbare, starke Macht, und wir brauchen sie auf der Stelle!

Weil wir diesen idealisierten, romantischen Geschichten permanent ausgesetzt sind, wünschen wir uns Liebe umso stärker. Die Anforderungen des modernen Alltags verstärken den Hunger nach Liebe, und die Romantik-Kost der Medien macht uns unersättlich. Das ist, als würde man uns halb verhungert nichts als Kochbücher zu lesen geben.

Und dann waren da plötzlich die »Bis(s)«-Romane.

»Twilight« hebt die Liebesgeschichte auf ein anderes Niveau

Es ist nicht nur eine weitere Geschichte über einen normalen Mann, der eine Frau liebt. Stephenie Meyer hat ja geschildert, wie ihr die Idee zu »Twilight« in einem Traum kam. Die Figuren stammen also tief aus ihrem Unterbewusstsein, wo ihre ursprünglichsten Sehnsüchte begraben lagen. Höchstwahrscheinlich habt ihr die gleichen Sehnsüchte, weshalb »Twilight« euren tiefsten Wünschen entsprochen hat – nach einem Jungen, der euch bedingungslos und ewig liebt. Deshalb wart ihr auch bereit für eine so extreme Phantasiegestalt. Edward und Jacob sind eher göttlich als menschlich – sie sind unsterblich, lieben ewig, besitzen ungeheure Kräfte und geben ebenso kluge wie effektive Beschützer ab.

Auch wenn du vielleicht an Gott glaubst, ist es relativ wahrscheinlich, dass er in deinem täglichen Gefühlsleben keine allzu große Rolle spielt. Nicht viele junge Mädchen gehen regelmäßig in die Kirche, und mit zunehmendem Alter werden es immer weniger. Das hinterlässt eine Lücke, denn wenn man keinen tiefen Glauben besitzt, dann geht einem damit auch das Gefühl der Sicherheit verloren, das die Gewissheit, von einem mächtigen Schöpfer geliebt und beschützt zu werden, vermittelt. Und genau hier kommen Edward und Jacob ins Spiel. Bei vielen Mädchen rühren die »Twilight«-Helden an machtvolle Gefühle: an ihren Wunsch nach Liebe, Romantik und einem göttlichen Beschützer.

Daran ist an sich nichts auszusetzen. Allerdings ist »Twilight« eine so starke Geschichte, dass sie nicht nur Einfluss darauf hat, wie Mädchen Jungs betrachten, sondern sich auch darauf auswirkt, welche Beziehungen diese überhaupt eingehen. Überall auf der Welt machen Mädchen mit ihren Freunden Schluss, weil »er nicht mein Edward/Jacob ist«.

Monica ist zwanzig und studiert an der Uni Sportwissenschaft. Sie war schon eine Weile mit dem Medizinstudenten Ray zusammen, aber nachdem sie »Twilight« gelesen hatte, beendete sie die Beziehung, weil Ray sie bei Weitem nicht so bedingungslos liebte wie Edward seine Bella. Wenn sie jetzt einen Mann kennenlernt, dann denkt sie: Ist er mein Edward? Sie ist nach wie vor Single und zu dem Schluss gekommen, dass keiner ihrer Kommilitonen ihren Maßstäben je genügen könnte.

Andere suchen nach Jungs, die so aufregend sind wie Edward und Jacob. Sie wünschen sich eine Beziehung, die ebenso spannend ist wie Bellas Liebesleben. Die Gefahr, die ein Verhältnis mit einem Vampir oder Werwolf mit sich bringt, ist extrem erregend. In die Realität lässt sich solche Spannung aber kaum übertragen:

Die sechzehnjährige Katja hat die Nase voll von langweiligen, braven Typen. In ihrer letzten Beziehung fand sie es öde, dass ihr Freund nie etwas unternehmen wollte.

»Ihm schien es zu genügen, mich jeden Abend zu Hause zu besuchen und fernzusehen«, sagt sie. »Er hatte nichts anderes zu erzählen, als Dinge aus dem Schulalltag und seine letzten Prüfungsergebnisse.«

Nachdem sie ihm den Laufpass gegeben hat, lernt sie Nick, einen Bekannten ihres großen Bruders, kennen.

Er ist das totale Gegenteil und so energiegeladen, dass sie ihm kaum widerstehen kann. Allerdings spürt sie auch, dass unter seiner Oberfläche Zorn brodelt. »Er kam mir vor wie ein Tiger an der Kette.« Wenn sie mit ihm zusammen ist, empfindet sie das als so aufregend wie Bella ihre ersten Begegnungen mit Edward.

Bis Nick eines Tages bei einem Fußballspiel einen Fremden bewusstlos schlägt, weil er einen Scherz über Nicks Lieblingsmannschaft macht.

Selbst wenn ihr nicht zu den Mädchen gehört, die sich zu gefährlichen Typen hingezogen fühlen, gibt es eine Sorte Mann, die wohl kein Mädchen glücklich macht. Die Botschaften, die »Twilight« in Bezug auf die Liebe vermittelt, können dich dahin gehend beeinflussen, dass du dich eher in so einen Menschen verliebst. »Twilight« gibt uns zu verstehen, dass einem unglücklichen, gequälten Burschen durch die Macht der Liebe geholfen werden kann. Edward war eine verzweifelte, geplagte Seele, die ein unerfülltes Dasein fristete, bis er Bella kennenlernte. Durch die verändernde Kraft der Liebe wird schließlich ein liebender, glücklicher Ehemann aus ihm, der zufrieden mit Bella und ihrem gemeinsamen Kind lebt.

Das ist eine befriedigende Geschichte, die jedoch nichts mit psychologischen Wahrheiten zu tun hat. Ein unglücklicher, unzufriedener Junge gibt auch einen unglücklichen, unzufriedenen Freund ab. Liebe ist etwas Wunderbares, aber sie verändert nicht den Charakter eines Menschen. »Twilight« sorgt dafür, dass wir Männer mit komplexer, schwieriger Persönlichkeit faszinierend finden. Solche Menschen sind interessante Fälle für erfahrene Therapeuten, aber als Partner denkbar ungeeignet.

Zena, mit einundzwanzig bereits stellvertretende Filialleiterin bei einer bekannten Modekette, fühlte sich zu Joshua hingezogen, weil er in ihren Augen »Tiefgang« hatte. Er war attraktiv und hatte etwas Schwermütiges, das sie ansprach, weil es sie an Edward erinnerte. »Er schaute unter die Oberfläche aller Dinge. Seine Art war der totale Kontrast zu den Leuten in meinem Job. Die interessieren sich nur für Mode und die neueste Wimpernverlängerung. Joshua war im Vergleich zu ihnen ein echter Denker.«

Sie liebte es, ihn zum Lachen zu bringen, was er nur selten tat. Während sie zusammen waren, bemühte Zena sich permanent, ihn glücklich zu machen. Sie verwendete immer mehr Energie darauf, ihn aus seinem Tief zu holen. »Aber er war einfach unglücklich. Mit seinem Job und seinem ganzen Leben. Selbst die Dinge, die ich mir für ihn ausdachte, machten ihm selten Freude. Stattdessen verkroch er sich in sein Zimmer und ging tagelang nicht ans Telefon.«

Als sie sich bei ihm beklagt, sagt er nur, er habe schon geahnt, dass sie ihn irgendwann verlassen würde, weil alle Leute ihn immer im Stich lassen würden. Erschöpft beendet sie die Beziehung. Im Nachhinein erfährt sie, dass er einen (zum Glück erfolglosen) Selbstmordversuch unternommen hat.

Das Geheimnis glücklicher Beziehungen

Es besteht weder in guter Kommunikation noch in der Bereitschaft, an einer Beziehung zu arbeiten. Das sind zwar beides gute Sachen, die auch sicherlich helfen können, aber es gibt noch etwas, das viel wichtiger ist.

Und zwar zuallererst die Wahl des richtigen Jungen. Es soll jemand sein, der in der Lage und bereit ist, deinen Bedürfnissen zu entsprechen. Das mag banal klingen, aber bei vielen von uns trifft es trotzdem nicht zu. Das Problem besteht darin, dass es nur zu leicht ist, sich in jemand zu verlieben, der unfähig ist, uns glücklich zu machen.

Die Gefahr der »Prägung«

In »Bis(s) zum Ende der Nacht« wird Jacob unwillentlich auf Bellas Tochter Renesmee geprägt. Prägung ist etwas, dem Gestaltwandler sich nicht entziehen können. Sie gehen eine unmittelbare und unauflösliche Bindung zu einem anderen Menschen ein. Ihnen bleibt gar keine andere Wahl, und sie haben keinerlei Kontrolle über diese Gefühle.

Als Menschen erleben wir etwas Ähnliches, wenn wir uns verlieben. Wir können nicht kontrollieren, in wen wir uns vergucken, und obwohl unsere Liebe nicht unerschütterlich ist, fällt es auch nicht leicht, sich zu »entlieben«. Wir können unsere Gefühle nicht willentlich ändern. Wenn wir uns richtig in jemand verliebt haben, dann bleiben wir diesem Menschen für lange Zeit verbunden.

Wie Frauen lieben

Wenn Frauen sich verlieben, sind ihre Gefühle meist so stark, dass sie bereit sind, sich mit fast allem zu arrangieren, was ihr Freund tut. So lieben die meisten Frauen. Aufgrund meiner Erfahrung mit Paaren glaube ich, dass Mädchen grundsätzlich eher bereit sind, ihre Partner weiterhin zu lieben, selbst wenn diese ihren Bedürfnissen nicht genügen. Bella war bereit, ihr Leben für Edward zu opfern – bei jedem Zusammensein riskierte sie ihren Tod. Das überrascht uns als Leserinnen nicht, weil wir wissen, dass Mädchen zu so etwas fähig sind.

Im Allgemeinen ist die Wahrscheinlichkeit bei Frauen größer, dass sie an einer Liebe festhalten, auch wenn sie schlecht behandelt werden.

Im besten Falle führt ihr eine Partnerschaft, in der jeder die Bedürfnisse des anderen erfüllt. Wenn das zutrifft, dürftet ihr glücklich und eure Liebe sollte von Dauer sein.

Aber oft ist es anders.

Wahrscheinlich werdet ihr euch von ein paar Jungs trennen, bevor ihr eines Tages mit jemand auf Dauer zusammenbleibt oder heiratet. Solltet ihr heiraten, besteht allerdings auch eine relativ hohe Wahrscheinlichkeit, dass ihr euch wieder scheiden lasst.

Warum es dazu kommt? Weil es nur allzu leicht passiert, dass zwei Menschen sich ineinander verlieben, obwohl sie nicht in der Lage sind, einander langfristig glücklich zu machen.

Warum verlieben wir uns in Männer, die uns nicht glücklich machen können?

Zunächst dachte ich, alle Mädchen, mit denen ich arbeitete, hätten einfach Pech gehabt. Sie hätten sich zufällig in Typen verliebt, von denen sich später herausstellte, dass sie nicht gut für sie waren. Ich dachte, so etwas sei unvorhersehbar – eben eine Laune des Schicksals. Dann begann ich mir zu überlegen, dass es etwas mit der Kindheit dieser jungen Frauen zu tun haben müsse und sie sich deshalb zu Jungen hingezogen fühlen würden, die nicht gut für sie waren.

Aber auch das war nicht schlüssig. Viele von ihnen hatten eine absolut glückliche Kindheit erlebt. Und als ich langsam die Geschichte hinter unglücklichen Beziehungen aufdeckte, wurde mir durch den Blick von außen klar, dass sich so etwas schon von Beginn an abzeichnet. Es gab von Anfang an Hinweise darauf, dass ein Paar nicht harmonierte. Nur hatte das Mädchen sie übersehen.

Diese Mädchen hatten allesamt extrem romantische Vorstellungen von der Macht der Liebe, mit der sie ihre Freunde ändern würden, damit diese schließlich so würden, wie sie es sich wünschten. Sie redeten, als befänden sie sich in einem Liebesroman, in dem eines Tages alle Hindernisse für das gemeinsame Glück beseitigt wären. Ihre Vorstellungen von der Liebe schienen eher aus Büchern und Filmen als aus der Realität zu stammen. Meine Arbeit mit Paaren und Singles hat mir gezeigt, dass viele Frauen sich verlieben, ohne sich selbst und ihre Bedürfnisse in Bezug auf eine Partnerschaft besonders gut zu kennen. Noch viel weniger Einblick haben sie in die Psyche ihres Freundes. Und dann ist es natürlich kein Wunder, wenn diese Verbindungen nicht von Dauer sind.

Das Problem ist, dass romantische Ideale aus Geschichten wie »Twilight« in der Liebe nicht nur blind, sondern auch taub und stumm machen können. Viele Frauen verlieben sich und sind dabei blind für ihre eigenen Bedürfnisse, blind für das Wesen ihres Partners und dafür, was er ihnen zu geben vermag. Außerdem sind sie oft taub für Alarmglocken – daraus resultieren dumme Fehler. Erst nach schmerzlichen Erfahrungen dämmert vielen von ihnen die Wahrheit.

Karina ist eine dreiundzwanzigjährige Erzieherin.

»Ich begann mit Andy auszugehen, der Feuerwehrmann ist, und verliebte mich Hals über Kopf in ihn, als ich ihn das erste Mal in Uniform sah. Mein Herz machte einen Purzelbaum, und es war um mich geschehen. In den kommenden drei Jahren war ich verrückt nach ihm.«

In diesen drei Jahren wurde permanent ums Geld gestritten.

Andy war ein Abenteurer und warf sein Geld zum Fenster hinaus. Der Großteil seines Verdiensts ging für sein teures Auto drauf. Als Karina ihn kennenlernte, schlief er regelmäßig bei einem Freund auf der Couch, weil ihm die Vorstellung zuwider war, sein Geld für etwas so Langweiliges wie Miete zu vergeuden.

Karina war da ganz anders. »Ich kann gut mit Geld umgehen und finde es sinnvoll, in bleibende Werte zu investieren. Mein Traum ist, mir eines Tages meine eigene Immobilie zu kaufen.« Sie überredete ihn zu einer gemeinsamen Geldanlage, um sich später zusammen eine Wohnung zu kaufen.

Doch eines Tages überraschte Andy sie mit der Neuigkeit, er habe seinen Teil des Ersparten für einen Sportwagen ausgegeben, den ein Freund ihm günstig angeboten habe.

Karina fühlte sich betrogen und beendete die Beziehung.

Fühlte Karina sich zu Recht verraten? All ihre Freundinnen waren voll des Mitleids. Andy war eben ein selbstsüchtiger Kerl, der nie erwachsen würde. Er hatte sie im Stich gelassen, und wie. Aber …

Man könnte auch argumentieren, dass Andy einfach nur er selbst gewesen war. Er hatte sich noch nie viele Gedanken über die Zukunft gemacht und sein Geld immer schon für Autos ausgegeben. Das hatte er ihr gleich zu Anfang ehrlich gesagt. Aber weil Karina einen Mann brauchte, der vernünftig mit Geld umgehen konnte, hatte sie sich darangemacht, Andy in den Typen zu verwandeln, den sie sich wünschte. Nun war sie enttäuscht, weil dieser Versuch gescheitert war.

Sie hatte gedacht, wenn sie ihn nur genug liebte, könnte er auch seinen Charakter ändern. Man könnte auch behaupten, sie habe ihn so, wie er eben war, nicht genug geliebt. Immerhin hatte sie sich in ihn verliebt, als sie ihn zum ersten Mal in Uniform sah. Fragt sich, ob sie sich damals tatsächlich in ihn oder doch eher in die Uniform verguckte?

Nach dieser schwierigen Phase in ihrem Leben wurde Karina klar, dass sie einen Freund mit einer ähnlichen Einstellung zum Thema Finanzen brauchte – jemand, der ebenfalls davon träumte, Zeit und Geld in eine eigene Wohnung zu investieren. Erst durch die schmerzliche Erfahrung wurde ihr bewusst, wie sie tickte und was sie von einem Partner erwartete.

Müsst ihr schmerzliche Erfahrungen machen, um daraus zu lernen?

Nein, müsst ihr nicht. Ihr braucht euch ja auch nicht die Finger zu verbrennen, um zu wissen, dass Feuer heiß ist. Ihr müsst nicht von einer Klippe springen, um euch darüber im Klaren zu sein, dass ihr euch dabei das Genick brechen würdet. Man kann alle möglichen Lektionen lernen, ohne den Schmerz am eigenen Leib zu erfahren. Ihr seid intelligente menschliche Wesen. Dank eures Verstandes könnt ihr eine Vielzahl von Erkenntnissen gewinnen. Intelligente Wahrnehmung und Einsicht sind Fähigkeiten, die uns von anderen Spezies unterscheiden. Warum sollten wir diese also nicht nutzen?

Die Romane von Stephenie Meyer beweisen, dass die Autorin sehr genau weiß, wie das menschliche Herz funktioniert. Genau darin besteht das Geheimnis ihrer Serie: Die Bücher verraten viel über die Psyche junger Frauen.

In den nächsten Kapiteln erfahrt ihr, welche Botschaften und Erkenntnisse sich in »Twilight« verbergen.

2

Warum Edward und Jacob euer Herz erobert haben

Unsere tiefsten menschlichen Bedürfnisse

»Twilight« ist Stephenie Meyer im Traum eingefallen.

Die Geschichte entsprang ihren tiefsten, unbewussten Sehnsüchten und spricht daher auch eure ursprünglichsten Bedürfnisse an.

Als abgeklärte Frau des 21. Jahrhunderts kannst du die modernste Technik nutzen, um deine Wünsche wahr werden zu lassen: Mobiltelefone, Computer und das Internet. Außerdem besitzt du einen geschulten Verstand. Du hast jahrelang die Schule besucht und verstehst, was in der Welt passiert. Du bist vernünftig, kannst Pläne schmieden. Im Job oder in deiner Ausbildung triffst du wohlabgewogene Entscheidungen. Du bist in der Lage, ungemein gut zu differenzieren und riesige Mengen an Informationen zu verarbeiten. Kurz gesagt, du bist hochintelligent.

Doch all das ist wie weggeblasen, wenn du einem Mann begegnest. Bei diesem Thema regiert auf einmal der primitive, emotionale und hungrige Teil deines Gehirns. Das ist die Hirnregion, die Frauen schon vor Hunderttausenden von Jahren das Überleben sicherte.

Du magst noch so modern und aufgeklärt sein – wenn es um Emotionen geht, scheint sich das Gehirn seit uralten Zeiten nicht weiterentwickelt zu haben. Deine Instinkte im Bezug auf Männer sind identisch mit denen von Höhlenbewohnerinnen.

Du hast die gleichen emotionalen Bedürfnisse. Stephenie Meyer hat Edward und Jacob so gestaltet, dass sie genau an dieses ursprüngliche Verlangen appellieren.

Wahre Liebe – gibt's die überhaupt?

Ja! Liebe ist ein ewiges Gefühl. Menschen haben sich schon immer geliebt. Sie ist ein grundlegender Bestandteil des menschlichen Wesens. Gedichte und Geschichten erzählen schon seit Jahrtausenden von der Liebe.

Liebe ist real – überall auf der Welt erleben Menschen Herzklopfen und diese schier überwältigende Sehnsucht nach einem geliebten Menschen.

Bei vielen wird aus der anfänglichen stürmischen neuen Liebe mit der Zeit ein tieferes, beschaulicheres Gefühl. Wissenschaftler haben jedoch herausgefunden, dass bei manchen Menschen die anfängliche Verliebtheit über Jahre anhalten kann. Glückliche zehn Prozent der Paare in längerfristigen Beziehungen bleiben so über Jahrzehnte ineinander verliebt. Psychologen nennen diese Menschen »Schwäne«, weil diese Tiere sich bekanntermaßen lebenslang binden. Vielleicht hat Stephenie Meyer Bella aus diesem Grund den Nachnamen Swan gegeben.

Sieben Gründe für die Unwiderstehlichkeit der »Twilight«-Helden

1 Edward und Jacob lieben bedingungslos

Der Wunsch, geliebt zu werden, ist ganz natürlich. Wir Menschen sorgen aus Liebe füreinander. Und nur weil wir füreinander sorgen, überleben wir.

Jeder Mensch wird mit dem Wunsch nach Liebe geboren, denn ohne dieses Bedürfnis würde man noch in der Kindheit sterben. Ohne Eltern oder andere Bezugspersonen, die uns aus Liebe füttern, wärmen und beschützen, könnten wir nicht überleben.

Doch der Wunsch nach Liebe ist mehr als eine Methode, die grundlegenden körperlichen Bedürfnisse zu befriedigen. Als Kind kann man sich ohne Liebe nicht richtig entwickeln. Im Extremfall, wenn Kindern Liebe völlig vorenthalten wird, kommt es zu Symptomen, die die Medizin Gedeihstörungen nennt. Solche Kinder bekommen einen stumpfen Blick, werden apathisch und wachsen nicht mehr. In weniger extremen Fällen entwickeln sich Kinder, die zu wenig Liebe bekommen, zwar körperlich normal, doch sie werden immer Schwierigkeiten haben, mit ihren Gefühlen zurechtzukommen.

Hat man Eltern oder andere Bezugspersonen, die die emotionalen Bedürfnisse stillen, entwickelt sich das Gehirn planmäßig und man lernt, mit seinen Gefühlen umzugehen. Man wächst mit einer Selbstsicherheit auf, die es später leichter macht, Beziehungen einzugehen.

Ist man dann erwachsen, verschwindet dieser Wunsch nach Liebe nicht etwa. Allerdings wird man nie wieder jemand begegnen, der einen derart bedingungslos und aufopfernd liebt wie die eigenen Eltern. Niemand macht einen noch einmal so zum Mittelpunkt seines Lebens wie die eigene Mutter. Niemand wird jemals wieder Stunden damit zubringen, dir einfach nur zuzusehen und sich über kleinste Aktionen, stolpernde Schritte, Schwächen, aber auch Erfolge so zu freuen.

Niemand außer Edward!

Er verbringt Stunden damit, Bella beim Schlafen zuzusehen. Er sieht das Besondere in ihr und liebt sie trotz ihrer Tollpatschigkeit und Schwäche. Sie ist der Mittelpunkt seines Lebens. Er würde für sie sterben. Er liebt sie mit der Intensität und Besessenheit, die im echten Leben nur Mütter für ihre Neugeborenen aufbringen.

Edwards Gefühle für Bella sind bedingungslos. Deshalb kann man auch gar nicht anders, als emotional auf Edward anzusprechen, weil jeder von uns sich tief in seinem Innern immer noch nach dieser bedingungslosen Liebe eines mächtigen Beschützers sehnt. Im Laufe der Kindheit kommen wir natürlich dahinter, dass Eltern nicht allmächtig und auch nur Menschen sind, mit all ihren Fehlern und Schwächen.

Die bedingungslose Liebe, die Edward und Jacob bieten, ist also ungemein verlockend. Stellt euch vor, jemand verliebt sich in eure inneren Werte. In Wirklichkeit sind Jungs doch stark von eurem äußeren Erscheinungsbild beeinflusst. Wahrscheinlich macht ihr euch auch viele Gedanken darüber, wie ihr ausseht. Vermutlich gebt ihr euch große Mühe mit eurer Kleidung, eurer Frisur und eurem Make-up. Bella nicht. Sie hasst es, sich chic anzuziehen und trägt schlabberige, alte Klamotten. Sie tut nichts für ihre Figur, sondern isst, was sie will. Sie kocht üppige Mahlzeiten für sich und

Charlie und gönnt sich einen Müsliriegel, wann immer ihr danach zumute ist.

Ach, wie gern hätten auch wir einen Mann, der sich unsterblich in uns verliebt, egal wie wir aussehen, egal wie wir uns benehmen.

Wir vermissen diese bedingungslose Liebe, die wir nur von unseren Eltern erfahren. Traurig, dass die Liebe, die du von einem Mann bekommen wirst, nie so geartet sein wird. Die Liebe deines Mannes wird an alle möglichen Bedingungen geknüpft sein. Außerdem entlieben sich Männer und Frauen andauernd. Dazu muss man gar nicht unbedingt wissen, welche Bedingungen nicht erfüllt wurden. Und deinem Partner wird es vermutlich ebenso ergehen.

In einer echten Beziehung musst du nicht nur Liebe aufbringen, sondern auch Zeit, Aufmerksamkeit und Fürsorge. Du musst dich den Bedürfnissen deines Partners anpassen. Mit deiner Rolle als Freundin sind eine Reihe von Pflichten und Erwartungen verbunden, viele davon unvernünftig, zeitraubend oder schlichtweg ärgerlich. Das kann vom Anhören deiner (noch arg) dilettantischen Versuche auf der Gitarre reichen, bis dahin, dass du den Urlaub mit deinen Freundinnen auf Mallorca verschieben musst, um mit ihm und seiner Familie auf ihren Dauercamper-Platz irgendwo in der Provinz zu fahren. Alles, was Edward und Jacob verlangen ist … dass Bella bei ihnen ist. Ihre Liebe genügt ihnen. Da überkommt uns doch das Gefühl, dass es genau so sein sollte.

2 Ihr Aussehen

Man möchte natürlich nicht von irgendjemand geliebt werden. Selbstverständlich fühlt ihr euch zu gut aussehenden Typen stärker hingezogen. Edward und Jacob sind markante, harte Burschen, sehr männlich und attraktiv. Mädchen sind von der Natur darauf programmiert, auf so ein Äußeres anzusprechen. Hübsche Männer mit ausgeprägter Kinnpartie, kantigem Gesicht, schmalen Hüften und breiten Schultern sind mit höherer Wahrscheinlichkeit gesund, vital und haben einen hohen Testosteronspiegel. Der arme Mike Newton mit seinem Babyface hat da keine Chance. Weiche, rundliche Gesichter wirken auf Frauen nicht attraktiv, denn sie signalisieren Schwäche und Unterwerfung. Bei unseren Kindern lieben wir diese süßen, weichen Gesichter – aber nicht bei unseren Männern.

Jeder, der sich einen der »Twilight«-Filme im Kino anschaut, bemerkt die Seufzer oder das leise Stöhnen, wann immer Edward oder Jacob ihren Oberkörper entblößen. Ihre schlanken, muskulösen und sehr maskulinen Körper lösen eine starke Reaktion bei uns aus. Wir sind vielleicht nicht so stark auf Äußerlichkeiten fixiert wie die Männer, doch die Attribute eines trainierten, jungen Jägers erregen unweigerlich unsere Aufmerksamkeit. Dazu kommen bei Edward noch die topasfarbigen Augen und die diamanten schimmernde Haut – ein Mann, der das natürliche weibliche Verlangen nach gutem Aussehen und Schmuck auf einmal befriedigt. Einfach perfekt!

Gutes Aussehen allein genügt aber nicht. Frauen legen auch Wert auf Geld, Macht und Status. Studien haben ergeben, dass die meisten Frauen einen Arzt mit durchschnittlichem Äußeren einem attraktiven Imbiss-Verkäufer vorziehen würden.

Doch die Zeiten ändern sich. Inzwischen sind viele Frauen finanziell unabhängig und stellen andere Ansprüche an ihre Partner. Junge Männer fühlen sich stärker unter Druck, auf ihr Äußeres zu achten. »Twilight« spielt auch hier eine Rolle: Wie für die Mädchen hat es auch für die Jungs eine Veränderung bewirkt.

Ich habe einmal einen männlichen »Twilight«-Fan dazu befragt. Der achtzehnjährige Harry hat sich ein Jahr Auszeit genommen, bevor er mit der Uni beginnen will. Er hat eine feste Freundin. Was mich erstaunte, war, dass er nie von der Liebe in den »Bis(s)«-Büchern sprach, sondern stattdessen wie besessen von den physischen Attributen der Helden schien. Sein Wunschtraum war, so auszusehen wie Jacob. Fast täglich geht er ins Fitnessstudio und achtet auf seine Ernährung, meidet Fett und isst nur mageres Fleisch. Seine Freunde machen es ähnlich – sie diskutieren darüber, wessen Bauchmuskeln denen von Taylor Lautner am ähnlichsten sehen. Ungeniert hat Harry mir auch erzählt, dass er oft vor dem Spiegel posiert.

Andererseits werdet ihr vielen Männern begegnen, die es als ihr gutes Recht betrachten, so viel Bier und so viele Burger zu konsumieren, wie es ihnen passt, die keinerlei Sport treiben und sich trotzdem nichts dabei denken, ein phantastisch aussehendes Mädchen anzusprechen. Ihre Freundinnen sollen sportlich und gepflegt sein. Gleichzeitig stört es sie nicht im Geringsten, wenn ihnen ihr eigener Bauch über den Gürtel hängt und ihre Klamotten aussehen wie aus dem Altkleider-Container.

Viele Männer haben inzwischen aber auch begriffen, dass sich die Dynamik zwischen den Geschlechtern geändert hat. Typen dieser Sorte ist klar, dass auch Frauen Augen im Kopf haben! Sie haben zugehört, wenn Freundinnen sich über fitte Männer unterhalten, und spüren eine gewisse Verpflichtung, selbst ebenfalls gut auszusehen.

3 Sie sind der Inbegriff eines Jägers

Wir schreiben das Jahr 50 000 vor Christus.

In »Höhlen-Frau aktuell« steht zwischen den Artikeln über die neueste Pelz- und Ledermode und über Schönheitsprodukte auf Lehmbasis ein Interview mit einer typischen Steinzeitfrau namens Anni. Darin erklärt sie, was sie sich von einem idealen Partner erwartet.

Anni träumt von einem sagenhaften Jäger, der ungeheuer schnell und stark ist. Einem Mann, der dafür sorgt, dass sie jeden Abend ihr Lieblingsessen auf dem Lagerfeuer hat. Jemand, der sie und ihre Kinder mit so viel Fleisch versorgt, dass sie groß und stark werden. Einem Mann, der sie nachts ruhig schlafen lässt, weil jeder Berglöwe, der es wagen würde, auch nur eine Pfote in ihre Höhle zu setzen, das bitter bereuen würde. Jemand, der ihr das Leben retten würde, käme auf der Gletscherzunge ein außer Kontrolle geratenes Mammut auf sie zugeschlittert.

Genau genommen würde Anni Edward und Jacob beschreiben.

Diese alten Instinkte sind bis heute in uns lebendig. Auch wenn die Jungs heutzutage nur noch selten etwas anderes jagen als die Fernbedienung des Fernsehers, möchte man trotzdem lieber einen starken Mann, der einen versorgen und beschützen kann. Etwas von der Höhlenfrau steckt noch in uns allen, und deshalb träumen wir von Typen wie Edward und Jacob – Gefährten mit sagenhaften körperlichen Fähigkeiten.

Lest die folgenden Beschreibungen und vergleicht mal, wie ihr den beiden Jungs gegenüber empfinden würdet:

Sean ist schlank und muskulös, weil er auch in seinem Job körperlich fit sein muss. Als ihr zu einem Wochenendausflug aufbrecht, wirft er sich ohne Zögern deine schweren Taschen über die Schulter (du fandest es unerlässlich, jedes Paar Schuhe, das du besitzt, einzupacken). Er geht mit schnellen, federnden Schritten und kann dich so mühelos tragen, als wärst du ein Supermodel mit Kleidergröße 32.

Paul hat kaum Kondition und hängende Schultern, weil er in seinem Job den ganzen Tag am Schreibtisch sitzt. Als ihr ins Wochenende fahrt, nimmt er dir deine schweren Taschen ab. Er kann sie jedoch kaum hochheben, und nach ein paar schnaufend zurückgelegten Schritten lässt er sie stöhnend zu Boden fallen. Dazu verkündet er: »Die musst du tragen, ich schaff's nicht. Ich war schon als Kind immer schwächlich.« Bevor ihr weiterkönnt, muss er sich hinsetzen und ein wenig ausruhen.

Wen findet ihr attraktiver, Sean oder Paul? Vermutlich den Stärkeren von beiden. Stellt euch jetzt die beiden auf der Jagd vor. Sean käme mit schnellen Schritten und einem Hirsch über der Schulter zurück, während Paul jammernd mit Schürfwunden angehumpelt käme, nachdem er den Kampf mit einem Kaninchen verloren hätte.

Wir bevorzugen körperlich fitte Jungs. Das passiert ganz automatisch. Superstarke Helden wie Edward und Jacob haben im Vergleich zu Marshmallow-Typen wie Mike Newton keine Chance. Andererseits verdient heutzutage ein Mann, der körperlich arbeitet, fast immer weniger als jemand mit einem Bürojob. Ein Möbelpacker wie Sean könnte dir sicher längst nicht so viel bieten wie der Steuerberater Paul. So spielt ein gut gefülltes Konto inzwischen eine größere Rolle als dicke Muckis. Trotzdem verlangt unser Instinkt immer noch nach Bizeps und Bauchmuskeln.

4 Sie sind kampferprobte Helden

Edward und Jacob sind perfekte Kampfmaschinen. Sie kämpfen, um Bella zu beschützen, und sind bereit, es mit jedem – auch mit dem jeweils anderen – aufzunehmen, der ihr ein Haar krümmen will. Beide würden ihr Leben für sie geben.

Das ist Musik in den Ohren jeder Frau. Schon Anni, die Höhlenfrau, hätte gewusst, dass ihr als schlimmste Gefahr kein streunender Berglöwe drohte, sondern andere Menschen. Deshalb hätte in der Steinzeit ein Mann, der bereitwillig um sie kämpfen würde, auch einen phantastischen Partner abgegeben.

Daran hat sich letztlich bis heute nichts geändert. Obwohl die Gleichberechtigung viele Lebensbereiche durchdrungen hat und man im Prinzip als Frau tun kann, was einem beliebt, ist der urzeitliche Instinkt, sich einen Krieger als Partner zu finden, durchaus noch lebendig.

In den »Twilight«-Geschichten geht es oft um Edwards und Jacobs verzweifelten Kampf, Bella vor den Vampiren zu schützen, die sie töten wollen. Im vergleichsweise langweiligen modernen Alltag halten sich die meisten von uns an die Gesetze der Zivilisation, und Gewalt ist ein Verbrechen. Trotzdem rührt das uralte Szenario, in dem kampferprobte Helden sich für ihre Frau schlagen, an etwas in unserem tiefsten Inneren.

5 *Edward und Jacob sind Balsam für das Selbstbewusstsein einer Frau*

Gesundes Selbstvertrauen ist wichtig fürs Überleben. Nur wenn man sich selbst für besonders und wertvoll hält, kämpft man ums eigene Überleben. Man tut also sein Möglichstes für sich selbst und wird auch von anderen entsprechend behandelt. Als Folge daraus geht es einem natürlich blendend.

Sobald man aufhört, sich für etwas Besonderes zu halten, das Wertschätzung verdient, wird man deprimiert. Bella zeigt in den ersten Kapiteln des ersten Buches deutliche Anzeichen einer Depression. Sie weint, wenn sie allein ist, geht ihren Mitmenschen aus dem Weg, vernachlässigt sich und steckt voller negativer Gedanken. Am Ende der Geschichte hat sich das dank ihrer Beziehung zu Edward jedoch alles geändert. Er überzeugt sie davon, dass sie wichtig ist, und baut ihr Selbstwertgefühl (wieder) auf.

Obwohl Bella keine besonderen Fähigkeiten besitzt und auch nicht ungewöhnlich hübsch, anmutig, intelligent oder erfolgreich ist, erkennen Edward und Jacob dennoch ihre Liebens-Würdigkeit und das Besondere an ihr.

Euer Selbstvertrauen ist auch sehr empfänglich dafür, wie andere Leute euch sehen. Wenn die Menschen in eurer Umgebung euch schätzen und glauben, dass ihr wichtig seid, glaubt ihr das mit größerer Wahrscheinlichkeit auch selbst. Edward und Jacob bombardieren Bella geradezu mit Bezeugungen dafür, wie wichtig sie für sie ist. Ähnlich verhält sich auch Edwards ganze Familie, die Cullens.

Leider werden wir heutzutage nicht gerade mit Bewunderung und Wertschätzung unserer Mitmenschen überschüttet. Das Gegenteil ist der Fall. Der moderne Alltag ist eher ein Härtetest fürs Selbstwertgefühl. Man ist kein wichtiges Mitglied eines Steinzeit-Clans mehr, sondern ein Staubkorn unter sechs Milliarden Menschen. Die meisten Bewohner unseres Planeten haben keinen Schimmer von deiner Existenz. Weil wir uns permanent verändern und unsere Gesellschaft sehr komplex ist, begegnet man ständig neuen Gruppen von Menschen, in denen man sich seine Akzeptanz erarbeiten muss. Anerkennung und Bewunderung sind rar.

Wir möchten ja gern glauben, dass wir etwas Besonderes und einzigartig und für andere Menschen wichtig sind, doch die Realität sieht oft anders aus. Im Leben werden wir oft zurückgewiesen, scheitern, erfahren Ungerechtigkeit oder bekommen nicht das, was wir verdienen. Leute reden hinter unserem Rücken schlecht von uns oder wir sind ihnen, was vielleicht noch schlimmer ist, völlig gleichgültig. Man kann im Studium oder im Beruf zu den Besten weit und breit gehören, sich beim Ausgehen aber trotzdem wie ein Trampel oder Mauerblümchen fühlen. – Es geht natürlich auch umgekehrt.

Jeder Mensch mit einer gesunden Psyche hält sich für etwas Besonderes. Wir sind allesamt von unserer Einzigartigkeit überzeugt, und wir suchen nach jemand, der uns das bestätigt. Psychologische Studien ergeben immer wieder, dass wir uns selbst als überdurchschnittlich wahrnehmen. Wir halten uns für hübscher, klüger, besser organisiert, gerechter und interessanter als die breite Masse. Und selbstverständlich hätten wir gern, dass andere Menschen das auch so sehen.

Einen Freund zu finden, bedeutet einen ordentlichen Schub fürs eigene Selbstvertrauen. Der Schub, den die »Twilight«-Helden erzeugen, übersteigt jedoch alles, was ein normaler Mann zustande brächte. Edward und Jacob stellen Bella gleich auf einen schwindelerregend hohen Sockel. Sie versichern ihr, wie wunderbar sie ist. Durch die Bereitschaft, für sie zu sterben, bezeugen die beiden ihr außerdem, wie wichtig sie ist. Das ist wie Manna für ihr hungriges Ego. Traurig, dass Männer im richtigen Leben diese Art von Wertschätzung nicht aufbringen.

Ein Teil von uns würde diese Form der Anerkennung lieben, die Bella zuteilwird. Frauen haben genau wie Männer ein Ego. Wir lachen oft über die männliche Eitelkeit und sagen, etwas sei »typisch männlich«, was bis zu einem gewissen Grad auch stimmt. Untersuchungen von Gesprächen zwischen Männern oder Frauen haben ergeben, dass Männer viel stärker zum Angeben neigen. Mädchen halten sich dafür für sensibler und bescheidener. Wir benehmen uns auch zurückhaltender, laufen nicht herum und prahlen nicht hemmungslos mit unseren Vorzügen.

Man könnte also meinen, das weibliche Ego unterscheide sich vom männlichen. Doch das stimmt nicht – es manifestiert sich nur auf andere Weise. Uns ist nicht so wichtig, dass wir im Sport die Besten sind oder das teuerste Auto fahren. Aber wir möchten durchaus, dass ein Mann in uns das einzigartigste und liebenswerteste Geschöpf auf Erden sieht.

Die meisten Frauen glauben, es zu verdienen, dass ein Mann sich aus ganzem Herzen in sie verliebt. Wir gehen in dieser Hinsicht von einer Art natürlichem Recht aus. Und warum sollte sich ein Mann in uns verlieben? Weil wir so besonders und unverwechselbar sind natürlich. Tief in ihrem Innern sind die meisten Mädchen davon überzeugt, dass früher oder später ein Mann genau das erkennen und sich Hals über Kopf in sie verlieben wird. Sie hoffen, er wird erkennen, wie ungewöhnlich sie hinter ihrer Fassade sind, und darum in einer überwältigenden, dauerhaften Liebe zu ihnen entbrennen. Wenn die Gefühle eines Freundes nachlassen und er sich einer anderen Frau zuwendet, kann das nur daran liegen, dass mit diesem Mann etwas nicht stimmt, nicht mit ihnen. Wenn ein Mann nur richtig erkennen könnte, wie außergewöhnlich sie sind, würden sie wahrhaftig geliebt.

Genau das bekommt Bella von Edward. Und wir anderen wollen es natürlich auch.

6 *Der Kick einer Jäger-Beute-Beziehung*

Jacob und Edward sind Jäger, die Tiere jagen und töten, um sie zu verspeisen. Edward ist wie ein Löwe, Jacob wie ein Wolf. Eure Gefühle sind darauf programmiert, auf Jäger anzusprechen. Das erste Gefühl, das Bella Edward gegenüber empfindet, ist der Kick ihrer Furcht.

Malen wir uns doch mal ein entsprechendes Szenario und eure emotionale Reaktion darauf aus:

Du wanderst durch die heiße afrikanische Savanne. Allein und durstig, und du brauchst dringend Wasser. Endlich entdeckst du im dichten Gras eine Wasserstelle. Du spürst, dass dich jemand von irgendwoher anstarrt, doch als du dich umschaust, ist da niemand. Also beugst du dich hinunter, um zu trinken. Das leise Rascheln eines einzelnen Blattes lässt dich herumfahren. Nichts. Alles ist still und stumm. Du wartest, siehst dich einmal, zweimal um. Die Lage scheint ungefährlich. Du trinkst erneut.

Plötzlich fährst du instinktiv erschrocken hoch. Ein Löwe lauert hinter dir. Sprungbereit. Du rennst weg, spürst aber den heißen Atem des Raubtiers in deinem Nacken. Dann hat er dich. Ein bohrender Schmerz fährt dir durch alle Glieder, als er seine Zähne in dein weiches Fleisch schlägt. Das Letzte, was du in deinem kurzen Leben hörst, ist das Knacken, als seine Kiefer deine Wirbelsäule zerbeißen.

Die Angst, gefressen zu werden, ist fest in deinem Gehirn verankert. Das ist einer der Gründe für die Faszination, die Vampire auf uns ausüben. Jäger, die uns fressen könnten, lösen heftigste Reaktionen in unserem Nervensystem aus, und allein der Gedanke daran, gebissen zu werden, erzeugt in dem Teil des Gehirns, der für Gefühle zuständig ist, jede Menge Aktivitäten. Vampire sind mit einem großen Raubtier, etwa einem Löwen, vergleichbar; noch dazu haben sie Menschengestalt.

Über »Twilight« und andere Vampirgeschichten ist schon viel Unsinn geschrieben worden, vor allem in der Art von: »Man liebt Vampire, weil die Gefahr, von einem gebissen zu werden, für unbewusste, unterdrückte Sehnsüchte und Ängste in Bezug auf den Geschlechtsverkehr … blablabla.«

Manche Leute glauben, beeinflusst von den Ideen Sigmund Freuds, man habe solche Angst vor den eigenen sexuellen Sehnsüchten, dass man sich stattdessen lieber vorstellen würde, gebissen zu werden. Sie sehen im Vampirzahn, der einen durchbohrt, den Geschlechtsakt symbolisiert. Aber das ist Unsinn, denn in unserer modernen Gesellschaft wird das Verlangen nach Sex nicht unterdrückt. Man braucht sich nur ein paar Videos von Lady Gaga anschauen, um sich davon zu überzeugen. Wir haben auch keine übermäßige Angst vor Sex. Manche Leute (wahrscheinlich in der Mehrzahl Männer) würden wohl gern glauben, dass Mädchen allein der Gedanke an das männliche Geschlechtsteil erschreckt. Aber diese Zeiten sind vorbei. Deshalb ergibt es auch keinen Sinn mehr zu glauben, wir würden wegen einer verschwurbelten Theorie über verdrängte Wünsche und das Unbewusste auf Vampire abfahren. Seid grundsätzlich vorsichtig mit Leuten, die euch einreden wollen, etwas sei ein Symbol für etwas anderes. Die können sich ausdenken, was sie wollen, und man kann sie weder widerlegen noch beweisen, dass sie recht haben.

Die Furcht, gebissen zu werden, ist keine symbolische Angst vor Sex. Sie ist die Furcht, gebissen zu werden. Daran ist nichts Symbolisches. Wenn man gefressen wird, stirbt man. Und keiner möchte die Beute von jemand anderem sein.

Über Tausende von Jahren hinweg waren Menschen in diesem uralten Kampfschema Jäger versus Beute gefangen. Gefahren ins Auge zu blicken und Risiken einzugehen, damit mussten Menschen tagtäglich zurechtkommen. In unserer hoch entwickelten Gesellschaft gibt es im Alltag nur noch sehr wenige Jäger, kaum noch Jagden und vergleichbaren Nervenkitzel. Wir sind nicht für ein beschauliches Leben gemacht, daher faszinieren uns Spannung und Gefahr in einer Geschichte, selbst wenn wir uns in der Realität ein ruhiges Leben wünschen. Unser Nervensystem ist eigentlich nicht auf ein so gesundes und sicheres Dasein ausgerichtet, wie wir es heute fristen. Inzwischen sind fast alle Risiken abgesichert. Das Gefährlichste, was einem in einer ganz normalen Woche passieren kann, ist, dass man sich die Zunge an seinem Coffee-to-go verbrennt.

In Romanen und Filmen habt ihr vielleicht Spaß an

furchterregenden Dingen. Weil ihr euch dabei wohlig in euer Bett kuschelt oder mit einer Tüte Popcorn gemütlich im Kino sitzt. Da empfindet ihr keine echte Angst, sondern eher Grusel. Sich fürchten und gleichzeitig zu wissen, dass man in Sicherheit ist, gibt vielen den gewissen Kick. Es kann Spaß machen, sich zu gruseln. Weil Edward und Jacob nicht wirklich existieren, kann man sich die Gefahr genüsslich ausmalen, während man behaglich zu Hause ist. Solche Phantasiegestalten üben die gleiche Anziehungskraft auf uns aus wie eine aufregende Autoverfolgungsjagd in einem Film.

Die Macht und Aggression von Edward und Jacob ist furchterregend, aber weil die beiden gleichzeitig so attraktiv sind, verspüren wir eher Erregung, als den Impuls zu fliehen. Studien haben ergeben, dass die Anziehungskraft des anderen Geschlechts wächst, wenn man sich gemeinsam in einer aufregenden Situation befindet, beispielsweise in einer Achterbahn. Wenn Angst dein Herz schneller schlagen lässt, fühlst du dich einfach stärker zu dem Jungen an deiner Seite hingezogen.

Und wenn Bella mit den »Twilight«-Helden zusammen ist, verspürt sie den seit Urzeiten bekannten Reiz zwischen Jäger und Beute. Und ihr als Leserinnen spürt ihn natürlich auch.

7 Das Bedürfnis zu hegen und zu pflegen

Jedes weibliche Wesen besitzt fürsorgliche Instinkte; so stellt die Natur sicher, dass wir all unsere potenziellen Kinder versorgen. Wenn man ein leidendes, hilfloses Geschöpf sieht, empfindet man höchstwahrscheinlich Mitleid und möchte helfen. Jemand anderen beim Groß- oder Gesundwerden zu unterstützen, das erzeugt Befriedigung. Daher arbeiten

Frauen auch eher in sozialen Berufen. Die diesbezüglichen Thesen sind zwar umstritten, doch der Psychologe Simon Baron-Cohen argumentiert in seinem Buch »Vom ersten Tag an anders«, dass die Natur Frauen grundsätzlich mit mehr Mitgefühl ausgestattet hat.

Sowohl Edward als auch Jacob haben ergreifendes Leid und innere Zerrissenheit erlebt. Liebe, zärtliche Fürsorge und Mitleid können diese Verletzungen lindern und heilen. Das spricht eure mitfühlende Seite natürlich voll an.

Noch mal kurz zusammengefasst

Ihr liebt die »Twilight«-Helden, weil sie bedingungslose Hingabe an den Tag legen und umwerfend gut aussehende, aufregende, starke Typen sind, die ihrer Auserwählten das Gefühl geben, die begehrenswerteste Frau der Welt zu sein. Nur sie vermag sie wirklich zu verstehen. Nur mit ihr vereint fühlen sie sich »ganz«. Diese Kombination ist nahezu unwiderstehlich.

Dabei ist das noch nicht einmal alles …

3

»Twilight« – die perfekte Romanze

Der Unterschied zwischen Liebe und Liebesroman

Liebe ist ein ewiges Gefühl, das es schon immer gegeben hat. Aber was ist mit dem Liebesroman? Was denkt ihr, wann es damit angefangen hat?

Die Antwort dürfte euch überraschen. Romantische Literatur wurde erst vor ein paar Jahrhunderten erfunden. Dabei geht es in erster Linie darum, die Liebe auf ein Podest zu heben, sie als erhabenen Zustand zu betrachten, als Weg zu erlesenem Glück und Schmerz. Es bedeutet eigentlich, die Vorstellung von Liebe zu lieben oder Liebe idealisiert zu betrachten. Die ersten romantischen Geschichten handelten allesamt von der verzweifelten, hoffnungslosen Liebe eines Ritters zu einer hochwohlgeborenen Dame, einer Frau, die für ihn unerreichbar war. Die sogenannte höfische Liebe des Mittelalters, diese Anbetung aus der Ferne, galt als romantisches Ideal. Im Laufe der Jahrhunderte hat sich dieses Ideal natürlich gewandelt.

Moderne Frauen träumen davon, die ultimative Romanze selbst zu erleben, indem sie einem wundervollen Typen begegnen, der sie glücklich macht. Wo man auch hinschaut oder -hört, überall Geschichten und Lieder von der wahren ganz großen Liebe. Die meisten Mädchen hoffen heutzutage folglich, sich zu verlieben und bis an ihr Lebensende glücklich zu sein.

Das war allerdings nicht immer so.

Etwa bis ins 19. Jahrhundert erwartete keine normale Frau, sich zu verlieben und bis an ihr Lebensende damit glücklich zu sein. Damals wurden die Ehepartner von den Eltern ausgesucht, und zwar hauptsächlich nach finanziellen Kriterien. Arrangierte Ehen gibt es immer noch in einigen Gegenden der Erde, vor allem dort, wo Frauen kaum über eigene ökonomische Mittel verfügen. Erst als Frauen begannen, ihr eigenes Geld zu besitzen, konnten sie es sich leisten, aus Liebe zu heiraten. Doch in der Vergangenheit machten die Menschen ihr Leben und ihr Glück nicht von der Liebe abhängig. Sie suchten darin nicht nach persönlicher Erfüllung. Heutzutage glauben allerdings viele Leute, dass das Finden von Liebe der Weg zur Glückseligkeit ist. Die romantische Literatur hat diese Vorstellung bestätigt und gefördert.

Noch vor ein paar hundert Jahren war eine »Romanze« eine sehr unrealistische Abenteuergeschichte, die oft in einer verwunschenen Umgebung spielt und in der Ungeheuer, Feen oder Hexen vorkommen – Romanzen waren also keine Liebesgeschichten. Typischerweise handelten sie von den Abenteuern eines Helden, der um eine schöne Jungfrau kämpfen musste, doch die Entwicklung ihrer Beziehung spielte dabei keine Rolle.

Gegenwärtig bezeichnen wir nur Liebesgeschichten als Romanzen; die Wurzeln moderner romantischer Literatur liegen allerdings in der Tradition irrealer, idealisierter Geschichten.

Kurze Geschichte der romantischen Literatur

Der 1740 erstmals veröffentlichte Roman »Pamela oder die belohnte Tugend« begründete das Genre Liebesroman, wie wir es heute kennen. Er erzählt die Geschichte eines Dienstmädchens, das sich in seinen Herrn verliebt und von diesem schließlich geheiratet wird. Es war das erste Buch, das aus weiblicher Perspektive geschrieben war und bei dem die Liebesbeziehung im Mittelpunkt stand. 1813 erschien Jane Austens »Stolz und Vorurteil« und wurde zu einer der beliebtesten Liebesgeschichten aller Zeiten. Mit »Jane Eyre« und »Sturmhöhe« veröffentlichten die Brontë-Schwestern 1847 Liebesgeschichten mit düsterem Gothic-Ambiente, das sich mit der Stimmung in den »Biss«-Romanen durchaus vergleichen lässt. »Jane Eyre«, »Sturmhöhe« und »Twilight« sind Liebesgeschichten aus den Elementen Horror, Wahnsinn und Übersinnlichkeit mit grüblerischen männlichen Charakteren, die die Leser(innen) gleichzeitig ängstigen und faszinieren.

Der erste historische Liebesroman erschien 1921: »Der Schwarze Falter« von Georgette Heyer. Da die Gesellschaft sich wandelte und Frauen freier wurden, ging es in den historischen Liebesromanen auch sexuell expliziter zur Sache. Im Englischen nannte man das Genre fortan »Bodice-Ripper« – »Mieder-Aufschlitzer«. Der erste Roman dieser zunehmend populären Gattung war 1972 Kathleen Woodiwiss' »Wohin der Sturm uns trägt«. Im Jahr 1980 wurden die Verlage sogar noch mutiger und veröffentlichten erste Romanserien, in denen die Heldin keine

Jungfrau mehr sein musste. Hier machte Amii Lorin mit »The Tawny Gold Man« den Anfang. Die modernste Form, die Chick-Lit-Lovestory, kam 1996 mit Helen Fieldings »Schokolade zum Frühstück. Das Tagebuch der Bridget Jones« auf den Markt. Diese Geschichten erzählen von unabhängigen, witzigen Heldinnen, die ziemlich offen und freimütig mit ihrer Sexualität umgehen.

Alle Liebesgeschichten ähneln sich: Junge trifft Mädchen, es gibt Hindernisse, aber die Liebe ist stark genug, diese zu überwinden, und dann leben sie glücklich bis ans Ende ihrer Tage. Unser Verlangen nach romantischen Geschichten mit glücklichem Ausgang wurde zunehmend stärker. Traditionelle Märchen sind grausam und düster. So schrieb man ab dem 19. Jahrhundert alte Märchen zu romantischen Geschichten mit Happy End um. Eine frühe Version von Dornröschen verfasste 1634 ein gewisser Giambattista Basile. Sie handelt von einem Mädchen, das sich einen vergifteten Holzsplitter in den Finger sticht und in tiefen Schlaf sinkt. Ein bereits mit einer anderen verheirateter Prinz kommt des Weges, entdeckt das schlafende Mädchen und vergewaltigt es. Die Prinzessin bringt Zwillinge zur Welt und erwacht erst aus ihrer Bewusstlosigkeit, als eines der Kinder den vergifteten Splitter aus ihrem Finger saugt. Die Frau des Prinzen ist über den Ehebruch erzürnt, raubt die Zwillinge und plant, sie an den Prinzen zu verfüttern. Der Prinz kommt ihr auf die Schliche, wirft sie auf den Scheiterhaufen und ist damit frei, um Dornröschen zu heiraten.

Im Laufe der Jahrhunderte wurde die Geschichte von

anderen Autoren nacherzählt, die auch Teile der Handlung veränderten. 1812 ließen die Brüder Grimm das Märchen damit enden, dass ein (unverheirateter und heiratswürdiger!) Prinz Dornröschen mit einem sanften Kuss weckt. Danach heiraten die beiden sofort – davon, dass sie sich vorher in ihn verliebt, ist nicht die Rede. In der Disney-Version von 1959 ändert sich die Handlung noch einmal, um dem modernen Wunsch nach Romantik und Happy End nachzukommen. Diesmal ist Dornröschen alias Sleeping Beauty dem Prinzen bereits vorher begegnet und hat sich in ihn verliebt, bevor sie in Schlaf fällt.

»Twilight« – die klassische Liebesgeschichte

»Twilight« ist eine neue Version der klassischen Liebesgeschichte, in der die Liebe der Heldin den finsteren Helden verändert und erlöst.

Edward und Jacob – finstere Helden

Figuren wie Edward und Jacob kennt man aus Liebesgeschichten aller Jahrhunderte. Immer wieder fühlen wir uns zu diesem Typ Mann hingezogen. Er ist ein finsterer Held, wie Heathcliff in »Sturmhöhe« oder Mr. Rochester in »Jane Eyre«. Ein dominanter, arroganter, rebellischer Mann, der gegen düstere Impulse zu kämpfen hat. Ein launischer, rätselhafter Außenseiter.

In romantischen Geschichten himmeln wir den finsteren Helden an, weil wir wissen, dass er unter seiner rauen Schale ein liebevoller, leidenschaftlicher, zärtlicher Partner ist. Wir wissen auch, dass er durch die Kraft seiner Liebe zur Heldin verwandelt oder erlöst wird und dann in der Lage sein wird, sein wahres Ich zu zeigen.

Edward Cullen

Edward ist der Inbegriff des finsteren Helden. Zu Beginn der Geschichte ist er aggressiv, abweisend und unnahbar. Ständig durchbohrt er Bella mit seinem Blick. Er ist ihr gegenüber feindselig. Er rast mit dem Auto umher, geht Risiken ein. Seine eigenen dunklen Impulse quälen ihn. Er fühlt sich zutiefst allein und traurig. Im Laufe der Geschichte erfahren wir jedoch, dass Edward kein wirklich finsterer Bursche ist. Durch die Beziehung zu Bella lernen wir seine sanfte und liebenswürdige Seite kennen. Wir erfahren, dass er neunzig Jahre auf ihre Geburt gewartet und nie eine andere Frau auch nur angesehen hat. Er beherrscht Bella gegenüber seine mordgierigen Impulse und löst damit alle Probleme. Seine Liebe zu Bella verändert ihn.

Am Ende der Saga hat er sich in den idealen Ehemann und Vater verwandelt. Er verpflichtet sich, Bella für immer zu lieben, und bietet ihr die perfekte Liebe.

Jacob Black

Zunächst wirkt Jacob gar nicht wie ein finsterer Held. Er bemüht sich mächtig, Bella zu gefallen, ist freundlich, hilfsbereit und zuverlässig. Dann entdeckt er, dass er ein Gestaltwandler und zu schrecklicher Aggression fähig ist. Er wird dominanter und erzwingt einen Kuss von Bella. Er erweist sich als keineswegs mehr harmlos und leicht zufriedenzustellen, sondern wird immer grüblerischer, finsterer und wütender. Sein Dasein als Werwolf peinigt ihn. Er ist ein todbringender Gegner. Auch er wird zum finsteren Helden.

Doch wir wissen, dass seine Liebe zu Bella ihn tief in seinem Innern zu einem liebenswürdigen und guten Menschen macht.

Warum himmelt man den finsteren Helden an?

Der grüblerische, gefährliche Held, der hinter seiner abschreckenden Fassade eigentlich ein toller Typ ist, spricht unsere innersten Instinkte an. Die Psychologie teilt die Männer in zwei Hauptkategorien ein, je nachdem wie sie um Frauen werben. Der Erste ist der »schlimme Junge«. Er besitzt eine dominante Körpersprache – stolze, aufrechte Haltung, unerschrockener Blickkontakt zu anderen –, er lächelt selten und kann ziemlich rebellisch sein. Er neigt dazu, Risiken einzugehen, ist mutig und aggressiv. Auseinandersetzungen fürchtet er nicht. Er ist konkurrenzbewusst, kommt selten zur Ruhe und mag es nicht, an eine einzige Frau gebunden zu sein. Wahrscheinlich springt er eher von einer zur nächsten. Man kann sich nicht darauf verlassen, dass er sich um seine Kinder kümmert.

Die andere Hauptkategorie Mann sind die »guten Papas«. Wir kennen sie auch als die »netten Jungs«. Dieser Männertyp ist der ideale Ehemann und Vater. Er gibt sich Mühe, ist sensibel und liebenswürdig. Aggressionen sind ihm fremd, und er geht ungern Risiken ein. Er zieht lieber mit dir an einem Strang, als dich zu dominieren. Er schaut keine anderen Frauen an, ist treu und fühlt sich gebunden. Er wird bei dir bleiben und für seine Kinder sorgen.

Diese zwei Sorten Männer gibt es seit Jahrtausenden. Den »Bad Boys« gelingt es mit ihrer Taktik, reichlich Nachwuchs mit vielen Frauen zu zeugen. Der »nette Bursche« hat zwar nicht so viele Kinder, kümmert sich aber sehr um sie. Wir sind so gestrickt, dass wir auf beide Arten des Werbens ansprechen. Den schlimmen Jungen findest du aufregend und attraktiv, aber gleichzeitig wünschst du dir auch einen anständigen Kerl.

Mit diesem Widerspruch spielen erfolgreiche Romanautoren – und in den Liebesromanzen kann man sie beide haben. Da gibt es den bewusst so angelegten klassischen »finsteren Helden«: ein böser Bube, der zugleich auch ein netter Kerl ist, ein schwieriger, gefährlicher Mann, in dem in Wirklichkeit jedoch ein liebevoller, zärtlicher, treuer Partner steckt.

Stephenie Meyer weiß, wie sie Frauenherzen gewinnt. Sie hat sich romantische Helden ausgedacht, die alle Eigenschaften mitbringen, die wir uns wünschen. Sie stellen die perfekte Mischung dar. Wir fühlen uns schließlich zu einem dominanten, kämpferischen, starken, unberechenbaren, komplizierten Mann ebenso hingezogen wie zu einem liebenden, empfindsamen, treuen. Edward ist beides. Jacob auch. Das kommt uns sehr entgegen. Denn so können wir auf zwei Hochzeiten tanzen.

Stehst du eher auf böse Buben oder nette Jungs?

Vielleicht fühlst du dich zu einem Typ stärker hingezogen.

Lies dir doch einfach die beiden Beschreibungen hier durch und überlege, wie du in diesen Situationen reagieren würdest:

Daniel fährt dich auf dem Sozius seines Motorrads zu einer Kneipe auf dem Land. Er fährt schnell und du kneifst unwillkürlich die Augen fest zu, wenn sich die Maschine in die Kurven legt. Selbstbewusst marschiert er ins Lokal und legt eine Hand auf deinen Rücken, während er dich auf einen Barhocker lotst. Er erzählt von seiner letzten Klettertour und seinen Plänen, um die ganze Welt zu trampen. Sein Blick ist direkt und durchdringend. In der Bar gibt es kaum noch freie Plätze, deshalb steuert ein anderer Typ auf euch zu und deutet auf den Hocker neben dir. Das ginge, aber ihr würdet ganz schön eng zusammenhocken. Daniel schüttelt den Kopf und runzelt die Stirn, da zieht der andere wieder ab. Als ein hübsches Mädchen vorbeigeht, merkst du, wie sein Blick kurz ihre Kurven abcheckt.

Ben fährt mit dir zu einer Kneipe auf dem Land. Er fährt umsichtig, und du fühlst dich bei ihm gut aufgehoben. Gemeinsam geht ihr an die Bar, und er fragt dich, wo du sitzen möchtest. Nachdem du dich entschieden hast, hält er respektvoll Abstand. Er erzählt von seiner letzten Bergwanderung und seinen Plänen, später als Lehrer zu arbeiten. Sein Blick hat nichts Forderndes. An der Bar ist kaum noch Platz, und ein anderer Typ kommt und deutet fragend auf den freien Hocker neben dir. Es ginge so gerade, wäre aber schon ziemlich eng. Ben nickt und sagt, klar, wir rücken zusammen. Als ein hübsches Mädchen vorbeigeht, scheint Ben es nicht einmal zu bemerken.

Also, wen würdest du nehmen?

Die Frage ist nicht ganz einfach zu beantworten. Vielleicht sprechen dich beide Beschreibungen an. Denn beide haben etwas, das Frauen gefällt.

Manche Frauen bevorzugen allerdings ganz eindeutig einen Typ, sei es Daniel oder Ben. Bella fühlt sich massiv zu einem Bad Boy hingezogen. Um sie bemühte Jungs wie

Mike, Tyler oder Eric stoßen sie dagegen ab. Anfangs findet sie auch Jacob nicht besonders attraktiv, solange er der aufrichtige, freundliche Junge ist. Sobald sie mehr über seine dunkle Seite erfährt, ändert sich das aber.

»Twilight« geht noch einen Schritt weiter

Obwohl Edward und Jacob zu den klassischen finsteren Helden gehören, für die Frauen seit Jahrhunderten schwärmen, beflügeln sie unsere Phantasie auf neue Weise. Sie stellen nicht nur die perfekte Mischung aus aufregendem Bad Boy und liebevollem netten Jungen dar, sondern verfügen außerdem noch über eine Menge übermenschlicher Fähigkeiten. Mit Edwards diamantener Haut, Jacobs Fähigkeit als Gestaltwandler und ihrer Unsterblichkeit verkörpern sie neue Extreme.

Als neue romantische Helden haben Edward und Jacob jeden Bezug zur Realität verloren. Traditionelle Helden wie Heathcliff, Romeo oder Mr. Darcy sehen neben den »Twilight«-Heroen ziemlich alt aus.

In gewisser Weise entspricht das auch dem Frauenbild, das moderne Männer in ihrer Phantasie entwickelt haben: Auch sie träumen von Geschöpfen, die nicht mehr viel mit der Wirklichkeit zu tun haben. Schönheitsoperationen, Botox und digitale Bildbearbeitung haben für ein unerreichbares Ideal gesorgt.

Wir Frauen träumen jedoch nicht nur von Äußerlichkeiten. In unserer Phantasie gehen wir einen Schritt weiter und verlangen von unseren Traumtypen noch mehr …

4

Edward und Jacob sind Halbgötter, und genau das braucht ihr gerade!

Warum es nicht mehr genügt, einfach ein Mann zu sein

In unserer Phantasie möchten wir inzwischen mehr als einfach nur einen Mann. Wir wollen einen Halbgott! Jacob und Edward wirken wie auf die Erde herabgestiegene junge Halbgötter. Beide sind unsterblich. Sie besitzen übernatürliche Kräfte und Fähigkeiten. Jacob kann sich aus eigenem Willen in einen Wolf verwandeln; Edward ist in der Lage, Gedanken zu lesen. Die beiden sind für Bella ungemein mächtige Beschützer. Und sie stellen ihr ewige bedingungslose Liebe in Aussicht. Ihre Eigenschaften sind eher göttlich als menschlich.

Menschen haben das Bedürfnis, einen oder mehrere Götter zu verehren. Sobald wir uns der eigenen Schwäche und Sterblichkeit bewusst sind, sehnen wir uns nach einem mächtigen Beschützer, der über uns wacht und uns ewiges Leben gewährt. Ihr fühlt euch also zu Edward und Jacob hingezogen, weil sie eure menschliche Sehnsucht nach einem Gott stillen. In der Antike verehrten die Menschen oft Gottheiten, die halb Menschen-, halb Tiergestalt hatten, genau wie Edward und Jacob. Eine der ältesten Statuen der Welt, die über dreißigtausend Jahre alte Steinfigur, auch bekannt als der Löwenmann aus dem Hohlenstein-Stadel, ist halb Löwe, halb Mensch. Bei den alten Ägyptern gab es eine Vielzahl solch göttlicher Mischwesen. Und im Hinduismus wird bis heute der Gott Ganesha verehrt, der einen Elefantenkopf besitzt.

Wenn irgendwann in ferner Zukunft Leute »Twilight« lesen werden, um unsere Gesellschaft besser zu verstehen, könnten sie auf die Idee kommen, Edward und Jacob seien Teil einer Religion gewesen. Manche Fans glauben das sogar heute schon:

Die siebzehnjährige Casey hat es sich zur Gewohnheit gemacht, jeden Tag einige Stellen aus »Twilight« zu lesen, so als sei es die Bibel. Sie besitzt die Sonderausgaben der Bücher mit rotem Schnitt und bewahrt sie, eingeschlagen in ein goldenes Tuch, unter ihrem Bett auf. Sie nennt sich Cullenistin und möchte an ihrem achtzehnten Geburtstag eine Pilgerreise nach Forks antreten. Stephenie Meyer ist in ihren Augen eine Prophetin; die Familie Cullen hält sie für echt.

So weit treibt ihr es wahrscheinlich nicht, aber der Vampir Edward ist deshalb so ansprechend, weil er dir ewige Jugend und Schönheit geben kann. Die meisten von uns denken nicht gern ans Altwerden und Sterben. Kaum ein anderer Aspekt des Lebens wird in unserer Gesellschaft so vehement verdrängt. Dabei müssen wir notgedrungen akzeptieren, eines Tages zu sterben, und wir wissen nicht, was danach geschieht. Viele Jugendliche sind nicht davon überzeugt, dass es ein Leben nach dem Tod gibt, daher stehen sie ihrer eigenen Sterblichkeit ohne den Trost eines tiefen Glaubens gegenüber. Hier liegt ein Teil der Faszination von »Twilight«, denn die Saga handelt nicht zuletzt von der menschlichen Furcht vor Alter und Tod. »Twilight« erzählt nämlich nicht nur von der Liebe, sondern auch vom Sterben. In allen Bänden ist Bella mit ihrem eigenen Tod und dem der Menschen, die ihr nahestehen, konfrontiert. An ihrem achtzehnten Geburtstag wird ihr richtig bewusst, dass sie alt werden, sterben und Edward nie wiedersehen wird. Fortan sehnt sie sich danach, dass er sie transformiert, damit sie übermenschlich schön wird, ewig lebt und unendliche Liebe erfahren kann.

»Twilight« schenkt uns eine Phantasiewelt, in der wir für immer jung bleiben können. Wir teilen Bellas Ängste vor Alter, Tod und Trennung von unseren Liebsten. Die Menschen haben schon immer von einem Leben nach dem Tod geträumt, und »Twilight« bietet uns eine Alternative. Mit einem Biss kann der Vampir Edward uns das ewige Leben gewähren. Er vermag das Verlangen zu stillen, das alle Menschen verbindet: den Wunsch, dem Tod zu entgehen.

Sehnsucht nach Liebe

Edward und Jacob versprechen die Art von Liebe, die ihr euch erträumt: ewig, tief empfunden und bedingungslos. Für jede Frau des 21. Jahrhunderts ist das unwiderstehlich, denn in unserer heutigen Zeit sehnen wir uns mehr denn je nach Liebe.

Als junge Frau in der westlichen Welt des 21. Jahrhunderts

soll man nach Unabhängigkeit streben, doch unser Gefühl sagt uns etwas anderes. Die Mehrzahl von uns lebt unter Fremden, obwohl es ein natürliches menschliches Verlangen ist, enge Beziehungen zu pflegen. Alleinsein ist den meisten eher unangenehm. Über Tausende von Jahren hinweg haben die Menschen in kleinen Gruppen zusammengelebt. Daher ist es ganz natürlich, mit Leuten zu interagieren, die wir sehr gut kennen und deren Zukunft in enger Verbindung zu unserer eigenen steht. In der Vergangenheit hing unser Überleben davon ab. Eine Frau, die ihre eigenen Wege ging, wäre damals bald verhungert, verdurstet oder von wilden Tieren gefressen worden.

Heutzutage ist Einsamkeit dagegen ein verbreitetes Leid unter Jungen wie Alten.

Jung und allein

Eine aktuelle Umfrage ergab, dass junge Menschen sich eher einsam fühlen als ältere. Wer in unserer Gesellschaft mit anderen zusammenlebt, wird schief angesehen – es sei denn, es handelt sich um ein Paar mit unmündigen Kindern. Über erwachsene Kinder, die nicht von zu Hause ausziehen, macht man Witze. Paaren, die ihre alten Eltern auffordern, bei ihnen einzuziehen, begegnet man mit Mitleid und gibt ihnen den Rat, sich nach einem geeigneten Altersheim umzusehen. Würde man die Tante oder den Cousin bei sich aufnehmen, käme das bei den Mitmenschen seltsam an.

Auch lebenslange Freundschaften sind heute schwer aufrechtzuerhalten. Freunde ziehen in die entfernteste Gegend des Landes oder der Welt, um dort zu studieren oder zu arbeiten. Dort lernen sie andere Menschen kennen, vielleicht jemand, den sie lieber mögen, und dann verliert man sich aus den Augen. In unseren überfüllten, aber anonymen Städten ist es andererseits heutzutage nicht unbedingt leicht, neue Freunde zu finden, und wenn man schon jemand kennenlernt, ist er oder sie vielleicht gar nicht erpicht darauf, eine enge Beziehung zu einem weiteren Fremden einzugehen.

In vielen alten Kulturen galten Freundschaften dagegen als die wichtigsten Beziehungen des Lebens. Die Römer etwa hielten Liebe unter Männern für die heiligste und wertvollste überhaupt. Über die enge Verbundenheit von Kampfgefährten wurden Epen und Verse verfasst. Freundschaft galt als ewig gültiger Vertrag. Diesen absoluten Stellenwert hat sie heute keineswegs mehr. Eigentlich wird von uns erwartet, dass wir uns in verschiedenen gesellschaftlichen Kreisen bewegen und dort Freundschaften knüpfen – aber auch wieder beenden.

Die Liebe zwischen einem Mann und einer Frau gilt heutzutage als wichtigste, wertvollste und innigste Erfahrung eines Lebens. Das Paar bildet die grundlegende, kleinste Einheit der Gesellschaft. Liebe und später die Ehe wird als der Weg schlechthin betrachtet, um den Wunsch nach Nähe zu erfüllen. Darauf richtet sich also eure ganze Aufmerksamkeit. Viele Mädchen sind daher zu einer schlechten Beziehung bereit, weil das immer noch besser scheint, als allein zu bleiben.

Die achtzehnjährige Rosa freute sich ungemein darauf, zum Studium nach London zu ziehen. Doch nach ein paar Monaten wurde ihr klar, dass sie etwas vermisste. Obwohl sie dauernd unter Menschen war, hatte sie das Gefühl, zu niemand eine Bindung eingehen zu können.

»Alle in meiner Umgebung scheinen schon ein erfülltes Privatleben zu haben. Ich hatte mich darauf gefreut, unabhängig zu sein, denn ich habe mich als moderne junge Frau betrachtet, die sich selbst genug ist. Doch ich fühle mich einfach nur wahnsinnig einsam. Tag für Tag.«

Darum hat sie sich auch so schnell auf die Beziehung mit Chris eingelassen. Er hatte sie in einer Studentenbar angesprochen, und sie hatte von Beginn an gespürt, dass er nicht gut für sie war. Er war ein rastloser, ständig unzufriedener Mensch. Schon daran, wie er dauernd anderen Frauen nachsah, merkte sie, dass er kein Typ war, der sich festlegen wollte.

Aber alles war besser als diese Einsamkeit, also ignorierte sie die Anzeichen dafür, dass er nie ein richtig guter Freund für sie werden würde. Schon nach ein paar Monaten fand sie erwartungsgemäß heraus, dass er sie die ganze Zeit über betrogen hatte.

Die Sehnsucht nach Liebe ist einer der Gründe dafür, warum wir romantische Literatur so mögen. Über die Hälfte aller Bücher, die verkauft werden, erzählen Liebesgeschichten. Wir haben also ein schier unersättliches Bedürfnis nach Berichten über die vermeintlich wahre Liebe. Auch von Popsongs, romantischen Komödien in Kino oder Fernsehen bekommen wir nicht genug.

Love is all around you

Dass Liebeslieder die Popmusik dominieren, dürfte niemand wundern. Soziologen haben die Popcharts von Jahrzehnten ausgewertet und ausgerechnet, wie viele Lieder darin von Liebe und Liebeskummer handeln. Sie fanden heraus, dass 73 Prozent der Popsongs sich um romantische Liebe drehen.

Interessant ist, dass sich daran im Laufe der Jahre kaum etwas geändert hat, und das, obwohl sich der Musikgeschmack in dieser Zeit beträchtlich gewandelt hat. Schon in den Dreißigerjahren ging es in Dreiviertel aller populären Musikstücke um Liebe.

Die Form der Stücke blieb jedoch nicht gleich. In den Dreißigerjahren waren Liebeslieder fast ausschließlich Balladen. Und fast alle weiblichen Interpreten sangen von Liebe. Die Musik unserer Zeit ist abwechslungsreicher. So fand etwa eine Studie der Universität von Colorado heraus, dass 96 Prozent der Rhythm and Blues-Songs von Liebe handeln, 82 Prozent der Rock'n'Roll-Nummern, aber nur 59 Prozent der Raps und Hip-Hop-Stücke. Die Tendenz, dass Frauen eher Liebeslieder singen als Männer, ist jedoch gleich geblieben.

Der Song mit den meisten Erwähnungen von Liebe pro Zeile ist übrigens das Duett »Endless Love« von Diana Ross und Lionel Richie.

Bella war extrem einsam, als sie nach Forks kam. Es gab niemand, an den sie sich wenden konnte. Niemand, nicht einmal ihr eigener Vater, stand ihr richtig nahe. Sie weinte heimlich und behielt ihren Kummer für sich. Sie war das typische

Produkt des modernen Lebensstils – aus der vertrauten Umgebung gerissen und gezwungen, sich der unangenehmen Situation zu stellen, in der man von einer fremden sozialen Gruppe bewertet wird. Erst ihre Beziehung zu Edward verändert alles. Auf einmal ist sie nicht mehr einsam.

Über Liebe zu lesen macht Spaß, aber es stillt nicht das eigene Verlangen danach. Vielmehr verstärkt es dieses Verlangen sogar. Außerdem liefern die »Twilight«-Romane eine der fesselndsten Liebesgeschichten der Welt.

Liebe tut weh

Ihr wünscht euch Liebe, wisst aber auch schon, dass es bis dahin ein steiniger Weg sein kann; vielleicht habt ihr das sogar schon am eigenen Leib erfahren. Also holt ihr euch Inspiration oder Trost aus der Lektüre einer Liebesgeschichte. Ihr könnt Bellas Kummer nachempfinden (selbst wenn ihr euch zugleich ärgert, weil sie sich beschwert, obwohl sie doch den unvergleichlichen wunderbaren Edward hat! Und Jacob!).

Jeder weiß, dass Liebe zwar etwas Wunderbares sein kann, aber zugleich auch die schmerzlichste Erfahrung überhaupt. Wenn man ein Mädchen weinen sieht, kann man in neun von zehn Fällen davon ausgehen, dass sie es wegen eines Jungen tut. Wenn einem das Herz gebrochen wird, ist das schrecklich, und deshalb sind wohl auch so viele von uns begeisterte Leserinnen von Liebesromanen. Um mitzuerleben, wie die Helden ihre Beziehungsprobleme lösen, und das befriedigende Ende zu erfahren, wenn wahre Liebe sich gegen alle Widerstände durchsetzt.

Wir sind nicht zuletzt von Liebesgeschichten begeistert, weil wir wissen, wie kompliziert und schwierig es ist, den richtigen Partner zu finden. Millionen von Frauen werden in der Liebe verletzt und enttäuscht, da sie sich für einen Freund entschieden haben, der nicht gut für sie ist. Wenn ihr eine unglückliche Kindheit hinter euch habt, seid ihr sogar besonders gefährdet für »den Falschen«. So fühlen sich beispielsweise Mädchen, die als Kinder Opfer häuslicher Gewalt wurden, oft zu aggressiven Männern hingezogen, weil ihnen die Kombination aus Nähe und Gewalt so vertraut ist. Andere Kindheitstraumata wie exzessive Kritik oder Mobbing können das Selbstwertgefühl mindern und zu Beziehungen zu Männern führen, von denen diese Frauen glauben, sie würden sie verdienen, anstelle des Typs Mann, den sie eigentlich wollen und mit dem sie glücklich sein könnten. Aber selbst wer aus liebevollen Verhältnissen kommt, ist gegen schwierige Beziehungen nicht gefeit.

Tatsächlich verlieben sich glückliche, unkomplizierte junge Frauen aus den fadenscheinigsten Gründen in Männer, die überhaupt nicht zu ihnen passen. Das ist sogar den meisten von uns schon das eine oder andere Mal passiert. Die Scheidungsraten sprechen hier für sich. Etwa die Hälfte aller Ehen endet so. Und natürlich sind auch nicht alle Ehen, die bestehen bleiben, glücklich. Den richtigen Mann zu finden, das ist oft ein schwieriger, schmerzlicher Weg. In »Twilight« kreuzt Bella einfach nur in ihrer neuen Schule auf und schon sitzt ihr perfekter Seelenverwandter neben ihr an derselben Bank. Stellt euch vor, ihr würdet an eine neue Schule, Uni oder in eine neue Firma kommen, und dort säße euer Edward oder Jacob bereits, um euch zu erwarten. Wenn es nur so einfach wäre!

»Twilight« – Flucht vor der Realität der Männer des 21. Jahrhunderts

Wenn wir mal von Edwards schimmernder Haut, dem Gestaltwandeln und der Blutsaugerei absehen, ist »Twilight« doch eigentlich eine recht altmodische Geschichte. Bella und Edward sind beide sexuell völlig unerfahren, bis sie heiraten. Man erwartet keinen Gelegenheitssex. Bella fügt sich glücklich in die Rolle der Ehefrau und später in die der Mutter. Davon, dass sie Karriere macht, ist nirgends die Rede.

So waren Liebesgeschichten schon vor Jahrzehnten gestrickt, noch vor der Geburt eurer Urgroßmütter. Doch die Gesellschaft hat sich verändert – Frauen haben Berufe und machen Karriere, sie sind finanziell unabhängig, und Sex vor der Ehe ist die Norm.

Sobald die Anti-Baby-Pille erfunden war, stand es den Frauen frei, ohne Angst vor einer Schwangerschaft, Sex zu haben. Damals sagten manche Leute voraus, künftig würden Frauen sich nach Belieben Gelegenheitssex gönnen, ohne dafür verurteilt zu werden. Man hoffte auch im Hinblick auf das Sexualleben würde Gleichheit zwischen den Geschlechtern herrschen. Daraus wurde allerdings nichts.

Nach der schmerzlichen Trennung von ihrem letzten Freund und ein paar kurzen Affären wollte Kerstin sich nicht zu schnell auf eine neue ernste Beziehung einlassen. Sie nahm sich vor, sich genug Zeit zu nehmen, um den nächsten Jungen zunächst besser kennenzulernen. Als sie also begann, sich wieder zu verabreden, war sie entschlos-

sen, nichts zu überstürzen. Und eines Tages ergab es sich, dass sie mit Jordan unterwegs war, einem Jungen, den sie schon sehr lange kannte und mochte. Nachdem sie ihm ihre Situation erklärt hatte, hörte sie nie wieder von ihm. Später erfuhr sie über drei Ecken, dass er seinen Kumpels erzählt hatte, er ginge nur mit ihr weg, weil er gehört hätte, sie schlafe mit jedem.

Was hat der moderne Mann dir zu bieten? Allzu oft scheint die Antwort zu lauten: nicht sehr viel. Wahrscheinlich erwartet er unverbindlichen Sex, dabei ist er nicht unbedingt willens, sich auf dich festzulegen, und ganz sicher möchte er keinerlei finanzielle Verpflichtung eingehen.

Heutzutage betrachten Männer es geradezu als Selbstverständlichkeit, selbst in den losesten und unverbindlichsten Beziehungen Sex zu haben. Und vielleicht fragt ihr euch, ob sich das mit euren Vorstellungen vereinbaren lässt. Viele Mädchen wollen nämlich eigentlich keine kurzen Affären. Und selbst Jahrzehnte vermeintlicher Gleichberechtigung haben nichts an der Tatsache geändert, dass man Mädchen für Gelegenheitssex kritisiert, Jungs dagegen nicht.

Einer der Nachteile der zunehmenden Gleichberechtigung ist, dass die althergebrachte Achtung, der Respekt vor Frauen verschwunden ist.

Vampire wissen mit einer Frau umzugehen

Jasper Hale, der Ehemann von Alice Cullen, war im amerikanischen Bürgerkrieg Offizier bei der Armee der Konföderierten. In der letzten Nacht seines Menschenlebens benahm er sich der bösen Vampirin Maria und ihren Gefährten gegenüber ausgesprochen ehrerbietig, bis zu dem Moment, als er von ihr angegriffen wurde. Er war eben dazu erzogen worden, Frauen zu respektieren und zu beschützen, weil sie als das schwächere Geschlecht galten. In seiner Jugend und auch in der Edwards betrachtete man die körperliche Liebe grundsätzlich als etwas, das der Ehe vorbehalten war. Unverbindlicher Sex galt als äußert verwerflich und respektlos der Frau gegenüber. Eine Frau dazu zu drängen, widersprach den Vorstellungen von kavaliergemäßem Benehmen.

Heutzutage wachsen Jungs nicht mehr mit einem solchen Verhaltenskodex auf. Fotos von leicht bekleideten Promis finden sich in den Zeitungen, und Pornografie ist via Internet frei erhältlich. Jungen Männern wird praktisch eingeimpft, dass Frauen eine Art Sexspielzeug sind.

Die Vampire aus »Twilight« verheißen hingegen altmodische Hingabe und Verpflichtung. Nostalgisch schauen wir in eine scheinbar romantischere Epoche zurück, in der Körperlichkeit zwischen Mann und Frau noch etwas geradezu Heiliges war. Wenn Edward Bella einen Antrag macht und sich weigert, ihre Liebe zu beflecken, indem er ohne den heiligen Bund der Ehe mit ihr schläft, seufzen wir doch alle. Warum können die Männer im echten Leben nicht auch so sein?

»Twilight« – Flucht vor dem Frausein im 21. Jahrhundert

Vielleicht habt ihr miterlebt, wie eure Mutter sich zwischen Beruf und Familie aufreibt, und fandet diese Aussicht nicht gerade rosig.

Jamila ist eine zweiundzwanzigjährige Medizinstudentin. Ihre Eltern haben große Opfer gebracht, damit die Tochter studieren kann. Weil sie selbst aus bescheidenen Verhältnissen stammen, träumten sie davon, ihrer Tochter Chancen zu geben, die sie selbst nie hatten.

Doch Jamila hat sehr zu kämpfen. Sie arbeitet bis weit in die Nacht und wird von den Ärzten extrem schlecht behandelt. Nachdem ein Chefarzt sie vor einem Patienten angebrüllt hat, weil sie einen Fachausdruck falsch verstanden hat, steht sie kurz davor, alles hinzuwerfen. Sie sieht einfach keine Perspektive für sich. Nach ihrem Abschluss wird sie als Berufsanfängerin noch härter arbeiten und weit mehr Verantwortung übernehmen müssen. Eines Tages hätte sie gern eine Familie, aber sie sieht, wie schwer sich ältere Kolleginnen damit tun. Die langen, wechselnden Arbeitszeiten vertragen sich einfach nicht mit der Versorgung kleiner Kinder.

Sie liebt Ali, der gerade sein Examen gemacht hat und ihr rät, das Studium aufzugeben, wenn es ihr so verhasst ist. Er bietet ihr an, dass sie zusammenziehen und er für sie sorgt.

Jamila reizt diese Versuchung, aber sie kann ihre Eltern unmöglich enttäuschen. Diese haben ihr Leben lang ge-

hofft, dass die Tochter eine moderne, unabhängige Karrierefrau wird. Wie könnte sie ihre Träume zerstören?

Einer der Gründe, warum »Twilight« euch so fasziniert, ist wohl die verlockend simple Alternative. Einen Mann zu finden, der einen liebt und versorgt, klingt verführerisch im Vergleich zu der komplexen Herausforderung, eine Berufsausbildung zu absolvieren, sich einen Job zu suchen und diesem dann acht Stunden täglich nachzugehen. Zwar haben Frauen für diese »Freiheiten« gekämpft, aber für viele bedeuten sie trotz allem keine rosigen Aussichten. Warum soll man da nicht lieber nach einem wunderbaren Mann Ausschau halten, der einen finanziell absichert? Das klingt doch verlockend. Vor allem wenn dieser Typ jemand wie Edward ist.

Geheimnis Nummer eins: Zusammenfassung

Die Helden aus »Twilight« sind so unwiderstehlich, weil

- sie bedingungslose Liebe versprechen.
- sie wunderschön sind.
- sie perfekte Jäger sind.
- sie Krieger sind.
- sie eine Wunderwirkung auf das Selbstwertgefühl ihrer Freundin haben.
- sie Bad Boys sind, hinter denen sich aber eigentlich nette Jungs verbergen.
- sie aufregende Raubtiere sind.
- sie zu Herzen gehende Leidensgeschichten vorzuweisen haben.

* sie gottgleich sind.
* sie die Dilemmas lösen, denen Frauen sich im 21. Jahrhundert gegenübersehen.

Das klingt doch alles phantastisch, oder? Im nächsten Kapitel erfahrt ihr etwas über die damit verbundenen Gefahren.

Geheimnis Nummer zwei

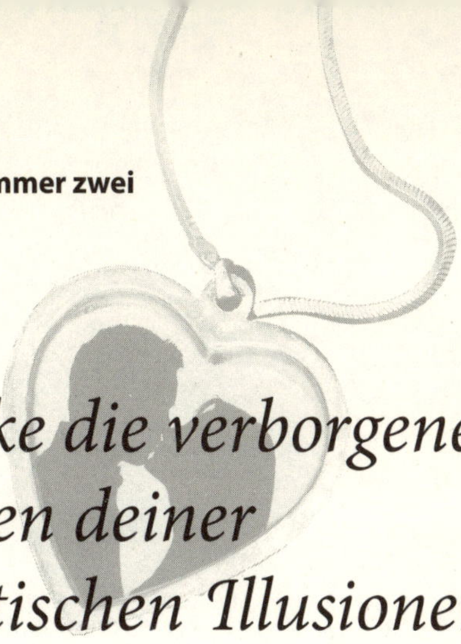

Entdecke die verborgenen Gefahren deiner romantischen Illusionen

Ihr habt nichts als Romantik im Kopf!

5

»Twilight« und dein Liebesleben

Der Weg zur wahren Liebe ist voller Tücken. Und romantische Liebesgeschichten wie »Twilight« sind so beeindruckend, dass sie durchaus Einfluss darauf haben können, für was für Typen ihr euch entscheidet.

Wer hätte das gedacht?

Was glaubt ihr, wer in einer Beziehung die Wahl trifft, der Mann oder die Frau?

Wenn man einen Mann fragt, wird er sicher auf die Männer tippen. Schließlich sind sie es meist, die die Frauen zum Ausgehen einladen oder den ersten Schritt wagen. In ihrer Vorstellung sitzen sie daher am längeren Hebel.

Umso überraschender ist die Realität. Studien haben nämlich ergeben, dass in Beziehungen meist die Mädchen entscheiden. Frauen sind auch diejenigen, die häufiger eine Verbindung beenden – üblicherweise ist es eher die Frau als der Mann, die die Scheidung einreicht.

Wissenschaftliche Untersuchungen zeigten außerdem, dass Männer zwar in der Regel den ersten Schritt unternehmen, dabei jedoch auf die nonverbalen Signale der Frauen reagieren. Wenn ein Junge dich also anquatscht, dann hast eigentlich du ihm den Anlass dazu gegeben.

Sprechen ohne Worte

Die Grundlagen der Körpersprache sind weithin bekannt. Wenn man möchte, dass ein Junge zu einem kommt und ein Gespräch beginnt, ist das wichtigste Signal der Blickkontakt: Erst sieht man ihn ein paar Sekunden lang an, schaut dann weg, sobald er es bemerkt, und wiederholt das Ganze nach Bedarf. Das ist unmissverständlich, und instinktiv weiß der Junge, was man ihm sagen will: »Ich könnte vielleicht an dir interessiert sein, also lohnt es sich, mich anzusprechen.«

Wir haben aber auch noch andere Signale in unserem Köcher: mit dem Haar spielen oder es zurückwerfen; den Kopf schräg legen, um das Gesicht zu präsentieren und den Hals verletzlich freizulegen; sich selbst berühren, beispielsweise übers Schlüsselbein streichen; aber auch das Spielen mit irgendwelchen Accessoires oder das Hinüberbeugen in seine Richtung.

Hat die Unterhaltung begonnen, zeigen lange Blicke in seine Augen dem Mann, dass man ihn mag und einer Einladung vielleicht nicht abgeneigt ist. Weitere Signale wären begeistertes Lachen über seine Scherze, ein angeregtes Gespräch oder das Senken der Stimme. Das passiert ganz instinktiv: Wenn ihr einen Jungen mögt, reagiert ihr mit offener Körpersprache und sittsamem Niederschlagen der Augen, noch bevor euch richtig bewusst wird, dass ihr euch zu dem Betreffenden hingezogen fühlt.

Habt ihr euch schon mal gefragt, warum ein Typ mit euch ausgehen möchte oder euch andere explizite Angebote macht, obwohl ihr euch nicht im Geringsten für ihn interessiert? Es könnte sein, dass er es wie beim Glücksspiel einfach probiert – er spricht vielleicht jeden Abend eine Menge Frauen an, ist auf Ablehnungen gefasst, weiß aber auch, dass er hin und wieder einen Treffer landet. Wie jemand, der Spam-Mails verschickt, weil eben doch gelegentlich jemand anbeißt. Es kann aber auch daran liegen, dass der Junge eure Signale falsch verstanden hat – dass ihr über seine Witze lacht beispielsweise. Für euch mag das ein echtes Lachen gewesen sein, für ihn ein Beweis eurer Zuneigung.

Mädchen sind viel wählerischer als Jungs. Ihr entscheidet, ob eine Beziehung daraus wird oder nicht.

Ihr sucht euch also den Jungen, der euch später das Herz bricht, selbst aus. Und romantische Lektüre wie »Twilight« kann euch Typen in die Arme treiben, die euch das Herz brechen und euch regelrecht fertigmachen. Das könnte man als Unsinn abtun. Schließlich ist »Twilight« doch nur eine ausgedachte Geschichte, nicht wahr?

Wie Geschichten dein Leben verändern

Die Menschen lieben schon immer gute Geschichten. Denn sie sind eine Möglichkeit, die Wirklichkeit zu verstehen und etwas über das Leben zu lernen. Gute Geschichten berühren uns und enthalten Botschaften, die zu Herzen gehen.

Eine Geschichte zu erzählen ist eine großartige Möglichkeit, die Ansichten von Menschen zu ändern und ihr Verhalten zu beeinflussen. Dabei spielt es keine Rolle, ob es sich um ein Buch oder einen Film handelt.

Hier ein Beispiel: Wenn einem jemand sagt, man soll ein bestimmtes Produkt nicht mehr essen, bewirkt das vermutlich nichts. Doch haben Tausende von Menschen aufgehört, Schweinefleisch zu essen, nachdem sie den zu Herzen gehenden Kinderfilm »Ein Schweinchen namens Babe« gesehen hatten. Wenn man etwas im Rahmen einer emotionalen Geschichte zum Leben erweckt, erregt man damit die Aufmerksamkeit der Leute.

Im Laufe der Geschichte haben Menschen oft genug die Macht des geschriebenen Wortes erfahren. Als »Lady Chatterleys Liebhaber«, der Roman von D.H. Lawrence über die außereheliche Affäre einer Frau mit einem Wildhüter, 1928 erschien, durfte das Buch wegen der expliziten Beschreibungen der sexuellen Handlungen in Großbritannien nicht publiziert werden. Die Männer sorgten sich, dass ihre Frauen und Töchter es lesen und sich daran ein Beispiel nehmen würden.

Bücher und Filme können Ansichten verändern, und geänderte Ansichten führen zu geändertem Verhalten. Unsere Überzeugung ist die treibende Kraft hinter den schönsten und schrecklichsten menschlichen Taten – so brachte uns die Überzeugung, wonach der Mensch fliegen kann, die wundersame Errungenschaft der Luftfahrt. Auf der anderen Seite brachte Überzeugung auch schon Terroristen dazu, zwei Flugzeuge ins World Trade Center zu steuern.

Dank unserer modernen Technik kommen euch weit mehr Geschichten zu Ohren denn je. In grauer Vorzeit hätte sich das auf die Legenden beschränkt, die man sich am

Lagerfeuer erzählte. Nur eine Handvoll Menschen hätte mit einem begrenzten Vorrat an Märchen aufwarten können. Am Abend hätte man sich versammelt und Großmutter Ugg hätte wieder mit der Sage angefangen, die sie schon von ihren Vorfahren übernommen hatte. Daraufhin hättet ihr gestöhnt: »Ach, Oma, nicht schon wieder diese olle Geschichte vom Großen Krieger Ogg, der eines Tages sein Steinbeil vergessen hatte und von einem Wolfsrudel umzingelt wurde, das ihm dann in den Hintern biss. Ja, ja, wir haben es schon verstanden – vergiss niemals dein Steinbeil, sonst könntest du es bereuen.«

Heutzutage ist der Zugang zu Geschichten dagegen praktisch unbegrenzt, ob in Form von Büchern, Blogs, Fernsehen oder Kinofilmen. Überlegt doch nur mal, was ihr in dieser Hinsicht tagtäglich konsumiert. Wie viele Liebesfilme habt ihr in eurem Leben schon gesehen? All diese Geschichten spielen eine beträchtliche Rolle bei euren Entscheidungen und der Wahl eures Lebensstils. »Twilight« ist eine der bekanntesten und einflussreichsten Geschichten dieses Genres. Weltweit haben mindestens fünfundachtzig Millionen Menschen sie gelesen, und noch viel mehr die Verfilmungen gesehen. Wie kaum eine andere Geschichte hat »Twilight« daher eure Phantasie gefesselt und eure Gefühle beeinflusst.

Eine so beeindruckende Story wirkt sich aber auch auf euer Denken aus.

Wie kann eine Geschichte euch gefährlich werden?

Eine Theorie besagt, dass man sich verliebt, weil einem jemand begegnet, der den eigenen Idealvorstellungen entspricht. Demnach verliebt man sich dabei eher in die Geschichte, die man um die echte Person herumspinnt als in den Menschen selbst. Darum ist die Anfangszeit einer Beziehung auch so aufregend. Man glaubt, alle Wunschvorstellungen könnten wahr werden. Man hat ein Bild von dem Jungen, den man sich erträumt, und projiziert dieses Bild auf den Mann, den man vor sich hat.

Gehen wir also mal von einer so eindrucksvollen, erdachten Liebesgeschichte wie »Twilight« als eurem Ideal aus, dann gibt es eine Lücke in eurem Leben, die Edward oder Jacob perfekt ausfüllen würden. In eurem Kopf verzerrt ihr allerdings das Bild von eurem Freund so stark, dass es dieser Vorstellung entspricht.

Insofern beeinflusst »Twilight« euer Denken. Das machen tolle Bücher und Filme eben! Sie verändern unsere Sicht der Welt. Die eindringlichen Botschaften von »Twilight« könnten sich speziell auf eure Ansichten in Bezug auf Männer und die Liebe auswirken. Die meisten Leute denken bei dem Begriff Romanze an eine Liebesaffäre. Dabei bedeutet er außerdem, dass es sich um eine ausgedachte Geschichte handelt. Fiktion ist eben genau das – ausgedacht. Liebesromane stecken voller Botschaften über die Liebe und den menschlichen Charakter, die schlichtweg falsch sind. Liebesgeschichten in Büchern und Filmen folgen den Regeln ihres Genres, nicht denen der realen menschlichen Psychologie.

Die gefährlichsten Regeln in Liebesromanen

Die Liebe wird ihn ändern.

Die Liebe wird ihn besänftigen.

In einem gewalttätigen Kerl steckt eigentlich ein netter Typ.

Wenn ein Mann eine Frau liebt, macht das sein aggressives Verhalten wett.

Sowohl Edward als auch Jacob sind gefährlich. Aber nachdem sie sich verliebt haben, verwandeln sie sich in wundervolle, sanftmütige Jungs.

In »Bis(s) zum Morgengrauen« ist Edward zunächst ein getriebener, feindseliger Junge, der Bella töten will. In »Bis(s) zum Ende der Nacht« hat er sich in den idealen liebenden Ehemann und Vater verwandelt.

»Bis(s) zur Mittagsstunde« präsentiert uns Jacob als unberechenbaren, grausamen Werwolf. In »Bis(s) zum Ende der Nacht« ist er ein zärtlicher Beschützer und der ideale künftige Ehemann für das Kind Renesmee aus ihm geworden.

Beide Charaktere sind dominant und aggressiv, aber unter ihrer rauen Schale sensible, treue Liebende. Ihre Gefühle für Bella bringen die sanftmütigen Seiten zum Vorschein.

Das ergibt eine phantastische, unterhaltsame Geschichte.

Nur ist das nicht das wahre Leben. Echte Männer halten sich nicht an die Regeln von Liebesgeschichten. Ein dominanter, aggressiver, gefährlicher Mann ist kein »netter Kerl«, der nur noch keine Gelegenheit hatte, das unter Beweis zu stellen.

»Twilight« will uns glauben machen, ein Mann könne

einerseits nach unserem Blut dürsten und andererseits gleichzeitig den idealen Freund abgeben. Oder dass ein Mann, der sich in einen unbezähmbaren, wilden Wolf verwandeln kann, wenn er die Beherrschung verliert, in Wirklichkeit ein sanftmütiger Junge ist.

Aber vergesst nicht, dass das alles Fiktion ist.

Die Wirklichkeit sieht ganz anders aus …

Tatsächlich sind gefährliche Männer keine guten Freunde. Und ihre Liebe macht sie für euch auch nicht weniger gefährlich, sondern eher noch gefährlicher. Jäger und Beute geben kein gutes Paar für seliges Liebesglück ab. In der Realität geht es in der Regel für das Lamm nicht gut aus, wenn es sich mit dem Löwen einlässt.

»Twilight« erzeugt bei uns mehr Mitgefühl für das Leid des zerquälten, verunsicherten Mannes und lässt ihn uns als sympathischen Typ erscheinen. Es vermittelt uns den Eindruck, ein gefährlicher Jäger könne einen idealen Freund abgeben.

Es gibt auch im echten Leben genügend Menschenjäger. Und Frauen verlieben sich andauernd in sie. Ein berüchtigtes Beispiel ist Richard Ramirez, ein in Kalifornien eingesperrter Serienkiller. Er brach in Privathäuser ein, vergewaltigte, folterte, verstümmelte und ermordete seine Opfer. Man verglich ihn mit einem Vampir, weil er die Leute des nachts heimsuchte und von Blut fasziniert war. Er wurde grauenhafter, sadistischer Verbrechen überführt. Trotzdem verliebte sich die Journalistin Doreen Lioy in ihn und heiratete ihn im Gefängnis.

Die Presse stürzte sich auf die Tatsache, dass Doreen eine gebildete Frau war und es daher besser hätte wissen müssen. Sie hatte einen Abschluss in Englischer Literatur. Dennoch war ihre Einschätzung von Ramirez extrem naiv. Sie war sexuell unerfahren, noch Jungfrau und hielt Ramirez wirklich für einen wundervollen Mann. Sie schaffte es also, einen berüchtigten sadistischen Killer zu romantisieren. Ihr Bildungsniveau hielt sie nicht davon ab. Möglicherweise hat der Konsum von Liebesromanen sie sogar dazu verleitet.

Der normale aggressive Typ

Zum Glück sind Monster wie Ramirez sehr selten, und ich hoffe natürlich, dass ihr so jemand nie begegnet. Trotzdem besteht das Risiko, an einen eher normal aggressiven Kerl zu geraten.

Wenn ein aggressiver Mann euch liebt, ist das gefährlich, weil es in der Liebe eben nicht nur warmherzige, zärtliche Gefühle gibt. Liebe kann auch Furcht, Eifersucht und Zorn mit sich bringen. Und falls sich ein gefährlicher Mann in einen verliebt, schlagen die negativen Gefühle, die jede intensive Beziehung mit sich bringt, wahrscheinlich irgendwann in Gewalt um.

Die sechzehnjährige Schülerin Kati wusste, dass ihr neunzehn Jahre alter Freund Sam cholerisch war. Er hatte den Ruf, öfter in Schlägereien verwickelt zu sein. Wenn er mit ihr zusammen war, verhielt er sich jedoch ganz anders. Wirklich zärtlich und leidenschaftlich. Er ging mit ihr auf den Rummel und gewann einen riesigen Teddybär. Den schenkte er ihr und nannte ihn Sam. Sie sollte sich an ihn kuscheln, wenn er gerade nicht bei ihr sein konnte. Sam erinnerte sie an Jacob: gefährlich, aber zugleich unglaublich zugewandt und hingebungsvoll. Er beachtete nie ein anderes Mädchen, wenn er mit ihr unterwegs war. Und er versicherte ihr, sie habe ihn verändert.

Kati hatte noch aus Kindertagen einen Freund namens Nathan. Ein stiller Typ mit Brille, der nebenan wohnte. Sie war nie in ihn verknallt gewesen, aber sie waren einfach befreundet, und so kam er eines Tages vorbei, um irgendwas an ihrem Computer zu reparieren. Als Sam klingelte und Nathan ihm die Tür aufmachte, schlug Sam ihn sofort zu Boden. Als Kati ihn anschrie, sofort aufzuhören, verpasste er ihr eine Ohrfeige.

Kati hatte den Fehler begangen zu glauben, Liebe könne einen Mann ruhig und sanft werden lassen. Traurigerweise funktioniert die menschliche Psyche so nicht. Einen dominant aggressiven Mann kann man nicht durch Liebe und Sanftmut von seinen Fehlern befreien.

Kein Grund zur Panik, aber …

Die Partnerwahl kann eine der riskantesten Entscheidungen eures Lebens sein. Aggressive Männer stellen eine beträchtliche Minderheit dar. Allein in Großbritannien wird jede vierte Frau irgendwann in ihrem Leben von ihren Partner oder Expartner attackiert.

In jeder Minute wird ein Fall von häuslicher Gewalt bei der Polizei gemeldet. 90 Prozent dieser Delikte ereignen sich in den eigenen vier Wänden der Opfer. Im Schnitt werden etwa in Großbritannien sogar jede Woche zwei Frauen von einem früheren oder aktuellen Partner getötet.

Die meisten Gewaltopfer erleiden jedoch nicht den Tod oder ernste Verletzungen. Die verbreitetsten Übergriffe – knapp die Hälfte der gemeldeten Vorfälle – sind Stoßen, Herumzerren, Packen, Schläge auf den Po, Tritte oder Faustschläge. Blutergüsse sind die häufigsten Verletzungen der betroffenen Frauen, doch in einem von zehn Fällen kommt es auch zu Platzwunden oder Knochenbrüchen.

Der emotionale Schaden durch häusliche Gewalt geht jedoch über blaue Flecken und Narben hinaus. Er kann Jahre überdauern und künftige Beziehungen beeinträchtigen.

Solche Statistiken sind zwar besorgniserregend, aber die große Mehrheit der Männer wird euch niemals so etwas antun. Immerhin 75 Prozent aller britischen Frauen werden nie in ihrem Leben unter häuslicher Gewalt zu leiden haben.

Wie Menschen sich wirklich verhalten

Die Psychologie hat viele Dinge über die Menschen ans Licht gebracht. Die beständigste Erkenntnis – etwas, das sich wieder und wieder bewahrheitet – ist an sich absolut simpel:

Die beste Methode, um vorherzusagen, wie sich jemand in der Zukunft benehmen wird, besteht darin, sein Verhalten in der Vergangenheit zu analysieren.

Weiter nichts.

Psychologen haben Fragebögen entwickelt, die darüber Auskunft geben sollen, wie gefährlich ein Mensch ist. Und wie funktionieren diese? Sie beschäftigen sich mit den Verhaltensmustern in der Vergangenheit einer Person. Das ist die zuverlässigste Methode.

Das ist im wahren Leben die Regel. Menschen ändern sich nicht so leicht. Sie ändern sich auch nicht nur, weil jemand sie liebt. Wenn ihr auf einen Mann trefft, der Anzeichen von Aggressivität an den Tag legt, dann könnt ihr selbst voraussehen, dass dieses Verhalten sich auch in Zukunft wiederholen wird.

Doch die romantischen Regeln in Geschichten wie »Twilight« verleiten die Leser zu glauben, dass Anzeichen von Gefahr nur ein Vorspiel sind, bevor sich euer Mann in den perfekten Geliebten verwandelt, oder dass er hinter dieser Fassade ein wirklich netter Typ ist. Das Problem mit klassischen Liebesromanen ist, dass es darin immer darum geht, wie Menschen sich verändern. Dabei beweist die psychologische Realität, dass Menschen mit sehr viel größerer Wahrscheinlichkeit bleiben, wie sie sind.

Romantische Liebe – die große Rettung

Eine andere Vorstellung in romantischen Geschichten besagt, dass ein Typ sich schrecklich verhalten kann, doch gerettet wird, sobald er sich in eine Frau verliebt. Mit anderen Worten: Seine Fähigkeit zu lieben macht quasi all seine Missetaten wett. Diese Message liest Bella aus »Sturmhöhe« heraus. Heathcliff ist in ihren Augen zwar ein verdammt hartes Stück Arbeit. Im Verlauf der Handlung knüpft er in der Hochzeitsnacht den Schoßhund seiner Braut auf, lässt seinen sterbenden Sohn hungern und schlägt Catherines

Tochter ins Gesicht. Dennoch glaubt Bella, seine Leidenschaft für Catherine wiege das auf und entschuldige ihn beinahe.

Dabei sollte sich niemand darüber wundern, dass auch böse Männer sich verlieben können. Aber wie verdorben sie auch sein mögen, Menschen sind nun mal dafür gemacht, Zuneigung zu anderen zu entwickeln. Gewalttätige, unangenehme Typen sind ebenso in der Lage zu lieben wie jeder andere. Doch wenn sie eine Frau lieben, dann meist auf gewalttätige, unangenehme Art. Heathcliff folgt also nur seinem eigenen natürlichen Verlangen. Catherine zu lieben war weder edel noch gut. Er lebte dadurch nur ganz instinktiv seine hässliche Form von Leidenschaft aus. Enttäuscht, weil Catherine jemand anderen heiratete, widmete er den Rest seines Lebens dem Versuch, jedem anderen das Leben so schwer als möglich zu machen. Heathcliff spottet sogar über die romantischen Illusionen seiner Frau Isabella. Er verhöhnt ihr Ansinnen, in ihm einen Helden der Romantik zu sehen, obwohl seine Brutalität doch so offensichtlich ist.

Einige der schlimmsten Bestien der Menschheitsgeschichte haben sich verliebt. Kämen wir etwa auf die Idee, deren Verbrechen deshalb in irgendeiner Weise zu entschuldigen?

Gefährliche Männer der Weltgeschichte, die geliebt haben

Heinrich VIII.: Von ihm heißt es, er habe fünf seiner sechs Ehefrauen geliebt. Am meisten angeblich Anne Boleyn und Catherine Howard. Beide ließ er enthaupten.

Josef Stalin: Er ist für mindestens zwanzig Millionen Tote verantwortlich. Über seine erste Frau, die er liebte, soll er gesagt haben: »Sie war sehr süß und schön und brachte mein Herz zum Schmelzen.« Als sie starb, war er so untröstlich, dass er sich bei der Beerdigung in ihr Grab und auf den Sarg warf.

Adolf Hitler: Er befahl die Ermordung von sechs Millionen Männern, Frauen und Kindern. Für Eva Braun empfand er eine gewisse Leidenschaft. Er kaufte ihr einen Gedichtband, den er mit einer liebevollen Widmung versah. In einer romantischen Geste heiratete er sie am Tag vor ihrem gemeinsamen Selbstmord.

Charles Manson: Er soll mindestens neun Menschen ermordet haben, brüstete sich jedoch mit dem Tod von mindestens fünfunddreißig Opfern. Er war zweimal verheiratet und schrieb ein Liebeslied mit dem Titel »Cease to Exist«, das später die Beach Boys als »Never Learn not to Love« aufnahmen.

Der schwierige, unglückliche Junge

Vielleicht denkt ihr euch jetzt, der vorige Abschnitt würde euch gar nicht betreffen, weil ihr euch noch nie zu einem jähzornigen Typen hingezogen gefühlt habt. Doch es gibt noch weitere Romantik-Fallen:

- Liebe macht aus einem unglücklichen einen glücklichen Mann.
- Wenn er geliebt wird, löst das seine persönlichen Probleme.

In Liebesgeschichten ist der Held oft unnahbar, geheimnisvoll, abweisend und schwierig. Ihn quält ein heimlicher Kummer, und er ist eine gequälte, unglückliche Seele. Vielleicht ist er sogar ein regelrechter Menschenfeind. Doch dann verwandelt ihn die Liebe der Heldin in einen wunderbaren, einfühlsamen Partner. Sein Kummer verschwindet. Die beiden leben glücklich bis ans Ende ihrer Tage. So funktionieren unzählige Liebesgeschichten und auch »Twilight«. Bella gelingt es, seinen Schmerz und seine Traurigkeit zu heilen. Jacobs Verzweiflung verschwindet, sobald er auf Renesmee geprägt ist. Demnach wären die anfängliche Launenhaftigkeit, die Probleme und Kompliziertheit des Mannes nur Hindernisse, die es mithilfe der Liebe zu überwinden gilt, quasi ein Vorspiel der ewigen Glückseligkeit.

In Wirklichkeit ist Liebe aber keine Lösung für persönliche Unzufriedenheit. Ein schwieriger, launischer Typ wird also auch ein schwieriger, launischer Freund sein. Wenn ihr an so jemand festhaltet, habt ihr euch als Nächstes mit einem schwierigen, launischen Ehemann und mit nicht geringer Wahrscheinlichkeit irgendwann mit einem schwierigen, launischen Exmann herumzuschlagen. Das ist nun mal die psychologische Realität der menschlichen Persönlichkeit. Menschen ändern sich eben nicht, nur weil sie geliebt werden.

Schwierige Männer aus bekannten Romanen, von der Liebe verwandelt

»Jane Eyre«: Der unglückliche Frauenhasser Rochester findet dank Janes unverfälschter Liebe endlich seinen Frieden.

»Stolz und Vorurteil«: Der kalte und verächtliche Mr. Darcy wird durch seine Liebe zu Elizabeth zum perfekten Ehemann.

»Rebecca«: Die Heldin bringt das eisige Herz des gequälten Maxim de Winter zum Schmelzen.

»Die Schöne und das Biest«: Das bemitleidenswerte, verbitterte Biest verwandelt sich durch die Macht der Liebe in einen schönen Prinzen zurück.

Der Typ, der nicht zu dir passt

Was nur in Liebesgeschichten gilt

Die Liebe bringt Menschen harmonisch zusammen, die zunächst unvereinbar schienen. Denn die Liebe überwindet alles.

In einer der beliebtesten Kategorien von Liebesgeschichten verlieben sich Menschen, die gegensätzlicher nicht sein könnten und legen am Ende ihre Differenzen bei. Ein Partner verändert sich aus Liebe völlig. In »Bis(s) zum Abendrot« verwandelt Bella sich in einen Vampir, um zu Edward zu passen. Das ist in einer Geschichte schön und gut, doch im echten Leben können Menschen so etwas nicht – und wollen das meist auch gar nicht.

Betty fühlte sich zu Matthias hingezogen, weil er genau ihr Gegenteil war. Sie war rastlos, energiegeladen und nervös, er dagegen total entspannt. Sie liebte seine ruhige, gelas-

sene Art. Neben einem Vollzeitjob machte sie auch noch einen MBA, während Matthias nur in Teilzeit in einem Surferladen jobbte. Sie bewunderte ihn dafür, dass er den ganzen Tag am Strand herumliegen, über das Leben nachdenken und die Natur genießen konnte. Er war das personifizierte Gegenstück zu ihrem hektischen Alltag. Sein Studium hatte er abgebrochen, und er wollte, wie er sagte, ein Jahr lang aus dem Hamsterrad aussteigen, um etwas nur für sich zu tun. Darum beneidete sie ihn.

Nach einem Jahr war Matthias zu dem Schluss gekommen, das lässige Leben auf unabsehbare Zeit fortzusetzen. Betty hatte inzwischen ihren Abschluss gemacht und war befördert worden. Aber es ärgerte sie, dass sie finanziell für alles aufkommen musste. Außerdem bemerkte sie, dass seine lässige Haltung sich auch auf die Körperhygiene erstreckte. Er wusch weder sich noch seine Kleidung so regelmäßig, wie sie das gern gesehen hätte. Wenn sie ihn drängte, häufiger zu duschen, bekamen sie Streit. Als sie sich bei ihm darüber beklagte, dass sie alles bezahlen musste, war er beleidigt. Betty steckte voller aufgestauter Energie – sie wollte die Welt bereisen, ein Haus kaufen und auf der Karriereleiter noch weiter nach oben kommen. Matthias dagegen genügte es, an seinem Stück Strand abzuhängen.

Eines Tages lernte er, während er dort im Sand lag, Leyla kennen. Betty war an dem Tag auf einer wichtigen Konferenz. Leyla war ein lässiges Surfer-Girl, das es mit der Hygiene genauso ungenau nahm wie er. Die beiden verliebten sich. Die Beziehung zu Betty beendete Matthias auf seine typisch legere Art – mit einer genuschelten Nachricht auf ihrer Mailbox.

Betty hatte gehofft, wenn sie durchhielte, könnte sie die Sache zum Laufen bringen, wie in diesen ganzen Filmen eben. In ihren Augen waren die Unterschiede zwischen ihnen Hindernisse, die es zu überwinden galt. Sie betrachtete sich als die Heldin ihrer eigenen Liebesgeschichte, in der der Held am Ende ihren wahren Wert erkennt und das Versprechen auf Liebe alle Schwierigkeiten überwindet.

Liebesfilme, in denen Gegensätze einander anziehen und glücklich zusammenbleiben

»My Fair Lady«: Versnobbter Intellektueller verliebt sich in Dialekt sprechendes Mädchen von der Straße.

»Liebe auf Umwegen«: Junge vom Land erlebt glückliche Romanze mit Mädchen aus der Stadt.

»Ein Chef zum Verlieben«: Geldgieriger reicher Kerl findet die wahre Liebe mit einer Frau, die sich nichts aus materiellen Werten macht.

»New in Town«: Karrierebewusstes, sonnenhungriges Florida-Girl findet ihr Glück in einer Kleinstadt im eisigen Minnesota an der Seite eines schlichten Burschen.

Alles aus Liebe

Was nur in Liebesgeschichten gilt

Je mehr du einem Mann gibst, desto mehr wird er dich lieben. Je mehr du dich bemühst, einem Mann zu gefallen, desto mehr wird er dich lieben.

In Romanen ist die Heldin bereit, für die Liebe einfach alles zu tun. Durch ihre selbstlose Hingabe und Aufopferung gewinnt sie das Herz des Mannes. Schöne Geschichte.

In der »Twilight«-Saga stellt Bella ihre Bedürfnisse stets zugunsten anderer zurück. Als sie nach Forks geht, opfert sie sich ihrer Mutter zuliebe. Sie will eigentlich nicht aus Phoenix weg, aber sie tut es, damit ihre Mutter mit Phil glücklich sein kann. Als Edward sie in »Bis(s) zur Mittagsstunde« verlässt, ist sie bereit, ihr Leben zu geben, nur um ein paar Minuten lang seine Stimme in ihrem Kopf zu hören. Bella ist bereit, alles für Edward zu tun, der sie für diese selbstlose Hingabe verehrt. Die Botschaft dahinter ist, dass Bellas aufopfernder Charakter Edward dazu bringt, sie noch mehr zu lieben und noch zärtlicher zu behandeln. Er respektiert sie zutiefst für ihr Verhalten.

In echten Beziehungen sieht die psychologische Realität allerdings anders aus. Wenn jemand zu viel gibt und sich auf übertriebene Weise opfert, neigen wir eher dazu, den Respekt für diesen Menschen zu verlieren. Sehen wir uns doch mal an, wie Bella zu Mike Newton steht. Sie findet ihn nicht nur wegen seiner äußeren Erscheinung unattraktiv, sondern auch weil er so darauf aus ist zu gefallen. Er erinnert sie an einen schwanzwedelnden Hund. Menschen neigen dazu, Rangordnungen zu bilden, darin kommen die dominanten, respektheischenden Typen bis ganz nach oben, während die Unterwürfigen am Ende der Skala landen.

Denkt an Menschen, die ihr respektiert. Wahrscheinlich sind das Leute, die sich nicht viel gefallen lassen. Wer dauernd leidet und den Märtyrer spielt, irritiert seine Umgebung höchstens. Sobald sich jemand von euch alles gefallen lässt, verliert ihr den Respekt vor ihm. Und je weniger Respekt ihr für eine Person aufbringt, desto schlechter wird sie von euch behandelt.

Der Grundsatz, wonach ihr in einer Beziehung Opfer bringen müsst, ist nicht besonders gesund. Wer seine Bedürfnisse andauernd verleugnet, den respektiert auch ein Freund nicht mehr. Wenn du dich wie eine Märtyrerin benimmst, wird dein Freund dich auch so behandeln. Selbst nette, liebevolle Jungs nutzen euch dann aus.

Anna liebte es, sich um andere zu kümmern. Sie hatte gerade ihre Ausbildung zur Krankenschwester beendet und ihr freundliches, großzügiges Naturell sorgte dafür, dass sie für den Job wie geschaffen war. Andauernd bekam sie Blumen und Karten von dankbaren Patienten. Anna scheute keine Mühen, wenn es darum ging, es anderen recht zu machen und ihren Wünschen zuvorzukommen; immer lächelte sie und war die Toleranz in Person. Die Beziehung zu ihrem neuen Freund funktionierte zunächst gut. David war ein netter Kerl, und Annas lie-

benswürdige Art gefiel ihm. Das Problem war jedoch bald, dass sie keine eigenen Bedürfnisse zu haben schien. Wenn er sie beispielsweise fragte, was sie unternehmen wolle, antwortete sie immer: »Mir macht alles Freude, was dir Spaß macht.« Er war nicht der ordentlichste Typ, aber Anna räumte geduldig hinter ihm her. Wenn er etwas brauchte, war sie zu jeglichem Opfer bereit, um ihm zu helfen. Als sein Auto mal streikte, brach sie den Einkaufsbummel mit Freundinnen ab, um ihn abzuholen. Sie lieh ihm ihren Wagen und fuhr selbst mit dem Bus zur Arbeit, auch wenn das eine Odyssee von zwei Stunden bedeutete. David hasste sich selbst für die Erkenntnis, dass Annas immer lächelnde, verständnisvolle Art begann, ihm auf die Nerven zu gehen. Wenn er gereizt war, versuchte sie, ihn zu besänftigen. Dadurch wurde er ihr gegenüber aber noch unduldsamer. Doch je ruppiger er sich benahm, desto zuvorkommender war sie.

Insgeheim nannte er sie schon »Die Heilige«. Nachdem er eines Abends, kurz vor dem Schlafengehen ziemlich gemein zu ihr gewesen war, brachte sie ihm am nächsten Morgen ein wunderbar zubereitetes Frühstück ans Bett. Der Anblick des liebevoll beladenen Tabletts brachte irgendwas in ihm zum Überkochen. Er sagte ihr, wie er sich dabei fühle und dass er sie nicht mehr liebe. Anna fiel aus allen Wolken und konnte nicht begreifen, was sie falsch gemacht hatte.

Löwen und Männer

Eine der bekanntesten Stellen aus »Twilight« ist die, wo Edward sich mit einem Löwen vergleicht, der sich in ein Lamm verliebt. Das ist ein wunderbarer Satz, weil er die Quintessenz romantischer Geschichten in einem starken Vergleich zum Ausdruck bringt. Die Aggressivität des Löwen wird durch seine Gefühle für das Lamm gezähmt. Das sanfte, aufopferungsvolle Wesen des Lammes erringt seine Liebe. Das ist poetisch und romantisch, aber keine gute Basis für eine echte Beziehung. In der Realität folgen Männer nicht den Regeln romantischer Belletristik. Sie folgen vielmehr den üblichen Regeln des menschlichen Charakters.

Rosalies Tragödie

Falls ihr immer noch an der Wirkung von romantischer Literatur auf euer eigenes Liebesleben zweifelt, lasst uns doch noch mal bei »Twilight« nachlesen. Im Prinzip findet man das ja alles auch darin.

Erinnert ihr euch an Rosalies Geschichte? Als junges Mädchen verliebte sie sich hoffnungslos in Royce King Junior, den attraktiven Sohn eines reichen Geschäftsmannes. Rosalie war von seinem charmanten Auftreten so geblendet, dass ihr entging, wie er wirklich war. Sie machte sich auch gar nicht die Mühe, es herauszufinden, weil sie so in ihre Phantasievorstellung verliebt war. Erst als ihr auffiel, dass er sie nicht besonders leidenschaftlich küsste, verspürte sie eine gewisse Unstimmigkeit. Doch sie ignorierte dieses Indiz auf seinen Charakter und willigte ein, ihn zu heiraten. Die Beziehung nahm einen alles andere als märchenhaften

Verlauf: Er und seine Kumpane vergewaltigen sie und ließen sie mehr tot als lebendig zurück.

In ihrer Phantasie war Rosalie auf die klassische Aschenputtel-Geschichte reingefallen. Das hatte ihre Gefühle Royce gegenüber massiv beeinflusst. Und letztlich ihr Leben ruiniert.

Bellas Rolle

Bella ist ein großer Fan klassischer Liebesgeschichten wie »Romeo und Julia« und »Sturmhöhe«. Mit echten Menschen wird sie nicht so schnell warm, doch sie verehrt die romantischen Helden aus der Literatur. Im Verlauf der ganzen Saga vergleicht sie ihr eigenes Liebesleben rund um Edward und Jacob mit dem, was sie aus Büchern kennt.

Daher erscheint es ihr nur logisch, dass sie sich in Edward verliebt, kaum dass sie ihm begegnet. Sie ist ein überaus romantisches Mädchen. So wirkt es für uns auch total glaubwürdig, dass sie ihn anhimmelt. Sie glaubt an die Regeln der Romantik. Seit sie »Sturmhöhe« gelesen hat, ist sie überzeugt, dass die Liebe einen Mann retten kann, mag er auch noch so grausam und gewalttätig sein. Aus »Romeo und Julia« bezieht sie die Vorstellung, dass für die Liebe kein Opfer zu groß sein kann. Ohne diese Ansichten wäre sie dem gefährlichen Edward ja möglicherweise aus dem Weg gegangen.

Doch in allen Büchern vergleicht Bella sich sogar ausdrücklich mit der Heldin einer Liebesgeschichte und betrachtet sich als zentrale Figur in einem romantischen Märchen. Damit erkennt Stephenie Meyer höchstpersönlich die

Macht romantischer Lektüre auf die Entscheidungen von Menschen in Beziehungsfragen an. Bellas ganze Rolle basiert sogar darauf.

»Twilight« – eine Mädchenphantasie

Männer sehen sich gern die Bilder von nackten phantastischen Frauen an. Frauen bevorzugen Liebesgeschichten. Studien haben erbracht, dass Pornografie die Einstellung von Männern gegenüber Frauen verzerren kann. Genauso kann jedoch die Lektüre von Liebesromanen euer Idealbild von Jungen verfälschen.

So ziemlich jedem ist klar, dass der Zugang zu Pornografie reglementiert sein muss. Legal dürfen nur bestimmte Mengen sexuellen Inhalts in einem Film gezeigt werden. Mädchen werden jedoch höchst romantischen Stoffen ausgesetzt, ohne dass sich jemand darüber Gedanken machen würde. Die »Twilight«-Filme sind frei ab zwölf. Das heißt, Zwölfjährige dürfen sie sich unbeschränkt ansehen. Die Bücher kann schon jedes Kind lesen.

Aber vielleicht sollte man romantische Filme und Bücher auch nur beschränkt zugänglich machen. Oder zumindest sollte auf dem Umschlag ein Warnhinweis stehen: Vorsicht! Dieses Buch enthält eindeutig romantisches Material.

Und für die Filme wäre eigentlich eine neue Kategorie nötig. »Twilight« ab 45EM. Das würde bedeuten: gefahrlos für Frauen ab 45 in Begleitung ihrer Ehemänner.

Oder zumindest sollten die Bücher der Serie sinngemäß mit so einem Warnhinweis versehen sein:

Achtung

Dieses Buch enthält Wahrheiten, die eurem Liebesleben gefährlich werden könnten. Bitte bedenkt immer:

* Die Liebe wird ihn nicht ändern.
* Die Liebe wird ihn nicht besänftigen.
* Ein gewalttätiger Mann ist nicht insgeheim ein netter Kerl.
* Die Tatsache, dass ein Mann eine Frau liebt, entschuldigt gewalttätiges Verhalten nicht.
* Die Liebe kann einen unglücklichen Mann nicht in einen glücklichen verwandeln.
* Eure Liebe kann seine persönlichen Schwierigkeiten nicht beseitigen.
* Wenn zwei nicht zusammenpassen, ändert auch die Liebe nichts daran.
* Liebe siegt nicht über alles andere.
* Gib einem Mann nicht zu viel, weil er dich dafür nicht achten wird.
* Versuch nicht zu sehr, einem Mann zu gefallen, denn das wird dich in seinen Augen Respekt kosten.

So perfekte Liebesgeschichten wie »Twilight« können euch dem falschen Typen in die Arme treiben. Für manche Mädchen kann die Begeisterung für »Twilight« allerdings auch bewirken, dass sie überhaupt nicht in den Armen eines Mannes landen. Seid ihr vielleicht eine von ihnen?

6

»Twilight« hat die Messlatte für Jungs zu hoch gelegt

Es gibt noch eine weitere Gefahr, wenn ihr in die Jungs aus »Twilight« verliebt seid. Anstatt in romantischer Verwirrung überstürzt eine falsche Beziehung einzugehen und die Typen durch eine rosarote Brille zu betrachten, kann euch natürlich auch das absolute Gegenteil passieren.

Vielleicht beurteilt ihr echte Männer viel zu streng, weil ihr sie mit Edward und Jacob vergleicht. Das passiert Tausenden junger Mädchen und natürlich kann kein reales Wesen diesem Vergleich standhalten. Vielleicht fühlt ihr euch dann wie die jungen Frauen, die sich in einer Facebook-Gruppe unter dem Motto »Wegen Edward Cullen haben echte Jungs ihren Reiz verloren« zusammengetan haben.

Charlotte macht eine Ausbildung als Tierpflegerin. Das ganze letzte Jahr über hat sie sich vorgestellt, wie es wäre, »ihrem Edward« zu begegnen. »Ich sitze in der Schule und träume vor mich hin. Eines Tages taucht ein Neuer auf: Edward. In meiner Phantasie läuft es umgekehrt wie in der Schule in Forks – ich bin die Schülerin, die schon seit Jahren dort ist, und er der Neuankömmling, der noch niemanden kennt. Er bemerkt mich sofort, aber ich ignoriere ihn erst einmal.

Wo auch immer ich bin, stelle ich mir vor, dass Edward mir folgt. Wenn ich einen silbernen Volvo sehe, tue ich so, als wäre er das. Ich bilde mir ein, er versuche rauszukriegen, wo ich wohne. Wenn ein Junge sich mir nähert, male ich mir aus, dass er sofort auftaucht und den Konkurrenten eifersüchtig beiseitestößt.«

Charlottes Freunde wissen nichts von diesen Hirngespinsten, aber sie tauscht sich dauernd mit anderen »Twilight«-Fans in einem Online-Forum darüber aus. Sie weiß, dass ihre Umgebung sich schon fragt, warum sie sich nie mit einem Jungen verabredet.

»Es gibt da einen Typen, der mich zu mögen scheint. Er heißt Mike. Er macht es genau wie Edward – immer verlässt er das Klassenzimmer so, dass wir uns an der Tür begegnen und kurz Hallo sagen. Er ist sogar ziemlich süß, aber in meiner Vorstellung ist eben Edward hinter mir her. Da brauche ich doch einen wie Mike nicht.«

Wenn ihr echte Männer danach beurteilt, wie sie im Vergleich mit den »Twilight«-Helden abschneiden, ist euer Liebesleben schon vorbei, bevor es überhaupt begonnen hat. Denn logischerweise können die Normalsterblichen gegen märchenhafte Gestalten wie Edward und Jacob nur verlieren. In allen Bänden der Saga betrachtet Bella gewöhnliche Jungs wie Mike, Eric und Tyler als quasi minderwertig. Die Vorstellung, sich mit einem von ihnen zu verabreden, erscheint ihr nicht im Geringsten verlockend.

Steht ihr Männern etwa genauso gegenüber wie Bella den

normalen Typen? Sind sie in euren Augen weit weniger wert als Edward und Jacob?

Normale Männer sind einfach nicht gut genug

Wenn ihr die Jungs, die ihr kennenlernt, an Edward und Jacob messt, kann dabei nur Verachtung für diese armen Kerle herauskommen. Und wenn man Verachtung für jemand empfindet, wird man sich nie und nimmer in diesen Menschen verlieben. Wissenschaftliche Untersuchungen haben ergeben, dass Verachtung genau das Gefühl ist, das Frauen haben, bevor sie sich von einem Mann trennen. Der Psychologe John Gottmann hat Videomaterial von Paaren analysiert, die bereits Probleme miteinander hatten. Er konnte so vorhersagen, wer sich trennen und wer zusammenbleiben würde. Bei ersteren waren im Gespräch Anzeichen von Verachtung zu bemerken. Sie begannen bereits, aufeinander herabzusehen und den anderen gering zu schätzen.

Verachtung ist eines der grundlegenden menschlichen Gefühle. Es geht mit der Überzeugung einher, dass ein anderer weniger bis gar nichts wert ist. Die destruktive Wirkung ist immens, und es löst einige der schlimmsten Verhaltensweisen aus. Beim Mobbing etwa fühlt derjenige, der es betreibt, Verachtung für das Opfer. In Kriegen verbreitet man rassistische Propaganda über die Feinde, damit die eigenen Soldaten auf diese herabschauen. Im Zweiten Weltkrieg charakterisierte die amerikanische Regierung Japaner als eine Art Untermenschen, die es wie Ratten auszurotten gelte. Wenn ein Soldat Verachtung für ein ganzes Volk verspürt, den Feind als minderwertiges oder gar wertloses menschliches Wesen erachtet, fällt es ihm leichter, diesen zu töten. Jacob verachtet Vampire, folglich hat er keine Hemmungen, sie umzubringen.

Das waren jetzt natürlich Extrembeispiele für Verachtung, doch auch schon eine geringfügige Verachtung wirkt sich auf unser Verhältnis zu anderen Menschen aus. Und einen Mann, den man auch nur als unterlegen betrachtet, kann man nicht lieben.

Mit Männern ist es doch hoffnungslos!

Einige von euch denken jetzt vielleicht, na gut, aber mit echten Typen ist doch wirklich nicht viel los. Neben den »Twilight«-Helden sehen sie doch durch die Bank alt aus. Das mag zwar stimmen, aber ist es auch fair, Männer aus Fleisch und Blut mit euren Romanhelden zu vergleichen?

Lernt doch dazu mal euren neuen Freund Carl kennen:

Stell dir vor, du hättest gerade erst angefangen, dich mit Carl, einem Jungen, den du wirklich magst, zu verabreden. Es ist noch nichts Ernstes, ihr habt euch erst ein paarmal geküsst. Er sieht gar nicht besonders aufregend aus, aber er gefällt dir. Er kann großartig surfen und bringt dich zum Lachen. Du magst seine blauen Augen und kräftigen, breiten Schultern. Er wirkt ganz natürlich. Ihr seid bisher zweimal ausgegangen, und jetzt lädt er dich ein, einen Tag mit ihm am Strand zu verbringen.

Ihr trefft euch, und du bist ein bisschen unsicher, weil du einen neuen Glitzerbikini trägst. Leicht nervös legst du also deinen Sarong ab und lässt dich zum Sonnenbaden auf dem Handtuch nieder. Da merkst du, wie er deinen Körper taxiert.

Irgendwie wirkt er ein wenig distanziert. Er schaut dir nicht in die Augen und sagt kein Wort. Kein Plaudern und Scherzen mehr. Irgendwann fragst du ihn, was los ist. Keine Antwort. Nach zehn Minuten schweigt er immer noch. Da bittest du ihn, ehrlich mit dir zu sein.

Schließlich seufzt er und holt sein Handy heraus. Er sagt: »Schau, ich will offen zu dir sein.« Auf dem Display seines Telefons zeigt er dir ein Bild von einer Porno-Webseite. Ein perfektes, mit Photoshop bearbeitetes Foto von einem Mädchen mit wallendem blondem Haar bis zum Po und riesigen falschen Brüsten. Ihre Lippen sind prall aufgespritzt und ihre Lider zieren schwere falsche Wimpern. Ihr Kinn ist dank Bildbearbeitung perfekt symmetrisch, die Beine sehen geradezu verdächtig lang aus. Sie blickt mit einem Schmollmund in die Kamera und scheint die Erfüllung der wildesten Phantasien zu versprechen. Über dem Bild steht, dass sie Barbie-Lou heißt und Männer mit großen Autos und großen Ideen liebt.

Carl seufzt und streicht mit den Fingerspitzen über das Bild. »Ganz ehrlich, du kannst mit Barbie-Lou einfach nicht mithalten. Dabei hatte ich so gehofft, jemand wie sie gefunden zu haben. In normalen Klamotten war deine Figur ja noch ganz okay. Aber wenn ich dich jetzt so in deinem Bikini sehe und mir dann Barbie-Lou anschaue, muss ich dir sagen, deine Titten sind zu klein und irgendwie komisch. Richtige sind riesengroß und prall, so wie bei Barbie-Lou eben.« Anschließend zeigt er auf deine Oberschenkel. »Ich habe bemerkt, dass du hier eine Stelle mit Orangenhaut hast. Dein Bauch ist auch nicht gerade optimal. Und deine Beine beeindrucken mich genauso wenig. Man kann sie eigentlich nur stämmig nennen. Und ehrlich gesagt, glaube ich auch nicht, dass du mir die Art von Sex gibst, die Barbie-Lou mir verheißen würde. Wir haben uns jetzt dreimal getroffen und du hattest nicht mehr zu bieten als ein bisschen Knutschen. Also wird das mit uns beiden nichts.«

Er zeigt dir dann auch noch ein Bild einer ebenso »echten« Dunkelhaarigen. »Das hier ist Candy. Meine Kumpel finden sie am schärfsten. Aber ich gehör zu den Barbie-Lou-Fans. Sie ist einfach perfekt. Und ich sag es dir ganz offen, wegen Barbie-Lou haben normale Mädchen wie du ihren Reiz verloren.«

Wie würdet ihr euch nach so etwas fühlen? Verletzt, wütend?

Wahrscheinlich. Und das zu Recht. Es ist krank, mit einer Phantasiegestalt verglichen zu werden, die gar nicht existiert. Es ist unfair, so eine Idealfrau als Maßstab zu benutzen, um euch zu beurteilen, und alles in euch würde sich dagegen verwahren. Das ist herabsetzend und unmenschlich.

Aber Carl betrachtet dich offenbar nicht als Mensch. Er interessiert sich gar nicht für deine Person. In seinen Augen wärst du nur ein Objekt, das ihm helfen sollte, seine Phantasien auszuleben. So etwas würdest du bestimmt nicht tun. Also, warum solltest du ihm dafür zur Verfügung stehen?

Die Suche nach jemand, der einer Phantasiegestalt gleichkommen soll, ist keine gute Basis für die Liebe. Erstens wird man so jemand gar nicht finden. Und falls doch, würde man nicht diesen Menschen lieben, sondern nur die Züge an ihm, die dem Traum entsprechen. Und letztlich wollt ihr doch einen Jungen, der euch liebt, oder? Und wie soll ihm das gelingen, wenn ihr ihn nicht wirklich liebt?

Wahrscheinlich habt ihr euch selbst schon überlegt, dass ein Typ wie Carl nie mit einer echten Frau glücklich sein wird. Damit könntet ihr recht haben. Es gibt tatsächlich Befürchtungen, dass die Jungs, die jetzt Mitte zwanzig sind – die erste Generation, die als Heranwachsende leichten Zugang zu Pornos hatte –, Probleme damit haben werden, längerfristige Partnerschaften einzugehen. Denn sie haben Sexualität über Pornografie kennengelernt, daher ist ihre Vorstellung davon, wie Frauen zu sein haben, unrealistisch.

Und wie die Jungs, die auf Phantasiebilder von Frauen fixiert sind, werdet ihr es in euren Beziehungen schwer haben, wenn ihr euch auf Männer kapriziert, die nur in der Phantasie existieren.

Realitäts-Check

Carls Problem ist, dass er meint, versuchen zu müssen, seine Phantasie in die Realität umzusetzen. Doch das wird nie passieren. Erstens ist diese Frau ja nicht echt, sondern ein bearbeitetes, posierendes, künstliches Abbild. Und zweitens, falls ihm je ein so umwerfendes Mädchen mit einem derart unglaublichen Körper begegnen würde, wäre es für ihn gänzlich unerreichbar. Studien haben ergeben, dass die Freundin bzw. der Freund üblicherweise dem eigenen Grad an Attraktivität entspricht. Wenn ein Mann also nicht außergewöhnlich reich ist, landet er vermutlich bei einer Frau in seiner Preislage. Normale Männer wie Carl müssen sich demnach auch mit einem normalen Mädchen begnügen. Aber weil er sich in seiner Phantasie schon mit einer solchen Traumgestalt sieht, glaubt er, so jemand auch bekommen zu können. Anscheinend ist er so von sich überzeugt, dass er meint, ein so wunderschönes Mädchen müsste sich in ihn verlieben, egal wie er selbst aussieht.

In »Twilight« spielt Edward ja auch in einer ganz anderen Liga als Bella. Er sieht wie ein Model, wenn nicht sogar wie ein Engel aus. Bella ist zwar hübsch, insbesondere im Vergleich zu den anderen Mädchen an der kleinen Highschool von Forks, aber sie ist kein Model. Vielmehr wirkt sie wie ein durchschnittliches Mädchen, das sich noch dazu wenig Gedanken um sein Äußeres macht, sondern Jogginghosen und Flanellhemden trägt. Und doch verliebt sich Edward in sie. Vielleicht glaubt ihr wie Carl auch, dass ein wunderhübscher Mann sich in euch verlieben sollte, egal wie ihr selbst ausseht. Möglicherweise gehört ihr zu den Mädchen, die das für möglich halten. Warum solltet ihr keinen Typen wie Edward oder Jacob abkriegen? (Oder gleich zwei von der Sorte, so wie Bella.) Vielleicht wollt ihr euch nicht mit den Jungs aus eurer Liga bescheiden. Sind sie euch nicht gut genug? Gleichzeitig missbilligt ihr es, wenn ein ganz gewöhnlich aussehender Junge meint, ein Mädchen mit dem Aussehen eines Filmstars oder Supermodels zu verdienen. Manche »Twilight«-Fans denken aber genau so.

Falls ihr schon das Gefühl habt, euch mit einem normal aussehenden Jungen nicht mehr zufriedengeben zu können, seid ihr bereits Opfer eurer eigenen Selbstüberschätzung.

Wie bei Charlotte am Beginn dieses Kapitels könnte das bedeuten, dass ihr in einer Scheinwelt lebt, die eurem echten Liebesleben keine Chance lässt.

Es geht nicht nur ums Aussehen – es geht um Liebe

Grundsätzlich sind Mädchen, was die Einschätzung des anderen Geschlechts angeht, wohl weniger oberflächlich als Jungen. Das Aussehen steht bei den meisten nicht an erster Stelle. Ein weiterer Grund dafür, warum normalsterbliche Typen im Vergleich zu den »Twilight«-Helden als Loser dastehen, ist die unglaublich tief empfundene Liebe, zu der Edward und Jacob fähig sind. Beide lieben Bella leidenschaftlich und auf ewig. Ohne sie sind ihre Leben wertlos. Die treibende Kraft ist für beide, Bella zu beschützen und glücklich zu machen.

Die Liebe ist in den Biss-Romanen intensiver als im wahren Leben. Vampire lieben ewig, und Werwölfe werden »geprägt«. Ihre Liebe ist unerschütterlich und allumfassend. Bella bildet für Edward wie für Jacob den Mittelpunkt ihrer Existenz. Ihre Liebe zu Bella macht sie überhaupt erst als Person aus.

Das haben die Jungs in eurer Umgebung definitiv nicht zu bieten. Daher bezweifelt ihr zu Recht, dass irgendjemand euch so lieben könnte wie Edward und Jacob Bella lieben. Ihr habt vielleicht schon ziemlich große Enttäuschungen erlebt oder bei euren Freundinnen mitbekommen. Die Jungs zeigten möglicherweise nicht mal einen Bruchteil der Leidenschaft und Gefühle, die ihr euch gewünscht hättet.

Emily war schon seit einiger Zeit mit Max zusammen. Er spielte halb professionell Eishockey und sollte mit seiner Mannschaft zu mehreren Spielen nach Kanada fahren; im Anschluss daran war noch eine Reise durch die USA geplant. Insgesamt würde er zwei Monate unterwegs sein. Er lud Emily ein, ihn zumindest auf einem Teil der Strecke zu begleiten, doch wegen ihrer Arbeit konnte sie nicht weg.

»Ich wusste, dass er sich seit einem Jahr auf die Reise freute, aber trotzdem stellte ich mir bis zum Schluss vor, er würde zumindest die USA-Rundreise absagen, um bei mir zu sein. Doch das tat er nicht. Am Abend vor der Abreise war er so aufgeregt wie ein kleiner Junge, während ich mich weinend an ihn klammerte, was mir rückblickend ein bisschen peinlich ist. Aber ich konnte die Vorstellung, so lange von ihm getrennt zu sein, einfach nicht ertragen.«

Sie hatte damit gerechnet, dass er ihr am nächsten Tag eine SMS schicken oder über Facebook eine Nachricht zukommen lassen würde. Aber die Zeit verging, und sie hörte nichts von ihm. Als sie ihn schließlich anrief, klang er ganz ausgelassen.

»Es ärgerte mich, dass er mich nicht offensichtlicher vermisste. Obwohl er behauptete, er würde es tun. Aber er benahm sich eben nicht so. Stattdessen redete er nur ununterbrochen von seiner Mannschaft und der Reise.«

Als die Hälfte der Zeit vorbei war, hatte Emily einen Unfall.

»Ich hatte einfach nicht aufgepasst, und schon fuhr mir dieses Auto über den Fuß. Ich will ja nicht sagen, dass es die schlimmste Verletzung der Welt war, aber immerhin

waren zwei Knochen gebrochen, ich bekam einen Gips und Krücken. Noch vom Krankenhaus aus rief ich ihn an. Er war zwar voll des Mitleids, aber nicht im Geringsten besorgt. Na gut, ich gebe zu, dass ich gehofft hatte, er würde deshalb früher zurückfliegen. Schließlich hatten wir eine ernsthafte Beziehung. Ich hätte für ihn an erster Stelle stehen sollen. Aber alles, was er tat, war, mir Blumen zu schicken. Dann setzte er bei bester Laune den Urlaub mit seinen Kumpels fort. Die wahre Liebe hätte sich sicher anders verhalten.«

Viele von euch sind mit menschlicher Liebe unzufrieden. Sie erscheint euch irgendwie lauwarm und unzuverlässig im Vergleich zu der Liebe, die Bella von Edward und Jacob bekommt. Aber im wahren Leben kümmern sich Männer nicht endlos um euch, beteuern keineswegs andauernd, dass ihr der Sinn ihres Lebens seid und bestaunen auch nicht euer Gesicht, während ihr schlaft. Wie Männer in Wirklichkeit sind, nämlich vergleichsweise launisch und gedankenlos, das kann sich dann schon mal wie ein Schlag ins Gesicht anfühlen.

Edwards Gefühle für Bella unter der Lupe

Wie Edward Bella liebt, das ist keine normale, menschliche Liebe zwischen zwei Erwachsenen. Vielmehr handelt es sich hier um eine übersteigerte Form von Liebe, die obsessiv und alles verschlingend ist. Das mag zunächst sehr verführerisch klingen. Doch die Gefühle, die Edward Bella gegenüber an den Tag legt, sind nicht die eines Mannes für eine Frau. Seine

Liebe hat mehr Ähnlichkeit mit der Fürsorge einer Mutter für ihr Neugeborenes.

Er sieht ihr nicht nur beim Schlafen zu, sondern singt ihr auch ein Wiegenlied, während sie in seinen Armen einschlummert. Dauernd hebt er sie auf und trägt sie irgendwohin, als wäre sie ein kleines Kind. Er sorgt sich um ihre körperlichen Bedürfnisse, macht sich Sorgen, ob sie Hunger haben oder müde sein könnte. Er ist geradezu überbehütend. Nachsichtig lacht er über ihre ängstliche, unbeholfene Art. Wenn sie sich danebenbenimmt ist er dagegen streng. Sein obsessives Beschützerverhalten erinnert an Eltern von kleinen Kindern. Als er sie in »Bis(s) zum Abendrot« nach La Push mitnimmt, um auf der Mittsommernachtsfeier der Werwölfe Jacob zu treffen, kommt sie sich vor wie ein Kind, das von der Obhut des einen Elternteils in die des anderen gegeben wird. Wenn er selbst nicht zugegen ist, kümmert er sich um »Babysitter« für Bella. Er ist quasi allwissend und allmächtig.

Diese Form von obsessiver, elterlicher Liebe bekommt man üblicherweise nicht von einem Mann. Aber selbst wenn, würde man ihrer nach einer Weile überdrüssig. Sogar Bella fühlt sich davon erdrückt. Deshalb sehnt sie sich danach, auch ein Vampir zu werden, nicht nur um für immer mit Edward zusammen, sondern auch um ihm ebenbürtig zu sein.

Die Liebe – wichtiger als das Leben

Ein weiterer Grund für die Faszination von »Twilight« ist, dass Edward und Jacob die Liebe zu Bella wichtiger ist als ihr eigenes Leben. Sie würden es für sie geben. Da schaut ihr euch vielleicht die Männer in eurer Umgebung an und fühlt euch betrogen. Denn die meisten würden wahrscheinlich nicht lieber sterben, als auf euch zu verzichten.

Emily gab Max kurz nach seiner Rückkehr von der Eishockey-Tour und der Rundreise den Laufpass.

»Er hatte mir gezeigt, dass er sich nicht großartig Gedanken darüber machte, sein ganzes Leben mit mir zu verbringen. Ich war eben nur ein Teil seines Lebens, und für die wahre Liebe reicht das meiner Meinung nach nicht. Er opferte nicht einmal seinen Traumurlaub, als ich verletzt war, also würde er wohl kaum sein Leben für mich opfern.«

Jetzt ist Emily wieder Single und sucht weiter nach einem Mann, der sie zum Mittelpunkt seines Lebens macht.

In der »Twilight«-Saga wird die Liebe zwischen Mann und Frau zu einem göttlichen, berauschenden Zustand glorifiziert, der so kostbar ist, dass er alles andere auf der Welt an Bedeutung überragt. Kein Opfer ist dafür zu groß. Selbst der Tod wäre dem Verlust dieser Liebe noch vorzuziehen.

Das macht großartige, herzzerreißende Literatur aus. Wie viele romantische Geschichten vermittelt auch »Twilight« die Botschaft, dass Liebe wichtiger ist als das Leben an sich. Als Edward nach Italien reist, um die Volturi zu provozieren, weil er sich ein Leben ohne Bella nicht vorstellen mag, da seufzt man als Leserin und denkt sich, ach, wie romantisch.

Das alles lässt Beziehungen im richtigen Leben vergleichsweise öde wirken. Wie viele der Jungs, die ihr kennt, würden denn den Tod wählen, um ihre Freundin zu retten? Den meisten Männern dürfte die Liebe nicht wichtiger sein als das Leben. Möglicherweise ist ihnen höchstens Fußball wichtiger als das Leben selbst.

Der Eindruck, den man von den normalsterblichen Männern bekommt, ist also ein ziemlich enttäuschender. Liebe ist für sie keine Sache auf Leben und Tod. Höchstwahrscheinlich begegnet ihr niemand, der sein Leben für euch geben würde. Man kann sich ja oft schon glücklich schätzen, wenn einer bereit ist, einen Abend mit seinen Kumpeln zu opfern.

Nach der Lektüre von »Twilight« träumt ihr also davon, eine Liebe zu erleben, die größer ist als das Leben und der Tod. Für manche Menschen ist dieser Traum Realität. Aber möchtet ihr wirklich einen Mann, dem eure Liebe wichtiger ist als sein Leben? Die gute (oder doch eher schlechte) Nachricht lautet: Das kann passieren. Tausende junger Leute bringen sich nach einer Trennung um, weil sie sich dem Leben ohne ihren Liebsten oder ihre Liebste nicht gewachsen fühlen.

Eine alles verzehrende Liebe

Der beliebte britische TV-Moderator Mark Speight und seine Verlobte Natasha Collins waren unzertrennlich. Die Schauspielerin stand am Beginn einer verheißungsvollen Karriere, bis sie nach einem schweren Autounfall ins Koma fiel. Er pflegte sie und unterstützte sie bei der Genesung. Im Januar 2008 starb sie allerdings an einer Überdosis Drogen.

Mark war am Boden zerstört und nicht in der Lage, über diese Tragödie hinwegzukommen. Seine Familie und Natashas Mutter bemühten sich verzweifelt, ihm beizustehen, doch er war davon überzeugt, dass die Zukunft für ihn nur öde Einsamkeit bereithielte. Er sagte, dass er sich ein Leben ohne sie nicht vorstellen könne. Drei Monate nach ihrem Tod hinterließ er eine Nachricht für Natashas Mutter und verschwand. Sechs Tage lang galt er als vermisst, bis man ihn schließlich erhängt in einem leer stehenden Gebäude entdeckte.

Nur ein paar Monate später mussten sich seine und Natashas Familie zu einem dritten Begräbnis versammeln: Marks Mutter war gestorben, weil die Trauer ihre Gesundheit ruiniert hatte.

Nun trauert sein Vater allein. Er hat sich eine Art Schrein mit Marks Spielsachen aus Kindertagen, Postern und Fotos eingerichtet. Er sagt: »Dort kann ich mich ihm wenigstens nahe fühlen.«

In der Realität ist »eine Liebe die mir mehr bedeutet als mein Leben« schrecklich traurig und nicht im Geringsten romantisch. Nur in einem Roman wirkt so etwas verlockend und dramatisch.

Denkt einmal an einen Mann in eurem Leben, der euch am Herzen liegt – an euren Bruder, einen anderen Verwandten oder einen guten Freund. Jetzt stellt euch vor, dass derjenige sich heftig in ein Mädchen verliebt, das dann plötzlich an einer nicht diagnostizierten Herzerkrankung stirbt.

Wäre es euch lieber, er würde sich umbringen, anstatt ohne sie weiterzuleben? Würdet ihr euren Bruder mit einer leeren Tablettenschachtel tot auffinden wollen? Oder den Freund mit aufgeschnittenen Pulsadern? Könntet ihr es ertragen, einen Abschiedsbrief zu lesen, in dem steht »Ich konnte ohne sie nicht leben«?

Natürlich nicht. Ihr würdet wollen, dass euer Bruder oder Freund am Leben bleibt. Es gibt nämlich außer der romantischen Liebe noch viele andere Dinge, für die es sich zu leben lohnt.

Schreckliche Realität

In manchen Kulturen gilt die Liebe mehr als das Leben oder der Tod. In einigen Teilen der Welt glauben Menschen, dass eine Frau nicht als Witwe weiterleben *wollen* soll, wenn sie ihren Mann wirklich geliebt hat.

So war etwa die achtzehnjährige Inderin Roop Kanwar gerade mal acht Monate verheiratet, als ihr Mann starb. Bei der Bestattung ihres Gatten übergossen ihre Verwandten sie mit siedendem Öl und verbrannten sie bei lebendigem Leib auf dem Scheiterhaufen ihres Mannes. Anschließend wurde sie als Heilige verehrt, weil sie dieses Opfer gebracht hatte.

Sati, die Tradition der freiwilligen Witwenverbrennung bei lebendigem Leib im Rahmen der Bestattung des Mannes, ist zwar inzwischen verboten, findet aber bis heute immer noch statt.

Die Message von »Twilight« lautet, dass obsessive, gefährliche Liebe etwas Wunderbares ist und dass Bella besser tot wäre, als auf Edward zu verzichten und umgekehrt.

Diese Vorstellung gehört definitiv ins Reich der Phantasie. In Wirklichkeit möchte sicher niemand von euch so eine Form von Liebe erleben.

Männer und Frauen machen sich gegenseitig nicht zum Mittelpunkt ihres Lebens. Das Leben hat viel, viel mehr zu bieten als nur romantische Liebe. Und Liebe unter normalen Menschen verlangt, wenn sie gut ist, auch keine barbarischen Opfer. Sie ist nicht so verschlingend, dass sie Leben zerstört. Sie funktioniert vielmehr, weil zwei Menschen einander gleich viel geben. Im Rahmen einer gesunden Liebe schätzt man das eigene Glück und Wohlbefinden ebenso wie das des Partners. Außerdem kann man einen Menschen von ganzem Herzen lieben, aber trotzdem wissen, dass sein Verlust zwar schrecklich wäre, aber das eigene Herz eines Tages auch wieder heilen würde.

Erwarte von deinem Freund keine Liebe um jeden Preis. Eine normale, glückliche Liebe ist nicht unzertrennlich. Und sie ist nicht zerstörerisch. Die meisten Jungs nehmen die Liebe nicht wichtiger als das Leben. – Und das ist auch gut so.

Geheimnis Nummer zwei: Zusammenfassung

Die Geschichte von »Twilight« kann für dein Privatleben gefährlich werden, wenn sie Folgendes bei dir bewirkt:

* Du glaubst, dass deine Liebe einen gefährlichen Mann »heilen« kann.
* Du denkst, dass ein unglücklicher Mann dich glücklich machen kann.
* Du meinst, ein Mann, der eigentlich nicht zu dir passt, könnte ein Seelenverwandter sein.

* Du glaubst, deine Liebe könnte ihn in den Mann verwandeln, den du gerne hättest.
* Wenn du auf eine Phantasievorstellung von Männern fixiert bist, anstatt Beziehungen zu echten Menschen zu suchen.
* Wenn du dich auf eine Phantasievorstellung von Liebe versteifst, statt auf echte Liebe zu setzen.

Und was kann man dagegen tun? Nehmen wir doch als Nächstes mal eure Gefühle für die »Twilight«-Helden unter die Lupe.

Geheimnis Nummer drei

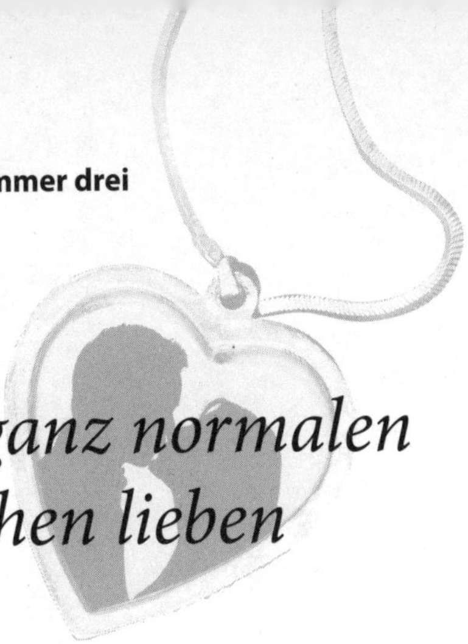

Einen ganz normalen Menschen lieben

Nur ein normalsterblicher Mann kann deine Bedürfnisse als Frau befriedigen!

7

Du brauchst einen echten Menschen, keinen Halbgott in Menschengestalt

Warst du schon mal in einen Typen verliebt? Hast du je ein Idol vergöttert?

Zwischen beidem gibt es einen Unterschied.

Wenn ihr die »Twilight«-Saga lest, erlebt ihr vielleicht starke emotionale Reaktionen auf Edward oder Jacob. Die beiden rufen heftige Gefühle hervor; das fühlt sich wie Liebe an. Die Romanhelden besitzen erstaunliche übermenschliche Fähigkeiten. Kräftemäßig, was ihr Aussehen betrifft und in jeglicher anderer Hinsicht sind sie euch überlegen. Folglich stellt ihr sie auf einen Sockel. Sie übertreffen euch und jedes andere menschliche Wesen ganz und gar.

Das ist nicht Liebe, sondern Idolisierung – wie man sie einem göttlichen Wesen gegenüber empfinden würde. Zweifellos ein starkes Gefühl. Aber nicht die Art von Liebe, die Menschen einander schenken.

In der erwachsenen Liebe unter Menschen sind beide Partner einander ebenbürtig. Edward und Jacob ähneln eher auf die Erde verbannten Göttern als normalen Jungs auf eurem Niveau. Sobald sie ihr ungemein gutes Aussehen und ihre übermenschlichen Kräfte verlören, würde das eure Gefühle für sie ändern.

Wenn ihr nach einem Jungen Ausschau haltet, der es mit Edward oder Jacob aufnehmen könnte, sucht ihr in Wirklichkeit nach jemand, den ihr vergöttern könnt. Und das Problem ist, falls ihr jemand findet, den ihr vergöttern könnt, dann herrscht zwischen euch kein Gleichgewicht.

Bella erkennt das. Sie sagt, dass die Beziehung zwischen Edward und ihr nicht funktionieren kann, wenn sie weiterhin die Rolle der Lois Lane neben Edward dem Superman spielen soll. Das ist einer der Gründe, warum sie von ihm verwandelt werden will. Sie erklärt ihm, sie beide müssten einander ebenbürtig sein. Sie weiß, dass die Verhältnisse in ihrer Beziehung ungesund sind.

Eine Beziehung, in der ein Partner den anderen als überlegen verehrt, ist kein Weg zum Glück.

Tanja lernte Luca in ihrem ersten Studienjahr kennen. Sie wollte Physiotherapeutin werden, er besuchte eine renommierte Schauspielschule.

»Ich begegnete ihm auf einer Party und konnte erst nicht glauben, dass er sich für mich interessierte. Er war hübsch und hatte tolle Klamotten an. Ich fand, dass ich schon immer durchschnittlich aussah, umso mehr erstaunte mich, dass er sich zu mir hingezogen fühlte. Noch dazu war er wirklich begabt und für den Erfolg geboren.«

Tanja vergötterte Luca und war stolz darauf, ihn ihren Freundinnen zu präsentieren.

»Er besaß diese natürliche Eleganz und eine Anziehungskraft, die ihn zum Mittelpunkt jeder Party machte. Alle meine Freundinnen nannten ihn spaßeshalber ›den Göttlichen‹!«

Doch die beiden hatten nicht viel gemein. Er stammte

aus einem betuchten, kunstsinnigen Elternhaus, und sie fühlte sich völlig fehl am Platz, als sie mit ihm in die italienische Villa seiner Eltern in die Ferien fuhr. Sie mochte es sich kaum eingestehen, aber trotz der traumhaften Umgebung amüsierte sie sich nicht im Geringsten.

»Dauernd benutzten sie Wörter wie ›postmodern‹ oder ›kontemporär‹. Die halbe Zeit über hatte ich das Gefühl, ein Wörterbuch zu brauchen. Eines Abends gab es ein festliches Abendessen, und ich wurde aufgefordert, meine Lieblingszeilen von Shakespeare vorzutragen! Als ob ich welche hätte! Ich musste lernen, ausgefallenes Essen zu mögen, wie Trüffel und Schnecken. Dabei mag ich einfachere Sachen viel lieber.«

Tanja stellte Luca an erste Stelle, egal, welche Entscheidung sie zu treffen hatte. Ihre Freizeit ging komplett dafür drauf, sich zu stylen und modische Klamotten zu finden, um mit ihm mithalten zu können. Nie behelligte sie ihn mit ihren Problemen, denn er hatte ihr mal erzählt, dass eine Exfreundin eine emotionale Blutsaugerin gewesen sei, die er andauernd hatte aufrichten müssen.

Sie tat also alles in ihrer Macht Stehende, um ihm zu gefallen. »Meine Freizeit ging damit drauf, ihn zu irgendwelchen Studentenaufführungen zu begleiten, die ich, ehrlich gesagt, langweilig fand. Er hatte die Gewohnheit, noch mehr auszugeben, als er von seinen Eltern bekam, sodass ich ihm immer wieder Geld lieh. Meist vergaß er, es mir zurückzuzahlen.«

Nachdem sie etwa sechs Monate zusammen waren, besuchte Tanja mit Luca und seinen trendigen Freunden eine Party, die die ganze Nacht durch ging. Am nächsten Tag fühlte sie sich total ausgelaugt, nachdem sie ihnen hatte zuhören müssen, wie sie über ein Stück von Ibsen diskutierten, das sie nicht die Bohne interessierte. Sie zwang sich trotzdem, loszuziehen, um in Boutiquen nach einem neuen Outfit für den nächsten Theaterabend zu suchen. In einem Modegeschäft brach sie unvermittelt in Tränen aus.

»Ich hatte mich noch nie so verzweifelt gefühlt. Es traf mich wie ein Schlag. Mir wurde klar, dass ich absolut nichts mehr auf dem Konto hatte und ich mich davor fürchtete, am nächsten Abend wieder ausgehen zu müssen. Eine Verkäuferin machte mir eine Tasse Tee, und ich klammerte mich verzweifelt an ihren Arm. Ich war außer mir vor Einsamkeit, was mir erst recht Angst machte, denn wie konnte ich denn einsam sein, wo ich doch einen Freund hatte? Jener Tag war der Beginn meines monatelangen Kampfes, um wieder glücklich zu werden.«

Tanja war neben Luca einsam, weil er sie gar nicht wirklich kannte, sondern nur die Person, die sie zu sein vorgab. Sie begriff, dass ihre Beziehung das Problem war. Tanja vergötterte Luca wahrhaftig. Aber ihre Beziehung machte sie nicht glücklich.

»Ich sagte Luca, wie ich mich fühlte. Da warf er mir vor, genauso zu sein wie seine ›bedürftige‹ Ex. Er beklagte sich, dass jede Frau, mit der er zusammen wäre, versuche, ihm das Leben auszusaugen. Ich war diejenige, die litt, aber er beklagte sich.«

Nach langem schmerzlichen Überlegen entschied Tanja, dass sie sich nie gut genug für ihn fühlen würde und dass er nie in der Lage wäre, ihr zu geben, was sie brauchte. Also beschloss sie, Schluss zu machen.

»Nach der Trennung durchlebte ich drei verzweifelte

Monate. Eines Abends überredeten meine Freundinnen mich, mit in einen Club zu kommen, und da sah ich ihn, Luca mit einer neuen Freundin. Und es war komisch – normalerweise sollte es einen ja traumatisieren, den Ex mit seiner Neuen zu sehen. Aber für mich war es eher ein Moment der Erkenntnis. Sie war auch ein durchschnittlich aussehendes Mädchen, ungefähr wie ich, und sie himmelte ihn an. Da ging mir auf, dass er genau darauf aus war. Luca liebte es, eine Freundin zu haben, die keinerlei Herausforderung für ihn darstellte und tat, was auch immer er ihr sagte. Er genoss ihre Verehrung und sie genoss den Glanz, der von ihm abstrahlte. Damals war ich zum ersten Mal froh, diese Beziehung hinter mir zu haben.«

Das Problem, wenn man einen Jungen wie einen Halbgott verehrt, liegt auf der Hand: Es ist emotional nicht befriedigend. So etwas entspricht einfach unseren menschlichen Bedürfnissen nicht. Nur ein anderes menschliches Wesen, eines, das uns ebenbürtig ist, kann uns wirklich verstehen.

Das Bedürfnis, menschliche Erfahrungen mit all ihren Schwierigkeiten, Freuden und Verletzungen zu teilen, ist einer der Gründe, warum Männer und Frauen überhaupt enge Beziehungen zueinander eingehen. Und man braucht einen Partner, mit dem einen genügend Gemeinsamkeiten verbinden, damit das auch funktioniert. Wenn er euch so weit überlegen ist (oder das auch nur glaubt), wird er nicht in der Lage sein, sich in euch einzufühlen.

Aber ihr braucht auch gar keinen Typen, der wie ein Gott ist. Wer einen Gott in seinem Leben haben will, der kann sich an die Religion halten. Man kann entweder den Glauben praktizieren, in dem man aufgewachsen ist, oder andere spirituelle Möglichkeiten ausprobieren.

Götter gehören jedenfalls in den Himmel, nicht an eure Seite.

Nachdem Tanja die Trennung von Luca verwunden hatte, war sie lange Zeit sehr vorsichtig mit Jungs. Doch als sie dann Paul kennenlernte, fühlte sie sich mit ihm auf Anhieb wohl. Er hatte einen ähnlichen familiären Hintergrund wie sie und mochte die gleichen unkomplizierten Sachen, etwa zum Baden an einen See fahren und dort Pommes essen oder sich zu Hause einen Hollywoodschinken anschauen und dazu eine Riesenschüssel Popcorn futtern. Er sah nicht übermäßig attraktiv aus, aber auf ganz normale Weise gut.

»Ich brauchte eine Weile, um mich daran zu gewöhnen, in einer Beziehung auf Augenhöhe zu sein. Manchmal vermisste ich es noch, nicht so einen Typen wie Luca an meiner Seite zu haben, oder ich benahm mich irgendwie unterwürfig. Aber Paul lachte nur, wenn ich versuchte, ihn auf ein Podest zu stellen! Er wollte lieber auf Augenhöhe mit mir sein, und bald lernte ich, mich darüber zu freuen, was uns alles verband. Ich mochte mich in seiner Gesellschaft auch selbst. Und ich war ganz ich selbst, was mich ihm spürbar näherbrachte.«

Als sie sich in ihn verliebte, war das eine Liebe zwischen zwei Menschen, keine Heldenverehrung, wie sie sie bei Luca empfunden hatte. Und das war ein weitaus glücklicherer Zustand.

Ihr braucht keinen Mr. Perfect

Ein Problem der »Twilight«-Saga ist, dass sie euch in punkto Jungs ein Idealbild präsentiert. Deshalb könnte man leicht denken, eine solche Perfektion würde glücklich machen. Doch das stimmt nicht. Die Perfektionsfalle ist sogar eine der Hauptursachen für Unzufriedenheit in unserer Gesellschaft.

Man vermittelt euch ständig, nach Glück zu streben, indem ihr versucht, die Besten zu sein. Ob in der Schule, während der Ausbildung oder im Beruf, überall heißt es, arbeite so hart wie du kannst, und wenn es dir endlich gelingt, dich und dein Leben zu verbessern, dann wirst du glücklich sein.

Ganze Industriezweige leben davon, den Leuten dabei zu helfen, etwas zu verbessern: ihr Denken, ihren Körper, ihre Pomuskeln, ihre Gefühle, ihre Küche, ihr Bad, ihre Frisur. Man braucht nur eine Zeitschrift aufzuschlagen oder den Fernseher einzuschalten, um mit Werbung bombardiert zu werden, die einem sagt, wie man dünner, reicher, im Beruf erfolgreicher wird, oder auch, wie die Haare glänzender oder die Wimpern schöner werden. Wir bekommen vorgegaukelt, wir würden, wenn wir es nur schlau anstellen, mit perfekter Haut und einem wohlgeformten Körper belohnt. Schon mit dem richtigen Tampon kann man anscheinend selbstbewusster und glücklicher sein.

Fernsehsendungen und Filme zeigen uns eine Phantasieversion des Lebens. Hollywood produziert einen Film nach dem anderen über umwerfende Leute, die in riesigen, perfekten Häusern residieren. Die Zeitschriften sind voll mit

Reichen und Schönen. Fotos von Frauen wie Paris Hilton, Victoria Beckham, Heidi Klum und anderen sind überall zu sehen, daneben stehen Annoncen und Artikel, die euch zeigen sollen, was ihr tun müsst, um ihnen ähnlicher zu werden. Der Grundsatz dahinter: Je mehr desto besser.

Und macht dieses permanente Streben nach einem perfekten Leben dich glücklich?

Nein, tut es nicht.

Studien zum Thema Glück zeigen, dass selbst wenn unser Leben immer besser wird und es in unserer Macht steht, uns nahezu zu perfektionieren, das kein bisschen glücklicher macht. Schöne Menschen sind keinen Deut glücklicher als durchschnittliche. Wenn man nicht gerade verarmt ist, bedeutet wachsender Reichtum keinen Zuwachs an Glück. Psychologische Untersuchungen ergaben, dass jemand, dem etwas Gutes widerfährt, beispielsweise ein Lotteriegewinn, sich eine Zeit lang besser fühlt, doch dieser Schwung lässt kontinuierlich nach, bis der Mensch wieder exakt auf das Glücksniveau zurückkehrt, das er zuvor empfunden hat.

Mehr bedeutet also keineswegs besser.

Diese wahnsinnig gut aussehenden, superreichen Promis sind demnach nicht glücklicher als der Durchschnittsmensch. Leute mit einem scheinbar perfekten Leben sind genauso anfällig für Scheidungen, Depressionen und Alkoholismus wie der Rest von uns.

Aber warum macht mehr nicht glücklicher? Weil wir unsere Erwartungen entsprechend hoch- und höherschrauben. Kauft man sich sein erstes Wohneigentum, ist man vielleicht in einer winzigen Einzimmerwohnung überglücklich. Aber bald kommt die Erkenntnis, wie schön es wäre, ein weiteres Zimmer für Gäste zu haben – und einen Garten. Das Mädchen von nebenan hat in ihrem sogar ein Jacuzzi … Daraufhin werdet ihr unzufrieden und wünscht euch mehr. Mit dem neuen Conditioner glänzt dein Haar viel mehr, aber mit dem von Jennifer Aniston ist es immer noch nicht zu vergleichen.

Menschen vergleichen sich immer mit Leuten, die mehr haben. Und unsere Zeit gibt einem wie von selbst das Gefühl, als Person nicht gut genug zu sein und zu wenig erreicht zu haben. Das erzeugt eine ungeheure Rastlosigkeit und Unzufriedenheit. Und das, obwohl heute so viele Menschen sicherer leben, besser ernährt und wohlhabender sind als zu irgendeiner anderen Zeit unserer Weltgeschichte.

Wenn ihr euch mit Leuten vergleicht, die es besser getroffen haben, und ihr euch mehr wünscht, macht euch das unglücklich und unzufrieden. Glück erwächst allerdings nicht aus Perfektion, denn Perfektion ist unerreichbar. Sobald du ein Ziel erreicht hast, legst du deine Messlatte ein Stückchen höher.

Nichts davon wird euch wesentlich glücklicher machen:

- Ein straffer Po
- Glänzenderes Haar
- Eine Million Euro
- Zehn Kilo Gewichtsverlust
- Eine Beförderung
- Ein teures Auto

Wenn ihr die Jungs in eurer Umgebung mit Edward und Jacob vergleicht, tappt ihr in die gleiche Falle: zu glauben, ihr müsstet nach Perfektion streben, weil alles andere euch nicht glücklich machen könnte. Das Denkmuster »je mehr desto besser« auf Männer anzuwenden, bedeutet, den gleichen Fehler zu machen wie in allen anderen Bereichen unseres Lebens. Die zwei perfekten Typen Edward und Jacob sind Phantasiefiguren, und ihr sehnt euch nach dieser Perfektion bei euren Freunden. Dabei würde euch ein perfekter Junge keinen Deut glücklicher machen als ein durchschnittlicher. Einen normalsterblichen Partner zu haben, den ihr liebt und der eure Liebe erwidert, ist an sich schon wunderbar.

Ein Traum vom Himmel

Es liegt in der Natur des Menschen, sich eine wunderbare Zukunft zu erhoffen und eine solche anzustreben. In alter Zeit erwarteten sich die Leute dagegen zu Lebzeiten keine bessere Zukunft. Angesichts von Seuchen, Hungersnöten und Tod, die etwas Alltägliches waren, rechneten sie nicht mit irdischem Glück. Stattdessen träumten sie von einer besseren Zukunft im Jenseits. Und um die zu erlangen, musste man ein guter Mensch sein, keine Sünden begehen und gottgefällig leben.

Die Zeiten haben sich geändert, und heutzutage erwarten wir einfach ganz selbstverständlich glücklich zu sein. Und um das zu erreichen, versuchen wir, uns und unser Leben zu verbessern. Die Sünden, die wir meiden wollen, sind Hässlichkeit, Übergewicht, Armut und Versagen. Man bekommt gesagt, durch gesunde Lebensführung, richtige Ernährung, angemessenen Sport, genug Verdienst, nicht zu viel Sonne und den richtigen Typen, könnten wir jung und schön bleiben, ewig geliebt, wunderbar glücklich und unsterblich.

So gesehen ist »Twilight« die perfekte Geschichte für unsere Gesellschaft. Wir hoffen, den Himmel schon zu Lebzeiten zu erreichen. Stephenie Meyer stellt uns eine junge Frau vor, der das gelingt. Sie lebt mit dem gottgleichen Edward bis in alle Ewigkeit, als perfekte Schönheit, alterslos, frei von menschlichen Schwächen und Krankheit.

Das ist der Traum des 21. Jahrhunderts.

Liebe und Wohlbefinden

Liebe wird euch weder unsterblich machen noch euren Alterungsprozess aufhalten, aber es gibt doch einiges, was darauf hindeutet, dass eine stabile, liebevolle Partnerschaft unseren Gefühlen und sogar unserer Gesundheit nützt. Diese Vorzüge sind viel wichtiger als der ökonomische Nutzen einer Paarbeziehung.

Ein liebevoller Partner, der einen unterstützt, kann eine große Hilfe bei Stress bedeuten. Das belegte eine wissenschaftliche Studie, die Stressreaktionen von Frauen auf einen schwachen Stromschlag analysierte. Die Stressreaktion fiel bei Frauen, die die Hand ihres Ehemannes hielten, schwächer aus als bei denen, die nur die Hand irgendeines Fremden zur Verfügung hatten.

Gute emotionale Unterstützung eines Mannes kann euch gegen diverse Schwierigkeiten im Leben stärken. Eine stabile, liebevolle Beziehung scheint sogar ein gewisser Schutz gegen Depressionen zu sein. So zeigten glücklich verheiratete Frauen im Vergleich eine niedrigere Depressionsrate als unglücklich verheiratete, geschiedene oder Single-Frauen. Außerdem äußern Menschen in funktionierenden Partnerschaften eine größere Zufriedenheit mit ihrem Leben. Frauen in glücklichen Beziehungen können sogar eine stärkere Immunabwehr vorweisen. Glücklich verheiratete leben zudem im Durchschnitt vier Jahre länger.

Wissenschaftliche Untersuchungen ergaben allerdings auch, dass wir nicht von beliebigen Beziehungen profitieren. Eine Studie kam sogar zu dem Ergebnis, dass eine stressige Ehe für das Herz genauso schlecht ist wie das Rauchen.

Man konnte auch beweisen, dass Frauen durch die Auswirkungen einer schlechten Ehe besonders gefährdet sind. Stress am Arbeitsplatz erhöhte das Herzinfarktrisiko nicht, Ärger mit dem Partner dagegen schon. Eine weitere Studie fand heraus, dass körperliche Wunden in einer Beziehung, wo die Partner einander feindselig gegenüberstehen, langsamer heilen.

Falls ihr gerade eine negative Beziehung hinter euch habt, aber noch längst nicht über ihn »hinweg« seid, kann sich das gesundheitlich noch bemerkbar machen. Wissenschaftler fanden heraus, dass Frauen, die froh waren, sich getrennt zu haben, eine bessere Immunabwehr aufwiesen als solche, die ihrem Ex noch nachtrauerten.

Die Verlockung des Vertrauten

Psychologische Tests beweisen, dass wir uns tendenziell zum Vertrauten hingezogen fühlen. Darum geben Unternehmen auch Millionen aus, um ihre Marken zu bewerben, die uns dann auf Plakaten, in TV-Spots und Zeitschriften begegnen. Sieht man diese vertraute Marke im Supermarkt, ist die Wahrscheinlichkeit groß, dass man sie auch kauft. Wenn also die Marke Mann, die du kennst, eher schrecklich ist, wirst du weiterhin zu einem solchen Typen neigen. Und wenn du Männer als grausam, untreu, dominant und egoistisch kennengelernt hast, wirst du dich auch künftig zu Jungs dieser Sorte hingezogen fühlen. Und wenn du überzeugt davon bist, dass Männer unvermeidlich egozentrisch, uncharmant, unehrlich und cholerisch sind, wird das mit großer Wahrscheinlichkeit zur sich selbst erfüllenden Prophezeiung. Denn wenn du dieses Bild von Männern hast, bewirkt es, dass du nicht sehr intensiv nach etwas Besserem suchen wirst. Stattdessen gehst du mit einem Typen aus, siehst die vielen Fehler, die er hat, und nimmst sie einfach als unvermeidlich hin. Deine Befürchtungen haben sich damit bewahrheitet – Männer sind einfach nicht gut. Du findest dich mit deinem Männerklischee ab. Und wenn er dich dann schlecht behandelt, fallen lässt, dir das Herz bricht, kannst du jedem, der es hören will, erzählen: »Hab ich's nicht gesagt? Die taugen doch alle nichts.«

Wissenschaftliche Untersuchungen ergaben andererseits, dass eine optimistische, positive Einstellung die Wahrscheinlichkeit für gute Erfahrungen erhöht. Und das gilt natürlich auch für eure Haltung gegenüber den Männern.

Was kannst du also tun, wenn du etwas ändern willst?

Du brauchst ein ausgewogenes Männerbild, das zwar berücksichtigt, dass es ein paar gefährliche Typen, aber eben auch sehr viele gute gibt und manche von ihnen absolut wunderbar sind. Du brauchst ein positives, aber gleichzeitig auch realistisches Männerbild, zu dem die Erkenntnis gehört, dass manche Jungs einfach nicht gut für dich sind und du einen großen Bogen um sie machen solltest.

Aber wie kommt ihr zu einem positiven Bild, wenn eure Erfahrungen sich ausschließlich darauf beschränken, wie schrecklich Jungs sein können?

8

Einfach wundervoll, diese Jungs!

Na gut, sie sind nicht alle wundervoll.

Es ist nun mal die Realität, dass Männer zahlreiche Schreckenstaten auf dieser Welt verüben. Männer tragen die Verantwortung für viele der schlimmsten Verbrechen der Menschheitsgeschichte, von Dschingis Khan bis Osama bin Laden. Und eine Minderheit der Männer behandelt ihre Frauen abscheulich.

Aber sie sind auch für einige der wunderbarsten Errungenschaften der Welt verantwortlich. Es gibt Milliarden von Männern auf diesem Planeten, also stehen die Chancen gut, dass viele von ihnen anständige Kerle sind und einige sogar ganz erstaunlich.

Die Hälfte aller Ehen hält für immer, und viele davon sind glücklich. Manche Paare, die »Schwäne«, von denen bereits die Rede war, bleiben ihr ganzes Leben lang schrecklich verliebt ineinander. Und Millionen Frauen haben nette, liebevolle Männer, mit denen sie zufrieden leben.

Wenn ihr glaubt, echte Männer seien den »Twilight«-Helden unterlegen, sucht ihr wahrscheinlich nach Beweisen für diese Überzeugung. So funktioniert unser Gehirn nun mal. Wissenschaftliche Untersuchungen haben ergeben, dass man immer nach Fakten sucht, die der eigenen Meinung entsprechen. Darum ist es auch so schwer, jemand von seiner Meinung abzubringen. Oder fällt es euch bei Auseinandersetzungen in der Familie oder mit Freunden etwa leicht, andere davon zu überzeugen, dass ihr recht habt? Es liegt nun mal in der Natur des Menschen, dass wir stets versuchen, an unserer Meinung festzuhalten.

Wenn du also überzeugt davon bist, dass echte Jungs dem Vergleich mit Edward oder Jacob niemals standhalten, wirst du dich umsehen und dir lauter Gründe suchen, die das bestätigen. Du kannst gar nicht anders. Das geschieht unbewusst. Sobald du eine Überzeugung hast, filtert dein Verstand alles heraus, was ihr zuwiderläuft, und greift das auf, was dich in ihr bestärkt.

Die sechzehnjährige Hannah las die »Twilight«-Saga immer wieder. Sie war eine überzeugte Anhängerin des Edward-Teams und hatte den Kopf voller Bilder von Edwards glattem Teint und seiner makellosen Figur. Widerstrebend legte sie »Bis(s) zum Ende der Nacht« aus der Hand, um ihre Verabredung mit Alex einzuhalten.

Alex fuhr mit ihr zum nächsten Vergnügungspark. Er war fit und von seinem Ferienjob auf einem Ökobauernhof leicht gebräunt. Es stellte sich heraus, dass er genauso sportlich war wie sie und sie beide als Sport am liebsten joggten. Sie verbrachte einen phantastischen Tag mit ihm, an dem sie alle waghalsigen Fahrgeschäfte durchprobierten und keine der kitschigen Jahrmarktsbuden ausließen. Dazu aßen sie noch jede Menge Junkfood. Ihr gefiel, wie er in der Achterbahn beschützend den Arm um sie legte.

Trotz allem registrierte ihr Gehirn folgende Fakten:

Er fuhr keinen schnittigen silberfarbenen Volvo, sondern einen alten Ford.

Seine Haut schimmerte nicht diamanten; noch dazu hatte er einen kleinen Pickel am Kinn.

Auf der Todesrutsche kreischte er.

Sein Atem roch nicht wie ein berauschendes Parfum, sondern nach dem Burger und den Zwiebeln, die sie gegessen hatten.

Er sagte ihr nicht, dass sie sein einziger Lebensinhalt sei.

Sie konnte nicht anders, als alles zu registrieren, was ihn von Edward unterschied. Folglich war sie nach der Verabredung nicht besonders euphorisch. Als ihre beste Freundin sie fragte, wie es denn gelaufen sei, sagte sie nur: Ganz okay, aber nichts Besonderes.

In Wirklichkeit war Alex ein klasse Typ, der prima zu Hannah passte. Aber weil sie davon überzeugt war, dass kein Normalsterblicher gut genug wäre, konnte sie das gar nicht bemerken.

Also, wie ließe sich das ändern?

Ihr dürft nicht alle negativen Seiten an eurem Gegenüber suchen. Ganz im Gegenteil. Ihr sollt lieber nach Beweisen dafür suchen, wie großartig echte, normalsterbliche Jungs sein können.

Die phantastischen Seiten echter Kerle

Männer in Hochform sind unglaublich. Und viel heldenhafter als Edward oder Jacob. – Ihr glaubt mir nicht? Dann lest doch einfach selbst …

Echte Männer sind mutig

Psychologische Studien haben ergeben, dass Männer deutlich eher bereit sind, Risiken einzugehen, als Frauen. Männer sind also grundsätzlich das mutigere Geschlecht.

Auf der ganzen Welt gibt es eine Menge unglaublich tapferer Männer. Ihr braucht also eigentlich keine Phantasiehelden – viele Männer sind tatsächlich schon für euch gestorben oder tun es bis heute.

Wir brauchen uns nur die Denkmäler und Gedenkstätten für Widerstandskämpfer im Zweiten Weltkrieg ansehen. Sie haben für ihre eigene, aber auch für die Freiheit künftiger Generationen gekämpft.

Aber selbst heute tut ihr jeden Tag etwas, wofür mutige Männer ihr Leben riskierten. Wann seid ihr das letzte Mal über eine große Brücke gefahren? Oder habt einen Dom bewundert? In der Vergangenheit waren die Opferzahlen bei großen Bauprojekten geradezu astronomisch, und selbst heutzutage sterben manchmal noch Arbeiter beim Tunnelbau oder bei Brückenreparaturen. Frauen sind in dieser Hinsicht weniger gefährdet.

Oder denken wir mal ans Essen. Mögt ihr Seefisch und Meeresfrüchte? In der Hochseefischerei kommen auch immer wieder Männer ums Leben. Vielleicht denkt ihr kurz daran, bevor ihr das nächste Mal in ein Fischstäbchen beißt.

Die höchste Todesrate aller Branchen weist allerdings die Landwirtschaft auf, und zwar wegen der großen Maschinen, die dort zum Einsatz kommen. Die allermeisten Opfer sind auch dort männlich. Man könnte also sagen, dass sogar an der Schüssel Cornflakes, die ihr morgens esst, eine Art virtuelles Preisschild hängt, weil sie ein Leben gekostet haben kann. Der Film »Blood Diamond« zeigt die Brutalität und die tödlichen Risiken des Diamantenhandels. Aber Männer sterben auch, während sie Weizen oder Fisch zu uns transportieren. Man könnte also auch einen Film mit dem Titel »Blut-Müsli« oder »Blut-Shrimps« drehen. (Der kommerzielle Erfolg würde aber vermutlich bescheidener ausfallen.)

Es schein gesellschaftlich akzeptiert, dass ein Mann bei der Arbeit in bestimmten Branchen sein Leben riskiert. Das ist so normal, dass wir nicht einmal darüber nachdenken. Natürlich haben auch manche Frauen gefährliche Berufe, doch die Statistik ist eindeutig: Die höchsten Todesraten gibt es im Bergbau, in der Landwirtschaft, in der Forstwirtschaft, im Fischereiwesen und auf dem Bau – lauter Branchen, in denen Männer deutlich in der Überzahl sind.

Aber nicht nur indirekt setzen Jungs ihr Leben für andere aufs Spiel. Sie tun das auch freiwillig weitaus häufiger, beispielsweise bei der Feuerwehr, der Berg- oder Seerettung.

In unserer Zeit ist man versucht zu glauben, es sei grundsätzlich falsch, Risiken einzugehen. Sicherheit geht vor, lautet das gängige Mantra. Dabei sind Risiken ein unabdingbarer Bestandteil des Lebens; und kaum eine bedeutende Errungenschaft wurde risikolos erreicht.

Echte Männer sind inspirierend

Es gibt Männer mit einem riesengroßen Herzen, die durch ihre Nächstenliebe die Welt verändert haben, wie zum Beispiel Gandhi, der Dalai Lama oder Martin Luther King.

An den unwahrscheinlichsten Orten kann man auf vorbildliche Männer stoßen. So war etwa Oskar Schindler ein deutscher Industrieller, der zunächst vom Zweiten Weltkrieg profitierte und Multimillionär wurde. Doch dann gab er alles, um Tausende jüdischer Männer, Frauen und Kinder vor den Gaskammern zu retten. Er starb später völlig verarmt.

Männer haben auch ein ebenso großes Verlangen danach zu lieben wie wir. Das beweist ein anderer inspirierender Mann namens Dave Pelzer. Als kleiner Junge wurde er von seiner Mutter geschlagen und misshandelt; sie ließ ihn sogar hungern. In seinem autobiografischen Buch »*Sie nannten mich ›Es‹*« berichtet er von diesen traumatischen Erfahrungen, die seine Fähigkeit zu lieben nicht zerstören konnten. Mit großem Mut überwand er die schrecklichen Erlebnisse und wurde zu einem liebenden Ehemann und Vater.

Echte Männer sind stark

Wenn euch die Vorstellung von Kraft und Gefahr zusagt (besser wäre, sie täte es nicht, denn ein gefährlicher Typ ist das Letzte, was ihr braucht!), dann sind die männlichen Vertreter unserer Spezies ein Volltreffer. Es gibt nämlich kein gefährlicheres und aggressiveres Lebewesen als den Mann. Die meisten unserer tierischen Verwandten gehen einem Kampf möglichst aus dem Weg. Unsere Männchen zerstören und töten dagegen wie keine andere Spezies dieses

Planeten. Sie sind zu unglaublicher Aggression fähig. Und mit weit größerer Wahrscheinlichkeit als Frauen neigen sie zu Mord und physischer Gewalt.

Verglichen mit Männern sind wir Frauen Lämmer; und im Vergleich zu euch ist jeder durchschnittliche Junge stark wie ein Löwe. Die Kraft seines Oberkörpers übertrifft eure um 50 Prozent. Er besitzt mehr rote Blutkörperchen und einen breiteren Brustkorb, dadurch ist sein Herzkreislaufsystem deutlich stärker. Außerdem hat er mehr Muskeln und weniger Körperfett. Im Schnitt ist er mindestens einen halben Kopf größer. Er kann schneller rennen, höher springen und mehr tragen. Er ist deutlich stärker als ihr, könnte euch mühelos überwältigen und mit bloßen Händen töten.

Doch fast alle Männer entscheiden sich dafür, diese Übermacht nicht auszunutzen. Sie wären dazu in der Lage, können sich jedoch beherrschen. Die meisten Männer haben ein Verlangen nach dem physisch schwächeren Geschlecht und sind verrückt nach Frauen.

Euer durchschnittlicher Junge ist also ein Löwe, der beschlossen hat, wie ein Lamm zu leben.

Die technischen Errungenschaften echter Männer

Männer interessieren sich typischerweise mehr für Technik als Frauen. Männer haben das Telefon, den Fernseher, die Raumfahrt, Flugzeuge, Computer und das Internet erfunden. Männer entdeckten das Penizillin, die Anästhesie und die Anti-Baby-Pille. Sie haben sich überlegt, wie man Brücken, Straßen und Eisenbahnen bauen kann. All diese Dinge machen euch den Alltag leichter und schöner und bescheren euch eine Lebensqualität, von der frühere Generationen kaum zu träumen wagten.

Männer leisten den Großteil der technologischen und wissenschaftlichen Arbeit. Es sind hauptsächlich Männer, nicht Frauen, die in den so wichtigen Branchen Maschinenbau, Informatik, Mathematik, Physik und Chemie tätig sind.

Sind Männer wohl von Natur aus besser dafür geeignet? Die Frage, ob Männer an sich technisch talentierter sind, ist noch nicht endgültig beantwortet. Manche Experten glauben, dass Frauen von Natur aus begabter in den Bereichen Kommunikation und soziale Kompetenz sind, Männer dagegen eher im Verstehen von Systemen. Jedenfalls scheinen sie Dinge besser in ihren Köpfen visualisieren zu können.

Doch diese Unterschiede in den Fähigkeiten sind gering, falls sie denn überhaupt existieren. Der offensichtlichere Unterschied zwischen Männern und Frauen ist nicht die Fähigkeit, sondern die Neigung. Trotz der seit Jahren stetig verbesserten Gleichheit im Zugang zur Bildung sind die meisten Frauen nach wie vor nicht daran interessiert, Ingenieurin oder Physikerin zu werden. Die wenigsten begeistern sich für die Funktionsweise eines Verbrennungsmotors. Und wenn Männer vom neuen Design eines Vergasers schwärmen, rollt die Mehrzahl der Frauen mit den Augen und gähnt.

Aber egal, ob diese unterschiedliche Ausrichtung unserer Interessen angeboren, anerzogen oder die Folge von zu wenig Förderung ist, Männer können sich jedenfalls den Großteil der aufregendsten technischen Errungenschaften unserer Tage zugutehalten.

Echte Männer sind witzig
Laut wissenschaftlicher Untersuchungen zeigen Männer eher als Frauen ihren Sinn für Humor, reißen Witze und bringen andere zum Lachen. Manche Forscher glauben, das läge am unterschiedlichen Aggressionsniveau. Die meisten Scherze und witzigen Kommentare haben ein Ziel und sind daher eine abgemilderte Form von Feindseligkeit. Und da Männer von Natur aus aggressiver sind als Frauen, machen sie mehr Scherze.

Doch welche Theorie auch dahinterstecken mag, die Welt ist voll von geistreichen Männern, die das Leben ein bisschen lebenswerter machen. Witz ist außerdem sexy: Frauen finden nämlich Comedians unabhängig von deren Aussehen attraktiv.

Nie erzählte Geschichten

Es gibt unzählige tolle Männern, von denen ihr nie erfahren werdet. Männer, über die nie jemand einen Film drehen wird oder die nicht als leuchtendes Beispiel im Geschichtsunterricht Erwähnung finden werden. Sie leben leise und unspektakulär, und wenn sie diese Welt verlassen, nimmt außer ihrer Familie und ihren Freunden niemand davon Notiz. Trotzdem erzählen die Lebensgeschichten solcher Männer oft von Liebenswürdigkeit, Anstand, harter Arbeit, einer hingebungsvollen Vaterschaft und viel Engagement.

Millionen von Männern leben genau so eine Geschichte: Väter, die nach der Arbeit am Abend ihre Familie versorgen; Ehemänner, die ihre kranken oder behinderten Frauen pflegen; Männer, die zwei Jobs machen, um ihren Kindern eines Tages ein besseres Leben zu ermöglichen; Männer, die ihre Freizeit für etwas nutzen, woran sie glauben und womit sie diese Erde im Kleinen zu einem besseren Ort machen wollen.

Alle Männer und alle Frauen haben ihre Stärken und Schwächen und kaum jemand könnte man perfekt nennen, aber Millionen von Männern verdienen es, dass sie am Ende auf ihr Leben zurückblicken und stolz darauf sein können, wie sie es gelebt haben. Die meisten Frauen suchen gar nicht nach einem Helden, sondern eher nach einem netten Mann, den sie respektieren können und der sie respektiert.

Habt ihr in eurer Familie vielleicht einen solchen Mann? Einen Urgroßvater, der aus dem Krieg kam und für den Rest seines Arbeitslebens mit einem harten Job seine Frau und seine Kinder durchgebracht hat. Oder den eigenen Vater, der seine ganze Freizeit darauf verwendete, seine Kinder glücklich zu machen. Solche Geschichten sind für einen Roman tatsächlich nicht der Rede wert – da bevorzugen wir Dramatisches über Helden wie in »Twilight«. Trotzdem sind es ganz normale Helden und Männer, die unseren Respekt verdienen.

Sind Edward und Jacob wirklich so toll?

Sind Edward und Jacob im Vergleich zu echten Männern inspirierende Vorbilder?

Die meisten normalsterblichen Männer nutzen ihr Leben, um andere glücklich zu machen. Edward und Jacob wären ja auch in der Lage, eine ganze Menge Gutes zu tun. Stellen wir uns doch nur vor, wie viele Menschenleben sie mit ihrer unglaublichen Kraft und all den anderen Fähigkeiten retten könnten. Also sollten wir andere vielleicht nicht nach ihren Möglichkeiten beurteilen, sondern eher danach, was sie aus diesen machen.

Edward und Jacob könnten Superhelden sein, die Menschen retten und Bösewichte dingfest machen. Doch ihnen fällt tagaus, tagein nichts Besseres ein, als um Bella herumzuscharwenzeln, rumzulungern und auf dem Klavier zu klimpern (Edward) oder mit Lagerfeuern herumzuzündeln (Jacob). Die beiden sind unsterblich, demnach kann man auch nicht gerade behaupten, sie hätten keine Zeit. Und zumindest könnte Edward doch irgendwas Sinnvolles mit seinem Geld anfangen. Es würde ihn keine Mühe kosten, es für Hungernde zu spenden, aber nein, er verpulvert es lieber für Designerklamotten und schicke Autos. Als er in »Bis(s) zur Mittagsstunde« als Augenzeuge mit ansieht, wie die Volturi Leute abschlachten, steht er tatenlos daneben und wendet sich dann wieder seiner zwanghaften Beschäftigung mit Bella zu.

Wenn man all die Leistungen echter Männer mit denen von Edward und Jacob vergleicht, kommen die zwei nicht wirklich gut weg. Edwards größte Tat in seinem ganzen Leben ist, das Verlangen, Menschen ihr Blut aus dem Körper zu saugen, in den Griff zu bekommen. Bei Jacob ist es, Menschen nicht in Stücke zu reißen, wenn der Zorn ihn packt.

Normalsterbliche Männer haben bei Weitem mehr Vorbildliches, Edles und Mutiges vorzuweisen.

Euer idealer echter Kerl

Um einen tollen Freund zu finden, ist es hilfreich, schon mal eine positive Vorstellung von der Art Mann zu haben, die ihr braucht. Die »Twilight«-Helden sind keine gute Grundlage hierfür, weil sie gleichzeitig unrealistisch perfekt und gefährlich sind.

Übung

Überlegt euch, welche echten Männer ihr mögt und bewundert. Das können Menschen sein, die ihr persönlich kennt, oder auch echte Personen, von denen ihr aus Büchern, Fernsehsendungen oder Filmen erfahren habt.

Denkt darüber nach, welche Eigenschaften eurer Favoriten ihr mögt. Das Aussehen soll dabei keine Rolle spielen, denn dass ihr euch einen attraktiven Freund wünscht, das versteht sich ja von selbst. Aber ihr braucht ein positives Männerbild, das über Äußerlichkeiten hinausgeht. Gutes Aussehen allein würde euch ja nicht glücklich machen.

Jetzt listet all die Qualitäten auf, die ihr an den bewunderten Männern schätzt.

Gibt es Gemeinsamkeiten? Taucht ein Attribut immer wieder auf? Oder ist eine Eigenschaft wichtiger als alle anderen?

Auf die genannten Eigenheiten solltet ihr jedenfalls bei echten Männern achten.

Wenn ihr ein positives Bild von dem Mann, den ihr sucht, vor Augen habt, wird die Wahrscheinlichkeit größer, so jemanden auch zu finden. Denn das funktioniert einfach leichter, wenn man schon weiß, wonach man überhaupt sucht. Außerdem vergrößert es eure Ausdauer.

Hier die Geschichte eines Mädchens, das ihr Männerbild von Grund auf geändert hat:

Susi war in ihrer letzten Beziehung verletzt worden. Marc war ein lebhafter, lustiger Typ mit viel Sinn für Humor, immer derjenige, der alle zum Lachen brachte. Er arbeitete im Vertrieb und war dort nicht zuletzt dank seiner Persönlichkeit sehr erfolgreich. Die Leute wurden schnell warm mit ihm.

Susi hatte zunächst auch eine tolle Zeit mit ihm, doch im Verlauf ihrer Beziehung tauchten Probleme auf. Marc liebte es, Witze zu machen, und verschonte niemand mit seinem Spott, auch Susi nicht. Er machte sich häufig über ihr Äußeres lustig. Eines Tages sagte er vor seinen Freunden über ihr neues grünes Kleid: »Darin sieht sie aus wie Shrek, aber nicht im positiven Sinne«. Susi war verletzt und Marc verärgert, weil sie angeblich keinen Humor hätte.

Sie waren etwa sechs Monate zusammen, als Susis Tante bei einem Autounfall ums Leben kam, nachdem sie am Steuer eingeschlafen war. Susi war untröstlich. Die Tante hatte ihr sehr nahegestanden und war wie eine zweite Mutter für sie gewesen.

Leider nahm Marc ihre Trauer nicht richtig ernst. Er schien nicht nachvollziehen zu können, warum sie so traurig war. Er hatte vor einiger Zeit auch einen Ver-

wandten verloren, und es hatte ihn nicht besonders getroffen.

Die Situation eskalierte auf der Beerdigung der Tante. Susi hörte, wie er auf dem Friedhof einen Witz riss. Er sagte: »Ich möchte mal friedlich im Schlaf sterben wie Susis Tante. Nicht vor Angst kreischend wie die Mitfahrer in ihrem Wagen.« Susi brach in Tränen aus, es gab eine Riesenszene und die beiden trennten sich.

Danach war Susi in Bezug auf Männer pessimistisch. Sie hatte auch zu ihrem Vater kein besonders gutes Verhältnis. Wie Marc war er nicht gerade sensibel und neigte dazu, wenig Rücksicht auf die Gefühle anderer Menschen zu nehmen.

Nachdem es mit Marc aus war, begann sie zu glauben, den Richtigen gäbe es einfach nicht. Sie war »Twilight«-Fan und konnte sich nicht vorstellen, dass irgendein echter Typ Edwards selbstlose Hingabe oder Jacobs allumfassende Wärme aufbringen könnte.

Susi musste ein positives Männerbild für ihre eigene Zukunft entwickeln, also ging sie folgendermaßen vor. Die Männer aus dem richtigen Leben, die ihr am besten gefielen, waren der Pferdeflüsterer Monty Roberts und ihr Cousin Richard. Daher überlegte sie sich, warum sie die beiden so sehr mochte.

Susi hatte Monty Roberts' Autobiografie »Der mit den Pferden spricht« sehr inspirierend gefunden. Der kalifornische Pferdetrainer war berühmt, weil er eine Methode entwickelt hat, wie man Pferde statt mit Härte durch Zuneigung abrichten kann. Monty versteht viel von der Denkweise eines Pferdes und hat entdeckt, wie sich über die eigene Körpersprache mit ihnen kommunizieren lässt.

Hier die Liste der Eigenschaften, die Susi an den beiden Männern schätzt:

Monty	***Richard***
Entschlossenheit	*Liebenswürdigkeit*
Tierliebe	*Tierliebe*
Verständnis	*Klugheit*
Liebenswürdigkeit	*Humor*
Erfahrung	*Ehrlichkeit und*
Klugheit	*Geradlinigkeit*
Mut	*Verständnis*
Ehrlichkeit und	*Kennt mich gut*
Geradlinigkeit	*Hört mir zu*

Susi dachte darüber nach, was die beiden Männer, die sie am meisten bewunderte, verband. Beide liebten Tiere, waren ehrlich und authentisch. Doch am wichtigsten waren ihr Verständnis und Liebenswürdigkeit.

Ihr wurde klar, dass sie genau diese Attribute an Marc vermisst hatte. Er hatte natürlich seine Vorzüge, aber Mitgefühl gehörte eindeutig nicht dazu.

Doch Susi war ein sensibles Mädchen, das sehr tief empfand. Der ideale Mann für sie musste demnach jemand mit viel Verständnis sein. Ihr Traumtyp sollte ihre Gefühle einerseits überhaupt bemerken und andererseits liebevoll genug sein, sie nicht zu verletzen.

Alle Männer, die sie bisher kennengelernt hatte, hatten eine scharfe Zunge besessen – aber eigentlich brauchte sie etwas ganz anderes. Also zeichnete sie sich ein positives Bild von der Person, die sie suchte – einen Mann, der empathisch, sensibel und liebenswürdig war.

Als sie wieder anfing, sich zu verabreden, erkannte sie rasch, auf wen diese Beschreibung nicht zutraf.

Dann lernte sie im Haus einer Freundin Joe kennen. Joe war gerade erst von einem freiwilligen Jahr an einer Schule in Malaysia zurückgekehrt. Schon daran, wie er von den Kindern dort erzählte, merkte sie, dass er ein liebevoller Mensch war. Als er fragte, ob sie Lust hätte, mit ihm auszugehen, willigte sie ein. Seit damals sind die beiden glücklich miteinander.

Ein positives, aber realistisches Männerbild macht euch also nicht verletzlicher – es senkt nur die Wahrscheinlichkeit, dass euch jemand wehtut.

Natürlich bergen Beziehungen trotzdem noch Risiken. Wenn man sich in jemand verliebt, riskiert man, verletzt zu werden. Man setzt sich der Möglichkeit einer Zurückweisung aus.

Vielleicht seid ihr ja schon einmal verletzt worden und denkt daher, ihr bräuchtet jemand wie Edward oder Jacob – jemand, der euch so abgöttisch liebt, dass er euch nie verletzen würde.

Aber selbst Bella ist nicht immun dagegen. In »Bis(s) zur Mittagsstunde« beendet Edward seine Beziehung zu ihr, was Bella so unglaublich verletzt, dass sie es nicht verwand, solange sie noch ein Mensch war. Jacobs Gefühle für Bella änderten sich, als er auf Renesmee geprägt wurde. Dich in einen Jungen zu verlieben, macht dich also verletzbar, aber du kannst das Risiko dafür minimieren, indem du eine emotional intelligente Wahl triffst. Und wenn es bis jetzt noch nicht passiert ist, heißt das nicht, dass da draußen nicht trotzdem irgendwo ein Typ rumläuft, der in der Lage ist, dich glücklich zu machen. Es gibt Möglichkeiten, dein Urteilsvermögen zu verbessern. Viele Frauen haben bereits eine gute Wahl getroffen und genießen die Vorzüge einer liebevollen Partnerschaft.

Geheimnis Nummer drei: Zusammenfassung

* Das Geheimnis der Liebe zu einem ganz normalen Menschen:
* Liebt euch auf Augenhöhe.
* Beurteile einen Jungen an sich, nicht im Vergleich mit einer Phantasiegestalt.
* Such nach einem Partner, nicht nach Perfektion.
* Sei offen und positiv gestimmt.

Und wie findest du genau den Richtigen für dich?

Geheimnis Nummer vier

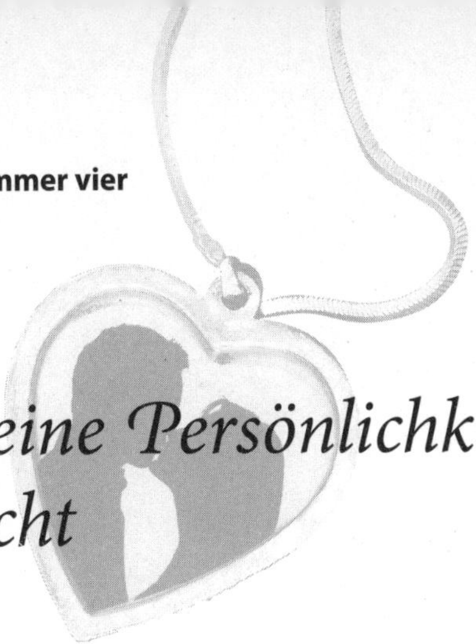

Was deine Persönlichkeit ausmacht

Das kannst du von Bella lernen

9

Wie gut kennst du dich selbst?

Warum nur scheinen manche Mädchen genau die richtigen Typen kennenzulernen, während andere von einer unglücklichen Beziehung in die nächste stolpern?

Ist das reine Glückssache? Manchmal schon …

Oft genug liegt es aber auch an der falschen Einschätzung.

Manche geraten von einem unmöglichen Burschen an den nächsten, weil sie keinen blassen Schimmer davon haben, wer sie selbst eigentlich sind und wie ihr Partner folglich sein sollte.

Wer bist du? Und bist du dir deiner selbst bewusst?

Die meisten Leute beantworten die zweite Frage mit Ja. Dabei ist sich jeder Mensch nur begrenzt seiner selbst bewusst. Man weiß nicht ganz genau, wie man selbst ist, was einen glücklich machen würde oder wie andere einen sehen.

Psychologische Studien haben ergeben, dass wir nicht in

der Lage sind, uns gänzlich zu durchschauen oder zu wissen, was genau wir wollen. Man glaubt nur zu wissen, was einen glücklich oder unglücklich macht. Schließlich sind wir ja die Einzigen, die Zugang zu unseren geheimsten Gedanken und Gefühlen haben. Du bist tatsächlich der einzige Mensch, der wirklich weiß, wie es ist, du selbst zu sein.

Für die meisten Leute ist das Leben ein Prozess, in dessen Verlauf sie den Unterschied zwischen dem, was sie vermeintlich wollen, und der Realität kennenlernen. Denn wie oft habt ihr schon gedacht, etwas müsse großartig sein, und dann stellte es sich als ganz anders heraus? Oder umgekehrt.

Fünf Beispiele für Selbsttäuschungen

1 Wir wissen nicht genau, was uns unglücklich macht

Wie glücklich wärst du deiner Meinung nach in der folgenden Situation: Du sitzt plötzlich im Rollstuhl, du erlebst, wie ein geliebter Mensch stirbt, du erhältst die Diagnose Krebs? Die meisten Menschen glauben, traumatische und niederschmetternde Erlebnisse wie diese würden das Glücksniveau dauerhaft beeinträchtigen.

Untersuchungen haben jedoch gezeigt, dass sich die meisten Menschen, nach einer gewissen Zeit, von solchen Erfahrungen erholen und wieder genauso glücklich werden wie zuvor. Und manche Leute empfinden diese schrecklichen Dinge sogar als eine gewisse Bereicherung, denn durch sie haben sie gelernt, ihr Leben mehr zu schätzen. Also selbst wenn ihr auf Dauer behindert wärt, würdet ihr wahrscheinlich nach einer gewissen Zeit wieder so glücklich wie vorher.

Warum klingt das verkehrt? Weil wir die Dinge aus unserer aktuellen Perspektive beurteilen. Die Vorstellung, in einem Rollstuhl sitzen zu müssen, erfüllt euch mit Schrecken, also denkt ihr, dass es auch schrecklich sein muss, das zu erleben. Tatsächlich würde es sich aber anders anfühlen, wenn ihr in der Zukunft in eine solche Lage kämt.

2 Wir wissen nicht genau, was uns glücklich macht

Wie glücklich wirst du sein, wenn du endlich deinen Traumjob ergattert hast? Siehst du dich schon in Jimmy Choos, mit einem fetten Gehalt und Urlaub auf Hawaii buchen? Klingt doch toll, oder?

In Wirklichkeit würdest du dich aber wahrscheinlich auf exakt demselben Glücksniveau wiederfinden wie im Moment. Studien haben ergeben, dass wir bei unseren Zukunftsträumen kaum auf die Details achten. Wir haben nur ein paar undeutliche, positive Bilder vor Augen. Darum sieht das alles so rosig aus. Ein Traum zeigt uns keine Einzelheiten der Zukunft. Er verrät nichts vom nervigen Stau auf der täglichen Fahrt zum Traumjob, nichts von den Blasen wegen der Jimmy Choos, dem cholerischen Chef oder dem Flegel von einem Kunden, der Mundgeruch hat und uns zu begrapschen versucht.

3 Wir haben ein geschöntes Bild von uns selbst

Viele Leute sind weder besonders attraktiv noch unterhaltsam. Nachweislich halten sich trotzdem erstaunlich viele für sensibel, beliebt, aufrichtig, gut aussehend, freundlich und herzlich. Unser Selbstbild ist also ziemlich schmeichelhaft.

Wenn man sie auffordert, sich selbst und andere in Fragebögen zu beurteilen, geben die Leute sich selbst in den meisten Fällen bessere Bewertungen in Bezug auf ihre Persönlichkeit, als andere sie einschätzen würden. Und diejenigen, die am meisten von sich überzeugt sind, werden von ihren Mitmenschen am ehesten als feindselig und leicht reizbar charakterisiert. Grundsätzlich halten sich die Leute für beliebter, als sie es in Wirklichkeit sind.

4 Unserer Inkompetenz sind wir uns nicht bewusst

Immer wieder beweisen psychologische Untersuchungen, dass die meisten Leute zu extremer Selbstüberschätzung neigen. Egal ob es um Sinn für Humor, unsere Fähigkeiten beim Autofahren oder sportliche Leistungen geht – die meisten von uns sind blind für ihre eigenen Schwächen.

Hältst du dich für eine überdurchschnittlich gute Autofahrerin? Dann geht es dir wie der Mehrheit der Auto fahrenden Bevölkerung. Dabei können wir doch schon rein rechnerisch nicht alle überdurchschnittlich sein! Aber offenbar überschätzen wir unsere Talente gern. Diese Eigenschaft macht Castingshows für Möchtegern-Models oder -Popstars erst möglich. Wir lieben doch alle die ersten Runden, wenn selbstverliebte Typen grölen, herumstolpern und sich der öffentlichen Erniedrigung aussetzen. Ohne diese menschliche Schwäche wären solche Auftritte unmöglich. Wenn sich nur die wirklich Begabten dafür bewerben würden, wären derartige Wettbewerbe relativ kurz und vergleichsweise langweilig.

5 Andere können besser vorhersagen, wie ihr euch fühlen werdet

Klingt absurd. Ihr könnt doch schließlich am besten beurteilen, wie es euch mit etwas ergehen wird, oder? Schließlich seid ihr doch die Einzigen, die wissen, wie es in euch aussieht. Trotzdem haben wissenschaftliche Untersuchungen erbracht, dass die Leute ziemlich schlecht abschneiden, wenn sie vorhersehen sollen, wie sie in bestimmten Situationen reagieren werden.

Hier ein Beispiel: Du sollst vorhersagen, wie viel Spaß dir ein Speed Date mit einem bestimmten Typen machen wird, den wir jetzt mal Frido nennen wollen. Was würdest du denn vorher eher tun? Fridos Profil lesen, dir sein Foto anschauen und dir eine eigene Meinung bilden? Oder würdest du dir anhören, wie sehr ein anderes Mädchen das Speed Date mit Frido in der vergangenen Woche genossen hat? Welche Methode würde deine eigene Freude daran wohl besser prognostizieren? Wenn du dich an der Einschätzung des anderen Mädchens orientierst, wird deine eigene deutlich treffender sein. Jemand, der das Gleiche schon mal erlebt hat, kann viel eher beurteilen, wie du dich fühlen wirst. Doch das glaubt niemand. Wir bilden uns nun mal am liebsten eine eigene Meinung. Und klammern uns noch dazu an die Vorstellung, unsere Perspektive sei einzigartig.

Wenn man sich selbst nicht kennt

Wenden wir das Faktum der fehlenden Selbstkritik jetzt mal auf die Partnerschaft an.

Es ist nicht leicht, vorherzusagen, welcher Typ Mann dich glücklich machen wird. Wenn du das schon selbst nicht weißt, ist es dann ein Wunder, dass du mehr oder weniger im Dunkeln tappst? Du kannst einfach keine gute Wahl treffen, wenn du nicht einmal eine genaue Vorstellung von deiner eigenen Persönlichkeit hast. Zu wenig Selbsterkenntnis kann leicht zur Entscheidung für den Falschen führen.

Habt ihr nicht schon miterlebt, dass einer Freundin so etwas passiert ist? Habt ihr sofort erkannt, dass dieser Typ sie nie und nimmer glücklich machen und dass die Beziehung über kurz oder lang in die Brüche gehen wird? Bei anderen ist so etwas eben viel leichter zu sehen.

Die neunzehnjährige Tina fühlte sich zu starken, schweigsamen Jungs hingezogen. Sie fand das irgendwie besonders männlich. Dabei war sie selbst ziemlich extrovertiert.

»Ich verliebte mich in Anton. Er war jemand, der nicht viel redete, aber ich liebte die Herausforderung, ihn aus der Reserve zu locken und seinen geheimen Gedanken auf die Spur zu kommen.«

Nach einer Weile entdeckte sie die Schattenseiten des starken, aber schweigsamen Männertyps. Immer war sie es, die das Gespräch in Gang halten musste. Anton sagte selten mehr als ein, zwei Sätze. Und kaum einmal machte er einen Vorschlag.

»Sein Schweigen begann, mich zu nerven. Eines Abends war ich richtig frustriert. Also versuchte ich ein Experiment. Wir aßen bei unserem Lieblings-Chinesen, und ich wollte sehen, wie lange es dauern würde, bis er etwas sagte, wenn ich kein Gespräch anfing. Wir aßen unsere Vorspeise, irgendwas Knuspriges aus Algen, ununterbrochen schweigend. Er sagte auch während der Ente kein Wort. Und ich wartete noch immer, nachdem ich meine gebackene Ananas aufgegessen hatte.

Ich wurde immer wütender. Schließlich machte er endlich den Mund auf: ›Lass uns die Rechnung verlangen. Und übrigens, ich habe das jetzt richtig genossen. Einfach nur zusammen essen und genießen, ohne irgendwelches leeres Geschwätz.‹ Ich war erst wie vom Blitz getroffen, dann explodierte ich.«

Die Beziehung endete noch am selben Abend.

So viel zu einem Mädchen, das sich selbst und seine Bedürfnisse nicht kannte. Tina war nicht klar gewesen, wie wichtig das Reden für sie war. Sie liebte es, über Gespräche die Verbindung zu anderen Menschen herzustellen, und sie wollte sich nicht nur selbst plappern hören. Also brauchte sie unbedingt einen gesprächigen Partner.

Warum Selbsterkenntnis heute wichtiger ist denn je

Wir leben in einer Zeit, in der Individualismus über alles geht. Jeder soll seinen ganz eigenen Weg zum Glück einschlagen. Man hat unzählige Wahlmöglichkeiten und eine schier unbegrenzte Freiheit. Man kann Atheist, Christ oder Muslim sein, politisch rechts oder links, Einzelgänger oder Partygirl, schwul oder hetero, Marathonläuferin oder Couch-Potato, Fleisch essen oder sich vegan ernähren. Und niemand wird etwas daran finden.

Diese große Vielfalt der modernen Gesellschaft ist eine gute Sache. Es steht uns vollkommen frei, zu sein, wer wir wollen. Das macht unser Leben reicher. Aber es bringt auch ganz eigene Herausforderungen mit sich, wenn es um die Wahl eines Partners geht. Man lernt permanent Typen kennen, die ganz anders sind als man selbst. Und wie leicht kann man sich dabei in einen von ihnen verlieben. Doch gerade aufgrund der Unterschiede erweisen sich zwei Menschen möglicherweise als inkompatibel.

Früher waren die Chancen, an einen Mann zu geraten, der völlig anders war als man selbst, eher gering. Nehmen wir mal an, ihr wärt ein Dienstmädchen im 19. Jahrhundert. Dann hättet ihr wenig Kontakt zur Oberschicht, außer durch euren Arbeitgeber, und würdet euch hauptsächlich mit anderen Dienstboten abgeben. Ab eurem zwölften Lebensjahr müsstet ihr von sechs Uhr morgens bis elf Uhr am Abend arbeiten, mit Ausnahme von ein paar freien Stunden am Sonntagnachmittag und einem freien Tag pro Monat. Abweichungen vom vorgezeichneten Lebensweg wären nicht vorgesehen, und die jungen Männer, die ihr kennenlernen könntet, wären wahrscheinlich Botenjungen oder ebenfalls Dienstpersonal, alle mit ähnlichen Erwartungen und einem vergleichbaren Alltag. Mit ziemlicher Sicherheit würdet ihr innerhalb eurer Gesellschaftsschicht heiraten, romantische Ausnahmen in Büchern hin oder her! Dann wärt ihr Hausfrau und Mutter, ohne Möglichkeit, euer eigenes Geld zu verdienen und mit einem Ehemann als unumstrittenes Familienoberhaupt. Keiner von euch hätte große Wahlmöglichkeiten hinsichtlich seines Lebensstils.

Dagegen mit der riesigen Chancenvielfalt von heute zurechtzukommen, das erfordert Selbsterkenntnis. Das Angebot heiratsfähiger Männer ist weitaus größer als die Wahl unter ein paar Domestiken-Kollegen. Um wählen zu können, müssen wir aber erst einmal verstehen, wie wir selbst ticken.

Gleichberechtigt, aber verschieden – funktioniert das tatsächlich?

Wir leben in einer gleichberechtigten, freien Gesellschaft. Und man will uns glauben machen, wir könnten praktisch alles erreichen. Kennt ihr den Film »Pretty Woman«, in dem ein reicher, rücksichtsloser Geschäftsmann sich in das arme, staksige Callgirl verliebt? Die Geschichte klingt, als könnten selbst Menschen aus total verschiedenen Lebenswelten ein selig glückliches Paar abgeben.

Die Vorstellung, dass so extrem unterschiedliche Menschen zusammenkommen können, ist uns derart vertraut, dass es uns nicht im Geringsten erstaunt, wenn wir von Bella lesen, die die Wahl zwischen zwei Jungen hat, die sich kaum stärker von ihr selbst unterscheiden könnten. Einer ist ein hundertsiebenjähriger reicher Vampir, der andere ein von Armut geplagter Werwolf vom Stamm der Quileute.

In der Literatur sorgen scharfe Kontraste für dramatische Geschichten, in der Realität dagegen erleben zwei Menschen, die möglichst viel gemein haben, die erfolgreichsten Beziehungen.

Natürlich können Partnerschaften funktionieren, auch wenn Menschen sehr verschieden sind. Sofern einer von ihnen oder beide sehr kompromissbereit sind, mag es gehen. Aber die meisten empfinden das als sehr mühevoll. Wissenschaftliche Studien haben ergeben, dass bei langfristig glücklichen Paaren ähnliche Charaktere zueinandergefunden haben.

Die Gitarristin Jessi ist zweiundzwanzig, als sie bei einem Abend mit Live-Musik in ihrer Stammkneipe Aron kennenlernt.

»Wir mochten dieselben Bands. Zwei Stunden lang unterhielten wir uns nonstop, hauptsächlich über Musik. Das war meine Leidenschaft und seine auch.«

Aber die beiden waren ganz unterschiedliche Menschen. Aron war zu harter Arbeit erzogen worden. Seine Eltern hatten es nie leicht gehabt, und er wollte es zu etwas bringen. Er war ehrgeizig und wünschte sich, eines Tages ein eigenes Firmenimperium zu besitzen. Jessi war dagegen eine Träumerin, der es genügte, gerade so viel zu verdienen, dass es zum Leben und Musizieren reichte.

»Meine Eltern waren Unidozenten. Nicht gerade Hippies, aber sie vermittelten mir, dass materielle Dinge nicht der Weg zum Glück sind. Da stimme ich ihnen absolut zu, denn in meinen Augen ist es auch total verkehrt, dauernd nur dem Geld hinterherzurennen.«

Jessi interessiert sich für alternative Heilmethoden und ist spirituell aufgeschlossen für New-Age-Ideen. »Ich glaube nicht an Gott, sondern nur an irgendeine höhere Macht. Aber sicher an keinen Gott, der uns belohnt oder bestraft. Aron ist dagegen praktizierender Christ. Er glaubt an das, was er im Religionsunterricht und in der Kirche gelernt hat.«

Auch der Lebensstil der beiden war ganz verschieden. Ihn trieben Ehrgeiz und Ungeduld, außerdem legte er Wert auf Ordnung und Sauberkeit. Jessi hatte kein Problem mit einem gewissen Durcheinander und ließ sich gerne einfach nur treiben. Sie war kreativ, Aron dagegen sehr nüchtern und praktisch veranlagt. Er träumte von einem Penthouse in London, sie von einer kleinen Kommune irgendwo auf dem Land.

All diesen Unterschieden zum Trotz verliebten sich die beiden.

Partnerschaften wie diese, zwischen zwei so verschiedenen Menschen, werden andauernd eingegangen. Und oft genügt eine einzige Gemeinsamkeit – im Fall von Jessi und Aron wäre das die Musik – um weniger wichtige Unterschiede auszugleichen. In den ersten Monaten der Beziehung hatte es das Paar wunderschön, weil es sich auf die gemeinsame Leidenschaft und die überwältigenden Gefühle der Verliebtheit konzentrierte, die alle Gedanken an vergleichsweise unwichtig erscheinende Unterschiede verdrängten.

Doch geht es beim Zusammenleben um mehr als nur eine oder zwei große Leidenschaften. Die banalen Einzelheiten – der Alltag, die übliche Entspannung am Abend eines Wochentags, die Einstellung zum Geld usw. – all das spielt in längerfristigen Beziehungen eine wichtige Rolle. Unterschiede, die zunächst nebensächlich erschienen, können an Bedeutung gewinnen, wenn eine Partnerschaft sich weiterentwickelt.

Es brauchte fünf Jahre und ein Baby, bevor es Jessi und Aron dämmerte, dass sie nicht zueinanderpassten. Ihre gemeinsame Begeisterung für Musik konnte ihre Verschiedenheit nicht ausgleichen.

»Aron war permanent auf Achse. Er arbeitete von früh bis spät, weil er sich das ehrgeizige Ziel gesetzt hatte, richtig reich zu werden. Er behauptete andauernd, er tue das nur für mich, aber ich wusste ganz genau, dass es

dabei ausschließlich um ihn ging. Ich sagte ihm, dass ich ihn lieber zu Hause hätte, damit wir zusammen sein und unser Baby versorgen und uns beim Musizieren ein bisschen entspannen konnten. Aber ich bekam kaum die Gelegenheit, auch nur mal mit ihm zu reden. Dabei hätte ich mich gern über Ideen, Kunst, Gedanken, Träume unterhalten; alles, was ihn interessierte, war jedoch der Kontostand und ob wir Doppelscheiben benötigten.«

Sie stritten ununterbrochen, weil ihre Charaktere von Grund auf verschieden waren.

»Wir stritten darüber, wo wir wohnen wollten. Über das Durcheinander im Haus. Darüber, ob ich in einer Band Gitarre spielen sollte. Die schlimmste Auseinandersetzung hatten wir über die Frage, ob unsere Tochter Juli getauft werden sollte – das ging ungefähr einen Monat lang. Ich argumentierte, dass unsere Tochter wohl nicht auf eine organisierte Form von Religion eingeschworen werden müsse, noch bevor sie reden kann.«

Als sich in der Beziehung Schwierigkeiten abzeichneten, war sie aufgrund der Unterschiede auch schon zum Scheitern verurteilt.

»Ich wusste schon seit Monaten, dass wir es nie miteinander hätten versuchen sollen, aber ich probierte weiterhin alles Mögliche, damit es vielleicht doch funktionierte. Ich hätte mich auch damit abgefunden, wenn ich mir irgendeinen Fortschritt hätte vorstellen können, und das, obwohl es mich ankotzte, zu Hause festzusitzen, wo ich unglücklich war und meine Kreativität nicht ausleben konnte. Irgendwann wurde mir klar, dass wir nicht den Rest unseres Lebens miteinander verbringen konnten. Und Aron wusste das auch.

Man muss sich seiner kulturellen Wurzeln bewusst sein, der wichtigsten Überzeugungen und der eigenen Weltanschauung. Viele Leute kennen ihre eigenen Wertvorstellungen überhaupt nicht, bis sie schmerzhaft mit denen ihres Partners kollidieren und alles zu spät ist. Um sich selbst richtig kennenzulernen, bleiben einem bittere Erfahrungen nicht erspart.

Was würde deinen Freund unglücklich machen?

Hier mal eine Frage, über die ihr vielleicht noch nicht oft nachgedacht habt: Welche Seiten an euch könnten einen Mann unglücklich machen?

Wahrscheinlich habt ihr eine ziemlich gute Meinung von euch selbst und verschwendet nicht allzu viel Zeit darauf, über eure Schwächen zu sinnieren. Aber was sind denn eure negativen Eigenschaften?

Vielleicht könnt ihr euch das nicht vorstellen, aber es gibt sicher Aspekte eurer Persönlichkeit, mit denen Männer ein Problem haben. Nicht alle, nur manche. Und zwar nicht, weil mit euch irgendwas nicht stimmt. Sondern weil alle Menschen verschieden sind und daher einige eurer Charakterzüge sich mit denen anderer absolut nicht vertragen.

Nehmen wir beispielsweise an, ihr wärt sehr auf Hygiene und Sauberkeit bedacht und würdet euch nur in einer ordentlichen Umgebung wohlfühlen. Die Zeit, die ihr mit Aufräumen und Putzen verbringt, scheint euch sinnvoll genutzt. Was würde passieren, wenn ihr euch in einen Typen verliebt, dem Unordnung vollkommen egal ist und der einen mit Putzen des Badezimmers verbrachten Vormittag für die pure Vergeudung seiner Lebenszeit hält?

Zögt ihr zusammen, würde euer Klagen und um ihn herum Putzen ihn unglücklich machen. Er würde sich unter Druck gesetzt fühlen, ein anderer zu sein als er eigentlich ist, außerdem hätte er dauernd ein schlechtes Gewissen wegen seiner Schlampigkeit. Und wenn er mit euch unglücklich wäre, würde euch das zwangsläufig auch unglücklich machen.

Das hat nichts mit richtig oder falsch zu tun, auch gibt es in so einem Fall keinen Schuldigen. Aber es gibt viele Männer, die gern Ordnung halten und deren Traumfrau jemand sein soll, der eine saubere Küche schätzt.

Wichtig ist nur, dass ihr euch selbst genau kennt. Nehmen wir uns ein Beispiel an Bella.

Bella machte Edward unglücklich. Er litt sehr in ihrer Beziehung, weil Bella ein Mädchen war, das sich nicht um seine eigene Sicherheit sorgte. Selbstaufopferung war ein Teil ihres Charakters. Die Vorstellung, ihr Leben für andere zu geben, schien ihr geradezu zu gefallen. Sie war nicht im Geringsten auf Sicherheit bedacht. Allein spazierte sie durch unbekannte, finstere Gassen. Sie hing mit geifernden Werwölfen herum. Und der arme Edward hatte alle Hände voll zu tun, sich Sorgen um sie zu machen und sie zu retten. Edward war ein unglücklicher Junge, dessen einzige Freude es darstellte, Bella am Leben zu wissen, trotzdem passte sie nicht besser auf sich auf.

In der ganzen »Twilight«-Saga scheint Bella nicht richtig klar zu werden, wie sehr Edward unter ihrer laxen Einstellung in punkto Sicherheit leidet. Das beeinträchtigt sogar ihre Flitterwochen. Edward ärgert sich über die Schramme, die sie in ihrer ersten gemeinsamen Nacht versehentlich davonträgt, und Bella ist wütend auf ihn, weil er so überbesorgt ist. Sie kann nicht wirklich verstehen, was er empfindet. Dabei ist Edwards Besorgnis viel gesünder als Bellas Einstellung. Wenn ein Mann dir eine Verletzung zufügt, egal ob aus Versehen oder absichtlich, *sollte* er sich Sorgen machen. Und du natürlich auch.

Bellas opferbereite Art macht ihn unglücklich, und das fällt auf sie zurück. Die beiden streiten über ihren fehlenden Selbsterhaltungstrieb.

Zum Glück hat Bella die Option, eine unsterbliche Vampirin zu werden und das Problem körperlicher Unversehrtheit auf diese Weise zu lösen. Wenn nicht, hätte es Edward durchaus auch irgendwann zu viel werden können, sich dauernd um sie zu sorgen.

Euer Freund mag also gut für euch sein, aber seid ihr auch gut für ihn? Es ist entscheidend, dass ihr versteht, was ihr in eine Beziehung einbringt. Vielleicht wisst ihr ja schon, was ihr an positivem Input zu bieten habt, aber man sollte sich eben auch über die Herausforderung im Klaren sein, die man für den anderen darstellt.

Schmerzfreies Lernen

Eine Möglichkeit zur Selbsterkenntnis führt über den Schmerz. Wie Tina (das Mädchen, das sich in den kräftigen, schweigsamen Anton verliebte) oder Jessi (die an den ehrgeizigen Aron geriet) kannst du deine Lektion lernen, indem du mit einem Typen ausgehst, der nicht zu dir passt, und begleitet von reichlich Liebeskummer erfährst, dass er deine Bedürfnisse nicht erfüllen kann. Dann durchlebst du vermutlich eine turbulente Trennung und bequatschst alles mit deinen Freundinnen. Du kannst dir überlegen, was schiefgelaufen ist und warum ihr nicht zusammengepasst habt. Du kannst aus so einer Beziehung deine Lehren über dich selbst und deine Bedürfnisse ziehen. Du kannst über die chaotischen, verwirrenden und oft erstaunlich schmerzhaften Erfahrungen im Beziehungsdschungel zur Einsicht gelangen.

Aber du musst nicht zwingend so vorgehen.

Viele Leute meinen, Schmerz sei ein guter Lehrmeister. Man hört oft Äußerungen wie »Das musste sie selbst durchleiden, um daraus zu lernen« oder »Sie musste ihre eigenen Fehler machen«.

Nun, das ist nur *ein* Weg, um zu lernen. Aber es ist nicht der beste. Viel besser ist es, ohne das geringste bisschen Schmerz zu lernen!

Schmerz schmerzt. Wenn möglich sollte man ihn daher meiden. Durch schmerzhafte Fehler zu lernen, wäre eine dumme Entscheidung, wenn es doch eine Alternative gibt. Warum also nicht lieber schmerzlos lernen? Und falls ihr schon scharf darauf seid, durch Schmerz zu lernen, dann lasst zumindest jemand anderen ihn erleiden.

So geht ihr in anderen Lebensbereichen doch schließlich auch vor. Wenn ihr beispielsweise erfahren wollt, ob ein Bienenstich schlimmer ist als ein Wespenstich, würdet ihr daraufhin eine Hand in ein Wespennest stecken und die andere in einen Bienenstock? Oder würdet ihr das Ganze doch eher im Internet recherchieren? Und wenn ihr wissen wolltet, ob eine Firma vertrauenswürdig ist, würdet ihr dann euer Geld in sie investieren, um zu sehen, ob man euch übers Ohr haut? Oder würdet ihr nach Erfahrungsberichten anderer Investoren suchen?

Dabei sind das noch geringfügige Schmerzen. Ein Bienenstich oder der Verlust von Geld sind nichts im Vergleich zu dem Kummer, den eine wirklich schlechte Beziehung verursachen kann. Verletzte Gefühle sind wohl für jeden schlimmer als körperlicher Schmerz. Nach schmerzhaften Trennungen sagen Leute ja manchmal Sachen wie, sie würden sich lieber ohne Betäubung einen Zahn ziehen lassen, als so etwas noch einmal durchleben zu müssen.

Denkt nur an Bellas Qualen, als Edward sie in »Bis(s) zur Mittagsstunde« verlässt. Mit ihrem schriftstellerischen Können schildert Stephenie Meyer Bellas seelisches Leid sehr überzeugend. Und sie übertreibt nicht. Wie ihr vielleicht aus eigener Erfahrung wisst, ist es tatsächlich so schrecklich, wenn man von jemand fallen gelassen wird, den man liebt.

Aber es gibt noch ein weiteres Argument für schmerzfreies Lernen.

Wenn man mittels Schmerz lernt, lernt man, sich zu fürchten. Und Furcht ist ein schlechter Lehrmeister. Sie bringt ihre eigenen Probleme mit sich. Mit anderen Worten, emotionalen Ballast.

Wenn ihr eure Lektion durch eine unglaublich schmerzhafte Beziehung lernt, geht das auf Kosten eures Selbstvertrauens. Vor lauter Nervosität, alte Fehler zu vermeiden, unterlaufen euch wahrscheinlich neue.

Eure persönlichen Altlasten

Um Altlasten zu haben, muss nicht einmal eine schiefgelaufene Beziehung hinter euch liegen. Denn selbst die ausgeglichensten Menschen haben irgendwelche persönlichen

Probleme, die sie unweigerlich mitbringen, wenn sie eine neue Partnerschaft eingehen. Wahrscheinlich gibt es auch in eurem Leben ein paar negative Erfahrungen, die eure Gefühlswelt geprägt haben.

Man könnte das auch Gepäck nennen, denn es ist eine gewisse Bürde, die ihr mit euch herumschleppt, die Last negativer Erfahrungen mit anderen Menschen. Normalerweise tragt ihr sie selbst, aber manchmal ladet ihr sie auch eurem Partner auf. Und hofft, dass er sie euch abnimmt.

Ein gewisses Maß an Altlasten ist an sich kein Problem. Solange man sich seines »Gepäcks« bewusst ist und es einigermaßen schultern kann. Wenn ihr aber all eure Probleme einem Typen aufbürdet, könnte er darunter zusammenbrechen.

Doch nur weil man einiges an Lasten zu schleppen hat, ist man noch nicht krank oder behandlungsbedürftig. Private Probleme sind etwas absolut Normales. Wir Menschen sind nun mal sehr emotionale Geschöpfe. Und jeder hat etwas, das ihn umtreibt. Unser moderner Lebensstil stellt eine ganz schöne Herausforderung für unsere Gefühle dar.

Warum das moderne Leben Probleme verursachen kann

1 Familienleben heutzutage

Wahrscheinlich wurdet ihr von einer oder zwei Bezugspersonen aufgezogen, was im Vergleich zum Großteil der Menschheitsgeschichte eine unnatürliche Situation darstellt. In der Vergangenheit lebten Großfamilien viel enger zusammen, und so waren immer auch noch andere Verwandte zugegen, um sich gegenseitig bei der Kinderbetreuung auszuhelfen. Der Schnellkochtopf der modernen Kleinfamilie ist ja nicht unbedingt gesund. Eure Erziehungsberechtigten waren vermutlich nur für euch verantwortlich, was mehr Stress für sie bedeutete. Aber auch für euch gab es demnach kaum einen Ausweg, wenn ihre Erziehungsarbeit unbefriedigend war. Es gibt da dieses afrikanische Sprichwort: Man braucht ein ganzes Dorf, um ein Kind großzuziehen. Und wahrscheinlich gedeihen Kinder wirklich am besten, wenn eine ganze Gemeinschaft auf sie achtgibt und nicht nur die eigene Kernfamilie. Heutzutage leben allerdings viele Familien isoliert von den Menschen in ihrer Umgebung.

2 *Künstliche Kindheit*

Ihr wurdet wohl alle zu lange wie Kinder behandelt. In der modernen Gesellschaft hat man die Phase der Kindheit verlängert. Jugendliche sind in die Rolle von Hilflosen gezwungen, obwohl sie rein physisch bereits erwachsen sind. Sie empfinden erwachsene Bedürfnisse nach Freiheit, Sex und Selbstverwirklichung, aber bis zu ihrem achtzehnten Geburtstag müssen sie Kinder spielen. Den Ärger darüber und die Rebellion dagegen nehmt ihr möglicherweise mit in euer Erwachsenenleben.

3 *Zu viele harte Entscheidungen*

In eurem Leben habt ihr eine Unmenge von Entscheidungen zu treffen. Untersuchungen haben ergeben, dass diese vielen Wahlmöglichkeiten jedoch nicht für mehr Zufriedenheit sorgen, sondern Unzufriedenheit und Furcht hervorrufen.

4 Wettbewerb

Egal ob in Schule, Ausbildung oder Beruf, von jungen Jahren an müsst ihr euch im Vergleich zu anderen behaupten. Daraus könnte man nur allzu leicht folgern, nicht gut genug zu sein.

5 Das Schönheitsdiktat

Ob in Fernsehen, Kino oder den Anzeigen der Printmedien – überall begegnen wir schönen Gesichtern. Vor dem Zeitalter der Massenmedien bekam man nur selten eine wirklich umwerfend schöne Frau zu sehen. Doch da wir heutzutage solche Bilder andauernd vor Augen haben, vergleichen wir uns auch mit ihnen. Viele fühlen sich dann als Versagerinnen. Manchmal kommt einem das Leben wie ein Schönheitswettbewerb vor, den zu gewinnen die meisten von uns keine Chance haben. Schöne Frauen werden zu Idolen. Heutzutage kann man mit nichts anderem als gutem Aussehen steinreich werden. Kein Wunder, dass da viele Mädchen ihren Wert nur nach ihrer äußeren Erscheinung bemessen.

6 Ungleichheit

Man könnte meinen, wir Menschen seien alle gleich viel wert. Trotzdem haben manche viel mehr Geld, hübschere Sachen und länger Urlaub als ihr. Darüber könntet ihr unglücklich sein. In euren Augen seid ihr schließlich ebenso viel wert. Früher haben die Leute sich mit ihrem Stand abgefunden – Reiche galten eben als Bessergestellte. Menschen, die nach Höherem strebten, wurden zurück in ihre Klasse gestoßen, weil sie versuchten, »sich über sich selbst zu erheben«. Heutzutage stresst uns Ungleichheit; sie weckt Neid und Unzufriedenheit.

7 Bedeutungsverlust
Wahrscheinlich hockt ihr den ganzen Tag irgendwo drinnen und seid weit weg von der Natur. Dort habt ihr möglicherweise eintönige, langweilige oder scheinbar sinnlose Dinge zu lernen oder zu arbeiten. Lohn und Auszeichnungen haben keineswegs immer mit Arbeit und Anstrengung zu tun.

Heute suchen viele Mädchen mehr als nur die Liebe eines Jungen. Sie suchen nach einem Sinn in ihrem Leben. Diese Last sollte man keinem Mann aufbürden, weil sie einfach zu groß ist. Alles, was er tun kann, ist, euch zu lieben. Und eine Beziehung ist nicht unbedingt die Antwort, die ihr darin gerne sehen würdet.

Suchst du nur nach Liebe oder eher nach einer Lösung all deiner Probleme? Hältst du vielleicht nach einem Ausschau, der deinen Wunsch nach Selbstvertrauen, Sinn, Sicherheit und Geborgenheit erfüllt? Nach jemand, der dir das mit den zahlreichen Wahlmöglichkeiten vereinfacht und dir hilft, Ordnung in dein Leben zu bringen?

Schauen wir doch mal, wie es Bella in diesem Punkt ergeht …

10

So schätzt Bella sich selbst ein

Bella hatte jede Menge emotionaler Altlasten. Sie suchte nach einer Lösung für ihr Leben. Dass sie nicht besonders glücklich war, wusste sie, aber sie hatte kaum eine Ahnung davon, warum das so war und was sie dagegen tun konnte.

Als Bella in Forks ankam, war sie deprimiert und einsam. Sie war schüchtern und unsicher. Sie konnte nicht gut auf andere zugehen – sie fühlte sich anders als der Rest der Menschheit. Und Bella stellt in dieser Hinsicht keine Ausnahme dar. Vielmehr liefert sie das glaubwürdige Bild eines jungen Mädchens im 21. Jahrhundert. Viele von uns können nachfühlen, wie einsam und unglücklich sie sich vorkam.

Bellas Selbstvertrauen

Ein gesundes Selbstwertgefühl ist für ein glückliches Leben unerlässlich. Doch bevor sie Edward und Jacob begegnet, hat Bella keine besonders hohe Meinung von sich.

Selbstvertrauen ist der Wert, den man sich selbst zumisst und im Vergleich zu anderen Menschen empfindet. Man erfährt dadurch, wie andere einen behandeln, etwas über sich selbst. Wenn sie dir als wertvolle und wichtige Person begegnen, hast du aller Wahrscheinlichkeit nach auch ein gesundes Selbstvertrauen.

Bella erfährt durch ihre Mitschüler an der Highschool in Phoenix etwas über sich selbst. In dieser extrem leistungsorientierten Umgebung fühlte Bella sich stets als Versagerin. Dort, wo sie aufwuchs, zählten Schönheit, Reichtum und sportliche Fähigkeiten. Bella hatte nichts von alledem zu bieten. Als sie in der Schulcafeteria zum ersten Mal den Vampiren begegnet, ist sie von deren Schönheit fasziniert. Sie betrachtet Rosalies unglaubliches Haar und ihre Figur und sagt sich als Reaktion, dass das Selbstvertrauen jedes Mädchens neben Rosalie einen Knacks kriegen muss.

Im selben Raum mit jemand Schönem zu sein, wirkt sich nur dann auf das eigene Selbstvertrauen aus, wenn man dieses vom Aussehen abhängig macht. In der »Twilight«-Saga ist viel von Schönheit die Rede. Die körperliche Anziehungskraft der Vampire wird ausführlich geschildert. Bella erwähnt oft, wie unterlegen sie sich wegen ihres Aussehens fühlt. Einer der Gründe, warum sie sich danach sehnt, Vampir zu werden, ist deren Schönheit. Ihr Selbstwertgefühl ist ganz eng an ihr Äußeres geknüpft.

Wie an vielen Orten der Welt galt auch in Phoenix eine Hackordnung aufgrund des Wohlstands der Familie. Bella hatte kaum Geld, also auch nur einen geringen Status. An der Highschool in Phoenix wurde aber auch viel Wert auf sportliche Leistung gelegt. Das war ein weiterer Weg, um zu Status und Ansehen zu gelangen. Bellas Ungeschicklichkeit und Talentlosigkeit machten ihr den Sportunterricht zur Qual. Diese Demütigungen taten ihrem Selbstvertrauen natürlich auch nicht gut.

Bellas Ziellosigkeit

Eines der Dinge, die uns Menschen von anderen Geschöpfen unterscheidet, ist die Sehnsucht nach einem Sinn oder Ziel in unserem Leben. Die meisten von uns haben den Blick in die Zukunft gerichtet. Nachdem wir in der glücklichen Lage sind, uns nicht ums tägliche Überleben sorgen zu müssen, haben wir Muße, uns über den Sinn unseres Daseins Gedanken zu machen. Voraussetzung für Wohlbefinden und Zufriedenheit der meisten Menschen ist es, irgendwelche übergeordneten Ziele zu haben. Einigen geht es vielleicht eher um kurzfristige Dinge – sie haben nur sofortige Annehmlichkeiten und unmittelbares Vergnügen im Sinn. Andere schmieden dagegen großartige Pläne.

Bevor sie Edward traf, hatte Bella absolut keinen Plan. Ihr größter Wunsch bestand darin, anderen keine Schwierigkeiten zu bereiten. Sie geht zur Schule, verbindet damit aber kein höheres Ziel. Sie hockt im Klassenzimmer und bekommt im Unterricht Stoff vorgesetzt, den sie schon gelernt hat. Das alles erscheint ihr ziemlich sinnlos.

Bellas Beziehungen zu anderen

Bellas Vater Charlie tut sich mit anderen Menschen schwer. Er hatte bislang nur eine einzige enge Beziehung – zu Bellas Mutter – und ist über deren Scheitern nie wirklich hinweggekommen.

Bella ist ihm ähnlich. Nie hat sie das Gefühl, dazuzugehören oder von anderen verstanden zu werden. Sie sucht nicht den engen Kontakt zu jemand, und oft ist sie nicht richtig »da«, wenn sie Zeit mit anderen verbringt. Bei ihrer Schulkameradin, der schwatzhaften Jessica, blendet sie sich einfach aus. Sie macht sich nicht die Mühe, nach Leuten zu suchen, die so ticken wie sie selbst. In Phoenix hatte sie keine engen Freunde. Und so hält sie auch zu niemand außer ihrer Mutter Verbindung, als sie nach Forks zieht.

Bella besitzt ein gewisses Problembewusstsein. Sie weiß, dass sie sich wie Charlie schwer damit tut, eine Beziehung zu Menschen aufzubauen, aber sie hat keine Ahnung, was sie dagegen tun soll.

Für jeden ist es wichtig, irgendwo dazuzugehören. Wir sind soziale Wesen und brauchen menschliche Nähe für unser Wohlbefinden.

Bellas Einsamkeit

Es gibt zwei Arten von Einsamkeit. Einmal die, die entsteht, wenn man isoliert wird und de facto kein anderer Mensch in unserer Umgebung anwesend ist. Darunter leiden die meisten Leute sehr, und daher gilt Einzelhaft auch als eine der schlimmsten Strafen.

Die zweite Form von Einsamkeit ist häufiger. Man kann sich nämlich auch einsam fühlen, obwohl man von anderen umgeben ist, weil man sich ihnen nicht nahe fühlt. Die Auswirkung ist fast so schlimm wie bei Einzelhaft. Wer sich vom Rest der Menschheit isoliert fühlt, dem geht es zwangsläufig schlecht.

Bella erlebte beide Arten von Einsamkeit. Anfangs erfährt sie so eine Art abgeschwächte Einzelhaft – sie hat keine

Freunde in der Nähe, und ihr Vater ist oft nicht zu Hause oder lässt sie in ihrem Zimmer in Ruhe. Sie fühlt sich weit weg von allen anderen Menschen.

Zu Beginn der Geschichte weint Bella sich in den Schlaf. Und sie achtet darauf, dass diese Weinanfälle im Verborgenen stattfinden. Sich Hilfe suchend an irgendjemand zu wenden, fällt ihr nicht ein. Ihre tiefsten, privatesten Gefühle behält sie ganz für sich. Das ist ein Zeichen ihrer Isoliertheit vom Rest der Menschheit. Viele Mädchen würden sich bei anderen Trost suchen, doch Bella frisst alles in sich hinein. Es gibt auch niemanden, an den sie sich wenden könnte. An ihre Mutter Renée kann sie sich nicht halten, denn Bella ist es gewohnt, sie zu beschützen. Sie weiß, dass Renée traurig wäre, wenn sie wüsste, wie unglücklich ihre Tochter ist, also versteckt sie ihre Gefühle. An Charlie kann sie sich genauso wenig wenden, denn auch er könnte mit ihren Gefühlen nicht umgehen. Und sonst gibt es da niemanden.

Bellas Ängste

Bevor Edward und Jacob auftauchen, ist Bella ein Opfer ihrer Ängste. Ihre Befürchtungen haben alle mit anderen Menschen zu tun. Als sie in Forks ankommt, macht es sie sogar nervös, mit ihrem Vater zusammen zu sein. Sie fürchtet sich davor, an der Highschool Unbekannten zu begegnen. Viele Menschen sind in neuen Situationen mit anderen Menschen ängstlich, doch Bella empfindet das sehr extrem. Wieder meistert sie die Situation ganz allein. Sie verrät niemand, wie nervös sie ist. Selbst vor den Menschen, die ihr am nächsten stehen, verbirgt sie ihre Verletzlichkeit. Sie merkt, dass sie ein Problem im Umgang mit Menschen hat, aber sie verrät es niemand. Offenbar ist ihr nicht klar, dass die fehlende Bereitschaft, jemanden einzuweihen, ein wichtiger Teil eben dieses Problems ist.

Bellas fehlender Selbsterhaltungstrieb

All ihren Ängsten zum Trotz bewies Bella, als es wirklich darauf ankam, dass ihr der nötige Instinkt fehlte, auf echte Gefahr zu reagieren. Edward hatte ihr ganz klar mitgeteilt, dass er gefährlich war. Er sagte ihr, dass er sie am liebsten umbringen und ihr Blut trinken würde. Daraufhin hätte sie sich fürchten müssen, doch das tat sie nicht. Bella merkte selbst, dass das eigentlich keinen Sinn ergab.

Die Angstreaktion ist eine Art Schutzmechanismus. Er stellt sich ein, um uns das Leben zu retten. Wenn man sich bedroht fühlt, schüttet der Körper Adrenalin aus, was den Puls beschleunigt, alle Sinne schärft und die Muskeln dazu bringt, sich anzuspannen, bereit, anzugreifen, zu erstarren oder zu fliehen.

Aber die Tatsache, dass bei Bella keine Angst einsetzte, als ihr Leben in Gefahr war, ist ein Zeichen dafür, dass irgendetwas absolut falsch lief.

Bellas alter Ballast

Viel von Bellas Traurigkeit hat ihren Ursprung in ihrer Kindheit. Ihre Eltern haben ihre emotionalen Bedürfnisse nicht unbedingt befriedigt.

Ihre Mutter Renée benahm sich impulsiv und kindisch, sodass Bella schon früh gezwungen war, in deren Rolle zu schlüpfen und ihre eigene Mom zu bemuttern. Ihr Vater Charlie war keinen Deut besser. Ein einsamer, gefühlsmäßig gehemmter Mann, der nicht in der Lage war, so auf Bella zu reagieren, wie sie es gebraucht hätte. Wieder übernimmt sie die Rolle der Betreuerin, nur diesmal für ihren Vater, etwa indem sie alle Mahlzeiten für ihn zubereitet.

Doch Bella schultert nicht nur praktische Verantwortung für die Eltern, sondern auch die für ihr emotionales Wohlbefinden. Bella nennt sie nicht Mom oder Dad, sondern Renée und Charlie. Das zeigt schon, wie wenig sie sie als Eltern betrachtet.

Sie ist so daran gewöhnt, die Bedürfnisse anderer zu erfüllen, dass die Rolle der Fürsorglichen ihr zur zweiten Natur wird. Indem sie sich um andere kümmerte, glich sie ihre eigenen emotionalen Defizite aus. Auch das ist ein Weg, sich Menschen nahe zu fühlen, mit sich selbst zufrieden zu sein und sich als wichtig für andere zu betrachten. Das Problem war nur, dass sie keine Ahnung davon hatte, was sie selbst eigentlich brauchte. Das wäre nämlich über das Versorgen anderer hinausgegangen. Die Grenze zur Selbstaufgabe hatte sie aber bereits überschritten.

Die Macht des Lämmchens

Mädchen fallen oft in die Rolle der Gebenden oder Heilenden und sind eher als die Jungs bereit, ihre eigenen Bedürfnisse zum Wohl anderer zu vernachlässigen.

Warum das so ist? Manche sagen, das sei biologisch bedingt. Demnach ist unser Instinkt, andere zu hegen und zu pflegen einfach stärker als der von Männern. Schließlich versorgen in fast allen Kulturen hauptsächlich die Mütter den Nachwuchs.

Andere behaupten, es läge an unserer eigenen Sozialisation. Noch bevor sie sprechen können, bekommen die meisten Mädchen eine Puppe zum Spielen. Mädchen bringt man bei, wie sie für andere sorgen und dass sie ihre eigenen Bedürfnisse auch einmal zurückstellen sollten.

Die Kraft, zu trösten, zu heilen und zu nähren, ist die einzige, die Frauen unverhohlen zeigen dürfen. Bei jungen Mädchen, die sich selbst vernachlässigt fühlen, tritt das manchmal auf übertriebene Weise zutage, und sie stürzen sich regelrecht in die Versorgung anderer. Sich um jemand zu kümmern, ist eine Möglichkeit, Menschen nahe zu sein, geliebt zu werden und sich selbst stark und wichtig zu fühlen.

Der Vergleich vom Löwen, der sich in das Lamm verliebt, passt auch hier. Das Lamm kann die Macht haben, den Löwen zu verändern. Das Lamm kann wichtig und stark genug sein, um die aggressiven Impulse der Raubkatze außer Gefecht zu setzen. Es scheint vielleicht, als habe der Löwe das Sagen, doch in Wirklichkeit gibt es Konstellationen, in denen das Lamm einflussreicher ist.

Im Leben geht es für die meisten Menschen um ein ausgewogenes Geben und Nehmen. Bella wuchs hingegen in dem Bewusstsein auf, ihre eigenen Bedürfnisse seien unwichtig und ihr Geben stünde im Vordergrund.

Ganz zu Beginn der »Twilight«-Saga ist Bella ein bemitleidenswertes, furchtsames, einsames, zielloses Mädchen mit einem Hang zur Selbstaufopferung …

Auftritt Edward

Edward ist ebenfalls eine einsame, unglückliche Seele – mal ganz abgesehen von seinem Faible für Menschenblut.

Neunzig Jahre lang wandelte er auf Erden, hasste sich selbst und war unfähig, einen Sinn in seinem Dasein zu erkennen. Edward ist eine überzeichnete Version vieler unglücklicher Männer. Typischerweise äußern sich bei ihnen emotionale Schwierigkeiten nicht in Form von exzessiver Selbstaufopferung und dem Bedürfnis, sich um andere Menschen zu kümmern. Üblicherweise kommt es eher zu destruktivem oder aggressivem Verhalten.

Edward muss an jedem Tag seines Lebens gegen die mörderischen Impulse ankämpfen. Er verflucht sich selbst. Sein Leben ist düster. Er hat Probleme in seinem Verhältnis zu Frauen. Noch nie hat er sich in ein Mädchen verliebt.

Und dann begegnen sich Bella und Edward. Sie gehen eine Bindung ein. Ihre Liebe zueinander brennt lodernd hell und vertreibt die Finsternis. Ihre emotionalen Altlasten verschwinden. Die Macht ihrer Liebe besiegt alles. Sie waren zwei Individuen mit massiven persönlichen, emotionalen und Beziehungsproblemen. Doch die Liebe löst – im Roman zumindest – all das auf dramatische Weise.

Bella litt unter der Last ihrer unbefriedigten emotionalen Bedürfnisse. Sie brauchte einen Jungen, den sie lieben und der sich um sie kümmern konnte. Ihre Mutter hatte ihr kein Gefühl von Sicherheit und Schutz vermittelt, und die Liebe, die sie von Charlie bekam, war distanziert und wenig herzlich. Keiner ihrer Eltern vermochte ihr die emotionale Unterstützung zu geben, die sie gebraucht hätte. Edward bot ihr genau das in höchstem Maße. Er verkörperte den starken, fähigen Beschützer, den sie stets vermisst hatte.

Edward hatte eigene Bedürfnisse. Er suchte nach Bedeutung für sein Leben, Sinn in seiner Existenz und jemand, der ihm half, seine Mordlust zu besiegen. Genau das konnte Bella ihm bieten. Sie heilte die Wunden des gequälten, finsteren Helden. Der gefährliche, grüblerische Edward war ein wirklich wunderbarer, liebevoller Mann. Liebe war die Lösung ihrer Probleme, und so lebten sie glücklich und zufrieden bis in alle Ewigkeit.

Die Charaktere folgen den Regeln des Liebesromans und liefern uns eine höchst unterhaltsame Geschichte. Die ist zwar nicht realistisch, aber das ist schließlich einer der Gründe, warum wir so etwas lesen. Als Flucht aus dem Alltag.

Wäre Edward ein echter Mann, hätte er Bella nicht von ihrem persönlichen Unglück befreien können. Wenn die Gesetze der menschlichen Natur und nicht die des Liebesromans für ihn gelten würden, hätte sich sein Kontrollwahn immer weiter gesteigert, und eines Tages hätte er seinen gewalttätigen Impulsen nachgegeben.

Das Bild vom Lamm ist für Bella absolut zutreffend. Sie ist sanft und weich, und seit Tausenden von Jahren werden Lämmer als Opfertiere geschlachtet. Sie ist ein Lamm, das sich quasi freiwillig zur Schlachtbank begibt.

Stephenie Meyer hat sich Charaktere und Beziehungen ausgedacht, die psychologisch sehr lebensnah angelegt sind. Überlegt und tiefgründig porträtiert sie das Verhältnis von

Bella, den Cullens, Jacob, Charlie, Renée, den übrigen Angehörigen vom Stamm der Quileuten und den Schülern an der Highschool von Forks.

In der Realität gibt es viele Edwards, Jacobs und Bellas. Zahlreiche Lämmer – selbstlose Mädchen, die sich nach jemand sehnen, den sie mit ihrer Liebe überschütten können. Und es gibt auch jede Menge Löwen – aggressive, komplizierte Jungen, die sich wünschen, besänftigt und geheilt zu werden. Doch was passiert tatsächlich, wenn ein liebevolles, aufopferndes Mädchen versucht, einen angeschlagenen, gefährlichen Mann gesund zu pflegen? Wie sieht die Dynamik zwischen Lamm und Löwe in echt aus?

Es ist die Dynamik von Missbrauchs-Beziehungen.

Wären Bella und Edward echte Menschen, nähme ihre Geschichte kein glückliches Ende. Ein rücksichtsloser Draufgänger kann keine emotionalen Probleme beseitigen, und die Liebe einer Frau kann nichts gegen einen ausgeprägten Hang zur Gewalttätigkeit ausrichten. Deshalb enden solche Geschichten im richtigen Leben in Gewalt, manchmal sogar mit dem Tod.

Begegnung mit einer echten Bella

Isa lernte Kilian über ihre Freundin Philippa kennen. »Mein Herz geriet schon in dem Augenblick in Aufruhr, als ich ihn das erste Mal sah. Er war groß und attraktiv, mit etwas düsterer, nachdenklicher Miene. Ich fand ihn faszinierend.«

Mit seinen einunddreißig war er acht Jahre älter als sie, und Philippa erzählte ihr, dass er als ziemlicher Hitzkopf verschrien sei. »Unsere erste Verabredung hatten wir in einem teuren italienischen Restaurant. Ich kaufte mir extra ein schwarzes Kleid mit tiefem Ausschnitt, und als Kilian mich darin erblickte, sagte er ›Wow!‹ und dass er noch nie eine so umwerfende Frau gesehen habe. Das hatte ich noch nicht über mich gehört. Denn eigentlich bin ich nicht der Typ, der so heftige Gefühle bei anderen auslöst. Wir unterhielten uns stundenlang – er hatte schon ein aufregendes Leben hinter sich: er war erst in der Army gewesen und hatte dann seine eigene Firma gegründet, die Kletterkurse und andere Aktivitäten im Freien organisierte. Doch die ganze Zeit über konnte ich eine gewisse Traurigkeit spüren, die von ihm ausging. Ich sehnte mich danach herauszufinden, was dahintersteckte.«

Schon bei ihrem ersten Date gibt Kilian etwas von seiner Persönlichkeit preis. Er scherzte über die Zeit, die er wegen einer Rauferei in einem Knast der Army absitzen musste.

»Bei unserer zweiten Verabredung erfuhr ich, warum er oft so verstimmt dreinblickte. Ich hatte gefragt, warum er aus der Armee ausgeschieden war. ›Ich habe Zucker‹, sagte er. ›Da haben sie mir nahegelegt, den Dienst zu quittieren.‹ Er schilderte, wie sehr es ihn anwiderte, Diabetiker zu sein, sich mehrmals täglich Insulin spritzen zu müssen und auf seine Ernährung zu achten. Von diesem Moment an hatte ich das Bedürfnis, ihn zu umsorgen.«

Isa hatte es schon immer gefallen, andere an erste Stelle zu setzen. Ihr älterer Bruder Rick war sowohl intellektuell begabt als auch ein Tennistalent. Ihre Eltern hatten große Hoffnungen in ihn gesetzt, und die ganze Familie hatte davon geträumt, dass er eines Tages Wimbledon gewinnen würde. Ihre gesamte Kindheit hindurch war sie von ihren Eltern für die Mithilfe im Haushalt gelobt worden, damit Rick zu all seinen Tennisturnieren gefahren werden konnte, und es war Isa ganz selbstverständlich erschienen, dass Rick ständig im Zentrum der Aufmerksamkeit stand.

»Ich rechnete nie damit, es Rick gleichzutun. Ich bin Durchschnitt. In der Schule hatte ich ziemlich zu kämpfen, und im Sport war ich ein hoffnungsloser Fall. Aber es machte mir immer Spaß, anderen eine Hilfe zu sein, und das brauche ich auch in meinem Job. Ich verkaufe Ausstellungsflächen für Messen. Und ich liebe es, Himmel und Hölle in Bewegung zu setzen, um für Kunden Probleme zu lösen. Oft finde ich heraus, was sie wollen, noch bevor sie sich dessen selbst überhaupt bewusst sind.« Isa war darin sogar so gut, dass sie als jahresbeste Vertriebsmitarbeiterin ihres Konzerns ausgezeichnet wurde. »Ich bin mir nicht sicher, ob ich das verdient habe. Aber im Vergleich zu internationalen Tenniswettbewerben ist es jedenfalls nichts, über das es sich lohnen würde, nach Hause zu schreiben.«

Während die Beziehung sich weiterentwickelte, wurde Kilian nicht müde, ihr zu versichern, wie umwerfend und besonders sie sei. Nachdem sie über kein sehr ausgeprägtes Selbstbewusstsein verfügte, empfand Isa diese Komplimente gleichermaßen seltsam und erregend. Bald war sie Feuer und Flamme.

Nachdem sie Kilian ihrer Familie vorgestellt hatte, merkte sie, wie aufmerksam er war. »Auf der Heimfahrt wies er mich darauf hin, dass meine Eltern dauernd nur von Rick gesprochen hatten. Kein einziges Mal hatten sie nach meiner Arbeit gefragt. Ich hatte damit nicht einmal gerechnet, doch Kilian meinte: ›Das ist nicht richtig. Deine Eltern hätten dich genauso behandeln müssen wie Rick, egal wie unglaublich talentiert er war. Darum fehlt es dir jetzt an Selbstvertrauen.‹ Ich erkannte, dass Kilian recht hatte und weinte an diesem Abend an seiner Schulter.«

Auch Kilian vertraute sich ihr an. Er hatte eine unglückliche Kindheit hinter sich. »Mein Dad hat meine Mum geschlagen«, gestand er. »Und mich auch. Er nannte mich immer einen Kümmerling und sagte, die Schläge würden mich abhärten. Doch als ich vierzehn war, hab ich mich gewehrt. Er wollte mich ohrfeigen, und ich verpasste ihm einen rechten Haken auf die Nase. Richtig fest. Ich hörte sie brechen. Ich erwartete eine heftige Reaktion, aber er verließ einfach den Raum, die Hand über der blutenden Nase. Er sprach nie darüber. Und er schlug mich nie wieder.«

»Ich war wahnsinnig stolz darauf, dass Kilian mir so sehr vertraute, dass er mir seine intimsten Ängste gestand«, sagte Isa. »Er erzählte mir, er sei zur Army gegangen, weil er sich nie wieder schwach und verletzlich fühlen wollte. Aber er gab auch zu, sich dort letztlich klein und unbedeutend gefühlt zu haben, als kleines Rädchen in der Maschinerie.«

Drei Monate lang waren Isa und Kilian unzertrennlich. Sie stärkten das Selbstvertrauen des jeweils anderen und empfanden die Liebe und Akzeptanz, die sie sich immer gewünscht hatten. Doch Kilian litt unter Stimmungsschwankungen. »Er reagierte schnippisch, wenn ich mich verspätete oder verhindert war, weil ich am Abend mit Kunden ausgehen musste. Hinterher entschuldigte er sich aber immer. Sein niedriger Blutzuckerspiegel mache ihn reizbar. Mir begann aufzugehen, wie sehr er den Diabetes hasste – er ertrug die Einschränkungen nicht und empfand die Krankheit als Bedrohung seiner Männlichkeit. Er rebellierte dagegen, indem er sich falsch ernährte und sein Insulin zu spät nahm.« Sie versicherte ihm, dass die Krankheit ihn in ihren Augen nicht im Geringsten beeinträchtigte.

Nach ein paar Monaten liebestrunkener Seligkeit arrangierte Isa einen Mädchenabend für den Geburtstag ihrer besten Freundin Philippa. »Als ich Kilian erzählte, ich würde ausgehen, bekam er schlechte Laune. Er sagte: ›Ich hoffe, dass sich keine Typen in deiner Nähe rumtreiben, um dich anzumachen.‹ Als wir uns am nächsten Tag trafen, fragte er mich, was ich angehabt hätte. Ich sagte: ›Mein schwarzes Lieblingskleid‹, und er erwiderte: ›Was? Etwa das von unserem ersten Abend?‹ Ich bejahte das, und er funkelte mich böse an und beschimpfte mich, gemeine Tricks zu benutzen, um ihn zu hintergehen. Dann stürmte er davon.«

Vier Stunden später war Kilian zurück, entschuldigte sich wortreich. »Es sprudelte alles aus ihm heraus. Er sagte, er benehme sich nur so, weil er unsicher sei und mich so sehr liebe, dass er fürchte, mich zu verlieren. Wegen seines Diabetes fühle er sich nicht gut genug für mich. Er schwor mir, nie wieder so mit mir zu reden. ›Es ist ja nicht so, dass ich dir nicht trauen würde. Ich traue nur den anderen Kerlen nicht. Vor allem, wenn sie es mit jemand so aufregendem wie dir zu tun haben‹, meinte er. Ich war voll des Mitleids, weil er mir so verletzlich schien. Ich konnte den verängstigten kleinen Jungen in ihm sehen, der von seinem Vater so gnadenlos misshandelt worden war. Noch nie hatte ich mich einem anderen Menschen so nahe gefühlt.«

Die beiden zogen zusammen. »Ich dachte, er würde sich sicherer fühlen, wenn wir mehr Zeit zusammen verbrächten, und ein paar Monate lang schien es auch zu funktionieren. Doch dann fuhr ich auf die alljährliche Konferenz meiner Firma. Kilian machte das sehr schlechte Laune, aber damit konnte ich leben. Schließlich hat doch jeder Mann irgendwelche Fehler.«

Aber sie kam spät von der Konferenz zurück. Kilian begrüßte sie kühl und giftete sie wegen der Verspätung an. Er schnappte sich ihren Koffer, zog den Reißverschluss auf und drehte ihn herum. »All meine Sachen fielen heraus. Er packte sich einzelne Stücke und begann mich zu verhören. Mit einem BH fuchtelte er vor meinem Gesicht herum und fragte, warum ich Reizwäsche mitgenommen hätte. Es war doch nur ein BH. Dann schlug er mir ins Gesicht.

Ich war verblüfft. Aber Kilian sagte sofort: ›O Gott, was habe ich getan?‹ Er sah entsetzt aus und hielt mich in seinen Armen, während ich weinte. Er streichelte mich ununterbrochen und wiederholte immer wieder, wie leid es ihm täte. ›Ich bin ein Monster‹, sagte er. ›Ich verdiene dich nicht. Ich will dich doch nur vor den Männern beschützen, die dich ausnutzen würden.‹ Er versprach, mir nie mehr wehzutun.«

Nach diesem Vorfall sprachen sie endlos lang über seine Unsicherheiten und seine Kindheit. Kilian schien dankbar für ihre Hilfe und überschüttete sie mit Blumen und romantischen Geschenken. Er versicherte Isa, sie sei die Einzige, die ihn wirklich verstünde.

Doch im Verlauf des Jahres kam es immer wieder zu Zwischenfällen nach demselben Muster. Kilian war launisch und wurde manchmal handgreiflich, wenn sie mit Freundinnen unterwegs gewesen war. Isa redete sich ein, das sei keine große Sache. »Meist war es nur ein Schubser oder eine Ohrfeige, dann hörte Kilian sofort auf.« Er entschuldigte sich jedes Mal wortreich und Isa wusste, dass er sich wegen seines Verhaltens selbst Vorwürfe machte. Es endete immer damit, dass Isa ihn tröstete.

»Ich begann, Einladungen zum Ausgehen auszuschlagen, weil sie mir den Ärger nicht wert zu sein schienen. Alles war in Ordnung, solange ich meine ganze Zeit mit Kilian verbrachte.«

Sie begann, die Anzahl ihrer Kontakte zu männlichen Kunden herunterzuspielen. »Eines Abends musste ich meine besten Kunden in ein teures Londoner Restaurant ausführen. Es waren vier Männer, aber ich hatte Kilian gegenüber behauptet, dass auch Frauen dabei sein würden. Als ich die Wohnungstür aufsperrte, stand Kilian da und starrte mich drohend an. ›Du hast mich belogen‹, sagte er. ›Du hast mir erzählt, es kämen nur Frauen. Ich habe dich gesehen. Es waren lauter Männer. Und du hast mit ihnen wie eine Nutte geflirtet!‹

Das Herz schlug mir bis zum Hals, aber ich wurde trotzdem wütend. ›Wie kannst du es wagen, mir nachzuspionieren!‹, brüllte ich. ›Das war ja wohl richtig von mir‹, erwiderte Kilian, ›denn es hat gezeigt, dass man dir nicht trauen kann.‹«

Isa versuchte, die Wohnung wieder zu verlassen. »Es war furchtbar. Kilian war vor Zorn ganz blass, und ich war zu müde, um weiter zu streiten. ›Du bist ja krank!‹, rief ich. Ich schaffte es zur Tür hinaus, aber er packte mich am Arm und zerrte mich wieder rein. ›Du bist hier die Kranke‹, sagte er. ›Mich anlügen, während du herumhurst.‹

Er packte mich am Hals, und ich fiel zu Boden. Aber seine kräftigen Hände drückten weiter meine Kehle zu. ›Versprich, dass du mich nie mehr anlügen wirst‹, sagte er. Aber ich konnte nicht einmal krächzen. ›Versprich es‹, wiederholte er immer wieder. Vor meinen Augen verschwamm alles, und ich wusste, dass ich jetzt sterben müsste.

Plötzlich ließ Kilian los. Er sah schockiert aus und vergrub das Gesicht in seinen Händen.

Ich konnte sehen, wie entsetzt er von seinem Verhalten war. Instinktiv wollte ich ihn trösten. Doch auf einmal war etwas anders. Ich empfand nicht mehr das übliche Mitleid. Stattdessen hatte ich ein Bild vor Augen: Kilian, der über meiner Leiche kniete und sagte, wie leid es ihm täte, mich erwürgt zu haben.

Ich wandte mich ab und rannte aus dem Haus. Und ich kam nie mehr zurück.«

Das passiert im richtigen Leben, wenn das Lamm versucht, den Löwen von seinen Aggressionen zu heilen. Isas Geschichte ist nur eine von vielen wahren Begebenheiten, von denen Frauen berichten, nachdem sie sich in Typen verliebt haben, die ihnen anfangs so stark und aufregend erschienen, die jedoch in Wirklichkeit Kontroll-Freaks und gewalttätig sind. Da gibt es keine Happy Ends. Solche Beziehungen enden mit der Flucht des Mädchens, das sich retten will. Zum Glück gelingt das vielen rechtzeitig, und sie schaffen es, wieder im normalen Leben Fuß zu fassen.

Inzwischen weiß Isa, dass selbst die Macht ihrer Liebe einen Mann nicht heilen kann, egal, wie sehr sie sich das wünscht. Und sie rät auch ihren Freundinnen, niemals die Verantwortung dafür zu übernehmen, einen Jungen zu ändern.

Es gibt jedoch Frauen in solchen herabwürdigenden Beziehungen, die sich dazu nicht äußern. Sie schämen sich, geben sich selbst die Schuld an der Situation und halten sie daher geheim. Oder sie haben Angst, darüber zu sprechen. Oder sie leugnen das Ganze vor sich selbst, reden sich ein, so eine Ohrfeige sei doch kein Grund zur Sorge und eine drohende Faust nichts Unnormales. Und dann gibt es da noch die tragischen Gestalten, die nichts mehr dazu sagen können, weil sie tot sind. Auch eine mögliche Konstellation: Lämmer, die von ihren geliebten Löwen umgebracht wurden und nun für immer verstummt sind.

Zeit für eine Aufmunterung

Das war also das Worst-Case-Szenario. Aber die meisten Frauen geraten in keine derart gefährliche Beziehung. Hoffentlich gehört ihr zu denen, die solchen Typen aus dem Weg gehen.

Aber auch wenn man einem Mann sein persönliches Unglück aufbürdet, kann das euer gemeinsames Glück beeinträchtigen. Wissenschaftliche Untersuchungen haben ergeben, dass unsere eigene Persönlichkeit den Ausschlag dafür gibt, wie wir eine Beziehung erleben. Wen oft negative Emotionen plagen – Niedergeschlagenheit, Wut, Unsicherheit und Schuldgefühle –, der ist auch in einer Beziehung eher unzufrieden und fühlt sich seinem Partner nicht richtig nah.

Bella hatte eigentlich ausschließlich mit negativen Gefühlen zu kämpfen, also war für ein Mädchen wie sie eine befriedigende Beziehung noch unwahrscheinlicher.

Im echten Leben kann ein Freund für dich nicht gottgleich agieren und dein Leben in Ordnung bringen. Er kann genauso wenig dein Therapeut sein. Du bezahlst ihn schließlich auch nicht stundenweise.

Wäre Bella keine Romanfigur, hätte sie wohl die größten Chancen auf ein glückliches Liebesleben, wenn sie erst ihre eigenen Probleme löste, bevor sie überhaupt eine Beziehung eingeht.

In einer ausgedachten Geschichte können wir uns jedoch an der Vorstellung freuen, dass all ihre Probleme sich durch die Liebe lösen lassen. Das ist ein Ideal, das in unsere Zeit passt. Früher hätte der Rat vielleicht gelautet, zu beten und Gott um Hilfe anzuflehen. Heute redet man uns ein, all unsere persönlichen Schwierigkeiten und mangelndes Selbstvertrauen ließen sich regeln, wenn wir nur erst den Richtigen fänden. Die wahre Liebe gilt als der Weg zur irdischen Seligkeit.

Doch oft funktioniert es nicht so. Wenn ihr Probleme habt, verschwinden diese nicht automatisch, nur weil ihr eine Beziehung eingeht. Mädchen die glücklich verliebt sind, waren wahrscheinlich auch schon glücklich, bevor sie dem Mann ihres Herzens begegnet sind.

Und was heißt das nun für die Suche nach einer tollen Beziehung?

Man muss sich darüber im Klaren sein, was man selbst in eine Beziehung einbringt. Eine Frau, die sich selbst kennt, kann genau beurteilen, was sie einem Partner geben kann und was sie von ihm braucht. Selbsterkenntnis ist also eine mögliche Hilfe bei der Wahl des richtigen Typen.

Außerdem solltet ihr nach Liebe suchen. Also nur nach Liebe, und nicht nach einer Lösung für euer ganzes Leben. Wenn ihr glaubt, ein Mann sei die Lösung all eurer Probleme, wird er am Ende selbst ein Problem darstellen.

Seid ihr wie Bella und habt eine ganze Wagenladung Altlasten auf euren Schultern, von denen ihr hofft, sie würde sich wie von Zauberhand in nichts auflösen, sobald ihr die wahre Liebe gefunden habt? Aber vielleicht seid ihr ja auch das exakte Gegenteil von Bella. Vollkommen ausgeglichen und total selbstbewusst.

Wer genau seid ihr, und wonach sucht ihr in einer Beziehung? Wenn ihr weiterlest, könnt ihr es herausfinden.

11

Aus früheren Beziehungen lernen

Wer ihr seid, hängt von euren Beziehungen in der Vergangenheit und Gegenwart ab.

Die Menschen, mit denen ihr zu tun habt, beeinflussen euer Denken und Fühlen. Eure Eltern, Geschwister, Freunde, Lehrer und Klassenkameraden haben euch zu der Person gemacht, die ihr seid.

Man kann unglaublich viel über sich selbst lernen, wenn man sich mit der eigenen Beziehungsgeschichte beschäftigt. Jede Person, die für einen wichtig war, hat Einfluss genommen, im Guten wie im Schlechten.

Sobald wir auf die Welt kommen, beginnen wir damit, Beziehungen einzugehen. Als Babys nahmt ihr, lange bevor ihr sprechen konntet, über Weinen, Lächeln und Lachen Einfluss auf eure Eltern. Die Qualität aller Beziehungen, vom Säuglingsalter bis in die Gegenwart, wirkt sich darauf aus, wie ihr euch heute fühlt.

Das Leben ist kein Ponyhof

Wenn das Leben perfekt wäre, hätten euch Eltern, Geschwister, Freunde und Lehrer allesamt wundervoll behandelt, und ihr wärt zu absolut selbstbewussten, glücklichen Menschen herangewachsen.

Sollte das auf euch zutreffen, könnt ihr sofort zum nächsten Kapitel weiterblättern. Oder eigentlich könntet ihr dieses Buch dann auch gleich an jemand anderen weitergeben, der es nötiger hat. Ihr vergeudet nur eure Zeit, während ihr das hier lest – seht lieber zu, dass ihr rauskommt und mit eurem großartigen Leben weitermacht!

Kennt ihr jemand, auf den das zutreffen würde? Natürlich nicht. Niemand ist in einer solchen Idylle aufgewachsen, weil es die nicht gibt. Alle haben schon Beziehungen hinter sich, die sie geprägt haben – und zwar nicht nur in positiver Hinsicht.

Wir alle sind irgendwann schon mal beschämt, ignoriert, verspottet, zurückgewiesen, vernachlässigt, verletzt, gemobbt, herabgesetzt, ausgelacht, verachtet oder verfolgt worden. Und viele von uns haben das Gefühl, nie genug geliebt, gemocht oder geachtet worden zu sein.

Die meisten erholen sich ohne bleibende Schäden von diesen negativen Erfahrungen. Spuren bleiben allerdings. Und auf alle Fälle beeinflussen sie, was ihr künftig in eine Beziehung einbringen werdet. Tragt ihr irgendwelchen Ballast mit euch herum, der Auswirkungen auf euer Verhalten in einer Partnerschaft hat?

Ein Blick in die Vergangenheit kann helfen, das herauszufinden.

Wie kann man aus vergangenen Beziehungen lernen?

Indem man die richtigen Fragen stellt. Einsicht und Verständnis erreicht ihr nur dann, wenn ihr wisst, was ihr fragen müsst. Fragen öffnen den Geist, helfen, Verbindungen zu erkennen und Ordnung ins Chaos zu bringen. Darum stellen Psychologen auch immerzu Fragen.

In diesem Kapitel kommen auch einige Fragen vor, mit denen Psychologen arbeiten. Ihr könnt entweder darüber nachdenken oder aufschreiben, was euch dazu einfällt, oder mit einer Freundin oder jemand aus eurer Familie darüber sprechen. Die Antworten aufzuschreiben oder mit einer Vertrauensperson zu bereden, ist meist hilfreicher, als nur darüber nachzudenken. Wenn ihr euch jemand in diesen sehr persönlichen Dingen anvertraut, solltet ihr euch darauf verlassen können, dass das Gesagte auch unter euch bleibt.

Fangen wir am besten ganz am Anfang an, bei der Beziehung zu Mutter und Vater. Falls ihr nicht bei euren leiblichen Eltern aufgewachsen seid, überlegt, wer für euch die Mutter- oder Vaterrolle übernommen hat.

Schon ganz früh im Leben lernen wir von den Menschen, die wir lieben, wer wir sind und wie wir Kontakt zu anderen aufnehmen. Wie damals mit euch umgegangen wurde, hat Einfluss darauf, was für ein Mensch ihr heute seid. Dabei geht es nicht darum, eurer Familie die Schuld an irgendetwas zu geben; Ziel ist ausschließlich, dass ihr euch selbst besser kennenlernt. Niemand auf der Welt erlebt eine perfekte Kindheit mit perfekten Eltern. Die meisten Familien haben ihre Schwierigkeiten und Stärken. Bei dieser Übung wollen wir uns nicht auf die negativen Aspekte konzentrieren oder nach Problemen forschen, wo es keine gibt. Habt deshalb bei den folgenden Fragen auch immer eure positiven Erfahrungen mit im Blick.

Die Beziehung zu eurer Mutter

Das Material zu diesem Punkt könnte eine ganze Bibliothek füllen! Mütter sind wichtig. Die Art und Weise, wie sie euch in euren ersten Jahren versorgt haben, war prägend für die Entwicklung eures Denkens und Fühlens. Die eigene Mutter beschert einem in der Regel die erste Erfahrung mit Liebe.

Die Beziehung zur Mutter hat aller Wahrscheinlichkeit nach großen Einfluss darauf, was man in seine Beziehungen als Erwachsener einbringt. Stellt euch dazu doch mal die folgenden Fragen. Diese beziehen sich nicht auf alle Lebensbereiche. Deshalb solltet ihr sie eher als Anstoß zu einer Reihe von Überlegungen betrachten. Und vielleicht ist es besser, mit einer guten Freundin über die eigene Familie zu sprechen als mit einem Verwandten, der selbst Teil dieses Beziehungsgeflechts ist. Solltet ihr mit Familienangehörigen in dieser Deutlichkeit über die Familie sprechen, löst das bei eurem Gegenüber möglicherweise heftige Gefühle aus, und eventuell ist es dann auch schwer, das Gespräch vertraulich zu behandeln.

- Wie sehr hast du dich von deiner Mutter geliebt gefühlt?
- Wie hat sie ihre Gefühle für dich gezeigt?

- Wie stark hast du dich von ihr beschützt gefühlt?
- Hast du an eurer Beziehung etwas vermisst? Wenn ja, was?
- Was würdest du gern noch von ihr bekommen?
- Welche Gefühle löst sie üblicherweise bei dir aus?
- Was missfällt dir an deiner Mutter?
- In welcher Hinsicht bist du wie deine Mutter?
- In welcher Hinsicht bist du anders?
- Wie sehr hat sie dir, wenn überhaupt, dabei geholfen, vom Kind zu einer jungen Frau zu werden?
- Welche Auseinandersetzungen hattest du mit deiner Mutter, und was sagen diese über eure Beziehung aus?
- Was für eine Einstellung zu dir selbst hat sie dir vermittelt?
- Wie sicher hast du dich in der Beziehung zu ihr gefühlt?
- Was hast du aus dem Verhältnis zu deiner Mutter zum Thema »geliebt werden« gelernt?

Deine Schlussfolgerungen

Nachdem du über deine Antworten auf die Fragen nachgedacht, geschrieben oder mit jemand gesprochen hast, kannst du vielleicht auch noch Schlüsse daraus ziehen. Versuche, die folgenden Leerstellen zu füllen.

Die Beziehung zu meiner Mutter war:
Sie hat mich insofern geprägt:
Was das für mein Verhältnis zu Männern bedeuten könnte:

Und so könnten Bellas Antworten lauten

Es ist nicht ganz leicht, die eigene Beziehung einzuordnen, wenn man keinen Vergleich hat. Nur aufgrund persönlicher Erfahrungen sind Einschätzungen schwierig. Deshalb zur Orientierung ein paar Sätze, die von Bella stammen könnten:

Die Beziehung zu meiner Mutter war:

Ein Rollentausch. Renée kümmerte sich nicht so um mich, wie Eltern das normalerweise tun. Obwohl ich wusste, dass sie mich liebt, fühlte sie sich anscheinend nicht für mein tägliches Wohl verantwortlich, auch beschützte sie mich nicht oder bewahrte mich vor negativen Erfahrungen. Stattdessen war ich diejenige, die diese Aufgabe ihr gegenüber wahrnahm. Ich fühle mich immer für ihr Glück verantwortlich. Und ich habe Schuldgefühle, wenn ich sie nicht vor Leid bewahre. Immer musste ich die Starke von uns beiden sein.

Sie hat mich insofern geprägt:

Ich schätze mal, ich habe mich nie gut behütet gefühlt.

Was das für mein Verhältnis zu Männern bedeuten könnte:

Ich bin auf der Suche nach einem Mann, der mich behütet. Zur Abwechslung möchte ich mal diejenige sein, um die sich gekümmert wird. Jemand, auf den ich nicht aufpassen muss und der der Stärkere von uns beiden ist.

Die Beziehung zu deinem Vater

Dein Vater ist der erste Mann in deinem Leben, der dich liebt. Viele Leute meinen ja, eine Vaterfigur sei für Töchter nicht so wichtig wie für Söhne. Oft heißt es: »Ein Junge braucht ein männliches Rollenvorbild.« Das stimmt zwar, aber ebenso wichtig ist eine Vaterfigur für Mädchen. Auch sie müssen etwas über Männer lernen. Durch den eigenen Vater erfährt man, wie es ist, von einem Mann geliebt zu werden. Wenn ein Mädchen ohne Vaterfigur aufwächst oder von ihrem Vater schlecht behandelt wird, ist es im späteren Leben viel anfälliger für schlechte Beziehungen zu Männern.

Negative Beziehungen sind ein sehr ernstes Problem. Sie führen zu Einsamkeit, möglicherweise Depressionen und können richtig gefährlich werden. Beispielsweise könnt ihr auch in einer schrecklichen Partnerschaft erst schwanger und dann im Stich gelassen werden. Außerdem nimmt vermutlich euer Selbstvertrauen großen Schaden.

Männer richtig zu beurteilen, ist eine unerlässliche Fähigkeit. Ein von ihrem Vater vernachlässigtes Mädchen ist viel empfänglicher für männliche Bewunderung und vielleicht nicht kritisch genug. Und wenn euch euer Vater schlecht behandelt hat, ist die Wahrscheinlichkeit, dass ihr an einen Typen geratet, der euch ebenfalls schlecht behandelt, größer, weil sich das für euch normal anfühlt.

Umgekehrt ist eine glückliche Beziehung zu einem liebevollen Vater eine gute Basis für eine liebevolle und erfüllende Beziehung zu Männern, wenn ihr selbst erwachsen seid.

Überdenkt die folgenden Fragen, schreibt etwas darüber oder besprecht sie mit jemand, dem ihr vertraut:

* Wie sehr hast du dich von deinem Vater geliebt gefühlt?
* Wie hat er seine Gefühle für dich gezeigt?
* Wie beschützt hast du dich durch ihn gefühlt?
* Fehlte eurer Beziehung etwas? Wenn ja, was?
* Was würdest du gerne noch von ihm hören oder bekommen?
* Welche Gefühle löst er typischerweise bei dir aus?
* Was missfällt dir an deinem Vater?
* In welcher Hinsicht ähnelst du deinem Vater?
* Worin unterscheidest du dich von deinem Vater?
* Inwiefern hat er dir geholfen/nicht geholfen, den Übergang vom Kind zur jungen Frau zu schaffen?
* Welche Auseinandersetzungen hattest du mit deinem Vater und was sagen diese über euer Verhältnis aus?
* Wie sicher fühlst du dich in der Beziehung zu ihm?
* Was für ein Selbstwertgefühl hat er dir vermittelt?
* Was hast du aus der Beziehung zu deinem Vater über die Liebe eines Mannes gelernt?

Deine Schlussfolgerungen

Nachdem du über deine Antworten auf diese Fragen nachgedacht, geschrieben oder gesprochen hast, kannst du möglicherweise gewisse Schlüsse daraus ziehen. Versuch doch vielleicht, die folgenden Leerstellen zu füllen:

Die Beziehung zu meinem Vater war:
Sie hat mich insofern geprägt:
Was das für mein Verhältnis zu Männern bedeuten könnte:

Und so könnten Bellas Antworten lauten

Die Beziehung zu meinem Vater war:
Emotional distanziert und wenig herzlich. Obwohl ich wusste, dass er tief in seinem Inneren etwas für mich empfand, bekam ich von Charlie kaum irgendwelche Rückmeldungen. Gefühle machten ihn verlegen, und mir war es ihm gegenüber auch peinlich, welche zu zeigen. Ich habe mich ihm nie nahe gefühlt.

Sie hat mich insofern geprägt:
Ich habe große Ähnlichkeit mit Charlie. Anderen gegenüber bin ich unbeholfen. Ich habe nie erfahren, wie es ist, sich einem Mann nahe zu fühlen und körperliche Zuneigung zu spüren. Ich bin mir nicht sicher, ob mich jemals ein Junge lieben und emotional mit mir kommunizieren könnte.

Was das für mein Verhältnis zu Männern bedeuten könnte:
Ich weiß nicht, wie man Nähe zu einem Mann herstellt. Ich kann mir kaum vorstellen, dass ein Junge mich mögen soll. Wie enge Beziehungen funktionieren, weiß ich nicht. Vielleicht bin ich für den falschen Typ Mann empfänglich. Weil ich mich so verzweifelt nach Liebe sehne, wäre ich in einer Beziehung eventuell zu bedürftig.

Die Beziehungen zu deinen Geschwistern

Auch das Verhältnis zu deinen Geschwistern prägt dich. Eltern vergleichen ihre Kinder ganz automatisch, und die Geschwister tun das auch untereinander.

Und hat man innerhalb der Familie erst einmal einen bestimmten Ruf, wird man den so leicht nicht wieder los. Stellt euch beispielsweise vor, eure Schwester würde als »die Hübsche« gelten. Dann verhält sie sich wahrscheinlich auch entsprechend – sie verwendet mehr Sorgfalt auf ihr Äußeres, auf Kleidung und Make-up. Was ihren Ruf natürlich weiter untermauert. Solltet ihr selbst als »die Schlaue« abgestempelt worden sein, wird sich auch das bewahrheiten. Ihr werdet euch in der Schule besonders anstrengen, dafür aber weniger Zeit auf Äußerlichkeiten verwenden.

Das Familienleben mit den Geschwistern hat Einfluss auf die Entwicklung der eigenen Persönlichkeit.

Denkt nach oder schreibt etwas über die folgenden Fragen, oder sprecht mit einer vertrauenswürdigen Person darüber:

- Welche Vergleiche wurden zwischen dir und deinen Geschwistern gezogen? Wer wurde in welche Schublade gesteckt?
- Welchen Einfluss hatten Brüder oder Schwestern auf dein Selbstwertgefühl?
- Hast du in euren Beziehungen etwas vermisst? Wenn ja, was?

* Was würdest du von deinen Geschwistern gerne noch hören oder bekommen?
* Welche Gefühle lösen sie üblicherweise bei dir aus?
* Wie geschätzt fühlst du dich in der Beziehung zu ihnen?
* In welcher Hinsicht ähnelst du deinen Geschwistern?
* Inwiefern unterscheidest du dich von ihnen?
* Welche Auseinandersetzungen hattet ihr, und was sagt das über eure Beziehung aus?

Deine Schlussfolgerungen

Nachdem du dir Antworten auf die Fragen überlegt, sie aufgeschrieben oder besprochen hast, kannst du vermutlich gewisse Schlüsse daraus ziehen. Vielleicht versuchst du, die folgenden Leerstellen zu füllen:

Die Beziehungen zu meinen Geschwistern waren:
Sie haben mich insofern geprägt:
Was das für mein Verhältnis zu Männern bedeuten könnte:

Bella war ein Einzelkind, also nehmen wir an dieser Stelle jemand anderen als Beispiel. Erinnert ihr euch an Isa aus dem letzten Kapitel? Die Bella aus dem wahren Leben? Sie war die Vertriebsfrau, die sich in den aufregenden, aber gefährlichen Kilian verliebt hatte, der sie am Schluss fast erwürgte. So lauten ihre Antworten:

Die Beziehungen zu meinen Geschwistern waren:

Kompliziert. Obwohl ich meinen großen Bruder Rick sehr bewunderte, hatte ich immer das Gefühl, in seinem Schatten zu stehen. Er war unglaublich klug und sportlich, was ich beides nicht war. Meine Eltern trauten ihm einfach alles zu. Und ich verehrte ihn natürlich auch.

Sie haben mich insofern geprägt:
Ich finde mich nicht gerade interessant. Ich bin nicht so wichtig wie die meisten anderen und nichts Besonderes.

Was das für mein Verhältnis zu Männern bedeuten könnte:
Ich suche bei einem Mann Wertschätzung. Es kostet mich große Anstrengung, mich in einer Beziehung gleichwertig zu fühlen, denn instinktiv halte ich mich für unterlegen, wie gegenüber meinem Bruder. Ich komme mir immer vor, als wäre ich nicht gut genug.

Der Einzelkind-Mythos

Als Einzelkind trägt man natürlich keine emotionalen Altlasten in Bezug auf Geschwister. Das ist einer der Vorteile!

Bestimmt habt ihr auch schon gehört, dass Einzelkinder einsamer, verwöhnter und egoistischer sein sollen, dass sie angeblich schwerer mit anderen zusammenarbeiten können und in dem Bewusstsein aufwachsen, der Mittelpunkt des Universums zu sein.

Vielleicht habt ihr davon nicht nur gehört, sondern glaubt es auch. Viele halten es für einen Nachteil, Einzelkind zu sein. Und es soll Eltern geben, die sich hauptsächlich deshalb für ein zweites Kind entscheiden, weil ihr Erstgeborenes kein Einzelkind bleiben soll.

Studien haben jedoch ergeben, dass es keinerlei Beweis für den Mythos vom egozentrischen, einsamen Einzelkind gibt.

Diese Kinder sind weder ichbezogener noch verzogener als Kinder mit Geschwistern. Man kam lediglich zu dem Ergebnis, dass sie anpassungsfähiger sind als Kinder, die mit Brüdern und/oder Schwestern aufwachsen. Solltet ihr Einzelkinder sein, weist ihr wahrscheinlich eine überdurchschnittliche Motivation und Flexibilität auf.

Ein weiterer Vorteil ist, dass man die Zeit und die finanziellen Mittel der Eltern mit niemand teilen muss.

Solltet ihr also keine Geschwister haben und mal wieder jemand den Einzelkind-Mythos verbreiten hören, könnt ihr denjenigen sofort korrigieren!

Andere Menschen, die euch prägen: Schulkameraden, Freunde …

Einige Psychologen glauben, dass die Schulfreunde sogar eine wichtigere Rolle in der Entwicklung spielen als die eigenen Eltern. Wenn ihr beispielsweise in eine Gegend umzieht, in der ein anderer Dialekt gesprochen wird, ist es sehr viel wahrscheinlicher, dass ihr diesen von euren Schulkameraden übernehmt, als weiterhin die Mundart eurer Eltern zu sprechen. Denn ihr nehmt euch eher die Kinder aus eurem Umfeld zum Vorbild als die eigene Mutter oder den Vater. Das ist der Grund dafür, dass auch die Kinder liebevoller, engagierter Eltern in Schwierigkeiten geraten können. Wenn die Jugendlichen der Umgebung gewalttätig sind, Drogen nehmen oder kriminell sind, besteht eine gewisse Wahrscheinlichkeit, dass selbst solche Kinder sich daran ein Beispiel nehmen.

Ob nun die Freunde oder die Eltern die wichtigere Rolle spielen, ist umstritten, aber zweifellos prägen sie euch. Daraus, wie Freunde und Schulkameraden mit euch umgehen, bezieht ihr euer Selbstbild. Wenn ihr in der Schule Außenseiter seid, Spottnamen erdulden müsst oder ignoriert werdet, wirkt sich das spürbar aus. Und selbst wenn ihr zu Hause viel Liebe erfahrt, kann das den Schaden nicht ausgleichen.

Nicht akzeptiert zu werden und keine Freunde zu haben, stresst praktisch jeden. Nachdem es Bella gelungen ist, Anschluss zu finden (nämlich an die Cullens), verändert das ihren Gemütszustand fast so stark wie ihre Beziehungen zu Edward und Jacob. Bei Alice findet sie Fürsorge und Akzeptanz, und eine »beste Freundin« war genau das, was ihr so gefehlt hat. Der Anschluss an die Familie Cullen tat ihr also ausgesprochen gut.

Habt ihr wie Bella auch Probleme mit Gleichaltrigen?

Denkt nach oder schreibt etwas über folgende Fragen. Oder besprecht sie mit einer Person eures Vertrauens:

* Wie kommst du mit Gleichaltrigen klar?
* Wie schneidest du im Vergleich zu ihnen ab?
* Gehörst du dazu? Wenn nicht, was unterscheidet dich dann von den anderen?
* Welche Botschaften über dich selbst vermitteln dir Gleichaltrige?
* Inwieweit vertraust du anderen?
* Kann dein soziales Umfeld all deine Bedürfnisse befriedigen?
* Was vermisst du an den Beziehungen zu anderen deines Alters?

Deine Schlussfolgerungen

Nachdem du dir Antworten auf die Fragen überlegt, sie aufgeschrieben oder besprochen hast, kannst du vermutlich gewisse Schlüsse daraus ziehen. Versuche, die folgenden Leerstellen zu füllen.

Die Beziehungen zu meinen Freunden/Klassenkameraden waren:

Sie haben mich insofern geprägt:

Was das für mein Verhältnis zu Männern bedeuten könnte:

Und so könnten Bellas Antworten lauten

Die Beziehungen zu meinen Freunden/Klassenkameraden waren:

Weder eng noch eine Hilfe für mich. In Phoenix habe ich mich immer anders gefühlt als die Kinder und Jugendlichen meines Alters. Figuren aus Büchern waren mir lieber. Ich habe nirgendwo dazugepasst. Ich habe keine beste Freundin. Ich hasse es, Aufmerksamkeit zu erregen.

Sie haben mich insofern geprägt:

Ich bin einsam. Ich habe niemand, an den ich mich wenden könnte. Immer gehe ich davon aus, dass mich sowieso keiner mag. Ich versuche gar nicht erst, Nähe zu jemand herzustellen. Wo es geht, vermeide ich den Kontakt zu anderen. Ich traue niemand.

Was das für mein Verhältnis zu Männern bedeuten könnte:

Weil ich keine Freundinnen habe, wird ein Freund für mich das Ein und Alles sein. All meine Wünsche hinsichtlich Akzeptanz und Nähe werde ich mir von ihm erfüllen lassen. Das könnte zu großen

Erwartungsdruck für eine Beziehung bedeuten. Wenn er sich von mir trennt, stehe ich vor dem Nichts und werde niemand haben, der mir helfen könnte, mein gebrochenes Herz zu heilen.

Welchem Beziehungsmuster folgt ihr?

Wenn ihr die Beziehungen zu euren Exfreunden unter die Lupe nehmt, könnt ihr viel über euch selbst lernen. Eine Menge Mädchen lernt allerdings nichts dazu, sondern stolpert von einer unbefriedigenden Beziehung in die nächste, wiederholt den gleichen Fehler wieder und wieder oder begeht neue.

Dabei gibt es in den Beziehungen zu Männern oft Muster der Anziehung. Die folgenden drei sind am häufigsten: Wiederholung, Abstoßung und Zufall.

Das Wiederholungsmuster

In diesem Fall geratet ihr immer wieder an den gleichen Typ Mann, und es funktioniert nicht. Trotzdem wiederholt ihr denselben Fehler, ohne jeglichen Lerneffekt. Bella ist so eine Wiederholungstäterin. Als Bella in »Bis(s) zur Mittagstunde« von Edward verlassen wird, sucht sie Trost bei Jacob, einem genauso gefährlichen Typen.

Die Abstoßung

In diesem Fall treiben euch die Fehler eines Jungen in die Arme eines anderen, dessen Schwächen das exakte Gegenteil sind.

Hier kann es zu einer Art Ping-Pong-Effekt kommen. Von einem »netten« Typen gelangweilt probiert ihr es mit einem »Bad Boy«. Nach dieser abschreckenden Erfahrung ist dann wieder ein Netter eure Zuflucht usw.

Oder ihr schlingert wie Michelle, eine dreiundzwanzigjährige Pilates-Trainerin, zwischen den unterschiedlichen Typen hin und her. Hier ist ihre Geschichte:

> Phil, ihr erster Freund, war ein bisschen träge. Die meiste Zeit verbrachte er in der Horizontalen. Nie wollte er irgendwas unternehmen, und sie musste ihn jeden Tag anrufen, damit er überhaupt aus dem Bett kam. Also beendete sie die Beziehung und fing etwas mit …

↓

> Greg, einem ehrgeizigen, energiegeladenen Typ, an. Doch der erwies sich als rücksichtslos, unaufmerksam und hatte nur seine Arbeit im Kopf. Er verließ sie, um aus Karrieregründen nach Japan zu ziehen.

↓

> Ihr Nächster, Will, war zwar nett, aber nicht besonders clever. Ihr wurde klar, dass das mit ihnen nichts werden würde, als sie darüber sprach, dass die Kandidaten für das Amt des Bürgermeisters sich übel gegenseitig ausgestochen hätten, und er darauf meinte: »Was müssen die auch gleich ne Waffe zücken?«

↓

> Frank war ein schlauer Bursche, ein Wissenschaftler, allerdings mit Bindungs-Phobie. Er wollte sich so wenig auf eine Zukunft mit ihr festlegen, dass er nie weiter als vierundzwanzig Stunden im Voraus plante. Also begann sie mit …

↓

Leon auszugehen, der sich ihr von Anfang an dermaßen verpflichtet fühlte, dass sie sich des Eindrucks nicht erwehren konnte, er klammere.

Michelle prallte also wie eine Kugel in einem Flipperautomat von einem Typen zum nächsten. Zwar versuchte sie jeweils, die Fehler der vorigen Beziehung zu vermeiden, doch tauchten immer neue auf.

Das Zufallsprinzip

Manchmal gibt es auch kein richtiges Beziehungsmuster. Dann geht ein Mädchen mit einem Jungen aus, einfach weil es sich gerade so ergibt.

Dieser Typ Frau denkt nicht allzu viel darüber nach, was für einen Mann sie eigentlich sucht oder aus welchen Gründen sie mit ihm zusammen sein will. Wenn man sie fragt, warum sie mit ihm ausgeht, zuckt sie mit den Achseln und sagt, sie wisse es auch nicht so genau. Er sei einfach da gewesen, und dann sei es eben passiert.

Ich nenne das die George-Mallory-Einstellung. Der berühmte Bergsteiger George Mallory antwortete nämlich auf die Frage, warum er den Mount Everest besteigen wolle: »Weil er da ist.« Vielleicht wisst ihr bereits, wie das für ihn ausgegangen ist. Er stürzte ab und starb. Niemand wird je erfahren, ob er den Gipfel überhaupt erreicht hat.

Der Grundsatz »Weil er da war« kann sich bei der Partnerwahl genauso verhängnisvoll auswirken.

Die Exfreunde

Liebe kann wehtun. Vielleicht hattet ihr bisher so großes Glück, dass euch noch kein Freund verletzt hat. Den meisten von uns dürfte das allerdings schon mal passiert sein. Gebrochene Herzen heilen zwar wieder, aber danach hat sich möglicherweise etwas geändert. Die beendete Beziehung kann Narben hinterlassen, und das wirkt sich auf eure Art zu lieben aus.

Jeder ernst zu nehmende Freund wirkt sich in irgendeiner Form auf die nächste Beziehung aus. Mit ernst zu nehmend meine ich, dass ein Junge eure Gefühle prägt. Dabei geht es nicht so sehr darum wie lange ihr zusammen wart, sondern eher darum, wie tief ihr dabei empfunden habt.

Geht eure ernst zu nehmenden Exfreunde der Reihe nach durch und überlegt, schreibt oder besprecht mit einer Vertrauensperson eure Antworten auf folgende Fragen:

- Was an ihm fandest du zu Anfang anziehend? Und was sagt das über dich aus?
- Welche seiner Eigenschaften hat zum Scheitern der Beziehung geführt?
- Was hast du zum Scheitern beigetragen?
- Was an ihm hast du als sehr negativ empfunden? Und was sagt das über dich aus?
- Gab es in dieser Beziehung Verhaltensmuster, die du schon aus anderen Beziehungen zu Männern kanntest?
- Welche Ähnlichkeiten gibt es zwischen dieser Bezie-

hung und Beziehungen deiner Kindheit (z. B. zu deiner Mutter, deinem Vater)?

* Welche Unterschiede zu deinen frühkindlichen Beziehungen fallen dir auf?
* Was hat dir in dieser Beziehung gefehlt?

Deine Schlussfolgerungen

Nachdem du dir Antworten auf die Fragen überlegt, sie aufgeschrieben oder besprochen hast, kannst du vermutlich gewisse Schlüsse daraus ziehen. Versuche, die folgenden Leerstellen zu füllen.

Die Beziehung zu meinem Exfreund war:
Sie hat mich insofern geprägt:
Was das für mein Verhältnis zu Männern bedeuten könnte:

Isas Antworten

Die Beziehung zu meinem Exfreund war:

Gewalttätig. Ich fand zunächst anziehend, was ich für ein Zeichen von Stärke hielt. Doch was mir männlich und aufregend schien, waren in Wirklichkeit nur Anzeichen von Aggression. Vielleicht fühle ich mich zu gewalttätigen Typen hingezogen, obwohl ich nicht weiß warum. Ich mochte das Gefühl von Nähe und dass ich ihm bei seinen Problemen zunächst helfen konnte.

Sie hat mich insofern geprägt:

Dass ich mit Kilian zusammen war, hat mich Selbstvertrauen gekostet.

Was das für mein Verhältnis zu Männern bedeuten könnte:

Noch weniger Selbstvertrauen als vorher, das kann mir nicht gutgetan haben. Vielleicht ist dadurch die Wahrscheinlichkeit, dass ich wieder an den falschen Typ Mann gerate, noch gewachsen.

Isa hat sich Hilfe gesucht. Sie stellte fest, dass sie in ihrem Beruf zwar selbstbewusst war, im Privatleben aber total verunsichert. Deshalb fühlte es sich ja auch so gut an, mit einem in ihren Augen starken Mann zusammen zu sein, von dem sie meinte, er könne sie führen und beschützen. Sie war ein Lamm, das sich zu einem übermächtigen Löwen hingezogen fühlte.

Ihr Fehler bestand darin, dass sie einen aggressiven Mann nicht als solchen erkannte, sondern ihn für stark hielt.

Im Rahmen einer Therapie lernte sie, dass die Probleme noch in ihrer Kindheit verwurzelt waren. Im Schatten ihres Bruders war sie in dem Bewusstsein aufgewachsen, unbedeutend zu sein. Sie hatte herausgefunden, dass sie Anerkennung und eine Art Selbstwert am ehesten dann erfuhr, wenn sie anderen half. Ihre eigenen Bedürfnisse hatten dabei kaum Priorität. Sich aufzuopfern, wurde ihr so zur zweiten Natur.

Sie hatte nach einem Mann gesucht, der ihr half, gegen das Gefühl der Ohnmacht anzugehen, und ihr schwaches Selbstvertrauen stärkte. Deshalb arbeitete sie als Erstes daran, ihren Selbstwert und das Bewusstsein ihrer Stärke zu vergrößern und den Hang zur Selbstverleugnung abzulegen. Mit der Zeit gelang es ihr immer besser, einen gefährlichen Mann auch als solchen zu erkennen.

Gesundheitsgefährdend

Vielleicht wart ihr schon mehrmals mit gefährlichen Typen zusammen oder seid sexuell missbraucht worden. Möglicherweise weckt auch eine der Übungen in diesem Kapitel schmerzliche Gefühle bei euch, mit denen ihr nicht allein fertig werdet. In all diesen Fällen solltet ihr euch professionelle Hilfe suchen. Wendet euch an einen Erwachsenen eures Vertrauens. Das kann eine Lehrerin oder Erzieherin, ein Arzt, eine Therapeutin, aber auch ein Familienzentrum, eine Kummer-Hotline für Jugendliche, ein Mädchen-Notruf oder Ähnliches sein. Dort bekommt ihr Rat und Hilfe.

Zusammenfassung

Die Summe all unserer Beziehungen in Vergangenheit und Gegenwart macht einen Großteil unseres Wesens aus. Wenn ihr mal darüber nachdenkt und euch bewusst wird, inwiefern die Vergangenheit euch beeinflusst, wisst ihr schon einiges darüber, was ihr in eine neue Beziehung mitbringt. Ihr unternehmt sozusagen einen Neuanfang mit offenem, wachem Blick.

Vielleicht seid ihr aber auch dahintergekommen, dass ihr gar keine besonderen Probleme habt – eure Vergangenheit war ziemlich glücklich und als absolut selbstbewusste Mädchen bringt ihr die besten Voraussetzungen für eine funktionierende Beziehung mit.

Allerdings seid ihr natürlich kein unbeschriebenes Blatt, das nur andere beschriften. Eure Mitmenschen formen und prägen euch zwar, definieren müsst ihr euch trotzdem selbst. Jeder von uns ist ein eigenständiges Individuum. Und was für ein Typ Mensch bist du?

12

Selbsterkenntnis: So ticken Bella, Edward und Jacob

Mädchen, die die wahre Liebe gefunden haben, wissen meist ganz intuitiv, welcher Jungentyp sie glücklich machen kann. Aber was bedeutet »ganz intuitiv«? Ein Teil dieser Intuition ist eine umfassende Selbsterkenntnis – sie kennen sich einfach selbst. Diese Mädchen wissen also, wer sie sind, und erkennen daher auch einen Seelenverwandten, wenn sie ihm begegnen.

In »Bis(s) zum Abendrot« erzählt Rosalie Bella, wie sie den ihr seelenverwandten Emmett kennenlernte. Rosalie sagt, Emmett sei der ideale Mann für sie, der Mensch, nach dem sie als Erstes gesucht hätte, wenn sie sich nur selbst besser gekannt hätte.

In diesem Kapitel geht es darum, wie ihr euch selbst besser kennenlernt.

Was für einen Charakter hast du?

Psychologen haben fünf wichtige Elemente einer Persönlichkeit ausgemacht, die man auch »die großen Fünf« nennt:

1 Negative Emotionen oder »Neurotizismus«

Die Menschen sind unterschiedlich anfällig für negative Gefühle. Natürlich ist jeder mal schlecht drauf. Für die meisten von uns ist das Leben nicht immer einfach, und zwangsläufig sind wir gelegentlich traurig, genervt, wütend oder gereizt. Allerdings sind manche verletzlicher als andere.

Wie sieht das bei euch aus? Leidet ihr so heftig wie Bella unter Traurigkeit, Stress, Wut und Ängsten? Schnappt euch einen Stift, lest die folgenden Fragen und zeichnet auf der gepunkteten Linie ein, wo ihr ungefähr steht.

- Ich bin schnell genervt

Stimmt genau .... Stimmt überhaupt nicht

- Ich fühle mich oft mies

Stimmt genau .... Stimmt überhaupt nicht

- Ich mache mir dauernd Sorgen

Stimmt genau .... Stimmt überhaupt nicht

- Ich bin leicht zu beunruhigen

Stimmt genau .... Stimmt überhaupt nicht

- Ich habe oft Stimmungsschwankungen

Stimmt genau .... Stimmt überhaupt nicht

- Ich bin leicht aus der Fassung zu bringen

Stimmt genau .... Stimmt überhaupt nicht

Je mehr Kreuzchen ihr auf der linken Seite gemacht habt, desto ausgeprägter sind eure negativen Emotionen. Das soll natürlich keine Diagnose sein und bedeutet auch nicht, dass irgendwas mit euch nicht in Ordnung wäre. Viele Menschen sind einfach so gestrickt. Und als Teenager mit dem üblichen Stress und den Veränderungen des Erwachsenwerdens macht ihr sogar sehr wahrscheinlich solche Erfahrungen. Solltet ihr allerdings so unglücklich sein wie Bella, würde es sich vielleicht lohnen, mit jemand darüber zu sprechen und Hilfe in Anspruch zu nehmen.

2 Die Fähigkeit, mit anderen auszukommen oder »Verträglichkeit«

Dieser Aspekt eurer Persönlichkeit betrifft den Umgang mit euren Mitmenschen. Wenn man sehr verträglich ist, fällt es einem leicht, mit anderen zusammenzuarbeiten. Einvernehmen mit den Menschen deiner Umgebung herzustellen, ist sehr wichtig für dich. Im Prinzip sollten wir menschenfreundlich sein und unserem Umfeld mit einer positiven Einstellung begegnen.

Wie gut kommst du mit anderen klar?

- Ich interessiere mich für meine Mitmenschen

Stimmt genau .... Stimmt überhaupt nicht

- Ich kann mich in andere einfühlen

Stimmt genau .... Stimmt überhaupt nicht

- Ich widme anderen Zeit

Stimmt genau .... Stimmt überhaupt nicht

- Ich kümmere mich gern darum, dass es anderen gut geht

Stimmt genau .... Stimmt überhaupt nicht

- Ich kränke ganz selten jemand

Stimmt genau .... Stimmt überhaupt nicht

- Ich höre mir bereitwillig die Probleme anderer an

Stimmt genau .... Stimmt überhaupt nicht

- Ich mache mir Sorgen um andere

Stimmt genau .... Stimmt überhaupt nicht

Wenn ihr viele Kreuzchen auf der linken Seite habt, ist diese Charaktereigenschaft bei euch sehr ausgeprägt. Das bedeutet, ihr kommt gut mit anderen aus. Wenn ihr eher nach rechts tendiert, stehen andere Menschen nicht gerade im Mittelpunkt eurer Aufmerksamkeit. Dagegen gibt es auch nichts einzuwenden – es heißt einfach nur, dass ihr andere Prioritäten setzt und es auf eurer Agenda nicht ganz oben steht, Leute zu umsorgen und glücklich zu machen. Bis auf Esme und Carlisle sind die Cullens auch nicht gerade sehr umgänglich. (Wobei man zugeben muss, dass es schwierig ist, auf diesem Feld zu punkten, wenn man ein Vampir ist und gern Menschenblut trinkt!)

3 Extrovertiert oder introvertiert

Extrovertierte Menschen haben Freude an Reizen von außen und fühlen sich dadurch angespornt. Mit anderen Worten, sie sind eher auf ihre Außenwirkung bedacht. Sie genießen große Gruppen und neigen zu Unzufriedenheit und Langeweile, wenn sie allein sind. Es handelt sich um eher laute Typen, die kräftige Farben mögen. Introvertierte sind zurückhaltender. In lärmenden Gruppen wird ihnen schnell alles zu viel, deshalb sind sie lieber in Gesellschaft weniger Menschen. Sie genießen Einsamkeit und Stille und können am besten nachdenken, wenn sie allein sind.

- Ich bringe Leben in jede Party

Stimmt genau .... Stimmt überhaupt nicht

- Unter Menschen fühle ich mich wohl

Stimmt genau .... Stimmt überhaupt nicht

- Ich fange oft Gespräche an

Stimmt genau .... Stimmt überhaupt nicht

- Ich unterhalte mich gern mit verschiedenen Menschen

Stimmt genau .... Stimmt überhaupt nicht

- Es gefällt mir, im Mittelpunkt zu stehen

Stimmt genau .... Stimmt überhaupt nicht

- In einer Gruppe rede ich eher zu viel

Stimmt genau .... Stimmt überhaupt nicht

- Oft komme ich mit fremden Leuten ins Gespräch

Stimmt genau .... Stimmt überhaupt nicht

Wer mehr Kreuze auf der rechten Seite gemacht hat, ist eher introvertiert. Bella ist so ein Typ, während Alice deutlich extrovertiert ist. Wenn eure Antworten hauptsächlich in der Mitte zu finden sind, habt ihr ein bisschen was von beidem; das nennt man auch ambivertiert. Es bedeutet, ihr könnt durchaus allein sein und die Ruhe genießen, aber auch Spaß auf einer guten Party haben.

Aber egal, ob extrovertiert oder introvertiert, beides hat Vor- und Nachteile, und man kann nicht sagen, dass der eine Typ automatisch glücklicher ist als der andere.

4 Intellektuell oder praktisch veranlagt

Bei diesem Teil der Persönlichkeit geht es um die Art von Intelligenz, die ihr besitzt. Manche Menschen sind sehr phantasievoll, andere eher nüchtern. Erstere denken oft auch gern abstrakt, sind neugierig auf die Welt und wahrscheinlich für Schönheit, Kunst und Literatur zu begeistern. Nüchterne Typen denken vielleicht eher unkompliziert. Alles Phantastische erscheint ihnen möglicherweise als Zeitverschwendung, denn sie bevorzugen eine pragmatische, allgemein verständliche Herangehensweise.

- Ich habe oft gute Ideen

Stimmt genau .... Stimmt überhaupt nicht

- Ich begreife schnell

Stimmt genau .... Stimmt überhaupt nicht

- Ich habe einen großen Wortschatz

Stimmt genau .... Stimmt überhaupt nicht

- Ich denke oft rückblickend noch über Dinge nach

Stimmt genau .... Stimmt überhaupt nicht

- Abstrakte Systeme interessieren mich

Stimmt genau .... Stimmt überhaupt nicht

- Ich handle immer überlegt

Stimmt genau .... Stimmt überhaupt nicht

- In praktischen Dingen bin ich nicht so gut

Stimmt genau .... Stimmt überhaupt nicht

Wenn die meisten eurer Kreuzchen sich rechts befinden, seid ihr eher praktisch veranlagt – ein bisschen wie Jacob. Tendiert ihr mehr nach links, gehört ihr zu den imaginativ Denkenden wie Bella und Edward. Bella hat eine lebhafte Phantasie, liebt es zu träumen und zu grübeln, und die romantischen Heldinnen und Helden der Romane, die sie liest, sind ihr ebenso wichtig wie ihr eigener Alltag.

5 *Pflichtbewusstsein*

Pflichtbewusste Menschen gehen die Dinge meist methodisch an, setzen sich konkrete Ziele und halten an diesen fest. Sie gelten als besonders zuverlässig und anstrengungsbereit. Sie können sich leicht motivieren, eine Aufgabe zu erledigen, die sie sich vorgenommen haben. Meist sind sie ordentlicher und besser organisiert als alle anderen. Sie überlegen genau, bevor sie handeln und sind sehr gewissenhaft. Die Leute am anderen Ende des Spektrums sehen alles lockerer. Ein bisschen Chaos stört sie nicht, weil sie in ihrem Leben andere Prioritäten setzen. Unangenehme Pflichten verschieben sie gerne auf den nächsten Tag.

- Ich bin stets gut vorbereitet

Stimmt genau .... Stimmt überhaupt nicht

- Ich achte auf Details

Stimmt genau .... Stimmt überhaupt nicht

- Häusliche Pflichten erledige ich gern sofort

Stimmt genau .... Stimmt überhaupt nicht

- Ich hasse es, wenn etwas schlecht organisiert ist

Stimmt genau .... Stimmt überhaupt nicht

- Ich mache mir einen Zeitplan und halte ihn ein

Stimmt genau .... Stimmt überhaupt nicht

- Meine Sachen sind immer in Ordnung

Stimmt genau .... Stimmt überhaupt nicht

- Ich hasse es, wenn ich meinen Verpflichtungen nicht nachkommen kann

Stimmt genau .... Stimmt überhaupt nicht

Viele Kreuzchen links stehen für ein ausgeprägtes Pflichtbewusstsein. Edward würde nach links tendieren. Er ist ordentlich und gewissenhaft, sein Zimmer immer aufgeräumt und seine CDs sind nach Erscheinungsjahr und Vorlieben sortiert. Er macht Dinge gern »richtig«. Jacob ist da viel lässiger. Er organisiert seinen Alltag spontaner, interessiert sich nicht sehr für seine Pflichten, etwa die, die mit seiner Zugehörigkeit zum Stamm der Quileuten einhergehen.

Die fünf genannten Persönlichkeitsmerkmale sind im Prinzip festgelegte Charakterzüge, an denen sich ein Leben lang nicht viel ändert. Diese Aspekte am eigenen Wesen zu ändern, ist ziemlich schwierig.

Aber es gibt Eigenschaften der Persönlichkeit, die nicht ganz so unverrückbar sind, beispielsweise Integrität, Selbstvertrauen, Flexibilität und die Zufriedenheit mit dem eigenen Leben.

Integrität

Hier kommt der sogenannte moralische Kompass zum Einsatz. Manche Leute haben strikte moralische Grundsätze, an die sie sich unbedingt halten. Andere sehen darin nur eine Art Orientierungshilfe, über die sie sich schon mal hinwegsetzen, wenn die Umstände danach sind.

- Ich habe bei jeder Lüge ein schlechtes Gewissen

Stimmt genau .... Stimmt überhaupt nicht

- Ich hasse es, meine Freunde zu enttäuschen

Stimmt genau .... Stimmt überhaupt nicht

- Jeder Schwindel ist falsch

Stimmt genau .... Stimmt überhaupt nicht

- Verrat könnte ich niemals verzeihen

Stimmt genau .... Stimmt überhaupt nicht

- Ich nehme immer den rechten, nicht den einfacheren Weg

Stimmt genau .... Stimmt überhaupt nicht

Edward hat ein ausgeprägtes Empfinden für richtig und falsch. Jacobs moralische Grundsätze sind weniger streng – so hilft er Bella beispielsweise gern, zwei Motorräder zu frisieren (obwohl das streng verboten ist!), auch wenn sie dafür an das Ersparte für ihren Collegebesuch geht. Wenn eure Kreuzchen hauptsächlich links zu finden sind, ähnelt ihr eher Edward und haltet euch konsequent an die Vorschriften für das, was gut und richtig ist. Je mehr Kreuzchen ihr rechts gesetzt habt, desto eher seid ihr wie Jacob, der seine moralischen Grundsätze flexibler handhabt und je nach Situation und aktuellem Standpunkt entscheidet.

Selbstvertrauen

Wie sehr ihr euch selbst schätzt, hängt von eurem Charakter ab und spielt in den Beziehungen zu Männern eine ausgesprochen wichtige Rolle. Generell kann man sagen, bei einem guten Selbstvertrauen könnt ihr eine anständige Behandlung durch euren Freund erwarten – und bekommt diese höchstwahrscheinlich auch. In so einem Fall seid ihr euch seiner Liebe auch eher sicher und bringt leichter das nötige Vertrauen zu ihm auf.

Wie ist es aktuell um euer Selbstvertrauen bestellt?

- Ich fühle mich in meiner Haut nicht wohl

Stimmt genau .... Stimmt überhaupt nicht

- Ich zweifle an meinem Erfolg

Stimmt genau .... Stimmt überhaupt nicht

- Ich bin von mir selbst enttäuscht

Stimmt genau .... Stimmt überhaupt nicht

- Ich übernehme nicht gern Verantwortung

Stimmt genau .... Stimmt überhaupt nicht

- Ich bin weniger fähig als die meisten Leute

Stimmt genau .... Stimmt überhaupt nicht

- Mir fehlen Ziele für mein Leben

Stimmt genau .... Stimmt überhaupt nicht

- Ich fühle mich überfordert

Stimmt genau .... Stimmt überhaupt nicht

Je mehr Kreuzchen ihr rechts macht, desto selbstbewusster seid ihr. Wenn ihr mehr nach links tendiert, heißt das allerdings auch nicht automatisch, dass mit euch etwas nicht stimmt. Und es ist auch nicht ungewöhnlich – viele junge Frauen verfügen nur über ein relativ geringes Selbstwertgefühl.

Außerdem kann sich das Selbstvertrauen auch ändern. Positive Erfahrungen und entsprechende Unterstützung lassen es wachsen. In einem Jahr würdet ihr eure Kreuzchen also vielleicht ganz anders setzen.

Ein geringes Selbstbewusstsein kann einem aber auch zur Gewohnheit werden. Man richtet sich damit ein, wie bei vielen anderen Dingen auch. Zahlreiche junge Frauen geraten in diese Falle und schätzen sich selbst nie genug. Wenn das zum Dauerzustand wird, stellt es ein Problem dar, das man angehen sollte. Sucht euch in so einem Fall besser professionelle Hilfe.

Bella ist ein gutes Beispiel dafür, wie Selbstvertrauen

wachsen kann. Zu Beginn der »Twilight«-Saga hätte sie ihre Kreuzchen ganz links gemacht; gegen Ende von »Bis(s) zum Ende der Nacht« wären sie dagegen eher rechts zu finden.

Durch ihre Beziehungen zu Edward, Jacob und den anderen aus dem Cullen-Clan begann Bella sich nach und nach mehr zuzutrauen. Die Cullens und Jacob gaben ihr deutlich zu verstehen, wie lieb und teuer sie ihnen war. Sie fing an, ihnen das zu glauben. (Dass sie sich in eine wunderschöne, unsterbliche, superstarke Vampirin verwandelte, trug sicher auch seinen Teil dazu bei!)

Flexibilität

Ein anderer wichtiger Aspekt eurer Persönlichkeit ist die Art und Weise, wie ihr mit Konflikten umgeht. Jeder Mensch ist anders, daher werdet ihr es unvermeidlich immer wieder mit jemand zu tun bekommen, der eure Ansichten nicht teilt. Wie ihr in so einem Fall reagiert, hat auch Einfluss auf eure Beziehungen an sich.

- Ich kann mich problemlos anpassen

Stimmt genau .... Stimmt überhaupt nicht

- Ich nehme Ratschläge bereitwillig an

Stimmt genau .... Stimmt überhaupt nicht

- Mit Kritik kann ich locker umgehen

Stimmt genau .... Stimmt überhaupt nicht

- Ich bin leicht zufriedenzustellen

Stimmt genau .... Stimmt überhaupt nicht

- Widerspruch kann ich gut aushalten

Stimmt genau .... Stimmt überhaupt nicht

- Auseinandersetzungen machen mir nichts aus

Stimmt genau .... Stimmt überhaupt nicht

- Es stört mich nicht, wenn Pläne über den Haufen geworfen werden

Stimmt genau .... Stimmt überhaupt nicht

- Ich bin nicht besonders empfindlich

Stimmt genau .... Stimmt überhaupt nicht

Wer sehr flexibel ist – viele Kreuzchen auf der linken Seite – wird leichter mit anderen auskommen, insbesondere mit seinen Freunden. Streitigkeiten lassen sich rasch beilegen und sorgen nicht für übermäßig viel Stress. Wenn man dagegen weniger flexibel ist, gerät man leichter in Auseinandersetzungen – und nimmt sich diese vermutlich auch mehr zu Herzen.

Mit zunehmender Lebenserfahrung und Reife kann man besser mit Konflikten fertig werden. Wir lernen, mit Kritik umzugehen, und überschätzen geringfügige Probleme nicht.

Edward, Jacob und Bella sind zunächst nicht besonders flexibel. Aber schließlich geht es in jedem guten Roman um Konflikte. Und gerade die Auseinandersetzungen zwischen Bella, Jacob, Edward, den anderen Vampiren und Werwölfen machen die Geschichte ja so spannend. Wenn alle einer Meinung sind und bestens miteinander auskommen, funktioniert ein Roman nicht. Stellt euch mal vor, Bella würde auf Edward hören: »Na gut, du hast recht, ich werde mich nicht auf eine Beziehung mit dir einlassen. Du sagst, du seist gefährlich, und ich glaube dir. Du könntest doch mein Freund bei Facebook werden, und damit lassen wir es gut sein.«

Zufriedenheit

Die Zufriedenheit mit eurem Leben kann großen Einfluss auf eure Gefühle und euer Verhalten haben. Wer sehr zufrieden ist, legt wahrscheinlich auch mehr Lässigkeit und Großzügigkeit an den Tag. Ist jemand dagegen sehr unzufrieden mit seiner Situation, wirkt er vermutlich ruheloser und verurteilt andere schneller.

- Ich bin mit meinem Leben zufrieden

Stimmt genau .... Stimmt überhaupt nicht

- Mir gefällt, was ich bislang erreicht habe

Stimmt genau .... Stimmt überhaupt nicht

Die meisten Leute sind hin und wieder mit ihrem Beruf oder ihrer Ausbildung unzufrieden. Zum Beispiel wenn man das Gefühl hat, karrieremäßig in einer Sackgasse zu stecken. Genauso sind die meisten Leute aber auch immer wieder zufrieden mit sich und ihrer Situation, etwa wenn es in einer neuen Beziehung gut läuft.

Das Gefühl dauernder Unzufriedenheit kann eine Beziehung durchdringen. Wenn du total unglücklich mit deinem Leben bist, bist du auch mit größerer Wahrscheinlichkeit unzufrieden mit deinem Freund.

Unzufriedenheit muss allerdings nicht zwangsläufig etwas Negatives sein. Sie kann auch ihr Gutes haben, weil sie einen antreibt, Dinge zum Besseren zu ändern. Wie würde unser Leben heute wohl aussehen, wenn unsere Urahnen sich in punkto Technik damit zufriedengegeben hätten, zwei Steine aneinanderzuschlagen?

Bella, Edward und Jacob waren in der »Bis(s)«-Geschichte alle unzufrieden mit ihrem Leben. Aber dank der Mischung aus wahrer Liebe, Prägung, Sieg über die Gegner und Erringen von Unsterblichkeit stiegen ihre Zufriedenheitswerte kontinuierlich an.

Das ist ja alles gut und schön, aber …

Diese Elemente eurer Persönlichkeit zu kennen ist wichtig – damit ist schon einmal die Basis zur Selbsterkenntnis gelegt. Andererseits sind die einzelnen Faktoren in ihrer Aussagekraft natürlich auch begrenzt. Wir Menschen sind einfach so hoch entwickelt, verschieden und kompliziert, dass ein paar Kreuzchen auf Fragebögen nicht unseren ganzen Charakter erfassen können. Eure Persönlichkeit ist um einiges komplexer. Deshalb gibt es auch kein System, das einen Menschen perfekt erklärt und beschreibt.

Trotzdem kann es helfen, eure Gefühle genauer zu betrachten. Psychologen haben herausgefunden, dass wir uns viel stärker von unseren Gefühlen als von unserem Verstand leiten lassen. Untersuchungen ergaben, dass Menschen Entscheidungen nicht verstandesmäßig, sondern vor allem emotional treffen.

Um euch selbst besser zu verstehen, kann es helfen, die

Gefühle genauer zu betrachten, die euch am stärksten beeinflussen, egal ob positiv oder negativ.

Eure sechs positiven Gefühle

Gemäß dem Psychologen Paul Ekman sind die wichtigsten positiven Gefühle Glück, Stolz, Freude, Genügsamkeit, Zufriedenheit und Aufregung. Eine Möglichkeit, sich selbst besser zu verstehen, ist das Wissen darüber, wie diese Emotionen uns prägen. Die Art und Weise, wie diese positiven Gefühle unsere Persönlichkeit formen, ist individuell verschieden.

So mag beispielsweise einem Mädchen der Stolz auf ihre schulischen Leistungen viel wichtiger sein als das Vergnügen, das sie beim Essen empfindet. Folglich lernt sie jeden Abend und vergisst darüber zu essen. Eine andere lässt dagegen gern alles liegen und stehen, um sich ein All-you-can-eat-Büfett zu gönnen.

Sehen wir uns die positiven Emotionen doch mal im Detail an. Auch hier gibt es kein richtig oder falsch. Es soll nur darum gehen, herauszufinden, wer ihr seid, nicht um irgendwelche Beurteilungen. Dabei helfen die im Folgenden aufgeführten Fragen. Ihr könnt sie entweder schriftlich beantworten oder euch mit einer guten Freundin oder einem Freund darüber austauschen.

1 Glück

Da »Twilight« eine Liebesgeschichte ist, streben Bella, Edward und Jacob alle nach Glück, indem sie die Liebe finden. Und was beschert euch Glück?

Was mich in meinem Leben am glücklichsten macht oder machen wird:

» ____

» ____

2 Stolz

Stolz ist die positive Empfindung, nachdem man etwas erreicht hat. Worauf seid ihr stolz und inwiefern motiviert euch dieses Gefühl?

Am meisten stolz bin ich auf:

» ____

» ____

3 Freude

Woran habt ihr die meiste Freude, wenn ihr loszieht, um Spaß zu haben? Und wie wichtig sind euch diese Dinge in eurem Leben?

Die größte Freude bereitet mir:

» ____

» ____

4 Genügsamkeit

Wann empfindet ihr entspannte Wohligkeit? Wenn ihr es euch mit einem guten Buch gemütlich macht oder eher bei einem Waldspaziergang? Nehmt ihr euch Zeit zum Relaxen und Wohlfühlen?

Um mich wohlzufühlen, genügen mir:

»

»

5 *Zufriedenheit*

Was verschafft euch die größte Befriedigung? Beispielsweise wenn alles sauber und aufgeräumt ist oder wenn ihr so richtig fit seid oder wenn ihr anderen Menschen helfen könnt?

Absolut zufrieden fühle ich mich, wenn:

»

»

6 *Aufregung*

Manche Leute brauchen viel mehr Aufregung als andere, und die Dinge, die ihr aufregend findet, sagen einiges über eure Persönlichkeit aus. Während die eine den neuesten Club aufregend findet, verspürt die andere freudige Erwartung beim Lösen einer komplexen Gleichung. Was empfindet ihr als spannend? Und wie wichtig ist diese Aufregung in eurem Leben?

Am aufregendsten finde ich:

»

»

Eure sechs negativen Gefühle

Wie ihr sicher längst wisst, besteht das Leben nicht nur aus Spaß und Glücksmomenten. Und zu eurer Persönlichkeit gehören auch negative Emotionen. Laut Paul Ekman sind Verachtung, Wut, Trauer, Angst, Schuld und Scham bzw. Verlegenheit die wichtigsten.

Zu Beginn dieses Kapitels war schon die Rede davon, wie stark ihr zu negativen Gefühlen tendiert. Mithilfe der folgenden Fragen könnt ihr vielleicht genauer definieren, um welche negativen Gefühle es sich handelt.

1 Verachtung

Auf wen schaut ihr herab, und warum? Viele Leute hegen starke negative Gefühle einem bestimmten Menschenschlag oder Verhalten gegenüber.

Bei anderen verachte ich folgendes Verhalten:

» ______

» ______

2 Wut

Was bringt euer Blut zum Kochen?

Richtig wütend werde ich, wenn:

» ______

» ______

3 Trauer

Was stimmt euch traurig?

Sehr traurig macht mich:

» ....

» ....

4 Angst

Die meisten Menschen fürchten sich vor irgendetwas. Bella hatte Angst davor, mit anderen interagieren zu müssen. Edward fürchtete, Bella zu verlieren. Jacob hatte Angst, wegen seiner Verpflichtungen als Angehöriger der Quileuten seine Freiheit einzubüßen. Was sind eure schlimmsten Befürchtungen?

Am meisten Angst habe ich vor:

» ....

» ....

5 Schuld

Unbegründete Schuldgefühle sind natürlich nichts Gutes, doch ein gewisses Schuldbewusstsein bedeutet, dass ihr auch an andere Menschen denkt. Edward hatte wegen seines Verlangens nach Blut riesige Schuldgefühle. Das Ausmaß dieses Gefühls bewies, dass ihm andere am Herzen lagen. Wann habt ihr Schuldgefühle?

Ich fühle mich schuldig, wenn:

» ....

» ....

6 Scham oder Verlegenheit
Diese negativen Gefühle überfallen uns, wenn wir denken, dass andere unsere Unfähigkeit oder Unterlegenheit bemerken. Bella war sehr oft verlegen. Das bewies, wie unsicher sie war, wenn es darum ging, wie andere sie wahrnahmen. Wann schämt ihr euch oder seid verlegen?

Ich schäme mich oder werde verlegen, wenn:

» ....

» ....

Welche der genannten positiven und negativen Gefühle beeinflussen dich deiner Ansicht nach am stärksten?

Und jetzt zum heikelsten Thema in Liebesbeziehungen unter Erwachsenen

Geld.

Für Menschen mit romantischen Idealen ist Geld ein hässliches Wort. Viele glauben, wahre Liebe sollte nicht durch Gedanken an Reichtum beschmutzt werden. Bella verachtete Catherine aus »Sturmhöhe« zutiefst dafür, dass sie Heathcliff abgewiesen hatte. Damals war Heathcliff noch ein bettelarmer Zigeunerjunge gewesen, deshalb hatte Catherine lieber den benachbarten Gutsbesitzer geheiratet. Das war natürlich nicht sehr romantisch von ihr.

Doch Romantik hin oder her, Geld spielt nun mal eine Rolle. Die Einstellung zum Geld ist sogar ein sehr wichtiger Aspekt, wenn es darum geht, einen Partner für eine längerfristige Beziehung zu finden.

Den meisten Frauen sind die Verdienstmöglichkeiten eines Mannes auch nicht gleichgültig. Oder habt ihr schon mal gesehen, dass sich eine Gruppe aufgestylter Mädchen um einen Bettler auf der Straße schart und versucht, seine Aufmerksamkeit zu erregen? Oder tummeln sich interessierte junge Damen vor den Gerichten, in der Hoffnung, jemand kennenzulernen, der gerade seinen Offenbarungseid abgelegt hat? Natürlich nicht. Stattdessen umlagern Interessierte eher die exklusiven Clubs, weil sie hoffen, dort millionenschwere Fußballer abzuschleppen. Und genau deshalb würde ich auch kein Buch mit dem Titel »Wahre Liebe, bittere Armut und Du: Wie du einen Freund findest, der dich obdachlos macht« schreiben.

Wenn du wie die meisten Frauen bist, wirst du dich selbstverständlich eher von Jungs angezogen fühlen, die in etwa genauso viel Geld haben wie du oder mehr, aber nicht von solchen, die beträchtlich ärmer sind. Daran ist auch nichts verwerflich. Überall im Tierreich geben die Weibchen den Männchen den Vorzug, die ihnen die besten Ressourcen zu bieten haben. So will es die Natur, also muss man nicht dagegen ankämpfen. Wir können auch kaum anders. Das wäre so, als würden junge Männer hübschen jungen Frauen uralte Damen vorziehen.

Finanzielle Nöte üben beträchtlichen Druck aus, manchmal ist dieser dann sogar stärker als die Liebe. Und so streiten Paare öfter über Geld als über irgendetwas anderes. Finanzielle Probleme gelten auch als der häufigste Trennungsgrund.

Ob es uns gefällt oder nicht, Liebe und Geld lassen sich nicht trennen. Was jedoch nicht bedeutet, dass ihr einen Millionär braucht, um glücklich zu werden. Aber es bedeutet, dass ihr und euer Partner in Finanzdingen die gleichen Ansichten, Erwartungen und Gewohnheiten haben solltet.

In diesem Punkt dürfte bei der wahren Liebe große Ähnlichkeit bestehen. Das ist natürlich nicht besonders romantisch, weshalb man auch keine Geschichten wie die folgende zu lesen bekommt:

Julia stand in der Schlange vor dem Bankschalter. Im selben Moment wie der attraktive Fremde hinter ihr griff sie nach dem Faltblatt zum Thema »Individuelle Kapital-Sparpläne«. Als ihre Fingerspitzen sich berührten, verspürte sie einen leichten Stromschlag. Er blickte ihr tief in die Augen und sagte: »Dann interessieren sie sich also auch für Steuersparmodelle?«

»Unbedingt«, erwiderte sie. »Ich besitze zwar bereits ein Privat-Konto, aber wegen meines hohen Steuersatzes muss ich meine Rücklagen steuerlich optimiert anlegen.«

Der Fremde hob entzückt die Augenbrauen. »Wie faszinierend. Ich heiße übrigens Romeo.«

Im weiteren Verlauf des Gesprächs entdeckten Romeo und Julia ihr gemeinsames Faible für Index-gebundene Staatsanleihen. Kaum dass er seine eigenkapitalfinanzierten Investmentfonds erwähnt hatte, verliebte sie sich unsterblich in ihn und fortan waren ihre Schicksale untrennbar verbunden.

Geld ist keine Basis für die Liebe, aber man muss in diesem Punkt schon zueinanderpassen. Denn wenn du ein Mensch bist, der jeden Cent zweimal umdreht, wirst du kaum mit einem Typen glücklich werden, der mit Geld nur so um sich wirft. Pfennigfuchser und Verschwender geben gemeinhin keine glücklichen Paare ab. Zu Unstimmigkeiten kann es auch darüber kommen, was man braucht, um zufrieden zu sein. Manche Leute sind recht genügsam, andere fühlen sich als Versager, wenn ihr Einkommen nicht Jahr für Jahr steigt. Einige schlafen sorglos, auch wenn sie einen Riesenkredit bei der Bank aufgenommen haben, andere sind schon um den Schlaf gebracht, wenn sie kein dickes Polster auf ihrem Konto wissen.

Deine Einstellung zum Thema Geld

- Ich gebe es sorglos aus

Stimmt genau .... Stimmt überhaupt nicht

- Mir genügt das, was ich jetzt habe

Stimmt genau .... Stimmt überhaupt nicht

- Lieber ein schönes Leben als ein hohes Einkommen

Stimmt genau .... Stimmt überhaupt nicht

- Das wird schon alles gut werden

Stimmt genau .... Stimmt überhaupt nicht

- Ich gebe anderen gern etwas ab

Stimmt genau .... Stimmt überhaupt nicht

Es ist wichtig, dass ihr eure eigene Haltung in punkto Finanzen kennt. Wie viel Geld genügt euch? Wofür gebt ihr es am liebsten oder besonders ungern aus? Eure diesbezüglichen Gewohnheiten geben Auskunft über die Prioritäten in eurem Leben und über euren Charakter. Wenn ihr Kreuzchen hauptsächlich links gemacht habt, ist wie bei Bella Geld nicht besonders wichtig für euch. Finden sich eure Kreuzchen eher rechts, spielt Geld eine größere Rolle.

Seid ehrlich zu euch selbst. Auch hier gibt es keine richtigen oder falschen Antworten. Tadelt euch nicht selbst dafür, wie ihr nun einmal empfindet. Manchen Menschen ist Geld eben sehr wichtig, andere machen sich nur wenig daraus. Die Menschen sind auch in diesem Punkt ausgesprochen verschieden.

Mehr über euch selbst erfahren

Geld ist nicht das einzige »unromantische« Thema, das in Beziehungen eine Rolle spielt. Empfindet ihr einen der folgenden zehn Bereiche als besonders wichtig für eure Persönlichkeit?

1) Bildung: Wie wichtig ist Bildung für dich? Welchen Abschluss besitzt du oder strebst du an?
2) Arbeit: Welchen Stellenwert nimmt sie in deinem Leben ein? Ist sie dir ausgesprochen wichtig – bist du vielleicht sogar ein Workaholic? Oder ist Arbeit nur Mittel zum Zweck, damit du deine Miete bezahlen kannst?
3) Politik: Bist du eine leidenschaftliche Verfechterin be-

stimmter Ansichten? Oder interessierst du dich nicht dafür?

4) Spiritualität: Spielt Religion oder Spiritualität eine wichtige Rolle in deinem Leben?
5) Freizeit: Wie verbringst du sie am liebsten? Was ist dir in deiner Freizeit besonders verhasst?
6) Gesellschaftlicher und ökonomischer Hintergrund: Entstammst du eher der Unter-, Mittel- oder Oberschicht? Spielt das für dich überhaupt eine Rolle? Wie hat deine Herkunft deinen Geschmack, deine Erwartungen, deine Lebenseinstellung geprägt?
7) Sozialkontakte: Sind sie ein zentraler Bereich deines Lebens? Die Freunde sagen eine Menge über den Charakter eines Menschen aus. Bella besaß überhaupt keine Freunde, was uns Aufschluss über sie gewährt. Was für Sozialkontakte pflegst du, und was verrät das über dich?
8) Passionen: Gibt es Dinge, die du mit solcher Leidenschaft tust, dass sie dich geradezu ausmachen? Stellen wir uns beispielsweise ein Mädchen vor, das mit solcher Hingabe schwimmt, dass es irgendwann olympisches Gold gewinnt. So jemand wird bis an ihr Lebensende die »Olympiasiegerin im Schwimmen« bleiben. Gibt es etwas in deinem Leben, das dir so wichtig ist, dass du dich fast selbst nicht wiedererkennen würdest, wenn man es ausklammerte?
9) Gesundheit: Welche Einstellung und welche Gewohnheiten hast du in Bezug auf Rauchen, Ernährung, Sport, Alkohol und Drogen?
10) Aktivitäts-/Energie-Level: Bist du eher entspannt und relaxt gern zu Hause? Oder hasst du es, vor dem Fernseher zu hocken, und unternimmst lieber viel?

Einige der zehn Themen kümmern dich vermutlich wenig. Vielleicht interessierst du dich nicht für Politik oder hast keine feste Meinung in Sachen Spiritualität. Alle Bereiche, die dir wichtig sind, spielen jedoch eine Rolle, wenn es zu überlegen gilt, welcher Typ Mann zu dir passt.

Manches ändert sich auch im Laufe des Lebens. Vielleicht interessierst du dich jetzt noch nicht für die Arbeit und gibst später dann trotzdem alles, um Karriere zu machen. Oder vielleicht genießt du es im Moment, dauernd auszugehen und Party zu machen, kannst dir aber vorstellen, eines Tages brav daheimzubleiben, wenn du erst eine eigene Familie gegründet hast. Damit kommen wir zu einem weiteren wichtigen Aspekt eurer Persönlichkeit: den Lebenszielen.

Eure Ziele

Im Prinzip kann man einen Menschen nicht danach beurteilen, wo er gerade steht. Man muss sich eher anschauen, wo derjenige hinwill.

Stellt euch beispielsweise zwei eineiige Zwillinge namens Sophie und Alexia vor, beide gleichermaßen klug und hübsch. Sie haben gerade ihr Jurastudium aufgenommen.

Doch die beiden jungen Frauen verfolgen ganz unterschiedliche Ziele. Sophie träumt von einem glänzenden Examen und möchte in einer der besten Kanzleien Londons arbeiten, bevor sie sich selbstständig macht. Alexia dagegen will aussteigen, sobald der nächste Scheck ihres Stipendiums in der Post ist. Sie plant, dafür eine Zugfahrkarte nach Wales zu kaufen, wo sie sich einer Landkommune anschließen und in einer Jurte hausen möchte.

Beide Pläne sind legitim. Glück lässt sich auf vielen Wegen finden. Die unterschiedlichen Vorhaben zeigen, welch unterschiedliche Persönlichkeiten die beiden haben.

Manche Paare verlieben sich, bevor ihnen klar wird, dass sie miteinander gänzlich unvereinbare Ziele verfolgen. Wenn ein Partner sich danach sehnt, aufs Land zu ziehen und einen kleinen Bauernhof zu bewirtschaften, und der andere davon träumt, in Manhattan zu leben, dann wird es vermutlich nicht funktionieren.

Auch wenn es für euch noch ein wenig früh sein mag, darüber nachzudenken – zu den möglichen Zielen gehören auch Kinder. Wenn du davon träumst, irgendwann Kinder zu bekommen und dein Freund ebenso überzeugt ist, nie Vater werden zu wollen, kann das auf lange Sicht nicht gut gehen.

Wie sehen deine Lebensziele aus?

Manche Menschen haben keine genau umrissenen Pläne, sondern leben einfach in den Tag hinein. Sie genießen den Augenblick und schauen einfach, was das Leben so bringt. In ihren Augen geht es nicht darum, sich auf ein bestimmtes Ziel zuzubewegen. Das ist in Ordnung; auch hier gibt es mal wieder kein richtig oder falsch. Allerdings muss dein Bild von der Zukunft mit dem deines Freundes zusammenpassen. Dasselbe zu wollen, kann zwei Menschen verbinden – unterschiedliche Wünsche sorgen eher dafür, dass man sich auseinanderlebt.

Aber vielleicht weißt du noch gar nicht, wie deine Ziele aussehen. Und weißt du schon, was du *nicht* willst? Was wäre dein schlimmster Albtraum? In deinem gegenwärtigen

Alltag stecken zu bleiben, den du als unbefriedigend empfindest? Oder zu einem Neuanfang gezwungen zu sein, zu verändern, was lieb und vertraut ist?

Beschäftige dich doch mal in Gedanken, schriftlich oder im Gespräch mit einer Freundin mit den folgenden Themen:

1) Meine kühnsten Erwartungen an die Zukunft:
2) Mein schlimmster Albtraum:
3) Meine realistischen Hoffnungen:

Übungen für mehr Selbsterkenntnis

Ich hoffe, dieses Kapitel konnte dir helfen, dich selbst ein wenig besser kennenzulernen. Um noch mehr über dich zu erfahren, probier eine oder mehrere der folgenden sechs Methoden aus.

1 Führe ein geheimes Tagebuch

Besorg dir ein Tagebuch mit Schloss und bewahre es in einem sicheren Versteck auf. Schreibe jeden Tag (oder so oft wie möglich) hinein. Darüber, wie du dich fühlst, was sich ereignet hat und wie du dazu stehst. Notiere deine geheimen Abneigungen, Wünsche, Träume, Phantasien. Halte in diesem Buch fest, was du willst – es ist nur für dich allein bestimmt.

Nach ein paar Wochen blätterst du zurück und liest, was du geschrieben hast. Frag dich, als wärst du ein Fremder, der die Worte zum ersten Mal liest, wer dieses Mädchen ist. Was kannst du aus diesen intimsten Gedanken und Gefühlen lernen? Was treibt diesen Menschen an? Worüber hast du berichtet? Was sagt das über dich aus? Wo bist du verwundbar? Was sind deine Stärken?

2 *Was du an dir gern ändern würdest*

Denk darüber nach oder schreib auf, wer du gern sein würdest, wenn du dich in eine ideale Persönlichkeit verwandeln könntest. Was verrät das über deine Werte oder Prioritäten?

3 *Schreib über das, was dich im Innersten bewegt*

Nimm dir ein Blatt Papier und schreib ohne lange zu überlegen deine tiefsten Empfindungen auf – die erschütterndsten Erfahrungen deines bisherigen Lebens. Zensiere dabei nicht, was du festhältst. Schreib einfach nieder, was dir in den Sinn kommt. Dann sieh dir mit einem gewissen Abstand an, was du notiert hast. Lässt sich daraus etwas über dich selbst erfahren?

4 *Was andere über dich sagen (Gutes und Schlechtes)*

Wie beurteilen andere Menschen dich? Wenn du von verschiedenen Seiten die immer gleiche Kritik zu hören bekommst, wird wahrscheinlich ein Körnchen Wahrheit darin stecken. Das muss allerdings nicht heißen, dass du ein schlechter Mensch bist! – Schließlich ist niemand perfekt. Erkennst du selbst etwas Wahres an der Kritik? Steckt vielleicht auch nützliches Feedback darin? Andere Menschen reagieren damit auf etwas, das von dir ausgeht. Was könnte das sein?

Bella bekam von Jessica viele negative Reaktionen. Teils steckte Eifersucht dahinter, weil Bella so viel Aufmerksamkeit von den Jungs bekam. Aber zum Teil lag es auch an Bellas Unnahbarkeit. Als Bella Jessica zum ersten Mal begegnet, versucht sie nicht wirklich, mit ihr in Kontakt zu treten. Sie interessiert sich nicht die Bohne für Jessica und macht sich keine Mühe, ihrem Gerede auch nur höflichkeitshalber zu folgen. Die einzigen Fragen, die Bella Jessica stellt, beziehen sich allesamt auf die Cullens. So sollte man nicht mit jemand umgehen, der sich die Mühe macht, mit dir an deinem ersten Tag in einer neuen Schule ins Gespräch zu kommen. In so einem Fall muss man sich schon um ein bisschen Interesse bemühen; schließlich geht es ja auch darum, den eigenen Platz in einem neuen sozialen Gefüge zu finden. Doch Bella interessierte sich nur für die Reichen und Schönen.

Jessicas negative Reaktion auf Bella, selbst wenn sie teilweise unfair war, sagt einiges über Bella aus. Und sie spricht Bände über ihre soziale Kompetenz.

5 Wen kannst du nicht leiden?

Mach eine Liste der Leute, die du absolut nicht ausstehen kannst. Schreib auch auf, was genau du an ihnen so schlimm findest. Versuch auf diese Weise herauszufinden, welche Eigenschaften dir am meisten verhasst sind.

Nachdem du erst auf andere geschaut hast, richte den Blick wieder auf dich selbst: Was sagt das über dich aus? So extreme Reaktionen haben eine Bedeutung. Meist besitzt man in so einem Fall selbst die genau gegenteilige Eigenschaft. Nehmen wir als Beispiel Bella, die Jessica definitiv nicht mag. Jessicas dauerndes Gekicher und ihre Tratschsucht gehen ihr gegen den Strich. Daraus schließen wir, dass Bella ein ernster Typ ist und sich nicht besonders für ihre Mitschüler interessiert (es sei denn, sie haben Vampirzähne oder sind Gestaltwandler).

Manchmal stören einen jedoch gerade die Eigenschaften an anderen, die man selbst auch besitzt und an sich nicht mag.

6 *Wer sind deine Vorbilder?*
Identifizierst du dich besonders mit bestimmten Figuren aus Büchern, Filmen oder Fernsehsendungen? Dabei kann es sich auch um reale Personen handeln. Unterhalte dich mit einer Freundin darüber. Was gefällt dir an deinen Vorbildern? Bella identifiziert sich stark mit Heldinnen aus klassischen Liebesromanen. Das verrät uns, wie sehr sie sich selbst nach einer romantischen Liebe sehnt. Die Tatsache, dass sie sich am liebsten in Frauenfiguren aus längst vergangenen Zeiten hineinversetzt, könnte man als Hinweis darauf verstehen, dass sie sich ihrer Gegenwart nicht zugehörig fühlt.

Euer Fazit

Wenn ihr euch selbst besser kennengelernt habt, ist das eine gute Basis, um Liebe zu finden und eine zukunftsträchtige Beziehung zu einem Mann einzugehen. Denn es bringt euch nichts, die Männer zu verstehen, wenn ihr nicht zuerst verstanden habt, wie ihr selbst tickt.

Lasst uns noch einmal kurz rekapitulieren, was das Wichtigste an euch ist. Dazu bittet ihr am besten eine Freundin, euch zu helfen – im Gegenzug könnt ihr dann bei ihrer Liste helfen. Denkt an eure Stärken und Werte, vergesst aber auch die Schwächen nicht.

Bellas Liste der wichtigen Aspekte ihrer Persönlichkeit könnte so aussehen:

* Sie ist klug und phantasievoll.
* Sie ist einsam.
* Sie liest wahnsinnig gern.
* Geld ist ihr völlig egal.
* Anderen Menschen gegenüber ist sie extrem schüchtern.
* Sie ist introvertiert.
* Sie ist nicht gern unter Menschen und findet nur schwer Freunde.
* Andere Menschen interessieren sie nicht besonders.
* Mit ihrem Leben ist sie nicht gerade zufrieden.
* Sie hat nur ein geringes Selbstwertgefühl.
* Sich für andere aufzuopfern, verschafft ihr große Befriedigung.

Und jetzt schreibt eure eigene Liste.

Was bedeuten die neuen Erkenntnisse für künftige Beziehungen?

Bella könnte hier Folgendes schreiben:

Ich brauche einen Jungen, der …

* Phantasie und Literatur zu schätzen weiß.
* sich nicht viel aus Geselligkeit macht.
* sensibel, hilfsbereit und verständnisvoll ist.
* Meine Opferbereitschaft nicht ausnutzt.

Ich sollte mich von Typen fernhalten, die …

* dauernd unter Menschen sein wollen.
* Lesen und alles, was sonst noch mit Phantasie zu tun hat, für Zeitverschwendung halten.
* ungeduldig reagieren, wenn jemand sichtlich nervös und verunsichert ist.
* meine Freigiebigkeit und Opferbereitschaft ausnutzen.
* mich töten wollen (das sollte auf der Liste jedes Mädchens stehen!).

Und jetzt verfasst eure eigene Liste.

Geheimnis Nummer vier – Zusammenfassung

Das Geheimnis der Selbsterkenntnis besteht darin:

* zu sehen, wie frühere Beziehungen euch geprägt haben.
* die individuellen Altlasten wahrzunehmen und zu lernen, wie man mit ihnen umgeht.
* die eigenen Charakterzüge und Gefühle zu analysieren.
* Ziele für das eigene Leben zu definieren.
* zu wissen, wo man im Hinblick auf die Dinge, die einem richtig wichtig sind, gerade steht.

Und jetzt lasst uns mal die Männer unter die Lupe nehmen …

Geheimnis Nummer fünf

Deinen Freund richtig gut verstehen

Finde heraus, wer dein Liebster wirklich ist

13

Warum man Jungs so schwer durchschaut

Bella durchschaute Edward und Jacob. Sie konnte erkennen, dass beide eigentlich zu den Guten gehörten, auch wenn Edward ein Vampir und Jacob ein Werwolf war. Wenn ihr die »Twilight«-Bücher lest oder euch die Filme anseht, kommt ihr sicher zu dem gleichen Urteil. In erdachten Geschichten ist es meist einfach, die Helden und die Bösewichter auszumachen. Im echten Leben fällt uns das manchmal keineswegs so leicht …

Könnt ihr andere gut einschätzen? Wahrscheinlich antwortet ihr darauf mit Ja. Und das stimmt auch insofern, als Frauen den Charakter ihrer Mitmenschen besser einschätzen können als Männer. Entsprechende Untersuchungen ergaben, dass Frauen mehr auf andere achten und genauer hinhören. Dadurch nehmen sie vielsagende Hinweise eher wahr.

Aber. Wenn es darum geht, einen attraktiven Typen einzuschätzen, scheinen der weibliche Instinkt und die bessere Beobachtungsgabe sich oft in Luft aufzulösen.

Warum Frauen nicht zuhören

Warum fällt es Frauen offenbar schwer, Informationen über einen attraktiven Mann richtig zu werten? Ganz einfach: Wenn ihr mit einem Jungen zusammen seid, der euch gefällt, richtet sich eure Aufmerksamkeit höchstwahrscheinlich auf euch selbst.

Ihr achtet auf das, was in eurem Inneren vorgeht. Beispielsweise sorgt ihr euch darüber, wie ihr beim anderen ankommt.

Psychologische Studien ergaben, dass Menschen, die ihre Aufmerksamkeit auf sich selbst richten, in der Beurteilung anderer nachlassen. Sie übersehen wichtige Hinweise auf denjenigen, mit dem sie sich gerade unterhalten.

Konzentriert ihr euch also darauf, was er von euch denken könnte, achtet ihr viel zu wenig darauf, was ihr eurerseits über ihn denkt. So entgehen euch entscheidende Signale im Bezug auf seine Persönlichkeit.

Warum wir uns so leicht in Jungs täuschen

Manchmal schaut man auf etwas direkt vor unserer Nase und übersieht es trotzdem. Das gilt nicht nur für unser Urteil über Männer, sondern passiert andauernd. Die Aussage »Ich habe geschaut, es aber nicht gesehen« zählt zu den häufigsten Begründungen von Verkehrsunfällen. Die Leute schauen, verkennen aber das Risiko, das schließlich zum Unfall führt.

Woran das liegt? An ihrer Unaufmerksamkeit.

Machen wir einen kleinen Test: Welche Farbe hat die Schrift auf dem Titel dieses Buches? Sehr wahrscheinlich habt ihr gar nicht darauf geachtet. Man übersieht leicht Dinge, die man nicht gezielt gesucht hat.

Der übersehene Gorilla

Es gibt da diesen witzigen Aufmerksamkeitstest, bei dem man aufgefordert wird, sich das Video eines Basketballspiels anzusehen. Wenn ihr es noch nicht kennt, findet ihr es unter dem Suchbegriff »Basketball Attention Test« bei YouTube. Die Aufgabe lautet, die Würfe der weiß gekleideten Spieler zu zählen. Dreißig Sekunden lang schaut man aufmerksam hin, nichts Besonderes passiert, man zählt und kommt mühelos auf die richtige Zahl. Es ist ja nur ein simples Basketballspiel.

Dann wird der Clip noch mal gezeigt, allerdings mit dem Hinweis, auf den Gorilla zu achten. Diesmal sieht man einen Mensch in einem Gorillakostüm deutlich sichtbar zwischen den Spielern herumgehen. Obwohl unsere Augen auch beim ersten Mal auf das Bild gerichtet waren und der Gorilla eigentlich unübersehbar war, haben wir ihn wahrscheinlich nicht wahrgenommen. So geht es den meisten Menschen.

Wenn ihr euch stark auf etwas konzentriert, kann euch etwas anderes entgehen, das sich unmittelbar vor euren Augen abspielt. Der Grund ist, dass euer Gehirn nur eine bestimmte Informationsmenge auf einmal verarbeiten kann. Es funktioniert ein bisschen wie ein Computer. Der würde auch abstürzen, wenn er versuchen sollte, alle Informationen all eurer Sinnesorgane auf einmal aufzunehmen. Obwohl also unsere Augen etwas wahrnehmen, ignoriert unser Gehirn diese Information. Worauf wir nicht gezielt achten, das übersehen wir leicht.

Wenn ihr einen Jungen kennenlernt, steht euch auf einen Schlag eine Unmenge an Informationen über ihn zur Verfügung – oft sogar schon wenn ihr ihm noch gar nicht persönlich begegnet seid. Und bevor er den Mund aufmacht, verrät er euch schon tausend Sachen über sich selbst. Das meiste davon entgeht uns, weil wir es nicht wahrnehmen. Und darunter können auch ausgesprochen wichtige Dinge sein. Aber selbst ein Gorilla ist leicht zu übersehen. Im nächsten Kapitel werde ich darauf noch mal zurückkommen, aber mangelnde Aufmerksamkeit ist ja nicht das einzige Problem …

Sein Imponiergehabe

Eine andere Schwierigkeit bei der Beurteilung von Jungs ist, dass ihr in den ersten Wochen eurer Beziehung vielleicht nicht sein wahres Ich zu sehen bekommt. Vielmehr legt er ein gewisses Imponiergehabe an den Tag. Und das kann – muss aber nicht – viel Ähnlichkeit mit seinem eigentlichen Charakter haben.

Männer müssen sich üblicherweise schon anstrengen, um die Aufmerksamkeit einer Frau zu erregen. Sie davon zu überzeugen, dass sie eine gute Partie abgeben würden. Wie der Pfau, der ein hübsches Rad schlägt, wird ein Typ sich bemühen, eine gute Figur zu machen. Er wird die Aspekte seiner Persönlichkeit präsentieren, von denen er glaubt, sie könnten euch beeindrucken. Daher legen Männer also eine Reihe von Verhaltensweisen an den Tag, in der Hoffnung, uns zu bezaubern. Dazu kann das Prahlen mit bisherigen Verdiensten gehören, Machogehabe in Gestalt von Kraft und Dominanz, aber auch das Beweisen von Sensibilität und Bedachtsamkeit, Hinweise auf sein faszinierendes Wesen, eine Fülle von Geschenken, haufenweise Komplimente, Beweise seiner unglaublichen Intelligenz, seines Humors oder womit auch immer er seine Auserwählte rumzukriegen hofft.

Es ist nett, so umworben zu werden. Das Problem an diesem Balzverhalten ist nur, dass es einige seiner grundlegenden Charakterzüge vielleicht nicht widerspiegelt. Sobald ihr ein Paar seid, kann es mit seiner demonstrativen Sensibilität und Bedachtsamkeit schon nicht mehr so weit her sein, und vielleicht erweist er sich dann stattdessen als gedankenlos und egozentrisch.

Um diesen Gedanken etwas deutlicher zu machen, hier die Fallgeschichte einer Pfauenhenne, die sich wegen seines Schwanzgefieders in einen Pfau verliebt:

Patrizia war eine junge Henne auf der Suche nach ihrem Traumpfau. Sie begegnete Daniel zum ersten Mal, als er unter einer Ulme rastete.

»Sofort sprang er auf und schlug ein Rad. Das war umwerfend. Die glitzernden Farben, die glänzenden Federn, die schiere Größe. Ich schäme mich nicht zu gestehen, dass ich total fasziniert war.«

Ohne lange zu überlegen, wurde Patrizia seine Gefährtin. »Wir verbrachten selige Stunden miteinander. Er wedelte mit seinen Schwanzfedern, was mich fast in Ohn-

macht fallen ließ, und dann verschwanden wir im Gebüsch. Es dauerte nicht lange, da hatte ich auch schon ein Gelege mit zahlreichen Eiern.«

Doch damit fingen auch die Probleme an. Daniel stellte das Radschlagen nach und nach ein. Schließlich verbrachte er seine Zeit nur noch mit Herumgammeln. Mehr erschien ihm nicht notwendig, denn sie waren ja bereits ein Paar. »Ich war so enttäuscht«, gab Patrizia zu. »Ich sah ihn mir mit seinem hängenden Schwanz genauer an und musste feststellen, dass er nichts Besonderes war. Er sah sogar ziemlich durchschnittlich aus. Ich stellte ihn zur Rede, fragte, warum er nicht mehr wie früher ein Rad für mich schlug. Da meinte er: ›Weißt du, es ist echt anstrengend, das Ding hochzuhalten. Und dann nervt es mich auch, dass man damit überall hängen bleibt.‹ Danach sah er mich über seine Schnabelspitze hinweg vorwurfsvoll an: ›Außerdem solltest du ja wohl den Vogel lieben, nicht den Schwanz, der an ihm dranhängt.‹ Wir hatten unseren ersten großen Streit, und am Ende weinte ich bitterlich.«

Aber dann dämmerte ihr die Wahrheit: »Er hatte recht. Ich liebte nicht den Vogel. Ich liebte seine Schwanzfedern.«

Sie trennten sich, und so musste Patrizia ihre Brut allein großziehen. Inzwischen trifft sie sich mit einem Fasan.

Wie der Pfauenschwanz mag auch das Imponiergehabe deines Verehrers nicht viel mit dem echten Mann dahinter zu tun haben. Möglicherweise kommt sein wahrer Charakter zum Vorschein, sobald er das Balzgetue für nicht mehr nötig hält. Darum sagen Mädchen ja auch so oft: »Ich verstehe das gar nicht … Am Anfang war er richtig nett.« Der Grund dafür besteht darin, dass er irgendwann aufhört, sein Rad zu schlagen.

Deshalb könnt ihr einen Typen auch erst dann beurteilen, wenn ihr sein normales Verhalten miterlebt habt. Nicht einmal einen Pfau sollte man nur wegen seiner Schwanzfedern lieben. Nur ist das Ganze nicht mehr so lustig, wenn es sich zwischen Menschen abspielt. Hier ist die Geschichte eines Paares, das mir davon erzählt hat:

Die vierundzwanzigjährige Chiara war sehr aufgeregt, als ihr neuer Freund Scott sie zu einer Verabredung abholte. Sein Sportwagen röhrte in der Sackgasse, in der das Haus ihrer Eltern stand, und eine Menge Gardinen wurde beiseitegeschoben. Chiara verstand nicht viel von Autos, aber sie wusste, dass Scotts windschnittiger Zweisitzer ein teurer Spaß gewesen sein musste. Noch mehr beeindruckte sie, dass Scott sie zur Eröffnung des neuen Restaurants eines Promikochs mitnahm. Dort gab es Fernsehkameras, Champagner gratis und Paparazzi. Das Essen war göttlich. Chiara fieberte jeder Verabredung entgegen, denn sie unternahmen immer irgendwas Aufregendes. Wie den Besuch eines superedlen Nachtclubs, wo es von Models und Fußballstars wimmelte. Scott schien es nichts auszumachen, die horrenden Preise in diesen Lokalen zu zahlen, die sie sich als Assistentin in der Personalabteilung niemals hätte leisten können. Im Verlauf ihrer Beziehung wurden solche Events immer seltener. Stattdessen bekochte Scott sie in seiner Wohnung. Chiara war von gutem Essen zwar ebenso begeistert wie er, aber gleichzeitig sehnte sie sich auch nach ein bisschen Aufregung.

Daher schlug sie ein Wochenende in Paris vor. Im Internet suchte sie ein paar Spitzen-Restaurants, exklusive Clubs und noble Hotels heraus und unterbreitete Scott ihren Vorschlag. Er sagte: »Das klingt absolut toll. Da wäre nur eine Sache, kannst du diesmal für uns beide zahlen? Mir bleibt diesen Monat nicht mehr viel übrig. Ich zahle dann dafür beim nächsten Mal wieder.«

Chiaras Begeisterung erlitt einen Dämpfer. Die Vorstellung, ihr Geld für ihn auszugeben, erschien ihr nicht gerade verlockend. »Ich glaube nicht, dass ich genug habe, um das für uns beide zu bezahlen.«

»Aber ich auch nicht.«

Chiara war verlegen und irritiert. »Aber du hast doch immer so mit Bargeld um dich geworfen.«

Scott zog bedauernd die Augenbrauen hoch. »Ich weiß, aber doch nur, weil ich bei dir Eindruck machen wollte. Ich habe dich für etwas so Besonderes gehalten. Da konnte ich einfach nicht anders. Dabei hätte ich es besser gelassen, denn inzwischen ist meine ganze Prämie futsch. Ich muss es jetzt mal für eine Weile ruhiger angehen. Hey, schmollst du etwa?«, sagte er und legte den Arm um sie. »Wir brauchen doch kein Geld, um uns zu amüsieren – schließlich lieben wir uns, oder?«

Chiara runzelte die Stirn und entzog sich ihm. »Du sagst, du willst es ruhiger angehen, aber für dein Auto gibst du weiter fleißig Geld aus.«

»Nicht mehr. Chiara, ich will ehrlich zu dir sein, ich kann mir das Auto eigentlich auch nicht leisten. Es ist

sowieso nur geleast und gehört mir nicht. Es kostet mich fast so viel wie die Miete. Ich habe mich selbst gefragt, warum ich das mache. Und ganz ehrlich, hauptsächlich, um den Mädels zu imponieren. Aber das brauche ich ja nicht mehr. Jetzt habe ich doch dich. Ende des Monats sehe ich zu, dass ich die Kiste loswerde, und suche mir was Normaleres.«

»Du willst den Wagen zurückgeben?«, sagte Chiara.

»Warum siehst du mich denn so entsetzt an?«, erwiderte er. »Ist das ein Problem für dich – bin ich dann in deinen Augen weniger wert?«

»Nein«, sagte Chiara schnell. »Natürlich nicht.« Aber ihr Gesichtsausdruck verriet, dass sie log. In ihren Augen war er damit weniger wert.

Sie wusste es, und er wusste es auch.

Bald danach beendeten sie die Beziehung.

Scott war am Boden zerstört. Er brauchte Monate, um über sie hinwegzukommen. Nichts machte ihm mehr Spaß, nicht einmal das Kochen. Langsam wurde ihm klar, dass er Chiara eher mit seinem Imponiergehabe für sich gewonnen hatte als mit seinem Charakter.

Inzwischen kann er einigermaßen gefasst darüber reden. »Das Problem bei Chiara war«, sagt er mit einem bitteren Lächeln, »dass sie das Brutzeln mochte, aber nicht die Wurst.«

Machtspiele

Typischerweise ist es in Beziehungen zwischen Frauen und Männern doch so: Die Frauen tun sich relativ leicht damit, potenzielle Partner für sich zu interessieren, während Männer es verhältnismäßig schwer haben, Gefallen bei den wählerischen Damen zu finden. In der Anfangsphase entscheidet ihr darüber, ob ihr ihn zurückweist oder eben nicht. Und mit viel größerer Wahrscheinlichkeit reagiert ihr nicht auf seine sexuellen Avancen, er dagegen sehr wohl auf eure. Man hat einmal einen Versuch gemacht, bei dem Frauen und Männer Fremde ansprechen und ihnen vorschlagen sollten, mit ihnen zu schlafen. 75 Prozent der angesprochenen Männer hätten das Angebot angenommen, dagegen keine einzige Frau.

Die Tatsache, dass er um dich wirbt, gibt dir zunächst mehr Macht. Du kannst entscheiden, ob du ihn erhörst. Mit anderen Worten: Du bist die Stärkere.

Solche Kräfteverhältnisse wirken sich auf unser Verhalten aus. Beim Vorgesetzten des eigenen Chefs verhält man sich anders als gegenüber einem Obdachlosen auf der Straße. Unwahrscheinlich dass man Letzterem an den Lippen hängt und lauthals über jeden seiner Scherze lacht. Der Chef des Vorgesetzten besitzt jedoch die Macht, einem das Leben schwer zu machen – oder die ersehnte Beförderung zu bewirken. Einem Mächtigen hören wir also viel aufmerksamer zu, wir bringen ihm Respekt entgegen und tun praktisch alles, um zu gefallen.

Das Gleiche gilt für eure potenziellen Partner. Auch Männer benehmen sich gegenüber einer Person, die mehr Einfluss hat als sie selbst, ganz anders als gegenüber jemand, der vergleichsweise machtlos ist. Während ihr also alle Trümpfe in der Hand haltet und über hopp oder topp entscheidet, verhält er sich natürlich besonders respektvoll, entgegenkommend und gefällig. Sobald er sich sicher sein kann, dass ihr ihn nicht zurückweist, kann sich das auf einen Schlag ändern.

So finden übrigens Schläger und Rabauken ihre Freundinnen. Bei der ersten Verabredung benehmen sie sich noch nicht rüpelhaft (zumindest im Prinzip – ich habe aber auch hier schon von Ausnahmen gehört!). Sie sind sogar ausgesprochen zurückhaltend, vernünftig, nett. Sie wissen auch, dass sie ein Mädchen nicht durch aggressives, unangenehmes Verhalten für sich einnehmen. Aber dieses Benehmen der Anfangszeit entspricht eben nicht unbedingt dem wahren Charakter. Möglich, dass der Junge sich einfach nur zusammenreißt.

Wenn er einen romantischen Mythos erfindet

Damit meine ich eine unwahrscheinliche Geschichte. Wenn es um Beziehungen geht, verlieben sich Frauen nur allzu oft in einen Mythos, den sie selbst rund um den Mann gesponnen haben. Hin und wieder erzeugt aber nicht die Frau diese Illusionen, sondern er.

Die achtzehnjährige Georgina, Studentin der Psychologie, lernte Evan über Freunde an der Universität kennen.

Evan war siebenundzwanzig und Künstler. Obwohl

er offensichtlich über Talent verfügte, wollte er es nicht nutzen, um seinen Lebensunterhalt damit zu verdienen. Er war vielmehr ein Künstler, der gar keine Bezahlung wollte.

»Er erzählte mir, er verachte den Kommerz. Für ihn war das ein degradierendes Ritual, um Geld an sich zu raffen. Er baute Skulpturen aus Treibholz oder Fundstücken aus Containern. Er konnte tagelang an einem Objekt arbeiten, nur um es anschließend zu verschenken oder wieder zu zerlegen. Er sagte, es spiele keine Rolle, ob es Bestand hätte. Sein Lieblingswort war ›vergänglich‹. Kunst musste für ihn immer ›vergänglich‹ sein.«

Evan erzählte Georgina, er sei ein Einzelgänger, den die Welt nicht verstünde. Er präsentierte sich ihr als jemand, den die Gesellschaft um seiner selbst willen ablehnt. Aber er könne sich den Konventionen nun mal nicht beugen. Evan öffnete Georgina die Augen für einen anderen Blick auf die Welt.

»Ich kam aus sehr traditionellen Verhältnissen, wo man sich um einen guten Abschluss bemühte und sich danach einen Job suchte. Aber ihm waren materielle Werte ja vollkommen egal. Er war anders als alle, die ich bis dahin kennengelernt hatte, und das faszinierte mich. Er war eine Art Anarchist, der sich weigerte, einer geregelten Arbeit nachzugehen. Seine wenigen Beziehungen begründete er damit, extrem wählerisch zu sein. In seinen Augen war die Liebe etwas sehr Kostbares, das man nur mit einem ganz besonderen Menschen teilen sollte. Dieser besondere Mensch war ich.«

Georgina nahm ihn als romantischen Helden wahr und geradezu geblendet verliebte sie sich in ihn.

Seine Geschichte ließ jedoch ein paar Fakten aus, die nicht zu dem Bild passten, das er von sich selbst hatte. Als Erstes die Tatsache, dass er zwar alles Materielle und die Gesellschaft, die ihn zur Arbeit zwingen wollte, verachtete, in seiner Verachtung jedoch nicht so weit ging, Almosen abzulehnen. Erst später kam Georgina dahinter, dass er seit Jahren von Beihilfe und »Krediten« seiner hart arbeitenden Mutter lebte. Und er wollte seine Skulpturen nicht kommerziell anbieten, weil er tief in seinem Innern Angst davor hatte, als Künstler durchzufallen.

»Ich brauchte nur einen Monat, um mich in ihn zu verlieben, aber ein ganzes Jahr, um die Geschichte aufzudröseln und herauszufinden, wer er wirklich war. Ein Einzelgänger war er nur deshalb, weil die meisten Menschen, die er kannte, sich weiterentwickelt hatten, während er immer noch mit Studenten abhing, die deutlich jünger waren als er selbst. Ich kam auch dahinter, dass er mal einen richtigen Job von der Stadtverwaltung bekommen hatte, aber aus eigenem Verschulden gefeuert worden war. Ein Teil seiner Verachtung für die Arbeitswelt rührte also daher, dass er dort gescheitert war. Monatelang drückte er sich um die Details, bis ich endlich erfuhr, dass es sich um ein Projekt mit einer Gruppe Vierzehnjähriger gehandelt hatte. Sie sollten für den Schulgarten eine Skulptur bauen. Nachdem er unter ihnen einen Joint hatte rumgehen lassen, war er rausgeflogen.«

Georgina wurde auch klar, warum er nur so wenige Freundinnen gehabt hatte. Nicht weil er so wählerisch war oder auf jemand Besonderen gewartet hatte. Es lag vielmehr daran, dass kaum ein Mädchen sich mit ihm einlassen wollte, sobald sie mitbekam, dass er bis ins Rentenalter von irgendwelchen Beihilfen leben wollte.

»Meine Freunde sagten mir alle, er sei ein Loser. Ich war jedoch zunächst überzeugt, die Liebe meines Lebens gefunden zu haben. Das Problem ist, dass Evan an das Bild, das er von sich hat, ehrlich glaubt. Er würde jeden Test an einem Lügendetektor überstehen, ohne auch nur ins Schwitzen zu geraten. Ich dachte, ich würde ihn kennen, doch ich kannte lediglich die Illusion, die er von sich selbst hatte.«

Der Grad an Vertrautheit

Es gibt noch einen weiteren Grund dafür, warum es so schwer ist, einen Mann zu durchschauen: Bei eurer ersten Begegnung hält er sich an die ungeschriebenen Gesetze für das Verhalten gegenüber fremden Personen.

Unbekannten gegenüber sind die meisten Leute freundlich und vorsichtig. Man beschränkt sich erst einmal auf leichte Themen wie das Wetter oder eine Bemerkung über die Umgebung. Man bleibt auf Distanz. Und man begegnet sich mit Respekt. Unterhält man sich weiter, kommen als Nächstes die Basisinformationen dran: Wohnort und Beruf. Man sucht nach Gemeinsamkeiten. Diese Gesprächsregeln beherzigt praktisch jeder.

Je nachdem, wie gut man sein Gegenüber kennt, gelten unterschiedliche Verhaltensregeln. Je vertrauter man ist, desto deutlicher weicht man davon ab. Die Grafik zeigt, wie nah uns die Menschen in unserem Leben stehen.

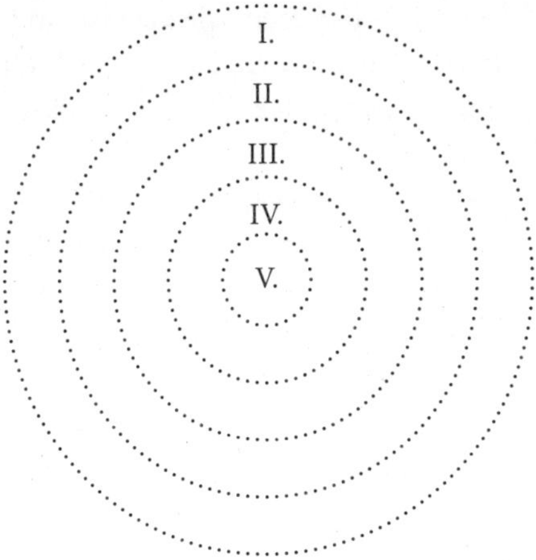

I. Zum äußeren Kreis gehören flüchtige Bekannte. Der Postbote, Menschen, denen man beim Sport oder beim Einkaufen zunickt. Hier bleibt es beim Small Talk.

II. Im nächsten Kreis finden sich flüchtige Freunde oder Freunde von Freunden. Sie gehören nicht zum zentralen Bereich des eigenen Lebens. Ihnen gegenüber geben wir nicht viel von uns preis.

III. Auf der nächsten Ebene stehen die Freunde, mit denen man ausgeht und Spaß hat, sowie die Arbeitskollegen. Man würde sie vielleicht im Krisenfall nicht als Erste anrufen oder ihnen alle privaten Probleme erzählen. Genauso wenig kennt man alle Einzelheiten aus ihrem Leben.

IV. Der Mensch, der euch am nächsten steht, kann der Freund, eure Mutter, euer Vater oder die beste Freundin sein. Hier kann man sich geben, wie man ist, und die Karten auf den Tisch legen. Innerste Gedanken und Gefühle offenbaren. Das funktioniert auch auf Gegenseitigkeit.

V. Jeder Mensch kennt sich selbst am besten. Es mag Dinge an einem geben, die man noch keiner Menschenseele verraten hat. Insgeheim ist auch gesellschaftlich verpöntes oder verbotenes Verhalten möglich.

Gehört man nicht zum engsten Zirkel, kann man eigentlich nicht wirklich über jemand anderen Bescheid wissen. Beim Small Talk oder durch oberflächliches Geplauder ist nicht viel über den Charakter eines Menschen zu erfahren. Darum sind die Leute ja auch immer so entsetzt, wenn sie hören, dass ein entfernter Bekannter ein Verbrechen begangen hat. »Aber er wirkte doch so normal«, heißt es dann. Das liegt daran, dass sich in der Öffentlichkeit praktisch alle an die üblichen Regeln der höflichen Konversation halten.

Wenn ihr also einem Mann zum ersten Mal begegnet, wird er sich wahrscheinlich so benehmen, wie das Fremde normalerweise untereinander tun. Daraus lässt sich allerdings nichts über sein Verhalten in einer intimen Beziehung ableiten. Darüber, wie er mit seiner offiziellen Freundin umgehen würde, könnt ihr zu diesem Zeitpunkt nur rätseln.

Während ihr euch näher kennenlernt, durchlauft ihr verschiedene Ebenen von Nähe, und auf jeder davon kommt mehr von seinem wahren Ich zum Vorschein.

Das Problem besteht darin, dass viele Mädchen einen Jungen nach seinem Verhalten bei ihrer ersten Begegnung beurteilen. »Er war richtig nett!«, begeistern sie sich. Ich fürchte nur, man kann niemand bescheinigen, wirklich nett zu sein, wenn man erst diese sehr oberflächliche Form von Nähe mit ihm erlebt hat. Er mag ja gegenüber Fremden ein richtiger Charmebolzen sein, seine Freundin aber trotzdem schlecht behandeln. Und erst recht weiß man nicht, was er tut, wenn er allein ist. Vielleicht ist das kein bisschen nett!

Wachsam bleiben

Sich von ihrem ersten Eindruck zu lösen, fällt vielen Leuten schwer. Kaum jemand ändert gern eine einmal gefasste Meinung.

Als Bella Jacob zum ersten Mal begegnet, schätzt sie ihn als harmlosen, unbekümmerten und unkomplizierten Jungen ein. Diese Person nannte sie »meinen Jacob«. Doch sobald Jacob zum Gestaltwandler wurde, änderte er sich von Grund auf. Er konnte kein sorgloser junger Bursche mehr sein. Andauernd verwandelte er sich in einen gefräßigen Werwolf. Außerdem trug er im Stamm der Quileuten Verantwortung. Er musste versuchen, marodierende Vampire von ihrem Territorium fernzuhalten. Im Zuge dessen wurde er launisch, schwierig und gefährlich. Dennoch beharrte Bella darauf, er sei immer noch »ihr Jacob« und verberge den alten Charakter irgendwo in seinem Inneren. Dabei war er längst nicht mehr dieser Mensch.

Bewusste Täuschung

Männer lügen. Und Frauen natürlich auch. Es ist sogar ziemlich üblich, dass beide Geschlechter einander beim Kennenlernen etwas vormachen. Das kann von dezenter Täuschung bis zu faustdicken Lügen reichen. In dieser Hinsicht unterscheiden wir Menschen uns nicht von den anderen Arten im Tierreich, die sich so mancher Tricks bedienen, um einen Partner für sich zu gewinnen.

Männer und Frauen neigen allerdings zu unterschiedlichen Lügen. Frauen tricksen eher in Bezug auf das äußere Erscheinungsbild: mit Push-up-BHs und Haarverlängerungen oder mit Funktionswäsche, die die Konturen so kaschiert, dass die ideale Proportion von Taille und Hüfte herauskommt, die Männer so ansprechend finden. Ältere Frauen mogeln in punkto Alter und verpulvern kleine Vermögen für Anti-Aging-Kosmetik. Auch bei der Anzahl der bisherigen Freunde wird gern geschwindelt.

Männer lügen eher hinsichtlich des Einkommens oder ihres gesellschaftlichen Einflusses. Oder auch was ihre Absichten angeht. Da spielt einem jemand Interesse an einer längerfristigen Beziehung vor, obwohl er in Wirklichkeit nur kurzzeitige Abwechslung sucht.

Echte Männer sind viel komplizierter als Werwölfe und Vampire

In gewisser Weise hatte Bella es sogar ziemlich leicht, die Wahrheit über Edwards und Jacobs Persönlichkeit herauszufinden. Die beiden waren leichter zu verstehen als echte Menschen.

Das Wichtigste, was sie über Edward wissen musste, war, dass es sich bei ihm um einen Vampir handelte. Der zweite prägende Aspekt war seine Liebe zu Bella. Abgesehen von Bella gab es nicht viel in seinem Leben. Dass er sie liebte und beschützen wollte, war der Motor all seines Handelns. Viel mehr brauchte sie eigentlich nicht zu wissen, um ihn zu begreifen.

Bei Jacob war es ähnlich, hier war das Wichtigste, dass es sich bei ihm um einen Werwolf handelte, dem Vampire per se verhasst waren. Das bestimmte im Prinzip sein ganzes Verhalten – und natürlich seine Leidenschaft für Bella.

Im wahren Leben geht es nicht ganz so eindimensional zu.

Einen Jungen beschäftigen eine Menge Gedanken, Gefühle, Wünsche, Träume, Abneigungen, Interessen, Leidenschaften und Gewohnheiten, die nichts mit euch zu tun haben. Ohne euch hat dieser Mensch auch schon ein komplettes Leben gehabt, und selbst wenn ihr für immer zusammenbleibt, dann wird es weiterhin ganze Bereiche geben, die sich nicht um euch drehen.

Außerdem wird er voller Widersprüche stecken. Viele Aspekte seines Lebens passen vielleicht gar nicht richtig zusammen. Er wird euch überraschen und vielleicht enttäuschen. Im einen Moment meint ihr, ihn zu verstehen, im nächsten könnt ihr euch nur noch über ihn wundern. Und das Gleiche gilt natürlich auch für eure Person. Jede von euch hat ein ganz eigenes Leben ohne ihren Freund, und ihr werdet diesen genauso überraschen.

Aber eigentlich ist das gar kein Problem. Den komplexen Charakter seines Partners nach und nach kennenzulernen, das ist eine der faszinierenden Herausforderungen einer gesunden, erwachsenen Beziehung.

Nur Mut!

Vielleicht denkt ihr euch jetzt, wie um Himmels willen soll ich denn angesichts all dieser möglichen Fallen einen Typen richtig einschätzen? Und das ist tatsächlich keine leichte Sache. Darum können Beziehungen ja auch so schmerzhaft sein. Die Phase, die ihr mit einem Jungen habt, bevor ihr auf ihn »geprägt« seid, ist relativ kurz. Denn sobald ihr euch verliebt habt, ist die Wahrscheinlichkeit, sein wahres Ich zu erkennen, noch viel kleiner. Was ist also zu tun?

Als Erstes lest ihr am besten das nächste Kapitel.

14

Männer richtig einschätzen

Besäßen wir telepathische Fähigkeiten, so wie Edward, dann wäre das Beurteilen unserer Mitmenschen ein Klacks. Edward schaut ja einfach in die Köpfe der Leute und sieht dort, was diese empfinden und denken. So erkennt er etwa, dass Bellas Schulkameradin Jessica oberflächlich und gehässig ist. Oder dass Charlie zu den Guten gehört. Aber traurigerweise verfügt niemand von uns über diese Gabe. Trotzdem gibt es natürlich Möglichkeiten, andere einzuschätzen.

Der Schlüssel zur Menschenkenntnis ist: Aufmerksamkeit!

Das klingt simpel, stimmt aber trotzdem. Bella erwähnt das sogar selbst in »Bis(s) zur Mittagsstunde«. Da lobt sie Jacob dafür, dass er ihre Gefühle und Gedanken so gut erkannt hat, obwohl er sich nicht auf Telepathie versteht. Sie sagt, der Grund sei seine gute Beobachtungsgabe.

Um genau hinschauen zu können, muss man allerdings das große Ganze sehen. Vielleicht kennt ihr die bekannte Geschichte aus Indien von den Blinden und dem Elefanten.

Vier blinde Männer hörten, im Dorf sei ein Elefant. Da sie nie zuvor von einem solchen Lebewesen gehört hatten, machten sie sich auf den Weg, um etwas darüber in Erfahrung zu bringen.

Der Erste streckte die Hand aus und erwischte den Schwanz des Tieres. Er sagte: »Ein Elefant ist wie ein Stück Strick.«

Der Zweite berührte den Rumpf und meinte: »Nein, ein Elefant fühlt sich an wie eine Mauer.«

Da ertastete der dritte Mann das Ohr und widersprach: »Ich finde, ein Elefant ist wie ein Fächer.«

Der Vierte schließlich bekam den Rüssel zu fassen. »Ein Elefant hat Ähnlichkeit mit dem Ast eines Baumes.«

Jeder Mann machte sich sein eigenes Bild von dem Elefanten, weil seine Aufmerksamkeit sich nur auf ein Detail richtete. Allen Männern fehlten entscheidende Informationen über das wahre Wesen eines Elefanten.

Den gleichen Fehler begeht man leicht, wenn es darum geht, einen Mann zu beurteilen. Wenn ihr nicht auf den ganzen Menschen achtet, werdet ihr wichtige Aspekte seines Wesens übersehen. Hütet euch also davor, nur die Hand auszustrecken und seine muskulösen Fußballerbeine zu berühren!

Um euch ein angemessenes Bild zu machen, braucht es schon etwas mehr, und ihr habt diverse Informationsquellen zur Verfügung.

Die Bedeutung von Klatsch und Tratsch verstehen

Bella erfuhr schon etwas über Edward, bevor sie überhaupt mit ihm gesprochen hatte. Jessica und Mike erzählten ihr, Edward gebe sich mit niemand außer seinen Familienangehörigen ab und habe den Ruf, sonderbar zu sein.

Diese Mitteilung war richtig: Er hielt sich von anderen fern, und er hatte etwas Seltsames an sich – er war ein Vampir!

Der Ruf eines Menschen ist oft wohlbegründet und daher beachtenswert.

Sicher habt ihr schon mal gehört, dass jemand stolz von sich behauptete: »Ich gebe nichts auf Gerede.« Wenn das stimmt, macht derjenige einen großen Fehler. Klatsch und Tratsch spielen nämlich in unserem Leben eine wichtige Rolle. Der Austausch persönlicher Informationen über andere erfüllt sogar eine sehr sinnvolle Funktion.

Stellen wir uns vor, ihr hättet gerade mit eurer Kollegin darüber getratscht, ob eure Chefin wohl schwanger ist. Euch ist beiden aufgefallen, dass sie öfter zur Toilette geht, beim letzten gemeinsam verbrachten Abend nur Saft getrunken hat und bei der Planung des kommenden Jahres große Zurückhaltung an den Tag legte.

Das hat nicht nur mit Neugier und Zeitvertreib zu tun. Sollte sie schwanger sein, stellt das eine wichtige Information dar, weil es sich auf eure Position in der Hierarchie auswirken kann. Wer wird sie während der Elternzeit vertreten? Eine von euch beiden? Solltet ihr zusehen, dass sie registriert, welch gute Arbeit ihr leistet? Wird die Schwangerschaft sie launischer machen, und solltet ihr daher genauer darauf achten, was ihr sagt?

Das menschliche Zusammenleben basiert auf Zusammenarbeit und Vertrauen. Manche Leute nutzen das aus und nehmen, ohne selbst zu geben. Beispielsweise jemand, der in einem Lokal nie eine Runde für die anderen spendiert. Tratsch ist eine unerlässliche Hilfe, um solche Schnorrer zu entlarven. Wenn ihr über drei Ecken erfahren habt, dass jemand unzuverlässig ist, dann könnt ihr euch davor hüten, von ihm ausgenutzt zu werden.

Natürlich muss man immer auch bedenken, dass manch schlechter Ruf unverdient ist, weil eine andere, missgünstige Person falsche Gerüchte verbreitet hat. So etwas passiert allerdings seltener, als man denkt. Wissenschaftliche Untersuchungen zu dem Thema ergaben, dass über 90 Prozent von Klatsch und Tratsch der Wahrheit entsprechen und keine üble Nachrede sind.

Klatsch & Tratsch

Jeder tut es. Ob im Konferenzraum einer ehrwürdigen Universität unter lauter weißhaarigen Professoren oder in einer Schulmensa voller Teenager – die Wahrscheinlichkeit ist gleichermaßen groß, dass dort vor allem Klatsch und Tratsch ausgetauscht wird. Laut Untersuchungen sind 60 bis 70 Prozent aller normalen Gespräche nichts anderes.

Allgemein gilt Klatsch ja als typisch weiblich, und viele Männer glauben von sich, sie wären überhaupt nicht daran interessiert. Wissenschaftler fanden jedoch heraus, dass Männer genauso viel tratschen wie Frauen. Allerdings wird dabei deutlich mehr geprahlt.

Überraschend, dass nur circa 5 Prozent der Gespräche einen negativen Charakter haben. Rund 80 Prozent der Informationen einer typischen Boulevardzeitung bestehen übrigens aus Klatsch und Tratsch.

Der Psychologieprofessor Robin Dunbar hat sogar die Theorie aufgestellt, unser Gehirn sei nur deshalb so groß geworden, damit es die riesigen Mengen von Gerüchten und Gerede verarbeiten könne. Wenn ihr also das nächste Mal mit jemand plaudert, statt zu arbeiten oder zu lernen, habt bloß kein schlechtes Gewissen. Denn ihr erfüllt damit eine lebenswichtige gesellschaftliche Funktion und trainiert dabei auch noch gleichzeitig euer Gehirn!

Klatsch und Tratsch über euren Freund gibt euch Einblick in sein bisheriges Verhalten in diversen Situationen. Daraus könnt ihr schließen, wie er mit anderen umgeht. Und weil man ausgehend von der Vergangenheit auch Vermutungen über die Zukunft anstellen kann, lässt sich ein ähnliches Benehmen erwarten.

Wenn ein Typ im Ruf steht, ein bestimmtes negatives Verhalten an den Tag zu legen, ist die Wahrscheinlichkeit groß, dass an diesem Gerücht etwas dran ist.

Was ihr also als Erstes tun solltet, wenn ihr jemand Neuen kennenlernt: So viel Tratsch und Klatsch wie möglich über denjenigen sammeln und diese Informationen sehr kritisch auswerten. Sollte euch etwas von Lügen, Untreue, Betrug, Glücksspiel oder Aggression – oder irgendetwas anderes, das ihr definitiv nicht in eurem Liebesleben haben wollt – zu Ohren kommen, dann Finger weg. Solltet ihr euch entschließen, solche Hinweise zu ignorieren, ist das natürlich eure Sache, aber durchaus mit einem gewissen Risiko verbunden.

Liebe im IT-Zeitalter

Früher war das ja bedeutend einfacher: Man sah einen Jungen von Angesicht zu Angesicht und verliebte sich eben. Mit all unserer modernen Technik gibt es neue Wege, jemanden kennenzulernen, und entsprechend neue Fallstricke und Dilemmas …

Sollte man ihn googeln?
Möglicherweise ist ein ganzer Berg Informationen über den Liebsten abrufbereit. Übers Internet lassen sich Basisdaten, aber auch Vorfahren und andere Verwandte, Berufliches oder auch ein eigener Blog aufspüren. In entsprechenden Foren oder sozialen Netzwerken findet man Bilder, auch solche, die andere Leute auf ihre Seite gestellt haben, Aufsätze aus Studium oder Schulzeit, Teilnehmerlisten von Wohltätigkeitsveranstaltungen oder von ihm unterzeichnete Online-Petitionen.

Früher hätte man solche Details nur mithilfe eines Privatdetektivs herausbekommen. In New York soll eine Frau ihre neue Verabredung gegoogelt und herausgefunden haben, dass der Mann wegen des Diebstahls mehrerer Hunderttausend Dollar vom FBI gesucht wurde. Sie meldete sich bei der Polizei, die dem Typen eine unangenehme Überraschung bescherte, als sie zum verabredeten Zeitpunkt an ihrer Stelle erschien!

Es gibt bis heute keine allgemein anerkannte Etikette in Bezug aufs Googeln. Googelst du ihn und tust dann so, als wüsstest du noch nicht, dass er an einer gesponserten Besteigung des Kilimandscharo teilgenommen hat? Oder gibst du es zu und riskierst damit, etwas unheimlich und stalkerartig rüberzukommen? Eine amerikanische Umfrage ergab, dass 43 Prozent der Befragten zugaben, ihre Verabredungen vorher zu googeln. Ob ihr es tut, bleibt also eure Privatsache.

Die Fallstricke sozialer Netzwerke

Was könnt ihr auf Seiten wie Facebook über einen Jungen erfahren? Wenn ihr ihm noch nie begegnet seid, lautet die Antwort: Nichts.

Wenn man einen Menschen nur über soziale Netzwerke kennt, bleibt er mehr oder weniger ein Fremder. Die Informationen auf der eigenen Seite verraten eigentlich nichts über ihn. Das sind einfach nur Bilder und Wörter. Sie müssen keinerlei Bezug zu der Person haben, die sie veröffentlicht. Traurigerweise wurden schon Mädchen von Sexualstraftätern ermordet, die sich gefälschte Profile auf den Seiten sozialer Netzwerke zugelegt hatten. Deshalb sollte für euch jeder Mann, der euch eine Nachricht oder Freundschaftsanfrage schickt, so lange ein Fremder sein, bis ihr ihn persönlich kennengelernt habt. Selbst wenn es sich um den Freund eines Freundes handelt, könnt ihr nicht wissen, mit wem ihr es da zu tun habt. Eure Freunde auf Facebook könnten ihn schließlich auch als Freund akzeptiert haben, ohne ihn selbst zu kennen.

Ein Junge, dessen Bekanntschaft ihr auf einer Internetplattform macht, bedeutet weit mehr Ungewissheit als jemand, den ihr im echten Leben zufällig trefft. Selbst wenn es sich um eine völlig fremde Person handelt, könnt ihr doch zumindest das Alter grob einschätzen und wisst, wie derjenige aussieht.

Zur Sicherheit sollten sich Minderjährige nie mit jemand verabreden, den sie nur übers Internet kennen. Seid ihr über achtzehn, dann trefft euch zumindest nur an stark frequentierten öffentlichen Orten, am besten noch in Begleitung von jemand (oder sagt wenigstens einer Freundin, wo ihr hinwollt).

Diesen Gefahren zum Trotz gaben jüngst bei einer Umfrage 45 Prozent an, Facebook und ähnliche Seiten seien eine gute Möglichkeit, einen potenziellen Partner kennenzulernen, und hielten das für weniger anrüchig als den Besuch von Dating-Websites. Im Rahmen derselben Studie gab außerdem jeder Vierte zu, sich schon mal mit jemand verabredet zu haben, den er oder sie innerhalb eines sozialen Netzwerks kennengelernt hatte.

Sind die Seiten sozialer Netzwerke nun eine gute Möglichkeit, Jungs kennenzulernen? Es gibt immer wieder Anekdoten von Leuten, die so ihren Partner fürs Leben gefunden haben, aber für eine umfassende Einschätzung ist es noch zu früh.

Eine weitere Falle dieser Webseiten ist die vermeintliche Nähe, die dabei rasch entsteht. Aufgrund der Informationen, die man dort über sich selbst preisgibt, wissen andere so einiges; dadurch entsteht der Anschein enger Freundschaft.

Beispielsweise kann man etwas über die Religionszugehörigkeit lesen, über die man jemand im richtigen Leben erst erzählen würde, nachdem man sich besser kennt. Mit einer vermeintlich persönlichen Information – »Du engagierst dich ja ziemlich für die Umwelt« – spricht euch vielleicht ein Typ an. Das kommt euch vor, als würdet ihr auf einer Party eine Unterhaltung mit dem Freund eines Freundes beginnen.

Und weil man sich nicht von Angesicht zu Angesicht gegenübersteht, neigt man auch eher dazu, sich zu öffnen. Vor dem eigenen Computer, kilometerweit voneinander entfernt, erscheint es uns wenig riskant, unser Innerstes zu offenbaren. Bei Begegnungen im richtigen Leben müsste man die Konsequenzen von zu viel Offenheit sofort gewärtigen – Zurückweisung oder Peinlichkeit in aller Öffentlichkeit. Online-Aktivitäten sind etwas ganz anderes, weil man die Unterhaltung jederzeit problemlos beenden kann.

Was lässt sich aus Seiten wie Facebook oder den Profilen bei Dating-Portalen herauslesen?

Selbst wenn alles, was er über sich schreibt, stimmt, bekommt ihr doch nur einen sehr eingeschränkten Teil seiner Persönlichkeit zu sehen. Sozusagen eine extrem stark bearbeitete Version des Charakters.

Das Problem ist, dass unser Gehirn sehr gut darin ist, »die Leerstellen zu füllen« und das Bild, das wir uns machen wollen, zu vervollständigen.

Nehmen wir als Beispiel mal folgendes Profil:

Basisinfos:

männlich, blaue Augen, dunkle Haare, Sternzeichen Stier, Nichtraucher. Ich bin zwar kein Vegetarier, versuche aber, nicht zu viel Fleisch zu essen – vegetarische Ernährung ist vermutlich die gesündeste.

Vita:

Das Schulsystem und ich, wir hatten es nicht leicht miteinander – in der Schule war ich ein wenig rebellisch und ging früh ab. Ich liebe Kunst und hätte gern meinen Lebensunterhalt damit bestritten, doch das funktionierte nicht. Ich habe auch überlegt, es als Architekt zu versuchen, entschied mich dann jedoch für die Politik. Ich engagiere mich im Tierschutz und für die Umwelt. Meiner Ansicht nach müssten mehr Bäume gepflanzt werden, und im Tierschutz sollte es auch Reformen geben.

Mein Charakter:

Ich würde mich als sehr ehrgeizig beschreiben. Was ich tue, tue ich mit Leidenschaft. Ich kämpfe für meine Überzeugung.

Interessen/Hobbies:

Zur Entspannung gehe ich am liebsten mit meinem Hund Blondi spazieren. Ich liebe alte Filme, unter anderem die von Charlie Chaplin. Wenn die Arbeit es erlaubt, ziehe ich mich in mein Ferienhaus in den Bergen zurück.

Und, wie klingt das? Was für ein Bild habt ihr euch von diesem Typen gemacht? Würdet ihr gern sein Foto sehen? Alles in diesem Profil ist wahr. Und die darin beschriebene Person ist Adolf Hitler.

Wenn ihr nur vage Informationen über einen Mann habt, zum Beispiel das, was in einem Dating-Portal steht, dann füllt eure Phantasie die Lücken und lässt in eurem Kopf ein Bild entstehen. Daraufhin kann es passieren, dass ihr euch in dieses Bild, nicht in den echten Menschen, verliebt. Im Rahmen einer Umfrage gaben 11 Prozent der Online-Suchenden an, sich in ihren Partner verliebt zu haben, bevor sie ihn das erste Mal zu Gesicht bekamen.

Die Flirtphase scheint kürzer zu sein, wenn ein Paar sich online kennenlernt. Die durchschnittliche Zeit bis zur Hochzeit sind achtzehn Monate, im Unterschied zu den sonst üblichen zweiundvierzig. Liegt das daran, dass man mittels Computertechnik einen besonders passenden Partner gefunden hat? Oder auch daran, dass sich Menschen, die Dating-Webseiten besuchen, in einem Lebensabschnitt befinden, in dem sie bereit sind, sich zu binden? Oder sind Leute schneller bereit, sich für jemand zu entscheiden, nachdem sie die nötigen Informationen über diesen auf ihrem Computer haben? Die Antworten auf diese Fragen kennen wir noch nicht. Und es ist auch zu früh zu beurteilen, ob Beziehungen, die durch Online-Dating gestiftet wurden, tendenziell länger halten also solche, bei denen die Partner sich anderweitig begegnet sind.

Instant Messaging

Einen Jungen über Instant Messaging, z. B. Skype, kennenzulernen, birgt ebenfalls gewisse Risiken.

Man reagiert dabei zwar ziemlich unmittelbar aufeinander, aber man hat den anderen eben nicht live vor sich. Das lässt der Phantasie großen Spielraum. Sätze in eine Tastatur zu tippen, ist etwas anderes, als sich von Angesicht zu Angesicht zu unterhalten. Beim geschriebenen Wort fehlen Stimme, Blickkontakt, Mimik und Körpersprache. Ohne sie kann es passieren, dass ihr euch ein Bild von ihm macht, das nicht viel mit der Realität zu tun hat.

Wenn man Sätze tippt, bleibt einem viel mehr Zeit, sie zu formulieren. Die Worte brauchen länger, um vom Kopf in die Fingerspitzen zu gelangen, es bleibt mehr Zeit zum Nachdenken. In einem echten Gespräch funktioniert das anders. Dabei bekommt ihr viel genauere Hinweise auf den Charakter eines Mannes. Spontane Äußerungen und auch Versprecher geben deutlich mehr Aufschluss über seine Persönlichkeit.

Wie man sich kennenlernt

Euer Kennenlernen wirkt sich auf die Wahrscheinlichkeit für eine ernsthafte, verbindliche Beziehung aus.

Die besten Chancen bestehen, wenn man über Leute zusammenkommt, die man persönlich kennt. Die meisten dauerhaften, liebevollen Beziehungen kommen durch Menschen zustande, die man aus der Schule, über die Arbeit, die Familie, Freunde oder echte soziale Netzwerke (nicht über gleichnamige Webseiten) kennt.

Die Umfrage einer Online-Dating-Agentur ergab, dass sich 38 Prozent der Verheirateten über die Schule oder den Job kennengelernt hatten, 27 Prozent über Freunde, 17 Prozent im Internet, 8 Prozent in Clubs oder Bars und 4 Prozent über ihre Kirchengemeinde.

Die meisten treffen ihre Partner für langfristige Beziehungen also über echte soziale Netzwerke. Beim Ausgehen in Bars oder Clubs entstehen seltener dauerhafte Partnerschaften. Wie bei Bella ist es also am wahrscheinlichsten, dass ihr eurem Edward oder Jacob über die Schule, die Arbeit oder gemeinsame Freunde begegnet.

Der Bier-Blick

Davon, dass man sich jemand schöntrinken kann, hat wohl jeder schon gehört. Und tatsächlich dürfte das Urteil über einen potenziellen Freund positiver ausfallen, wenn unser Gehirn durch Alkohol oder andere Drogen beeinflusst wird. Seid ihr betrunken, könnt ihr einen Jungen genauso wenig richtig einschätzen, wie ihr noch richtig Auto fahren könnt. Wenn ihr in diesem Zustand einen unterhaltsamen Abend miteinander verbringt, heißt das nicht unbedingt, dass ihr für eine Beziehung miteinander geschaffen seid.

Beim Kennenlernen Alkohol zu trinken, kann ebenso unvernünftig sein wie etwas zu trinken und sich danach hinters Steuer zu setzen. Trotzdem ist der Alkoholkonsum mit einem möglichen Freund absolut üblich.

Alkohol und Drogen beeinträchtigen zeitweise unser Gehirn. Man ist dann quasi ein anderer Mensch. Vielleicht findet ihr euer Gegenüber hinreißend, obwohl der Bursche das gar nicht ist. Doch die Entscheidungsfähigkeit, Selbstkontrolle und Wahrnehmung sind eben eingeschränkt. Und wenn er ebenfalls unter Alkoholeinfluss steht, dann bekommt ihr sowieso nicht seine wahre Persönlichkeit zu Gesicht. Er mag euch witzig, gut gelaunt, sorglos und selbstbewusst erscheinen. Dabei kann er nüchtern ganz anders sein.

So, wie man sich einen Typen attraktiv trinken kann, vermag man sich ihn auch geistreich, intelligent, nett und faszinierend zu trinken. Wenn ihr euch in angetrunkenem Zustand verliebt, verliebt ihr euch also möglicherweise in eine Illusion.

In jedem Fall solltet ihr noch mal genauer hinschauen, wenn ihr und euer Schwarm stocknüchtern seid.

Was ihr bei einer ersten Verabredung erfahren könnt und was nicht

Das Erste, was ihr zu sehen bekommt, ist nicht, wie er sich üblicherweise benimmt, sondern wie er glaubt, sich bei einer ersten Verabredung benehmen zu sollen.

Das ist ein bedeutender Unterschied. Weil er den Regeln des normalen Verhaltens in Gesellschaft folgt, wird er sich anstrengen, höflich zu sein und besonnen zu wirken, und nach Gemeinsamkeiten suchen. Das ist auch der Grund dafür, warum Leute nach einer ersten Begegnung oft einen guten Eindruck voneinander haben. Aber nachdem sie einander besser kennen, revidieren sie diese Meinung nicht selten wieder.

Auf schlechtes Benehmen achten

Wenn er schon bei eurer ersten Begegnung die üblichen Regeln des respektvollen Umgangs missachtet, dann nichts wie weg. Wenn er sich rücksichtslos, geizig, launisch, unhöflich, schnippisch oder sonst wie schlecht benimmt, sagt das eine Menge über seinen Charakter aus. Wenn er seine negativen Eigenschaften nicht einmal für die Dauer eurer ersten Verabredung verbergen kann, nehmt das ruhig als böses Omen.

Oft lassen sich Beziehungsprobleme sogar bis zum ersten Kennenlernen zurückverfolgen. Nehmen wir ein einfaches Beispiel: Ein Freund, der schon beim ersten Date zu viel trinkt, ist mit großer Wahrscheinlichkeit jemand, der generell zu viel Alkohol konsumiert. Erstaunlich, wie viele Mädchen vor solchen Hinweisen die Augen verschließen. Aber es gibt natürlich auch weniger auffällige Anzeichen. Da beklagte sich etwa ein Mädchen über die Gedankenlosigkeit und den Egoismus ihres Freundes. Als sie an ihre erste Verabredung zurückdachte, fiel ihr allerdings ein, dass er ohne Entschuldigung zu spät erschienen war, dass sie chinesisch essen gegangen waren, obwohl sie erklärt hatte, diese Küche nicht besonders zu mögen, und dass er sie allein durch die dunkle Gegend hatte nach Hause laufen lassen.

Die positiven Seiten seines Benehmens bei der ersten Verabredung müssen nicht zwingend Teil seines Charakters sein, die negativen sind es höchstwahrscheinlich schon.

Aufmerksam zuhören

Natürlich sollt ihr genau hinhören, was er so erzählt. Ein Gespräch gehört zu den besten Möglichkeiten, einen Jungen kennenzulernen. Er wird wahrscheinlich sein Bestes geben, um euch zu beeindrucken und möglichst viel Positives über sich zu sagen. Einiges davon stimmt vielleicht nicht. Das kann an seinem mangelnden Urteilsvermögen liegen, vielleicht ist es auch Wunschdenken, oder er belügt euch mit voller Absicht.

Seid also wachsam, wenn er sich selbst in den schillerndsten Farben schildert. Diese Äußerungen können, müssen aber nicht der Wahrheit entsprechen. Wenn er sagt: »Ich bin der beste Verkäufer in meinem Team« oder »ich bin ein sehr fürsorglicher Typ«, wartet ihr am besten ab, ob sich diese Behauptungen mit der Realität decken. Das klingt für euch vielleicht zu kritisch oder nach einem Mangel an Vertrauen. Aber ein Junge muss sich euer Vertrauen erst verdienen. Allein aufgrund schöner Worte solltet ihr es nicht verschenken.

Sagt er die Wahrheit?

Es gibt keine todsichere Methode, um herauszufinden, ob jemand lügt.

Manche glauben, es sei ein Anzeichen für eine Lüge, wenn einem jemand nicht in die Augen schauen kann. Doch manche Lügner nutzen genau dieses Klischee aus und schauen ihrem Gegenüber bewusst in die Augen. Der Psychologe Paul Ekman, ein Spezialist auf diesem Gebiet, hat folgende Merkmale für Täuschungsabsichten ermittelt:

Mikro-Mimik: Wenn jemand die Unwahrheit über seine Gefühle sagt, huscht für einen Sekundenbruchteil eben der Gesichtsausdruck, den er verheimlichen will, über sein Antlitz. Beispielsweise zucken, nachdem er behauptet hat, über seine Ex längst hinweg zu sein, seine Mundwinkel nach unten.

Widerspruch: Lügner brauchen ein gutes Gedächtnis. Auch ehrliche Menschen widersprechen sich hin und wieder selbst, einem Lügner passiert das aber mit viel größerer Wahrscheinlichkeit.

Keine Gesten: Wer die Wahrheit spricht, benutzt meist auch seine Hände, um das Gesagte zu unterstreichen. Beim Lügen sind solche Gebärden eher verhalten oder fehlen ganz.

Distanzierte Sprache: Wenn er über etwas redet, spricht er es nicht direkt an, sondern versucht, sprachlich eine gewisse Distanz herzustellen. Statt zu sagen: »Ich habe nicht versucht, deine beste Freundin zu küssen«, umschreibt er das Ganze lieber so: »Ich habe nichts dergleichen gemacht.«

Gespielte Mimik: Empfindet jemand ein bestimmtes Gefühl ehrlich, ist der damit verbundene Gesichtsausdruck nur ganz kurz zu sehen. Echtes Erstaunen dauert beispielsweise keine

Sekunde lang. Fragt ihr also euren Freund, ob er euch betrogen hat, und behält er die überraschte Miene länger als eine Sekunde bei, dann ist sie vermutlich nur »aufgesetzt«. Eure Frage scheint ihn nicht wirklich zu erstaunen. Und ihr solltet euch fragen, warum.

Die hier aufgezählten Anzeichen sind nicht komplett wasserdicht. Es sind nur Hinweise darauf, dass jemand möglicherweise die Unwahrheit sagt. Und natürlich gibt es auch geübte Lügner, die selbst Experten hinters Licht führen können.

Die einzige wirklich zuverlässige Methode, um herauszufinden, ob jemand ehrlich ist, sind harte Fakten.

Wenn er etwas Negatives über sich selbst sagt …

Dann heißt es aufgepasst und die Ohren gespitzt! Höchstwahrscheinlich entspricht das der Wahrheit.

Bei einem Mann bedeutet es schon viel, wenn er sich dazu überwindet, euch etwas Schlechtes über sich selbst anzuvertrauen. Jungs tun das nicht leichtfertig, insbesondere dann nicht, wenn sie ein Mädchen eigentlich beeindrucken wollen. Sagt er also trotzdem etwas Negatives über sich, gibt es wohl einen guten Grund dafür. Offenbar versucht er so, euch etwas Wichtiges über sich selbst mitzuteilen.

Nehmen wir als Beispiel einen Jungen, den du gerade kennengelernt hast und der dir gesteht, er sei eher unzuverlässig, cholerisch, trinke zu viel, sei egozentrisch und ein Herzensbrecher. – Bitte, glaub ihm.

Viel zu oft ignorieren Mädchen solche eindeutigen Botschaften. Wenn das Mädchen ihn am Ende einer unglücklichen Beziehung unter Tränen verlässt, weil er zu egoistisch/jähzornig/bindungsunfähig ist, kann es passieren, dass der Junge erstaunt erwidert, er habe ihr aber doch gesagt, dass er egoistisch/jähzornig/bindungsunfähig sei.

Manchmal ist es geradezu pervers, wie viel Aufmerksamkeit Mädchen den positiven Dingen schenken, die ein Mann über sich erzählt (und die stimmen mögen oder auch nicht), während sie alles Negative (das höchstwahrscheinlich stimmt) komplett ausblenden.

Woran liegt das?

Vielleicht daran, dass sie davon ausgehen, ein Mann würde wie eine Frau ticken. Frauen sind in der Regel ziemlich selbstkritisch. Im Gespräch setzen sie sich häufig selbst herab. So könntet ihr beispielsweise zu einer Freundin sagen: »Ich finde, in diesem Kleid sehe ich schrecklich aus. Es macht mich total fett.« Und wahrscheinlich erwidert diese: »Aber nein, du siehst toll aus, die Farbe steht dir so gut.« Sie tröstet dich also, und das ist eine Möglichkeit, eure Beziehung zu stärken. Wir Frauen kritisieren uns selbst und bauen andere auf. So kommunizieren wir häufig untereinander. Man kann davon ausgehen, dass eine Freundin, die etwas Negatives über sich selbst äußert, wahrscheinlich hyperkritisch mit sich ist und von euch Widerspruch und Beschwichtigung erwartet.

Der Fehler ist, von Männern das Gleiche zu erwarten. Aber diese wurden nicht dazu erzogen, sich selbst herabzusetzen. Eher im Gegenteil: Männern wird von klein auf beigebracht, sich aufzuplustern, zu zeigen, wie toll sie sind, und jede Schwäche zu kaschieren. Sagt ein Mann etwas Negatives über sich selbst, ist das folglich nicht übertrieben selbstkritisch. Er äußert das vielmehr, weil es stimmt. Auf diese Weise will er klarstellen, was ihr von ihm erwarten könnt.

In den ersten Wochen mehr herausfinden

Nach einer gelungenen ersten Verabredung solltet ihr in eurer Aufmerksamkeit noch nicht nachlassen. Lasst nicht ungenutzt, was sich euch an weiteren Informationen über die mögliche neue Liebe bietet.

Was halten Familie und Freunde von ihm?

Vielleicht denkt ihr jetzt: Ich bilde mir aber lieber selbst eine Meinung über jemand! Das ist zwar eine natürliche Reaktion, aber eventuell überschätzt ihr damit euer Urteilsvermögen.

Wissenschaftliche Untersuchungen haben ergeben, dass eine Antwort umso genauer ausfällt, je mehr Menschen sich darüber den Kopf zerbrechen. Man spricht hier von der »Intelligenz der Masse«. Aus diesem Grund ist beispielsweise in einer Quizsendung wie »Wer wird Millionär?« der Publikumsjoker fast immer verlässlicher als der Telefonjoker, der den Anruf bei einer einzigen Person erlaubt. Das Urteil eines Einzelnen fällt mit höherer Wahrscheinlichkeit falsch aus als die kollektive Einschätzung einer ganzen Gruppe von Menschen.

In den ersten Wochen mit einem neuen Freund stellt ihr ihn vermutlich eurer besten Freundin, eurer Schwester oder anderen Familienmitgliedern vor oder trefft euch im Freundeskreis. Da ist es eine gute Idee, die eigenen Freunde und Familienangehörigen zu fragen, ob sie hinsichtlich seiner Person irgendwelche Zweifel haben oder Grund zur Sorge sehen. Fragt danach, was ihnen an eurer Neuerwerbung gefällt und was nicht. Und versucht, andere Ansichten nicht abzutun, sondern denkt gründlich darüber nach.

Wenn mehrere Leute sich negativ über euren neuen Partner äußern, könnte an dieser Kritik wohl etwas dran sein. Sich andere Meinungen anzuhören, ist nie verkehrt. Danach bildet ihr euch ja ohnehin eine eigene Meinung.

Wie lange braucht man, um zu wissen, er ist »der Richtige«

Professor Ted Huston von der University of Texas fand heraus, dass Paare, die nach einer kurzen, turbulenten Kennenlernphase von weniger als einem Jahr bereits heiraten, während sie sich noch in einem romantischen Rausch befinden, mit geringerer Wahrscheinlichkeit zusammenbleiben. Die Betroffenen erlebten zwar intensive Leidenschaft, doch sie hatten idealisierte Vorstellungen voneinander und verloren diese Illusionen nach und nach im Verlauf ihrer Ehe. Gemäß Professor Huston ist die Basis langfristig haltbarer Beziehungen weniger die heiße Leidenschaft, sondern eher eine kühlere, aber länger anhaltende Wärme und ein realistisches Bild voneinander. Wenn Paare schon nach kurzer Zeit heiraten, kann das seiner Ansicht nach auch funktionieren, sofern die Beziehung eine solide Basis hat und beide richtig einschätzen, dass sie zusammenpassen.

Als haltbarste Ehen erwiesen sich jedoch die, die nach durchschnittlich zwei Jahren und vier Monaten geschlossen wurden.

Laut Huston kann die Zeit vor der Hochzeit übrigens auch zu lang sein. Paare, die mehr als vier Jahre verstreichen ließen, galten ebenfalls als stark trennungsgefährdet. Seiner Ansicht nach zögerten diese aus gutem Grund so lange: Sie waren nicht von ihrer Beziehung überzeugt, und diese Einschätzung stellte sich letztlich als richtig heraus.

Hör auf dein Gefühl

Der Psychologe Richard Wiseman untersuchte die Unterschiede zwischen glücklich und unglücklich verliebten Frauen.

In seinem Buch »So machen Sie Ihr Glück. Wie Sie mit einfachen Strategien zum Glückspilz werden« erläutert er seine Erkenntnisse. Der wichtigste Unterschied besteht darin, dass glücklich verliebte Mädchen auf ihr eigenes Gefühl hören. Wenn eine innere Stimme ihnen sagt, mit einem Mann stimme etwas nicht, beenden sie die Beziehung. Die Unglücklichen ignorieren dagegen ihre innere Stimme und halten an Männern fest, die offenbar nicht zu ihnen passen. Professor Wiseman ist davon überzeugt, dass die innere Stimme oder das Bauchgefühl oft mehr wahrnimmt als unser Verstand. Solltet ihr also bei jemand ein komisches Gefühl haben, ohne genau sagen zu können, warum, dann ignoriert diesen Eindruck nicht.

Intuition ist eine wichtige Sache. Im nächsten Kapitel könnt ihr sie sogar noch verbessern.

15

Wie du mehr über deinen Freund erfährst

Mädchen, die in der Liebe ein glückliches Händchen haben, erkennen schon früh, wenn jemand definitiv nicht ihr Edward oder Jacob ist. Sie haben eine gute Intuition, wenn es darum geht, Warnsignale zu entschlüsseln, die darauf hindeuten, dass ein Typ wahrscheinlich kaum ein Mädchen je glücklich machen wird.

Es gibt einige Anzeichen, die für euch »Finger weg!« bedeuten sollten. Mit Sirenengeheul und roten Warnleuchten. Ein Ja auf nur eine der folgenden Fragen bedeutet, dass ihr mit ihm euer Glück, wenn nicht sogar eure körperliche Unversehrtheit aufs Spiel setzt.

- Gibt es bei ihm Hinweise auf Alkoholmissbrauch, Spielsucht oder Drogenabhängigkeit?
- War oder ist er kriminell?
- Ist er schon einmal gewalttätig gewesen?
- Rastet er manchmal aus?
- Hat er eine seiner Exfreundinnen je geschlagen?
- Hat er jemals Tiere oder Kinder misshandelt?
- Hat er Kinder, um die er sich nicht kümmert und/oder für die er keinen Unterhalt zahlt?

* Gibt es Hinweise auf anderes unsoziales Verhalten oder Gleichgültigkeit gegenüber dem Leid anderer Menschen?
* Lehnt er trotz massiver seelischer Probleme professionelle Hilfe ab?

Die aufgelisteten Probleme erscheinen euch vielleicht zu offensichtlich, doch eine große Zahl Frauen vernachlässigt genau solche besorgniserregenden Tatsachen bei ihren Partnern. Und warum? Ein Grund ist, dass die Betroffenen sich die Geschichten anhören, die hinter so einem Verhalten stehen. Die sind oft herzzerreißend und -erweichend. Man fühlt sich vielleicht sogar geschmeichelt, von ihm in so intime Erlebnisse eingeweiht zu werden.

Aber Menschen, die inakzeptable Dinge tun, haben üblicherweise einen Grund dafür. Hört man sich ihre Erklärung an, erzeugt das Mitgefühl. Nicht umsonst lautet ein Sprichwort: Verstehen bedeutet vergeben. Und das stimmt. In »Twilight« ist ja auch Bella voll des Mitleids, als Edward ihr sein schier unkontrollierbares Verlangen nach ihrem Blut und sein Ankämpfen dagegen gesteht. Selbst als er sagt, er würde sie am liebsten töten, reagiert sie von ihrem eigenen Impuls überwältigt mit Empathie.

Sollte euer Partner Anzeichen für eines der genannten Probleme erkennen lassen, tut ihr gut daran, gar nicht so lange in seiner Nähe zu bleiben, um sich seine Erklärung dafür anzuhören. Es geht nicht darum, ob ihr ihn versteht oder was für eine Geschichte dahintersteckt. Ihr braucht sein inakzeptables Verhalten nur danach zu bewerten, was es ist, und dann seht zu, dass ihr von ihm wegkommt. Die Wahrscheinlichkeit, dass so ein Mann euch glücklich macht, ist denkbar gering.

Vielleicht fragt ihr euch: »Ist das nicht ein wenig voreingenommen?« Ja, genau! Und eben das sollt ihr sein, wenn ihr euren Freund aussucht. Schließlich handelt es sich um eine der wahrscheinlich wichtigsten Entscheidungen eures Lebens in Bezug auf euer künftiges Glück, Wohlbefinden und sogar eure Sicherheit. Wo, wenn nicht in diesem Punkt, darf man voreingenommen sein?

Was für ein Frauenbild hat er?

Ein Mann kann in vielerlei Hinsicht attraktiv sein – aber wenn er Frauen nicht besonders mag, ist eigentlich Hopfen und Malz verloren. Ein Mann kann schließlich nicht lieben, was er noch nicht einmal mag. Hinweise auf eine negative Einstellung gegenüber Frauen sind verächtliche Bemerkungen, Verunglimpfungen und eine herabsetzende Sprache mit Ausdrücken wie »Schlampe«. Es ist nützlich, darauf zu achten, was er über andere Mädchen sagt. Spricht er beispielsweise immer über Äußerlichkeiten und scheint Frauen für Spielzeuge oder Objekte zu halten?

Will er nur das eine?

Euer echter Edward oder Jacob ist in der Lage und willens einem Mädchen treu zu sein.

Wie ihr sicher schon wisst, sind manche Männer an monogamen Beziehungen nicht interessiert. Sie gelten als Weiberhelden oder Aufreißer. Sie wollen nichts als unverbindlichen Sex, und wenn ein Mädchen sie langweilt, wechseln sie zum nächsten. Manchmal verlieren sie das Interesse schon nach einer Nacht, manchmal bleiben sie ein paar Wochen bei derselben. Wenn diese Typen eine Beziehung eingehen, sind sie wahrscheinlich untreu. Wenn man sich in einen Womanizer verliebt, ist Liebeskummer fast unvermeidlich. Also enttarnt man solche Jungs am besten, bevor zu viel Gefühl im Spiel ist.

Anzeichen für den typischen Aufreißer:

* Er hat den Ruf eines Weiberhelden (oder sein bisheriges Verhalten spricht dafür).
* Er macht dir übertrieben viele Komplimente über dein Aussehen und deine Kleidung.
* Er scheint fasziniert von dir und ist sehr charmant.
* Er sucht emotional aufgeladene Gespräche und ermutigt dich, ganz offen zu sein und über deine Gefühle zu sprechen. Auf diese Weise erzeugt er frühzeitig eine intime Atmosphäre – denn du sollst so früh wie möglich einen Sexualpartner in ihm sehen.
* Nach nur einer oder zwei Verabredungen behauptet er bereits, sich in dich verliebt zu haben. Das geht bei Männern zwar tatsächlich meist schneller als bei Frauen, aber das ist zu schnell.
* Er sucht als Erster Kontakt (das kann auch über die Seiten sozialer Netzwerke laufen), ohne dass du verbal oder nonverbal Interesse signalisiert hättest. Das ist Dating nach der Spam-Mail-Methode. Er probiert es bei ganz vielen Mädchen, und früher oder später beißt eins davon an.
* Wenn du dich zurückziehst, nachdem er zu vertraulich geworden ist, reagiert er ziemlich kühl.

* Er will nicht mit dir ausgehen, aber dich unbedingt in seine vier Wände – sprich: ins Bett – kriegen.

Eine Möglichkeit, um herauszufinden, ob ein Mann wirklich nur das eine will, besteht darin, ihn lange hinzuhalten. Wer nur an einer kurzen Affäre interessiert war, verliert dann wahrscheinlich bald die Lust.

Bella wusste durch Edwards Ruf bereits, dass er kein Aufreißertyp war – Jessica hatte ihr erzählt, dass er kaum je ein Mädchen aus der Schule auch nur angesehen hatte. Jacob war genauso wenig an jemand anderem interessiert, bis er auf Renesmee geprägt wurde. Dies ist übrigens ein weiterer Grund dafür, warum wir die »Twilight«-Helden so lieben – sie sind durch und durch treu. Und das kann man beileibe nicht von allen echten Männern behaupten!

Schöne Worte, nichts dahinter?

Das wahre Wesen eines Menschen erkennt man eher an seinem Tun als an seinen Worten. Dahingesagt ist leicht etwas. Doch das Verhalten eines Mannes verrät euch mehr über seinen Charakter, also achtet genauer darauf als auf das, was einer von sich gibt.

Nehmen wir beispielsweise an, ihr treibt viel Sport und ernährt euch gesund. Das bekommt er mit und reagiert sofort mit der Behauptung, körperliche Fitness sei ihm total wichtig. Aber wenn er trotzdem dauernd in irgendwelchen Kneipen herumhängt und sich kaum bewegt, wisst ihr, wie viel davon zu halten ist.

Körpersprache, Stimmlage und Mimik verraten oft mehr

als das gesprochene Wort. Runzelt er die Stirn und wirkt sein Körper verspannt, dann ist er wahrscheinlich wütend, auch wenn er euch das Gegenteil versichert. Die nonverbalen Signale sind verlässlicher als jede verbale Äußerung.

Versucht am besten, gewisse Verhaltensmuster zu erkennen, die sich in verschiedenen Situationen wiederholen. Wenn euch das gelingt, wisst ihr schon einiges über sein Wesen und könnt künftige Reaktionen besser vorhersehen.

Was ist das Wichtigste an einem Mann?

Im Rest dieses Kapitels wird von einer Reihe wichtiger Aspekte die Rede sein, auf die ihr achten solltet, wenn ihr ernsthaft auf der Suche nach einem Freund seid. Hier kann natürlich nicht alles erwähnt werden, das für euch vielleicht bedeutend ist. Also denkt euch eure Kriterien – aufgrund von Selbsterkenntnis und eigenen Bedürfnissen – einfach noch dazu. Diese Aufzählung soll euch einfach helfen, euren Freund im Laufe der Zeit besser zu verstehen. Sie ist aber nicht als eine Art Einkaufsliste von Eigenschaften zu verstehen, die er aufweisen muss.

Ich möchte auch verhindern, dass ihr ihn regelrecht analysiert, bewertet oder anhand der Fragen interviewt. Lernt ihn ganz natürlich im Verlauf normaler Gespräche besser kennen.

Die Grundzüge seiner Persönlichkeit

Seine negativen Gefühle: Wie anfällig ist er für schlechte Laune? Wie oft und wie sehr ist er genervt, verstimmt oder gereizt? Wie oft und wie gut kann er sich selbst beruhigen und entspannen?

Seine Fähigkeit, mit anderen auszukommen: Wie gut harmoniert und kooperiert er mit anderen Leuten?

Introvertiertheit: Ist er eher extra- oder introvertiert oder in etwa dazwischen?

Sein Intellekt: Ist er eher praktisch veranlagt oder mag er abstrakte Ideen?

Sein Pflichtbewusstsein: Ist er ordentlich, gut organisiert und sehr pflichtbewusst – oder schlampig, lässig und eher spontan?

Integrität: Wie oft tut er das, was er angekündigt hat, auch? Wie sehr kann man sich auf ihn verlassen? Hat er ein ausgeprägtes Gespür für richtig und falsch? Ist sein moralisches Empfinden so schwach, dass daraus für dich ein Problem entstehen könnte oder ist er durch und durch korrekt und aufrichtig?

Sein Selbstwertgefühl: Macht er sich selber schlecht, ist er grundsätzlich selbstbewusst oder sogar schon ein bisschen arrogant?

Seine Flexibilität: Wie reagiert er, wenn Pläne über den Haufen geworfen werden oder sich jemand seinen Vorstellungen widersetzt?

Zufriedenheit mit seinem Leben: Ist er zufrieden mit seinem Leben oder hat er einen Komplex und meint, die Welt schulde ihm eigentlich mehr?

Die Gefühle, die ihn am stärksten bewegen

Um ihn besser zu verstehen, kann es helfen, die Emotionen zu kennen, die ihn am stärksten umtreiben.

Seine positiven Gefühle:

1) Was beschert ihm größtes Glück? Das können ganz andere Dinge sein als diejenigen, die dich glücklich machen.
2) Worauf ist er stolz? Finde heraus, was ihn besonders stolz macht und wie sehr das sein Verhalten bestimmt.
3) Worüber amüsiert er sich am meisten, und was verschafft ihm das größte körperliche Vergnügen?
4) Was macht ihn zufrieden? Was stellt er sich unter Entspannung und einem Leben in Zufriedenheit vor?
5) Was verschafft ihm die größte Befriedigung? Die Aktivitäten oder Interessen, die ihn zufrieden machen, sollte man kennen, um zu wissen, wie er tickt.
6) Was empfindet er als aufregend? Und wie viel Aufregung schätzt er? Vielleicht sucht er danach, oder bevorzugt er ein ruhiges Dasein? Auch die Dinge, die er aufregend findet, verraten euch etwas über ihn.

Seine negativen Gefühle:

Zu seinem Charakter gehören auch negative Eigenschaften. Diese zu kennen, macht es leichter, ihn zu verstehen.

1) Verachtung: Auf wen blickt er herab, und warum? Zu wissen, wen oder was er verachtet, verrät etwas über seine Einstellung gegenüber anderen Menschen. Vorsicht ist geboten, wenn er Mädchen generell zu verachten scheint!
2) Wut: Was macht ihn wütend? Die Menge und Art der Auslöser für Zorn sind entscheidend, wenn ihr erwägt, seine Freundin zu werden.
3) Traurigkeit: Was stimmt ihn traurig? Die meisten Menschen sind traurig, wenn sie jemand oder etwas verlie-

ren. Wie oft euer Freund traurig ist und was für eine Form von Trauer er empfindet, macht einen wichtigen Teil seines Charakters aus.

4) Furcht: Wovor fürchtet er sich? Männer betrachten sich typischerweise gern als mutig, dabei leben sie mit genauso vielen Ängsten wie wir Frauen. Beispielsweise fürchten sie sich vor Versagen, Demütigung, Gesichtsverlust oder dem Eindruck von Schwäche.
5) Schuld: Was verursacht ihm Schuldgefühle? Diese können zu stark oder zu schwach ausgeprägt sein.
6) Scham/Verlegenheit: Wofür geniert er sich? Sehr wahrscheinlich verbirgt ein Mann diese Gefühle vor euch. Zumindest in der Anfangszeit. Doch sie sind ein guter Hinweis auf sein Selbstbild und die Bereiche, in denen er empfindlich ist.

Weitere Überlegungen

Bildung: Was für ein Bildungsniveau und welche Ambitionen hat er? Wie wichtig ist Bildung für ihn?

Arbeit: Man kann vom Job eines Mannes nicht unbedingt auf seinen Charakter schließen. Nicht jede Krankenschwester ist fürsorglich, nicht jeder Arzt klug. Es gibt auch ruppige Schwestern und beschränkte Mediziner. Doch nachdem euer Partner wahrscheinlich den größten Teil seiner Zeit bei der Arbeit verbringt, macht sie auch einen wichtigen Bereich seines Lebens aus. Und was sagt die Wahl des Arbeitsplatzes über ihn aus?

Politik: Interessiert er sich überhaupt für Politik? Ist er konservativ oder liberal? Denkt er grün oder anarchistisch?

Spiritualität: Welche Rolle spielt Religion in seinem Leben? Welcher Konfession gehört er an? Woran glaubt er?

Seine Freizeit: Welche Zeitungen, Internetportale, Filme, Bücher, Musikstile gefallen ihm? Welche Hobbys und Sportarten interessieren ihn?

Gesellschaftliche Herkunft: Aus welcher Schicht kommt er, und wie wirkt sich das auf sein Selbstverständnis aus?

Sein soziales Umfeld: Mit wem er seine Freizeit verbringt, kann euch etwas über seine Persönlichkeit verraten. Anzahl und Intensität seiner Freundschaften geben Auskunft darüber, wie gesellig er ist. Und auch die Freunde selbst spiegeln etwas von seinem Charakter wider. Sind sie liebens- und vertrauenswürdig, dann spricht viel dafür, dass er genauso ist.

Seine Passionen: Er mag sich für vieles begeistern, aber ein paar Dinge gehen ihm vielleicht über alles. Wofür engagiert er sich besonders, worüber spricht er am liebsten?

Seine Gesundheit/sein Lebensstil: Wir wenden zwangsläufig eine Menge Zeit für unsere körperlichen Bedürfnisse auf. Wie sieht seine Einstellung zu Themen wie Sport, Ernährung, Rauchen, Alkohol und Drogen aus?

Sein Aktivitäts-/Energieniveau: Wie aktiv ist er?

Seine Einstellung zum Geld: Wie viel verdient er und wie ist es um seine künftigen Verdienstmöglichkeiten bestellt? Kann er mit Geld umgehen oder rinnt es ihm durch die Finger? Wie wichtig ist ihm Geld? Was hat er für finanzielle Pläne?

Seine Lebensziele

Um jemand besser zu verstehen, ist es gut zu wissen, was er sich vorgenommen hat. Seine Ziele geben euch Auskunft über seine Wertvorstellungen und das, was ihn antreibt.

Wen er bewundert, für ein Vorbild hält oder zumindest sehr schätzt, das gibt Aufschluss über seine eigenen Werte und über das, was er erreichen will. Wenn er keine anderen Ziele hat, außer sich zu amüsieren, dann ist das natürlich auch sehr vielsagend.

Was auch noch wichtig ist:

Sein Sinn für Humor: Humor ist ein wichtiger Faktor, der verbindet. Wenn ihr miteinander lachen könnt, genießt ihr nicht nur euer Zusammensein, sondern könnt auch harte Zeiten leichter überwinden. Allen Schwierigkeiten zum Trotz hatte Bella auch immer mal wieder Spaß mit Edward und Jacob. Das stärkte ihre Beziehungen und half ihnen, Probleme gemeinsam zu bewältigen.

Wie er in schwierigen Phasen zurechtkommt: Wenn ein Junge langfristig euer Freund sein soll, werdet ihr gemeinsam nicht nur rosige Zeiten erleben. Wie jemand damit umgeht, sagt viel über dessen Persönlichkeit aus. Wenn ihr Gelegenheit habt zu sehen, wie er sich in einem schwierigen Moment verhält, dann ist das eine phantastische Chance, ihn besser kennenzulernen. Läuft bei ihm alles bestens, funktioniert das nicht. Trotzdem würde ich sein Auto nicht heimlich abschleppen und in die Schrottpresse bringen lassen, nur um zu sehen, wie er auf Stress reagiert. Manche Männer sind zuckersüß und die reinste Wonne, solange alles nach ihrem Kopf geht. Doch sie verwandeln sich in Monster, beschuldigen andere und machen ihrer Umgebung das Leben zur Hölle, sobald etwas schiefläuft. Wie reagiert er auf Druck oder Hindernisse? Kommt er mit Niederlagen, Rückschlägen oder Enttäuschungen zurecht? Einer der Gründe, warum wir Edward und Jacob als Helden betrachten, ist, dass sie Probleme mit Entschlossenheit und Mut angehen und dabei immer Bellas Wohl im Blick haben.

Wie viel ist er bereit zu geben – und anzunehmen: Unser Leben ist ein Balanceakt zwischen Geben und Nehmen. Bella ist eine »Gebende«. Für die Menschen, die sie liebt, ist sie bereit, alles zu opfern. Ist euer Liebster ein »Gebender« oder »Nehmender« – oder eine gesunde Mischung?

Seine Klagen über die Ex: Hier solltet ihr besonders genau hinhören. Seine Klagen über die Ex können euch viel über ihn verraten. Manche Mädchen sind nur zu froh, möglichst Negatives über ihre Vorgängerin zu hören – schließlich möchte man selbst am meisten geliebt werden. Vielleicht kommt ihr in Versuchung, seine Äußerungen für Tatsachen zu halten und zu glauben, seine Ex muss eine egoistische Spielverderberin, langweilig, geldgierig, egozentrisch oder was auch immer gewesen sein. Doch so ein Lamento sagt viel mehr über ihn als über sie aus. Ihr kennt vermutlich nur seine Version der Beziehung. Und vielleicht stimmt es sogar, dass sie auf sein Geld aus war – weil er selbst überhaupt nicht mit Geld umgehen kann. Klagen über seine Ex sind aber wahrscheinlich auch eine Möglichkeit für ihn, zum Ausdruck zu bringen, was er von euch erwartet. Statt nur die Beschwerden zu hören, achtet also auch auf die darin enthaltene Botschaft. Versteht sie als Warnung vor den Dingen, die er an Mädchen nicht mag.

Wie er mit anderen Menschen umgeht: In größerer Runde verhält er sich sicher anders, als wenn ihr beide nur unter euch seid. Wahrscheinlich bekommt ihr dann eine andere Seite seines Charakters zu sehen. Achtet darauf, wie er mit euren und seinen Freunden, mit eurer Familie umgeht. Das ist genauso wichtig wie sein Benehmen euch gegenüber. Wirkt er unhöflich, desinteressiert, verächtlich, unangenehm oder aggressiv, zeigt er damit einen Teil seines Wesens. Sein »wahrer Charakter« ist nicht nur der Mensch, den ihr erlebt, wenn er mit euch allein ist.

Wie er sich Schwächeren gegenüber benimmt: Sein Verhalten gegenüber (kleineren) Kindern oder auch Tieren verrät etwas über Mitgefühl und Liebenswürdigkeit – oder eben über das Fehlen dieser Eigenschaften.

Was muss man über einen Mann alles wissen?

Diese Liste ist nicht das A und O, um einen Mann durch und durch zu kennen. Es gibt auch keine unfehlbare Methode, um einen anderen Menschen vollständig zu begreifen – die genannten Punkte sollen eher Denkanstöße für euch sein. Man kann niemand wie nach einem Kochrezept beurteilen. Wichtig ist vor allem, dass ihr euch ernsthaft bemüht, genau darauf zu achten, mit wem ihr es da eigentlich zu tun habt.

Es braucht viel Zeit, um ihn wirklich zu verstehen. Und ihr müsst gar nicht alles über ihn wissen oder zu analytisch vorgehen. Euer Gefühl, nicht euer Verstand wird euch sagen, ob ihr tatsächlich mehr über ihn erfahren wollt. Aber wenn eure Gefühle auf der einigermaßen vernünftigen Vorstellung davon basieren, wer er ist, sollte euch einiges an Liebeskummer und Enttäuschung erspart bleiben. So manchen deutlichen Hinweis auf seine Persönlichkeit bekommt ihr ohnehin schon in den ersten paar Wochen – sofern ihr dafür offen seid. Wenn euch dann immer noch gefällt, was ihr seht, könnt ihr in den kommenden Monaten nach und nach immer mehr erfahren.

Geheimnis Nummer fünf – Zusammenfassung

Wie ihr euren Freund richtig einschätzt:

* Seid aufmerksam für die Warnsignale eines Mannes, der euch nicht glücklich machen wird.
* Seid euch der üblichen Fallen bei der Beurteilung von Jungs bewusst.
* Berücksichtigt alle Informationen, die euch zur Verfügung stehen.
* Hört auf das, was er euch sagt (und registriert, was er verschweigt).
* Versucht, seinen Charakter und seine Gefühle zu verstehen.

Wenn ihr euch selbst gut kennt und eine ziemlich genaue Vorstellung davon habt, wer er ist, ist damit die Basis gelegt. Kommen wir also zum nächsten Schritt – passt ihr überhaupt zueinander?

Geheimnis Nummer sechs

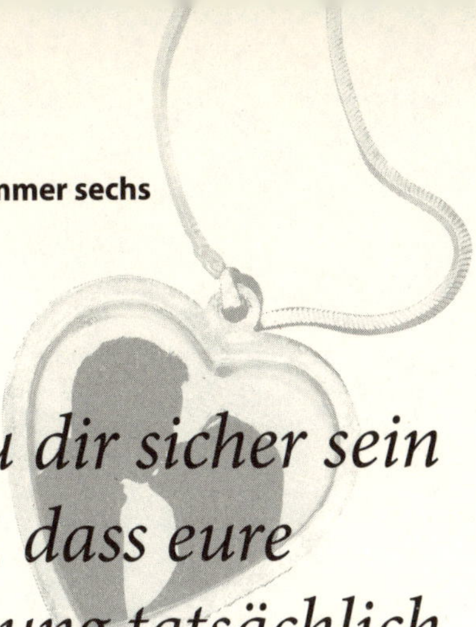

Wie du dir sicher sein kannst, dass eure Beziehung tatsächlich funktioniert

Von Bella und Edward lernen

16

Passt ihr zueinander?

Die erste Zeit

Schon bei ihrer ersten Begegnung sieht Edward Bella mit hasserfülltem Blick an. Er will sie töten. In ihrer Beziehung kontrolliert er sie und sperrt sie ein – zu ihrer eigenen Sicherheit, wie er sagt. Die beiden streiten dauernd. Er bricht ihr das Herz und richtet sie damit fast zugrunde. Sie verletzt sich selbst, nur um im Zuge einer Halluzination seine Stimme zu hören, er unternimmt einen Selbstmordversuch … Im richtigen Leben sieht die große Liebe kein bisschen so aus. Am Anfang ist sie einfach nur wunderbar.

Sofern ihr gut zusammenpasst, sollte die erste Zeit einer Beziehung das reinste Vergnügen sein – und auf keinen Fall harte Arbeit. Ihr zeigt euch jeweils von eurer besten Seite und unternehmt fast alles, um einander zu gefallen. Ihr entdeckt Gemeinsamkeiten, freut euch über Ähnlichkeiten und jegliche Harmonie. Ihr gebt jeder euer Bestes, um den anderen zu bezaubern. Konflikten geht ihr durch Entgegenkommen aus dem Weg.

Das ist quasi eure »Flitterwochen-Phase«. Paare, die eine dauerhafte, positive Partnerschaft erleben, schauen meist auf eine sehr glückliche Anfangszeit zurück. Der Beginn eurer Beziehung, diese aufregenden, sorglosen Tage einer neuen Liebe sollten das Beste sein, was ihr euch vorstellen könnt.

Wenn ihr es dagegen als harte Arbeit oder schmerzlich empfindet, dann ist das schon mal ein schlechtes Zeichen. Und wahrscheinlich wird es kaum besser. Wenn Paare in Schwierigkeiten auf ihre Anfangszeit blicken, sich die Unzufriedenheit bis dorthin zurückverfolgen lässt und sie sich an gute Tage kaum erinnern können, dann gibt es in der Regel auch keine Hoffnung auf Besserung. Denn man kann nur schwer etwas reparieren, das schon von Beginn an nicht funktioniert hat.

Die Flitterwochen-Phase gehört zur Realität der natürlichen Entwicklung einer Liebesbeziehung. Leider ist sie jedoch das genaue Gegenteil dessen, was einem Liebesfilme und Romane präsentieren. In diesen Geschichten geraten die Heldin und der Held erst einmal ordentlich aneinander oder können sich nicht ausstehen oder verschmähen einander. Bis zum Ende der Story hat sich das alles in Wohlgefallen aufgelöst, und die beiden sind glücklich vereint.

In eurem echten Liebesleben solltet ihr euch allerdings schon zu Beginn fragen: Könnt ihr die gemeinsame Zeit wirklich genießen?

Welcher Typ macht mich glücklich?

Im letzten Kapitel ging es darum, den Freund als Person zu verstehen. Aber nun wollen wir uns damit beschäftigen, wonach wir bei einem Partner überhaupt suchen.

Es versteht sich von selbst, dass man den Auserwählten attraktiv finden sollte; außerdem muss es funken oder knistern. Wenn das fehlt, habt ihr vielleicht einen neuen guten Freund gefunden, aber keinen möglichen Partner. Egal, wie gern man jemand mag, wenn man sich rein körperlich nicht zu ihm hingezogen fühlt, wird man mit diesem Menschen aller Wahrscheinlichkeit nach in einer Partnerschaft nicht glücklich.

Die physische Anziehung ist aber nur ein Teil einer Beziehung. Es gilt noch andere wichtige Aspekte zu berücksichtigen, einige davon sind für eine längerfristige, erfolgreiche und liebevolle Partnerschaft praktisch unerlässlich.

Auf diese fünf Punkte solltet ihr achten:

1 Glück und Zufriedenheit

Eure wahre Liebe sollte ein zumindest grundsätzlich glücklicher Mann sein. Untersuchungen ergaben, dass die meisten Männer aus glücklichen Langzeitbeziehungen auch schon als Singles glücklich waren. Anzeichen von Glück und Zufriedenheit sind leicht zu entdecken. Solche Menschen sind enthusiastisch, äußern sich positiv über ihr Leben und über das, was ihnen Spaß macht. Sie lächeln und lachen viel. Solche Zufriedenheit ist übrigens ansteckend. Sodass auch ihr in gute Stimmung geraten solltet. Glückliche Menschen haben in der Regel auch ein ausgeprägtes Selbstvertrauen und dürften kaum ernste Probleme mit ihrem Selbstbild haben.

Natürlich ist auch so ein Mann nicht andauernd fröhlich. Jeder ist mal genervt oder gestresst. Doch als grundsätzlich glücklichen Menschen plagen einen negative Gefühle nicht allzu oft. Man hat wissenschaftlich nachgewiesen, dass Menschen eher mit Partnern glücklich werden, die nicht zu negativen Gefühlen wie Wut, Furcht oder Trauer neigen.

2 Flexibilität

Ein sehr flexibler Freund macht euch mit größerer Wahrscheinlichkeit glücklich. Er kommt damit zurecht, dass ihm jemand widerspricht oder Dinge anders laufen als erwartet. Bei Auseinandersetzungen zwischen euch, wird er sich bemühen, auch deinen Standpunkt zu verstehen. Tagelanges Schmollen oder schreckliche Zornesausbrüche sind ihm fremd, selbst wenn er sich mal nicht durchsetzen kann.

3 Verzeihen können

Wenn er dir deine Fehler verzeihen und zur Tagesordnung zurückkehren kann, wirst du mit ihm bestimmt glücklicher. In einer langfristigen, liebevollen Beziehung ist die Fähigkeit, verzeihen und vergessen zu können, unverzichtbar. Ist er voreingenommen und unerbittlich, wirst du es als seine Freundin nicht leicht haben.

4 Umgänglichkeit

Es gibt Untersuchungen, die belegen, dass umgängliche Menschen ihre Partner eher glücklich machen. Denn dafür zu sorgen, dass es dir gut geht, sich für dich zu interessieren, auf deine Gefühle zu achten, all das sind Vorzüge, von denen du profitieren wirst. Die Tendenz zu Unnahbarkeit, Feindseligkeit, Aggression oder Nörgelei deutet grundsätzlich auf unglückliche Beziehungen hin. Ein guter Partner unterhält auch sonst positive Beziehungen zu anderen Menschen. Grundsätzlich kommt er gut mit anderen aus.

5 *Ein positives Frauenbild*
Ein liebevoller Partner dürfte auch ein positives Frauenbild haben. Er wird Mädchen mögen und gut mit ihnen auskommen.

Ist euch irgendwas an diesen fünf Charakteristika aufgefallen? Der Typ Mann, der euch am ehesten glücklich machen wird, ist glücklich und flexibel, kann verzeihen, kommt gut mit seinen Mitmenschen und auch mit Frauen aus. Mit anderen Worten: Er ist das genaue Gegenteil des klassischen romantischen Helden.

Der Typ, der euch vermutlich unglücklich macht, ist zutiefst unglücklich, unflexibel, kann sich selbst nicht leiden, ist voreingenommen, unnahbar, frauenverachtend, kommt schlecht mit seinen Mitmenschen aus und steht anderen grundsätzlich feindselig oder kritisch gegenüber. Anders gesagt: der typische finstere Held der romantischen Literatur.

Ein finsterer Held wird euch aller Wahrscheinlichkeit nach nicht glücklich machen. Und warum fühlen sich manche Mädchen trotzdem zu unglücklichen, unflexiblen, distanzierten Jungs hingezogen? Ein Grund dafür ist, dass dieses Verhalten für dominante Persönlichkeiten typisch ist.

Wenn ihr das nächste Mal in eine Situation kommt, in der die Leute Teil einer Hierarchie sind, achtet auf denjenigen an der Spitze und vergleicht sein Verhalten mit dem seiner Untergebenen. Sehr wahrscheinlich wird der Big Boss seltener lächeln, distanzierter wirken, weniger auf die Gefühle der anderen eingehen, deutlich kritischer sein und mehr feindselige Körpersprache benutzen, etwa die Stirn runzeln, von oben herabschauen, finster dreinblicken. Im deutschen

Fernsehen gab es mal eine Realityshow mit dem Titel »Big Boss«, in der man das gut beobachten konnte. Oder vielleicht kennt ihr auch die Castingshow »X Factor«.

Frauen fühlen sich zu diesem Typ Mann hingezogen. Und grundsätzlich zu Macht und Einfluss. Das liegt wahrscheinlich in den Genen – denn wenn unsere weiblichen Vorfahren sich mit mächtigen Männern in ihrer sozialen Gemeinschaft zusammentaten, dann erhöhte das die Überlebenschancen ihrer Kinder.

Aber man muss natürlich unterscheiden zwischen dem Mann, der ein dominantes Verhalten an den Tag legt, das durch seinen hohen Status gerechtfertigt ist, und dem Typ, der einfach nur ungehobelt ist und sich nicht zu benehmen weiß.

Isa, deren Geschichte im 10. Kapitel nachzulesen ist, hatte sich zu Kilian hingezogen gefühlt, weil sie ihn für stark hielt. In Wirklichkeit war er nur ein bekümmerter, verunsicherter Kerl. Zunächst kontrollierte, dann schlug und schließlich würgte er sie. Nach dieser traumatischen Erfahrung arbeitete Isa daran, ihre Herangehensweise an Beziehungen zu ändern.

»Ich wusste, dass ich mich zu launenhaften, komplizierten und dominanten Typen hingezogen fühlte. Kilian wirkte düster und grüblerisch, und das faszinierte mich an ihm. Ein anderer Freund, den ich hatte, war genauso finster. Auch er wirkte anziehend auf mich. Mir kommen solche Typen stark und geheimnisvoll vor. Dabei gab es da gar kein Geheimnis. Heute kann ich erkennen, dass diese mürrischen Männer stinknormal sind und nur Probleme haben, mit anderen Menschen auszukommen.«

Das dominante Gebaren ihrer Freunde machte sie nicht glücklich. Also versuchte sie, stärker darauf zu achten, für wen sie sich interessierte. Beim nächsten Mal sprach sie vorher mit ihrer besten Freundin Philippa. Wenn ihr danach klar wurde, dass sie sich wieder zu einem schwierigen Charakter hingezogen fühlte, der eigentlich Hilfe brauchte, wandte sie sich von dem Mann ab. Das war nicht leicht.

Dann tauchte eines Tages ein neuer Kollege namens David in ihrer Firma auf. »Ehrlich gesagt habe ich ihn anfangs kaum beachtet, obwohl mir natürlich aufgefallen war, wie gut er aussah. Er war ein lustiger Typ, den alle sofort mochten, immer einen witzigen Spruch auf den Lippen. Ich redete eigentlich nicht viel mit ihm, bis wir bei einem Projekt zusammenarbeiteten, bei dem es darum ging, Ausstellungsflächen für eine ganz neue Messe zu vermarkten.«

Isa erkannte, dass er ein geradliniger, engagiert arbeitender Mann war, der Spaß am Leben hatte. Es gab keine dramatische, mysteriöse oder mitleiderregende Story im Hintergrund. »Ich merkte, wie ich seine Gesellschaft genoss. Ich fühlte mich einfach wohl mit ihm. David war glücklich und entspannt und geriet nicht mal aus der Ruhe, als ich meine Hälfte des Projekts vergeigte. Ich geriet in Panik und fürchtete, er würde ausrasten, aber er scherzte nur und meinte lachend, ich erinnere ihn an ein erschrockenes Kätzchen auf YouTube. Dann half er mir, die Sache in Ordnung zu bringen.«

Von außen betrachtet war klar, wie viel die beiden gemein hatten – sie waren extrovertiert, gingen gern auf Partys und unter Leute. Sie waren beide keine Intellek-

tuellen, sondern eher praktisch begabt und ziemlich erfolgreich in ihrem Job. Es dauerte jedoch eine Weile, bis Isa sich von ihrem üblichen Muster und der Suche nach grüblerischen, mysteriösen Typen lösen konnte.

»Irgendwann fingen wir an, miteinander auszugehen. Ich werde immer noch nervös, wenn David mich fragt, was ich vorhabe, weil ich mich dann wieder verhört fühle. Aber er fragt so etwas nur aus Interesse. Manchmal versteht er nicht, warum ich so nervös werde, und bis jetzt habe ich es ihm noch nicht erklärt. Er nennt mich sein verrücktes Kätzchen. Und ich glaube, er ist ziemlich glücklich mit mir. Er lächelt viel und ist nur ganz selten nicht gut drauf. Das finde ich schön: zu wissen, da ist immer jemand, der gerne mit dir lacht.«

Seelenverwandter gesucht

Wenn man die wahre Liebe sucht, geht es nicht nur darum, erstens einen Jungen ohne die Eigenschaften zu finden, die einen schlechten Partner ausmachen, und zweitens jemand, bei dem alle Anzeichen dafürsprechen, dass er ein guter Partner sein könnte. Es braucht noch mehr. Wer die ganz große Liebe finden will, der braucht jemand, der absolut kompatibel mit der eigenen Persönlichkeit ist.

Im Großen und Ganzen ergeben wissenschaftliche Untersuchungen, dass die Paare glücklicher miteinander sind, bei denen die Partner sich ähneln. Haltet daher bei eurem Edward oder Jacob im richtigen Leben nach Ähnlichkeiten im familiären Hintergrund, bei Zielen, Interessen und Wertvorstellungen Ausschau. Hollywood mag uns vorgaukeln, die Liebe könne auch Tag und Nacht miteinander verbinden, aber das stimmt in Wahrheit nicht. Zwei Menschen, die einander ähneln, sind glücklicher, und Paare mit vielen Gemeinsamkeiten bleiben auch mit größerer Wahrscheinlichkeit zusammen.

Menschen, die die große Liebe für sich gefunden haben, sprechen von ihrem Partner manchmal als »Seelenverwandtem« oder »besserer Hälfte«. Ein Mythos aus der Antike besagt, die Menschen seien von den Göttern zur Strafe halbiert worden. So wurden aus einer Seele und einem Körper jeweils zwei. Dadurch ist die Menschheit bis in alle Ewigkeit gezwungen, auf Erden umherzuirren und die andere Hälfte ihrer Seele zu suchen. Sex wäre demnach die zeitweise Vereinigung der beiden Hälften. Natürlich ist das nur ein Mythos, aber er beschreibt eine grundlegende Wahrheit: Die echte Liebe ist seelenverwandt und gleicht der eigenen Persönlichkeit fast wie ein Zwilling.

Ziehen sich Gegensätze nicht an?

Ja, das tun sie – aber nur eine Zeit lang. Längerfristig verbinden Gegensätze einfach nicht genug. Studien ergaben, dass Paare aus sehr verschiedenen Partnern mit geringerer Wahrscheinlichkeit zusammenbleiben.

Interessanterweise hat man auch herausgefunden, dass Menschen, die sich von ihrem Gegenteil angezogen fühlen, im Durchschnitt ein geringeres Selbstwertgefühl aufwiesen als jene, die ihnen ähnliche Partner attraktiv fanden. Woran liegt das? Vielleicht daran, dass Leute mit geringem Selbstvertrauen eher Menschen schätzen, die ganz anders sind als sie selbst. Möglicherweise suchen sie nach jemand, der ihre eigenen (vermeintlichen) Defizite ausgleicht. Wenn ein Mädchen beispielsweise selbst nie besonders gut in der Schule war, fühlt sie sich möglicherweise zu einem Jungen hingezogen, der ihr sehr intelligent erscheint.

In der »Twilight«-Saga wird uns Bella als ausgesprochen tollpatschig und unsportlich beschrieben. Umso mehr fasziniert sie der gewandte, elegante Edward. Mit ihrer Unnahbarkeit und Kontaktscheu imponiert ihr Jacob mit seiner lässigen Offenheit.

Das Problem der sich anziehenden Gegensätze ist, dass sie auf lange Sicht viel schlechter funktionieren als Übereinstimmungen. Über Jahre hinweg zusammenzuleben bedeutet nun mal, Dinge gemeinsam zu tun, aus der gleichen Perspektive zu betrachten und die gleichen Fähigkeiten und Wünsche zu haben.

Wenn ihr euch also zu einem Mann hingezogen fühlt, weil er praktisch das Gegenteil von euch selbst ist, habt ihr in ihm wohl kaum einen Seelenverwandten gefunden.

Wie kompatibel seid ihr?

Die Anfangszeit ist die beste Gelegenheit, einander besser kennenzulernen und herauszufinden, inwieweit ihr als Paar harmoniert. Euer Edward oder Jacob aus der Realität könnte euch auf einem der folgenden Gebiete ähneln, die für euch vermutlich von Bedeutung sind:

* Bildung
* Spiritualität

- Denkweise
- Intro-/Extrovertiertheit
- Pflichtbewusstsein
- Arbeitshaltung
- Umgang mit Geld
- Sinn für Humor
- Politische Ansichten
- Hobbys
- Soziale Herkunft
- Lebensziele
- Vorlieben
- Gesundheit & Lifestyle
- Wertvorstellungen
- Aktivitätsgrad
- Was man besonders mag
- Was man nicht ausstehen kann

Während ihr euch näher kennenlernt, wird sich herauskristallisieren, ob ihr in den entscheidenden Bereichen kompatibel seid.

Hört auf euer Gefühl

Manchmal ist in der Theorie alles ganz leicht. Ihr findet einen Jungen rein äußerlich attraktiv. Er löst keines der Warnsignale aus, die euch anzeigen, dass ihr ihn besser meiden solltet. In allen wichtigen Bereichen seid ihr einander ähnlich, im Charakter, in euren Zielen und Prioritäten, bei Interessen, familiärem Hintergrund, Zukunftsaussichten, moralischen Werten usw. Er wirkt wie ein Mann, der euch glücklich machen könnte. Trotzdem sagt euch euer Bauchgefühl, dass irgendwas nicht stimmt …

Es kann ein wichtiger Hinweis sein, wenn ein Mann solche Gefühle bei euch auslöst. Wenn es sich um negative Gefühle handelt, ignoriert sie, wenn ihr meint, das verantworten zu können. Bei einem starken negativen Gefühl solltet ihr jedoch lieber auf eure Intuition hören. Wenn Bella mit Edward zusammen war, verspürte sie immer wieder Furcht, kümmerte sich jedoch nicht darum. In einer erfundenen Geschichte spielt das keine Rolle, im wahren Leben ist das allerdings keine gute Idee.

Was euch unterscheidet

Natürlich wird es auch Unterschiede geben. Immerhin ist er ein Mann, und du bist eine Frau! Außerdem sind alle Menschen einzigartig. Die Frage die sich jedoch stellt, lautet: Welche Unterschiede sorgen dafür, dass ihr nicht zusammenpasst?

Der Beziehungsexperte Dr. John Gottman nennt zwei grundlegende Arten von Unterschieden:

1) Die einen bezeichnet er als situationsbedingte Unterschiede. Sie sind wahrscheinlich nur vorübergehend und lassen sich durch Änderung der Umstände auflösen.
2) Die zweite Sorte sind für ihn immerwährende Unterschiede. Damit meint er fundamentale Unterschiede zwischen euch beiden in Bezug auf eure Persönlichkeit oder den Lebensstil, die aller Wahrscheinlichkeit niemals verschwinden.

Stellen wir uns beispielsweise vor, ihr würdet mit einem Mann ausgehen, der im Moment knapp bei Kasse ist. Er steckt mitten in der Ausbildung und muss jeden Cent zweimal umdrehen. Ihr selbst seid in eurem Job gerade befördert worden und habt jetzt sogar mehr Geld zur Verfügung. Ihr wollt unbedingt einen Urlaub buchen. Er ist lieber vorsichtiger. Natürlich würde er auch gern verreisen, aber ihm fehlt das Geld dafür, und er will auch nicht, dass ihr für ihn zahlt, sonst käme er sich vor, als würde er ausgehalten. Ihr reagiert ungehalten – schließlich habt ihr hart gearbeitet und freut euch wirklich auf eine Auszeit. Es kommt zum Streit.

Hier handelt es sich um einen situationsbedingten Unterschied. Sobald er mit der Ausbildung fertig ist, wird die Differenz ziemlich sicher verschwinden. Wahrscheinlich seid ihr euch dann in Bezug auf eure Finanzen einig. Beide wollt ihr das Gleiche mit eurem Geld anfangen – nämlich Urlaub machen. Sobald er anständig verdient, wird es keine besonderen Unterschiede mehr geben.

Ganz anders verhält es sich hier:

Nicky und Jonas sind seit vier Wochen zusammen. Es hat heftig gefunkt, und sie haben Spaß daran, einander immer besser kennenzulernen. Beide lieben das Kino und passen auch rein physisch prima zusammen. Allerdings haben sie gerade bemerkt, dass es in Gelddingen Unterschiede gibt …

Nicky ist in diesem Punkt total cool. Über das, was sie heute ausgibt, macht sie sich frühestens morgen Sorgen. Ihre Kreditkartenrechnung zahlt sie erst bei der dritten Mahnung, und ein ungenutzter Dispo käme ihr wie Ver-

schwendung vor. Jonas würde hingegen eher von einer Brücke springen, als eine unbezahlte Kreditkartenrechnung herumliegen zu haben. Es kann ihm passieren, dass er eine schlaflose Nacht hat, weil er sich fragt, ob er für die Secondhand-Jacke nicht doch zu viel bezahlt hat. Er würde bei einem alten Brotlaib den Schimmel abschneiden und sich aus dem Rest belegte Brote fürs Mittagessen machen. Nicky sucht stattdessen lieber das nächste Bistro auf und stößt dort mit einem Glas Prosecco auf ihre Wohltäter Visa und MasterCard an. Jonas möchte sich genug Geld zusammensparen, um es auf ein wirklich lukratives Festgeldkonto zu legen. Nicky überlegt, sich eine weitere Kreditkarte zuzulegen, damit sie einen Urlaub auf den Malediven buchen kann. Insgeheim denkt Jonas sich inzwischen, dass Nicky anscheinend absolut nicht mit Geld umgehen kann. Nicky argwöhnt, dass Jonas ein Geizkragen sein könnte …

Sollten sie weiter zusammenbleiben, wird sich an dem Thema über kurz oder lang immer wieder Streit entzünden. Und das vermutlich so oft, bis sie sich trennen.

Hier handelt es sich um einen immerwährenden Unterschied. Egal, wie viel Geld die beiden zur Verfügung haben, darüber, wie es ausgegeben werden soll, wären sie sich nie einig. Demnach ist es unwahrscheinlich, dass Jonas und Nicky im jeweils anderen die große Liebe gefunden haben. Der immerwährende Unterschied ist so groß, dass sie wahrscheinlich nie glücklich sein werden. Es gibt sogar Studien, die belegen, dass Paare, die sich viel um Geld streiten, weniger glücklich sind.

Solltest du mit deinem Freund Auseinandersetzungen um

größere Unstimmigkeiten wie diese ausfechten, dann ist er vielleicht nicht der Richtige.

Aber gibt es nicht bei allen Paaren hin und wieder Streit, höre ich euch da fragen. Ja, das stimmt schon. Und die Auseinandersetzungen verraten eine Menge über eure Beziehung. In eurem allerersten Streit steckt ein Geheimnis, das darüber Auskunft geben kann, ob ihr euren Edward oder Jacob gefunden habt.

17

Was Auseinandersetzungen über eine Beziehung verraten: Bellas Streitereien mit Edward

Bella und Edward geraten in der »Twilight«-Saga dauernd aneinander. Eine ihrer schlimmsten Auseinandersetzungen findet ziemlich am Anfang von »Bis(s) zum Abendrot« statt. Bella war gegen Edwards ausdrücklichen Wunsch nach La Push gefahren, um Jacob zu besuchen, und als er es herausfindet, ist er außer sich vor Zorn. Er meint, sie habe ihr Leben aufs Spiel gesetzt und ihn in Gefahr gebracht, das Abkommen zwischen Vampiren und Werwölfen zu brechen. Bella ärgert sich über Edwards Forderung, sie solle sich von Jacob fernhalten. Gegenseitig stellen sie sich zur Rede und führen einen ausufernden, emotionalen Streit.

Konflikte sind eine wichtige Zutat für gute Romane, und sie gehören auch zu jeder guten Beziehung. Doch die Art und Weise, wie ihr streitet, kann euch Hinweise darauf geben, ob ihr dafür bestimmt seid, zusammenzubleiben – oder eben nicht.

Ein Geheimnis, das jedes Mädchen kennen sollte

Eure erste Auseinandersetzung ist wichtig, also sollte man ihr besondere Aufmerksamkeit schenken. Sie markiert den Übergang von der Flitterwochenphase in eine richtige Beziehung. Oder auch den Anfang vom Ende eurer gemeinsamen Zeit als Paar.

Der erste Streit muss gar nichts Negatives sein, denn alle Paare haben Meinungsverschiedenheiten. Festzustellen, dass eure Gefühle füreinander stark genug sind, um den Sturm eines Konflikts auszuhalten, zeigt, dass ihr anfangt, wirklich zusammenzuwachsen. Die Fähigkeit, so eine Differenz beizulegen, sich einen Kuss zu geben und wieder zu vertragen, zeugt von einer stabilen Beziehung. Das Ganze ist ein Hinweis darauf, dass nach der Phase oberflächlicher Anziehung nun eine tiefere Liebe kommt.

So gesehen handelt es sich sogar um etwas Positives.

Allerdings kann der erste Streit auch ein Warnsignal sein und euch zeigen:

- Dass er gefährlich ist.
- Dass ihr als Paar unüberbrückbare Differenzen habt.
- Dass einer von euch oder ihr beide nicht gut mit Konflikten umgehen könnt.
- Dass eure Gefühle füreinander nicht stark genug sind, um solchem Stress standzuhalten.

Und wie erkennt man diese Signale? Es gibt keine absolut sichere Methode, um in die Zukunft zu schauen, aber über was ihr streitet und wie ihr das tut, sagt schon einiges darüber aus, wie gut ihr als Paar harmoniert.

Gefahrenhinweise

Es versteht sich von selbst, dass ein Typ nicht euer Edward oder Jacob ist, wenn er bei eurer ersten Auseinandersetzung handgreiflich wird. Selbst wenn ihr ihn liebt, müsst ihr so eine Beziehung sofort beenden. Bei Gewalt bringt Bedenkzeit nichts. Egal, wie leid es ihm tut, egal, welch überzeugende Begründung er für sein Verhalten vorbringt – in so einem Fall muss sofort Schluss sein. Er hat euch angegriffen. Ein echter Edward oder Jacob würde nicht einmal im Traum daran denken, euch Gewalt anzutun. Vielleicht zeigt ihr ihn sogar am besten bei der Polizei an und sucht euch professionelle Hilfe. Auch die Beziehung zu jemand, der sich so verhält, zu beenden, kann gefährlich sein und Unterstützung erfordern.

Aber auch wenn der erste Streit nicht in Handgreiflichkeiten ausartet, kann es andere Hinweise auf Gefahr geben. Folgende Verhaltensmuster können auf Gewalt in der Zukunft hindeuten:

- Er wird schrecklich wütend – schreit, flucht und schlägt Sachen kaputt.
- Er nutzt seine körperliche Überlegenheit aus, etwa indem er dich schubst oder am Arm packt und mit sich zerrt.
- Er wird aus einem nichtigen Anlass extrem zornig.
- Er fühlt sich in einem Ausmaß gedemütigt und gekränkt, das in keinem Verhältnis zum Anlass steht.

* Er macht dich ganz allein für seine Verstimmung verantwortlich.
* Er macht einen plötzlichen, unerklärlichen Stimmungswandel durch.
* Er fragt unverhältnismäßig häufig nach, wo du gewesen bist.
* Ohne Rücksprache setzt er sich über deine Entscheidungen hinweg.
* Er begründet sein kontrollierendes Verhalten damit, dass er dich beschützen will oder dass er dich so sehr liebt.
* Er zeigt extreme Eifersucht oder Unsicherheit.

Edward liefert einige dieser Warnhinweise. Bella beklagt sich, er sei zu aggressiv. Beispielsweise als sie nach Hause fahren will, nachdem sie in Biologie ohnmächtig geworden ist. Da packt er sie an der Jacke und zerrt sie mit sich, obwohl sie ihn auffordert, sie loszulassen. Seine Begründung lautet, es sei nur zu ihrem Besten. Die Erwachsenen an ihrer Schule fanden es richtig, dass sie nach Hause fahren wollte. Wenn ihm das nicht passte, hätte er versuchen können, sie umzustimmen, doch die Entscheidung, zu fahren oder nicht, lag ganz allein bei ihr.

Im Verlauf ihrer Romanze legt er ein immer ausgeprägter kontrollierendes Verhalten an den Tag, das schließlich darin gipfelt, dass er sie in seinem Zuhause gefangen hält. All das begründet er damit, Bella »beschützen« zu wollen.

Im wahren Leben habt ihr allerdings ein massives Problem, wenn der eigene Freund meint, eure persönliche Freiheit beschneiden zu dürfen, um euch zu »beschützen«. Solche Kontrollversuche enden nicht selten in Gewalt. Und es besteht die Gefahr, dass er eines Tages der Mensch sein wird, vor dem ihr am dringendsten Schutz benötigt.

Normale Streitereien zwischen Freundin und Freund

Die meisten Auseinandersetzungen innerhalb von Beziehungen sind gewaltfrei.

Bei diesen üblicheren Streits kann es hilfreich sein, sich zu überlegen, ob sie aufgrund situationsbedingter oder immerwährender Unterschiede entstehen. Mit anderen Worten: Streitet ihr über etwas, das vorbeigeht oder das man auflösen kann, indem man die Situation ändert? Oder müsste einer von euch seinen Charakter, Geschmack, seine persönlichen Erwartungen oder seinen Lebensstil ändern?

Manchmal ist das schwer auszumachen. Schaut doch mal, ob ihr es in folgender Geschichte erkennt. Erinnert ihr euch an die Gitarristin Jessi, das Mädchen aus dem 9. Kapitel, das sich in Aron verliebte?

»Unseren ersten Streit erlebten wir, als Arons Eltern uns zum Sonntagsessen in seiner Wohnung besuchten. Wir wollten gemeinsam für sie kochen, und es war unsere erste Einladung als Paar. Ich erinnere mich, dass ich damals gerade dabei war, einen neuen Song fertigzustellen, und am liebsten allein gewesen wäre.«

Jessi ging einkaufen, während Aron seine Wohnung auf Vordermann brachte. »Unterwegs ging ich an einer Galerie vorbei, und da hing eine riesige Leinwand im Schaufenster, auf der ein verlassener Kinderspielplatz zu sehen war: Unter der Rutsche wuchs Unkraut, und die Schaukeln waren schon von Kletterpflanzen überwuchert. Es war eines dieser Gemälde, die einen so richtig ansprechen. Ich spazierte also zu Arons Wohnung zurück und in meinem Kopf entstanden schon Textzeilen. Ich liebe es, wenn das passiert.

Ich schloss auf und fing sofort an, Aron davon zu berichten. Aber er hörte nicht zu; hektisch wühlte er in den Tüten vom Supermarkt. Ich sagte ihm meine Textzeilen auf, und er unterbrach mich. ›Hast du Rosenkohl gekauft?‹, fragte er mehrmals. Ich konnte mich nicht mehr daran erinnern, und es war mir auch egal. Ich redete weiter von meinem Song, und er von dem blöden Rosenkohl und davon, dass der für seine Eltern unbedingt zu einem richtigen Sonntagsessen gehörte.

Irgendwann waren die Zeilen aus meinem Kopf verschwunden. Weg. Stattdessen nur noch Gedanken an Gemüse. Hat schon mal jemand versucht, ein Lied über Rosenkohl zu schreiben? Eben. Wir gerieten also in diesen fürchterlichen Streit, bei dem jeder den anderen beschuldigte. Als seine Eltern eintrafen, war die Luft zum Schneiden dick.

Rückblickend wirkt es wie ein total banaler Anlass für einen ersten Streit. Aber ich muss zugeben, ich hatte den Rosenkohl wirklich vergessen. Und seine Eltern waren darüber tatsächlich ein wenig enttäuscht.«

Handelte es sich bei diesem Streit um eine situationsbedingte Meinungsverschiedenheit oder um eine immerwährende?

Letzteres. Jessi war glücklich über ihre Kreativität. Einen

Song zu schreiben, das war ihr viel wichtiger als irgendwelcher Alltagskram. Aron war dagegen viel praktischer veranlagt. Er sah gern konkrete Ergebnisse seiner Anstrengungen: In seinen Augen war es geradezu eine Zeitverschwendung, über einen Song zu reden, der noch nicht mal existierte. Er wollte lieber das handfeste Problem lösen, das der bevorstehende Besuch seiner Eltern darstellte.

Da handelte es sich um eine immerwährende Auseinandersetzung. Aron konnte sein Naturell nicht dahin gehend ändern, dass er phantasievoller und chaotischer wurde. Jessi vermochte es ebenso wenig, konventioneller und pragmatischer zu sein. Folglich führten sie diesen Streit in unterschiedlichen Ausprägungen bis ans Ende ihrer Beziehung.

Wir können hier natürlich nicht alles aufzählen, doch Dr. John Gottman schätzt, dass 69 Prozent aller Unterschiede zwischen Partnern unabänderlich sind. Das bedeutet, dass die meisten Unstimmigkeiten zwischen euch sich nicht lösen lassen.

Aber trotzdem kann man eine glückliche Beziehung haben. Bei allen Paaren gibt es irgendwelche immerwährenden Differenzen. Wenn sich Unterschiede nicht beseitigen lassen, kann man doch Kompromisse eingehen und sich einigen, wie damit umzugehen ist.

Sollte es sich also bei eurem ersten Streit um eine nicht beizulegende Unstimmigkeit handeln, dann lautet die Frage: Könnt ihr euch so weit verständigen, dass ihr beide damit zurechtkommt?

Jessi und Aron hätten beispielsweise erkennen können, dass sie intellektuell verschieden sind und daraufhin die gegenseitigen Erwartungen entsprechend anpassen müssen.

Jessi hätte aufhören können zu erwarten, dass Aron es aufregend findet, wenn sie einen neuen Song schreibt; und Aron hätte aufhören können zu erwarten, dass Jessi so praktisch veranlagt ist wie er. Sie hätten also jeweils daran arbeiten sollen, ihren Partner so zu akzeptieren, wie er war.

Zu viel des Guten

Euer Freund mag ein paar tolle Eigenschaften besitzen. Genau deshalb habt ihr euch ja wahrscheinlich zu ihm hingezogen gefühlt. Doch das Problem ist, dass solche Vorzüge auch Nachteile mit sich bringen – wenn sie zu ausgeprägt sind.

Erinnert ihr euch an Susi aus dem 8. Kapitel? Ihr Ex Marc war ein gut gelaunter Typ, immer einen Scherz auf den Lippen. In jeder Situation fiel ihm ein Witz ein, und genau das gefiel ihr an ihm. Aber manchmal übertrieb er es einfach. Er alberte in Momenten herum, in denen er besser Respekt gezeigt hätte – etwa auf der Beerdigung ihrer Tante.

Etwas, das Bella an Edward liebt, ist, wie gern er auf sie achtgibt. Aber er übertreibt es einfach, bis das Ganze in zwanghafte Kontrolle umschlägt. Sein Bedürfnis, sie zu beschützen, lässt ihr irgendwann kaum noch Luft zum Atmen. Das ist sein Nachteil.

An Jacob liebt Bella die lässige, warmherzige, spontane Zuneigung. Aber auch Jacob überspannt den Bogen und versucht, sie zu küssen, als sie nicht dazu bereit ist.

Hier ein paar weitere Beispiele:

Gute Eigenschaft	**Risiko**
Ehrlichkeit	Übertriebene Ehrlichkeit kann deine Gefühle verletzen
Großzügigkeit	Großzügigkeit birgt die Gefahr, ausgenutzt zu werden.
Gutmütigkeit	Wer zu gutmütig erscheint, riskiert, übervorteilt zu werden.
Gute Laune	Wer immer fröhlich sein will, verschließt den Blick vor unangenehmen Wahrheiten.
Reichtum	Ist er zu reich, könntest du Opfer einer Entführung werden. Außerdem musst du dann jeden Tag eine andere Blondine mit Modelmaßen davon abhalten, sich ihn zu krallen.

Und vergesst nicht, dass auch ihr eure Schwächen habt – der erste Streit könnte sich genauso gut an einem eurer Defizite entzünden. Zum Beispiel mag er zwar euer fröhliches Naturell, den Spaß am Feiern und an Geselligkeit bei euch lieben, aber irgendwann muss er vielleicht mal lernen oder arbeiten. Trotzdem versucht ihr, ihn zum Ausgehen zu drängen.

Kennt ihr eure eigenen Vorzüge und deren Risiken? Um die herauszufinden, hilft vielleicht das Gespräch mit einer guten Freundin. Denn jede gute Eigenschaft kann sich auch in etwas Negatives verwandeln, wenn ihr es damit übertreibt.

Gegenseitige Erwartungen

Wenn ihr eine Beziehung eingeht, habt ihr ja eine gewisse Vorstellung davon, wie euer Freund sich verhalten soll. Und ebenso hat er Vorstellungen davon, wie ihr als seine Freundin sein sollt.

Das ist, als würdet ihr einen Vertrag schließen, in dem ihr euch auf bestimmte Bedingungen einigt. Ihr habt Erwartungen bezüglich der Rollen, die ihr füreinander spielen wollt. Das Problem daran ist, dass ihr zu Anfang noch gar nicht genau wisst, auf was ihr euch da einlasst. Manchmal kollidieren diese Erwartungen:

* Seine Vorstellung davon, wie er sich als Freund benehmen will, ist anders als eure Erwartung an seine Rolle.
* Eure Vorstellung davon, wie ihr euch als Freundin verhalten möchtet, deckt sich nicht mit seinem Bild vom Auftreten einer Freundin.

Auch bei Bella und Edward prallen unterschiedliche Erwartungen an die Rolle des Freundes bzw. der Freundin aufeinander. Edward sieht sich als Beschützer von Bellas Leben, und zwar um jeden Preis. Zu Beginn der Beziehung hält er das für seine Pflicht und empfindet die Einschränkung ihrer Freiheit als angemessenen Preis dafür.

Bella glaubt hingegen, es sei ihr gutes Recht, das eigene

Leben und Wohlergehen nach Belieben aufs Spiel zu setzen. Sie findet, Edward müsse ihre Freiheit selbst dann respektieren, wenn das für sie gefährlich wäre.

Viele ihrer Streitigkeiten haben diese Meinungsverschiedenheit als Anlass.

Der Beziehungsvertrag, den Edward unterschreiben würde, könnte in etwa so aussehen:

§ 1: Als ihr Freund betrachte ich es als meine Verantwortung, Bella um jeden Preis zu beschützen. Ich habe das Recht, wenn nötig ihr Selbstbestimmungsrecht zu übergehen.

§ 2: Bella ist sich selbst und mir gegenüber verpflichtet, alle Aktivitäten zu unterlassen, die ihr Wohlergehen gefährden könnten.

Unterzeichner: Edward Cullen

Und so könnte Bellas Part aussehen:

Mein Vertrag

§ 1: Als Freundin unterstütze ich Edward, aber ich genieße immer noch mein uneingeschränktes Recht, nach Belieben zu handeln, selbst wenn ich dadurch mein Wohlbefinden gefährde.

§ 2: Es ist Edwards Aufgabe, meine Freiheit zu respektieren und das Risiko einzugehen, dass mir etwas zustoßen könnte.

Unterzeichnerin: Bella Swan

Solche ungeschriebenen Gesetze sind schwer zu erkennen. Oftmals weiß man gar nichts von ihnen – bis sie gebrochen werden.

Je ernsthafter die Beziehung, desto mehr erwartet man voneinander. Am größten werden die Erwartungen, wenn man verheiratet ist oder zumindest zusammen lebt. Von einer Lebensgefährtin oder Ehefrau fordert ein Mann üblicherweise deutlich mehr als von einer unverbindlichen Freundin. Auf einmal wünscht er sich selbst gebackenen Kuchen oder gebügelte Unterhosen. Die Frau rechnet im Gegenzug vielleicht damit, dass verstopfte Abflüsse gereinigt und das Badezimmer endlich neu verfugt wird.

Oft kann man eine Vorstellung davon bekommen, was für ein Verhalten er von einer Freundin erwartet, wenn man seine Eltern kennenlernt. Denn wahrscheinlich sind seine Vorstellungen von der Rolle der Frau vom Vorbild seiner Eltern geprägt. Ist er in einer Familie mit einer berufstätigen Mutter und Eltern aufgewachsen, die sich die Hausarbeit geteilt und Entscheidungen gleichberechtigt getroffen haben, wird er sich seine Zukunft vermutlich so ähnlich vorstellen. Anders sieht es dagegen für euch aus, wenn seine Mutter den Haushalt ganz allein erledigt und sich seinem Vater meist untergeordnet hat.

Ganz sicher kann man sich da allerdings nie sein. Darum ist es so wichtig, sich die Zeit zu nehmen, ihn und seine Familie kennenzulernen. Sonst weißt du einfach nicht, was er von dir erwartet. Denn vielleicht ist es ja etwas, das du nie unterschreiben würdest.

Könnt ihr gut miteinander streiten?

Der Beziehungsexperte Dr. John Gottman glaubt, dass es weniger wichtig ist, *worüber* man streitet, als *wie* man das tut.

Er fand heraus, dass ein schlecht angefangener Streit – beispielsweise indem man in den ersten paar Minuten einer Meinungsverschiedenheit herumnörgelt oder sich verächtlich äußert – mit 96-prozentiger Wahrscheinlichkeit schlecht ausgeht. So ein Streit bringt die Partner nicht weiter, er reinigt nicht die Atmosphäre und führt auch zu keiner Lösung. Er erzeugt nur ein Gefühl des Scheiterns, Wut und Ärger.

So ein schroffer Anfang, mit Genörgel oder gehässigen Kommentaren, ist kein gutes Zeichen. Wenn bei der ersten Auseinandersetzung euer Partner (oder ihr) verächtlich oder mit einem gemeinen Kommentar loslegt, dürfte es schwer sein, eine liebevolle Beziehung aufrechtzuerhalten, außer ihr arbeitet an eurem Konfliktverhalten.

Bei Meinungsverschiedenheiten gibt es vier negative Formen von Interaktion. Wenn ihr bei euren Auseinandersetzungen alle vier an den Tag legt, läuft es mit 90-prozentiger Wahrscheinlichkeit auf eine Trennung hinaus. Gottman nennt diese Reaktionsmuster die vier apokalyptischen Reiter, weil sie ankündigen, dass eine Beziehung dem Untergang geweiht ist.

Die vier apokalyptischen Reiter:

1 Nörgelei

Hier sind Bemerkungen über den Partner gemeint, die einen grundsätzlichen Angriff darstellen und sich nicht auf ein spezielles Verhalten beziehen. Wenn zum Beispiel dein Freund nicht aufgeräumt hat und du – statt zu sagen »Ich dachte, du würdest heute das Zimmer hier ausmisten« – ihn angiftest: »Nie tust du irgendwas, worum ich dich bitte.«

2 Verachtung

Nonverbale Zeichen von Verachtung sind Augenverdrehen, Schnauben und dazu den Mund verziehen. Ein verbales Zeichen ist ein verächtlicher Ton, etwa, nachdem dein Freund nicht aufgeräumt hat, zu sagen: »Du bist ein fauler Sack.«

3 Abwehr
Das passiert, wenn du versuchst, dich bei deinem Freund zu beklagen, aber er alles von sich weist, was du ihm vorwirfst. Er akzeptiert nicht, dass an seinem Verhalten irgendwas falsch sein könnte. »Ich putze sowieso mehr als du«, wäre so eine Reaktion.

4 Mauern
In diesem Fall reagiert er mit Schweigen oder zeigt auf andere Weise, dass er gar nicht zuhört. Man kommt sich dann vor, als würde man mit einer Wand sprechen. Eine mögliche Antwort wäre: »Ist doch egal. Was gibt's zum Abendessen?«

Bella und Edward sind im Streiten ganz gut. Sie zeigen selten einen der vier Reiter. Die schlimmste Beleidigung, die Edward Bella an den Kopf wirft, steht in »Bis(s) zum Morgengrauen«. Da wirft er ihr vor, es sei »komplett absurd«, was sie sage, nachdem sie ihn gefragt hat, ob er sie »tatsächlich bis aufs Blut reizen« wolle.

Wie glückliche Paare streiten

Es gibt auch »gute« Methoden zu streiten. Das mag sich seltsam anhören, aber ihr könnt tatsächlich optimistisch in die Zukunft schauen, wenn ihr »richtig« miteinander streitet.

Laut Gottman geht so eine Auseinandersetzung bei glücklichen Paaren »sanft« los. Das Gespräch beginnt vorsichtig. Meinungsverschiedenheiten enden oft so, wie sie begonnen haben. Wenn man in respektvollem Ton anhebt, endet der Konflikt eben auch oft freundschaftlich.

Wenn glückliche Paare streiten, dann tun sie etwas, um die Kluft zwischen sich zu überbrücken, sei es durch eine positive Bemerkung, einen Anflug von Humor oder auch nur ein Lächeln. Der andere reagiert positiv darauf.

Bei Edward und Bella gibt es oft solche Gesten. Als sie das erste Mal zu ihrer Lichtung im Wald gehen, sind beide wütend auf den jeweils anderen. Doch mittendrin lächelt Edward Bella an und versucht, ihre positive Verbindung zu stärken.

Ein weiteres Kennzeichen dafür, dass man gut mit Konflikten umgeht, ist es, wenn beide bereit sind, Kompromisse einzugehen und die Schwächen des Partners zu akzeptieren.

Die Beziehung zwischen Bella und Edward funktioniert aufgrund von Kompromissbereitschaft. Am Ende ist Edward willens, seine Wünsche – nämlich Bella zu kontrollieren und ihr Menschsein zu erhalten – aufzugeben. Bella und Jacob bleiben deshalb eng befreundet, weil Jacob hinsichtlich seiner Einstellung zu Vampiren kompromissbereit ist.

Denkt an einen Streit mit einem Freund in letzter Zeit zurück. Welche Sätze sind da in den ersten paar Minuten gefallen? Klangen sie respektvoll, obwohl ihr beide verärgert wart? Gab es Signale der gegenseitigen Zuneigung? Überbrückungsversuche, die zeigten, dass ihr euch trotz allen Ärgers verständigen wolltet?

Das Gute zählt

Eine weitere Erkenntnis der Forschungsarbeit von John Gottman ist, dass es in glücklichen Beziehungen weit mehr positive als negative Interaktion gibt. Paare, die zusammenbleiben, verbringen reichlich Zeit miteinander, in der sie sich ihre Zuneigung, ihr Interesse, ihre Empathie, Wertschätzung und Liebenswürdigkeit beweisen. Bei den Glücklichen ist das Verhältnis der positiven Erlebnisse fünf zu eins. Für jede negative Auseinandersetzung erfolgen also fünf positive.

Bei superglücklichen Paaren kommen auf ein negatives Ereignis sogar zwanzig positive Interaktionen.

Bella und Edward gehen allen Schwierigkeiten zum Trotz ziemlich positiv miteinander um. Laut Gottman hält ein Paar selbst heftige Konflikte gut aus, solange es zum Ausgleich auch reichlich schöne Zeiten erlebt.

Solange euer Freund also nach jedem negativen Zwischenfall mindestens fünfmal durch positives Verhalten punktet, ist das ein gutes Zeichen. Sollte sich zwischen euch nur wenig Positives abspielen, könnte es sein, dass die Basis für euer Glück nicht stark genug und er nicht dein Edward oder Jacob ist.

Vielleicht ändert sich etwas

Paare streiten miteinander, weil sie etwas ändern wollen. Eine erfolgreiche Auseinandersetzung resultiert oft in irgendeiner Veränderung, weil einer oder beide das eigene

Verhalten oder die Erwartungen den Umständen angepasst hat bzw. haben.

Bei vielen Konflikten zwischen Bella und Edward ging es um ihren Wunsch, ein Vampir zu werden. Sie wusste, dass ihre Beziehung nicht funktionieren würde, wenn sie ein Mensch bliebe. Also war sie bereit, sich zu verwandeln, damit sie miteinander glücklich sein konnten. Sie hatte allerdings auch die Möglichkeit zu dieser Veränderung.

Und Edward besaß noch dazu große Macht, sich selbst zu ändern. Er wurde aus jemand, den es nach Bellas Blut dürstete, zu einem sanften, liebevollen Partner.

Und wie viel Veränderung dürft ihr in der Realität erwarten?

18

Liebst du ihn so, wie er ist?

Ein Mann kann in der Öffentlichkeit einen phantastischen Charakter präsentieren. Er mag fürsorglich, sensibel, klug, respektvoll, vernünftig und charmant rüberkommen. Und das ist er auch – solange er mit Leuten nur oberflächlich verkehrt. Als flüchtige Bekannte hättest du vermutlich den besten Eindruck von ihm.

Sobald du ihn näher kennenlernst, erlebst du eine ganz andere Nähe zu ihm und kommst viel dichter an sein wahres Ich. Wenn er dann beginnt, seine privateren Gefühle, echten Gedanken und Reaktionen zu zeigen, bekommst du eine bessere Vorstellung von seinem Innenleben.

Seine eigentliche Persönlichkeit mag ebenso liebenswert sein wie die Version, die er in der Öffentlichkeit sehen lässt. Doch der mit Fremden so freundliche kann auch unfair zu seinen Kollegen, unzuverlässig gegenüber seinen Freunden und grausam zu seiner Freundin sein. Und wenn man genauer hinschaut, ist es durchaus möglich, dass er eigentlich überhaupt keine Vorzüge hat.

Manche Mädchen verlieben sich in den Mann, wie er in der Öffentlichkeit auftritt. Und sobald sie auf diese Seite seines Wesens geprägt sind, haben sie große Probleme zu erkennen, wer ihr Freund tatsächlich ist. Schlechtes Benehmen ignorieren sie, spielen es herunter oder entschuldigen es.

Wenn es darum geht, herauszufinden, ob ein Junge dein Edward oder Jacob ist, wäre es hilfreich, dich selbst zu fragen: Liebe ich den Mann so, wie er tief in seiner Seele wirklich ist – oder doch nur sein charmantes Auftreten?

Möchtest du ihn ändern?

Vielleicht sagst du dir selbst: »Er wäre perfekt, wenn er nur …« oder: »Wir werden zusammen richtig glücklich sein, wenn …«

Seid bitte ehrlich! Liebt ihr ihn wirklich so, wie er im Moment gerade ist? Oder doch nur eure Vorstellung davon, wie ihr meint, dass er sein könnte oder sollte?

Manche Mädchen lieben nicht das, was ihren Freund in der Realität ausmacht, sondern quasi ihre Vorstellung davon, was er sein könnte, wenn er sein Potenzial denn ausschöpfen würde. Vielleicht kennt ihr ein Mädchen mit einem Freund, der so gar nichts Verlockendes an sich hat. Wahrscheinlich sieht sie in ihm etwas, das sonst niemand sieht: ihr Bild davon, was aus ihm werden könnte. Sie hat eine Vision von seiner Zukunft, und in die ist sie verliebt.

Veränderungspotenzial zu sehen ist eine typisch weibliche Eigenschaft. Das mag mit unserem hegenden und pflegenden Naturell zusammenhängen. Uns scheint bewusst zu sein, dass Menschen sich durch Fürsorge und Aufmerksamkeit entwickeln können. Frauen sind näher am menschlichen Wachsen und Wandel dran. In »Bis(s) zum Ende der

Nacht« philosophiert Stephenie Meyer darüber, dass Frauenkörper sich viel stärker verändern als die der Männer. Sie durchleben jeden Monat ihren Zyklus und verändern sich besonders stark im Verlauf einer Schwangerschaft. Wir tragen Kinder aus und helfen ihnen dann, sich mit unserer liebevollen Fürsorge zu Kleinkindern, Schulkindern, Teenagern und jungen Erwachsenen zu entwickeln. Es scheint dem natürlichen weiblichen Instinkt zu entsprechen, Wandel zu fördern. Und die vielen Tausend Liebesgeschichten, die wir schon gelesen oder gesehen haben (und die übrigens meist von Frauen geschrieben werden), wollen uns glauben machen, dass auch Männer sich durch eine liebevolle Beziehung ändern können.

Solltest du ihn weniger für sein gegenwärtiges Wesen lieben, sondern eher für die Vorstellung, die du von seiner Zukunft hast, dann lässt du dich damit möglicherweise auf jahrelange Enttäuschung und Leid ein.

Männer können sich nur bis zu einem gewissen Grad ändern. Aber unabhängig vom Alter möchte sicher keiner von ihnen behandelt werden wie ein Projekt oder ein Haus mit Renovierungsbedarf. Die meisten Männer möchten explizit so bleiben, wie sie sind. Sie zu einem Verhalten zu zwingen, das ihnen eigentlich nicht liegt, erfordert große Mühe.

Menschen akzeptieren, dass sie sich anders verhalten müssen, als es ihrem Naturell entspricht, wenn sie dafür bezahlt werden. So mag der schlampige Mann in der Lage sein, seinen Schreibtisch tipptopp in Ordnung zu halten, wenn das zu seinem Job gehört. Auch der aggressive, hitzköpfige Kerl kann gegenüber seinem Chef höflichen Respekt aufbringen. Und selbst der ignorante Rüpel wird bereitwillig in die Rolle des verständnisvollen, geduldigen Kundenbetreuers schlüpfen, weil er dafür bezahlt wird. Doch sobald diese Jungs freihaben, möchten sie zu ihrem eigentlichen Wesen zurückkehren. Sie mögen es nicht, dann noch von jemand »geformt« zu werden.

Daher ist es von entscheidender Bedeutung für eine glückliche Partnerschaft, dass ihr die Persönlichkeit, die dem Wesen eures Partners zugrunde liegt, grundsätzlich akzeptiert. Wenn er sich so, wie er ist, nicht geliebt, wenn er sich für sein innerstes Selbst angegriffen und kritisiert fühlt, wird euch als Paar kein Glück beschieden sein.

Was lässt sich ändern?

Menschen ändern sich tatsächlich und wachsen bis zu einem bestimmten Grad an den Herausforderungen, die das Leben an sie stellt. Eine Studie ergab, dass wir uns im Verlauf unserer Zwanziger immer besser organisieren lernen und in den Dreißigern verträglicher werden. Dieselbe Studie erbrachte auch, dass Frauen mit der Zeit entspannter werden, während das Stressniveau der Männer mehr oder weniger konstant bleibt. Alles in allem zeigen die meisten Untersuchungen jedoch, dass Charakterzüge sich eigentlich kaum ändern.

Erfahrene Therapeuten können zwar manchen Leuten helfen, bestimmte Seiten ihrer Persönlichkeit zu verändern, sofern diejenigen dazu bereit sind, etwa zwei Jahre Therapie auf sich zu nehmen und wirklich sehr, sehr hart an sich zu arbeiten. Aber selbst dann gibt es keine Garantie dafür, dass es funktioniert.

Als Freundin kannst du das grundlegende Wesen deines

Freundes sicher nicht ändern. Stellen wir uns vor, er ist ein sehr pflichtbewusster, durchorganisierter Typ. Und dir geht es irgendwann auf die Nerven, dass seine CDs nach dem Alphabet sortiert sind und er einen Zeitplan für eure Wochenenden erstellt, inklusive der Phasen zum Kuscheln auf dem Sofa. Trotzdem wäre es unrealistisch zu erwarten, dass er sich komplett ändert. Aus ihm wird nie der spontane, unbekümmerte Typ, den ihr vielleicht gern hättet. Aber vielleicht sind Kompromisse möglich, die Zugeständnisse für jeden bedeuten. Grundsätzliche Veränderungen wird es aber bestimmt nicht geben. Wenn immerwährende Differenzen zwischen euch stehen, dann rechnet besser nicht mit totalen Umwälzungen, sondern setzt lieber auf Kompromisse.

Mit zunehmendem Alter wird er sich doch bestimmt noch ändern, nicht wahr?

Es stimmt, dass junge Männer oft noch unreif sind, einander Streiche spielen, rumalbern und zusammen abhängen. Möglich also, dass dein Freund zu spät zu eurer Verabredung kommt oder vergisst, dich anzurufen, weil er Xbox gespielt hat. Dann schüttelst du vielleicht den Kopf und fragst dich, wann er wohl endlich erwachsen wird.

Natürlich wird er sich noch ändern. Sollte dein Freund sehr jung sein, ist sein Potenzial, erwachsen zu werden, natürlich entsprechend größer. Ein Teenager probiert noch verschiedene Rollen, unterschiedliches Verhalten, Ansichten und Identitäten aus, um zu sehen, was am besten zu ihm passt. Es ist sogar wissenschaftlich erwiesen, dass Teenager noch Veränderungen ihrer Persönlichkeit durchleben. Das kann auch bei einem unreifen Jungen mit Anfang zwanzig noch vorkommen.

Aber selbst wenn ein junger Typ sich noch auswächst, bedeutet es nicht automatisch, dass er sich in die von euch gewünschte Richtung entwickelt. Klar hofft man, dass ein unreifer Bursche mit den Jahren ein wenig vernünftiger wird und lernt, sich besser zu strukturieren. Aber es wäre unklug, mit irgendwelchen dramatischen Veränderungen zu rechnen. Wenn er unreif und egozentrisch ist, spricht alles dafür, dass er reifer werden und egozentrisch bleiben wird. Ein unreifer, liebenswürdiger Junge entwickelt sich vermutlich zu einem reiferen, liebenswürdigen Mann.

Veränderung ist niemals leicht

Wir leben in einer Zeit, in der jeder ermuntert wird, durch Änderungen seiner Persönlichkeit etwas für sein eigenes Glück zu tun. Es ist geradezu in zu glauben, man könne sich ändern, wenn man sich nur genug anstrengt. Früher haben sich die Menschen in diesen Dingen eher an Gott gewandt und ihn um Hilfe gebeten. Sei es, um ihre Schwächen auszugleichen, um mehr Kraft oder Geduld aufzubringen oder um der Sünde zu widerstehen. Doch da die Menschheit inzwischen Enormes im Verständnis der Zusammenhänge unserer Welt erreicht hat, scheinen wir nun zu glauben, solche Probleme selbst lösen zu können.

In der Vergangenheit wäre ein untreuer Ehemann vielleicht in die Kirche gegangen und hätte um Vergebung und die Kraft, sich zu ändern, gebetet. Heutzutage schleppen betrogene Ehefrauen ihre Männer eher zur Eheberatung.

Heute wird viel an kommunikative Fähigkeiten und psychologische Methoden geglaubt. Doch die Fortschritte auf dem Gebiet der Psychologie sind bei Weitem nicht so rasch wie die technologische Entwicklung. Ein Prozessor, wie er heute in euren Handys steckt, hätte vor vierzig Jahren kaum in einem ganzen Gebäude Platz gefunden. Im selben Zeitraum haben sich die Techniken, die man anwendet, um menschliches Verhalten zu beeinflussen, dagegen kaum maßgeblich weiterentwickelt. Und egal, in welcher Methode man sein Heil sucht, viele Behandlungen scheitern. Psychotrainings zur Verhaltensänderung erzielen nur bescheidene Erfolge. Die Erfolgsquote bei der Veränderung von Persönlichkeitsstrukturen bleibt ziemlich moderat.

Gewisse Fortschritte sind natürlich möglich. Und es gibt durchaus sehr nützliche psychologische Methoden. Wenn ihr es wirklich wollt, könnt ihr auch einiges tun, um euch selbst zu ändern. Um eure Ängste zu überwinden, schlechte Gewohnheiten oder negative Denkmuster abzulegen oder um euer Selbstvertrauen zu stärken.

Aber es liegt außerhalb eurer Möglichkeiten, einen anderen Erwachsenen zu ändern – egal, was Liebesgeschichten in Büchern oder Filmen verkünden.

Edwards Verwandlung

Die »Twilight«-Saga kreist im Prinzip um die Konflikte zwischen Bella, Edward und Jacob und um deren Lösung. Doch die Geschichte zeigt uns auch in übertriebenem Maß, dass Veränderungen möglich sind – schließlich handelt es sich um eine Liebesgeschichte, da gehören »unwahrscheinliche und außergewöhnliche Lügen« praktisch zum Programm.

So erfährt Edward einige ungewöhnliche Veränderungen seines Charakters, die im wahren Leben höchst unwahrscheinlich wären. Als er Bella kennenlernt, lechzt er nach ihrem Blut. Als ihm dann klar wird, wie sehr er sie liebt, verschwindet dieses Verlangen völlig. Das ist eine Umkehrung der Realitäten. Denn wenn ein Mann aggressives Verlangen verspürt, wird er als Verliebter nur noch gefährlicher.

Eine weitere Transformation passiert, als Edward sein Kontrollverhalten komplett ablegt. Im Verlauf ihrer Liebesbeziehung wird er zunächst immer dominanter. Er sperrt Bella sogar bei sich zu Hause ein und macht Alice zu ihrer Wärterin. Doch Bella flieht, und Jacob nimmt sie auf seinem Motorrad mit nach La Push. Nach diesem Vorfall wird Edward klar, dass er es mit seinem Verhalten übertrieben hat. Er gesteht Bella, wie unvernünftig das war, und verspricht, sich zu ändern. Von da an hat Bellas Wunsch nach Freiheit auch für ihn Priorität.

Im wahren Leben ist es unwahrscheinlich, dass ein Kontrollfreak sein Verhalten komplett ändert, nur weil seine Freundin ihm die Stirn geboten hat – und mit einem Rivalen durchgebrannt ist, der so gut aussieht wie Taylor Lautner.

Jacobs Verwandlung

Der launische, ruhelose Jacob erlebt den Moment seiner Transformation, als er auf Renesmee geprägt wird. Tief empfundene Liebe macht einen sanftmütigen, zärtlichen, glücklichen jungen Mann aus ihm.

In Romanen geht es fast immer um Veränderung, und in phantastischen Geschichten sind ihr keinerlei Grenzen gesetzt. Da verwandelt sich der Held immer in den Mann, den die Heldin sich gewünscht hat. Sie liebt ihn nicht so, wie er zu Beginn der Handlung war, sondern er zeigt sich am Ende als die Person, die sie haben will. Allerdings ändern sich Menschen in der Realität nicht so fundamental, wie Hollywoodfilme und Liebesromane uns glauben machen könnten.

Isa, die echte Bella aus dem 10. Kapitel, meint dazu:

»Während meiner Zeit mit Kilian wollte ich ihm aus ganzem Herzen dabei helfen, sich zu ändern. Ich dachte wirklich, das könnte ich. Ich las etwa darüber, was man bei Diabetes tun muss. Ich sorgte für regelmäßige Mahlzeiten und erinnerte ihn an seine Injektionen.

Und ich versicherte ihm immer wieder, dass ich ihn trotz seiner Krankheit für männlich hielt.

Doch Kilian war trotzdem unfähig, seine Erkrankung zu akzeptieren. Wenn ich nicht da war, stopfte er Junkfood in sich rein und kümmerte sich nicht um seine Medikamente.

Und was seine Launen und die Gewalt anging, dachte ich auch, ich könnte ihm beistehen. Ich verstand ihn ja durchaus. In seinem Inneren war er ein kleiner Junge, der um sich haute, weil er so unsicher war. Ich glaubte, wenn ich ihm nur genug Liebe schenkte, würde ihn das heilen. Ich las Bücher darüber, wie man Menschen hilft, die als Kinder missbraucht wurden. Ich dachte, wenn er sich meiner Liebe wirklich sicher wäre, würde er sich ändern.

Ich glaubte, er könne sich in den Kilian verwandeln, den ich mir wünschte. Ich wünschte mir, er würde entspannt und selbstsicher mit meinen Geschäftskontakten umgehen. Ich dachte, durch meine bedingungslose Liebe würde er lernen, mir zu vertrauen.

Aber wenn ich jetzt zurückschaue, wird mir klar, dass Kilian sich all meinen Bemühungen zum Trotz nicht im Geringsten geändert hat. Er rebellierte immer noch gegen seine Krankheit. Er war nach wie vor launisch und eifersüchtig. Er blieb gewalttätig. Und wenn überhaupt änderte er sich zum Schlechteren.«

Aus gutem Grund hat Kilian sich nicht geändert. Denn die Liebe kann auf großartige Weise Veränderungen bewirken – bei Babys und Kindern. Nicht jedoch bei Erwachsenen. Er war bereits erwachsen, da war es dafür zu spät. Es gäbe für ihn die Chance auf eine Verbesserung seines Verhaltens, wenn er juristische Konsequenzen fürchten müsste und gleichzeitig massiv auf professionelle Weise psychologisch interveniert würde. Veränderung durch die Liebe allein ist in so einem Fall unmöglich. Denn wenn sie dazu imstande wäre, gäbe es wohl keine männliche Aggression. Schließlich bringen die meisten Ehefrauen und Freundinnen ungeheuer viel Liebe und Unterstützung für ihre Männer auf.

Verständlicherweise liebte Isa Kilian nicht so, wie er war. Sie liebte nicht den gewalttätigen, launenhaften, eifersüchtigen Mann. Sie liebte vielmehr die Person, zu der er ihrer Ansicht nach mit ihrer Hilfe werden konnte. Liebt ihr etwa auch einen bösen Jungen, weil ihr glaubt, dass ein guter Kerl in ihm steckt? Es ist immer gut, sich selbst zu fragen, ob man seinen Freund so liebt, wie er ist, einschließlich seines bösen Verhaltens. Oder hat man sich, wie Isa, nur in eine Vorstellung davon verliebt, wie er werden könnte?

Hofft ihr auf eine Veränderung zum Besseren?

Betty, die ehrgeizige Karrierefrau aus dem 5. Kapitel hatte sich doch in den lässigen Surfer Matthias verliebt, der sie schließlich wegen eines Surfer-Girls verließ. Rückblickend sagt sie:

»Ich habe Matthias wirklich geliebt. Aber unsere ganze Beziehung hindurch wartete ich darauf, dass er sich ändert.

Er hatte sich dieses eine Jahr Auszeit genommen, um sich selbst zu finden, und ich ging davon aus, dass er hinterher ein anderer wäre. Das Jahr musste ihm doch Gelegenheit geben, herauszufinden, was er im Leben wollte. Und danach würde er bestimmt mit Feuereifer loslegen. Ich glaube, ich ging davon aus, er wäre so wie ich und würde sich mehr als hundertprozentig engagieren, um seine Pläne zu realisieren.

Gegen Ende des Jahres bestellte ich immer mehr Unterlagen über Kurse, die ihn vielleicht interessierten. Ich hatte Ideen für seine eigene Surfschule – und schlug ihm sogar meine Mithilfe vor, denn schließlich war ich ja schon Geschäftsfrau. Aber Matthias war nicht wirklich begeistert. Das konnte ich gar nicht verstehen. Sich mal ein ruhiges Jahr zu gönnen, fand ich noch in Ordnung, aber er wollte doch wohl nicht sein Leben lang als Teil-

zeitaushilfe in einem Surferladen jobben und so seinen Lebensunterhalt zusammenkratzen.

Doch anscheinend hatte er genau das vor. Ich war mir sicher, er würde sich noch ändern, erwachsen werden, einen gewissen Ehrgeiz entwickeln. Doch ich irrte mich.

Ich war am Boden zerstört, als Matthias mich wegen einer anderen verließ, und ich ärgerte mich darüber, was er alles wegwarf.

Wir haben noch gemeinsame Freunde, und im Sommer gehe ich noch gelegentlich zum Surfen. Ein Jahr nach unserer Trennung sah ich Matthias und Layla Hand in Hand über den Strand schlendern. Beide in zerschlissenen Klamotten und mit ramponierten Boards. Das war ein ganz anderes Bild als zur Zeit unserer Beziehung. Damals fuhr ich in meinem teuren Bürooutfit an den Strand und hupte ungeduldig in meinem neuen Auto. Er sollte rasch einsteigen, weil ich ihn in ein hübsches Restaurant ausführen wollte. Es muss für jeden offensichtlich gewesen sein, wie wenig wir zueinanderpassten.

Heute ist mir klar, dass ich Matthias nicht um seiner selbst willen geliebt habe. Ich liebte vielmehr den Mann, der meiner Ansicht nach aus ihm werden würde. Ich hatte dieses Bild von einem ehrgeizigen Matthias, der seine eigene Surfschule leitete und über Franchising expandierte. Aber das war nicht der echte Matthias. In Wirklichkeit war er damit glücklich, von einem geliebten Stück Strand zuzusehen, wie die Jahre vergingen, die Jahreszeiten wechselten und er im Großen und Ganzen derselbe blieb.

Ich wünsche ihm alles Gute. Und ich bin zwar nicht

überzeugt, dass sein Lebensstil ihn langfristig glücklich machen wird, aber immerhin hat er jetzt eine Freundin, die ihn so liebt, wie er gerade ist.«

Wahre Liebe ist es dann, wenn ihr euren Freund so seht, wie er wirklich ist, und ihn trotzdem liebt. Wenn ihr sein Wesen nicht akzeptieren könnt und wünscht, er würde sich ändern, ist er wahrscheinlich nicht euer Edward oder Jacob.

Muss ich meine Erwartungen herunterschrauben, um ihn so nehmen zu können, wie er ist?

Nein. Es bedeutet nicht, dass ihr euch mit allem abfinden müsst. Der klinische Psychologe Dr. Donald H. Baucom fand heraus, dass Menschen mit hohen Ansprüchen, die gut behandelt werden wollen, Romantik und Leidenschaft erwarten, diese Dinge mit größerer Wahrscheinlichkeit auch bekommen. Wer sich verhält, als würde er sich selbst wertschätzen, wird diese Wertschätzung auch eher von seinem Partner erfahren. Andere Menschen neigen dazu, so mit uns umzugehen, wie wir uns selbst sehen. Verhalten wir uns, als seien wir nicht viel wert, erfahren wir auch eher eine schäbige Behandlung – und umgekehrt. Das bedeutet nicht, dass ein Mann gleich seinen Charakter ändert, aber er wird euch anständiger und respektvoller behandeln.

In »Twilight« gehen Edward und Jacob mit Bella um, als sei sie einfach wundervoll und kostbar, obwohl sie sich so verhält, als würde sie für sich selbst nichts erwarten. Das funktioniert in Romanen, in der Realität dagegen werden

Menschen mit geringem Selbstvertrauen und bescheidenen Erwartungen entsprechend mies behandelt.

Es ist also am besten, von Anfang an hohe Erwartungen an ihn zu stellen. Wie das aussehen kann, ist beispielsweise in »The Rules. Die Kunst, den Mann fürs Leben zu finden« von Ellen Fein und Sherrie Schneider nachzulesen. Das Grundprinzip lautet hier: Sich immer so benehmen, als würde man sich selbst sehr schätzen, und eine entsprechende Behandlung erwarten.

Versucht ihr, euch selbst zu ändern?

Könnt ihr mit eurem Freund ganz »ihr selbst« sein? Oder versucht ihr, euch so zu ändern, dass ihr zu ihm passt? Mädchen neigen eher als Jungs dazu, es anderen recht machen zu wollen. Manche übertreiben es damit allerdings und verwandeln sich quasi in Chamäleons.

Genauso wichtig wie die Voraussetzung, ihn so zu lieben, wie er ist, ist, dass auch er euch nimmt, wie ihr seid. Manche von euch hoffen nicht darauf, dass er an sich arbeitet, sondern versuchen stattdessen, sich selbst zu ändern.

Tanja, das Mädchen aus dem 7. Kapitel, das sich in den attraktiven Schauspielschüler Luca verliebt hatte, war ein gutes Beispiel dafür:

»Ich betete Luca an. Ich wollte überhaupt nicht, dass er sich ändert. Aber ich wollte mich ändern.

Ich wusste, so, wie ich war, konnte Luca und sein Freundeskreis mich nie akzeptieren, also versuchte ich, mich in eine andere Person zu verwandeln.

Ich wollte besser gekleidet, eleganter und gebildeter sein. So hoffte ich, ihm ebenbürtig zu werden. Ganze Stunden brachte ich mit dem Versuch zu, Ibsens Theaterstücke zu begreifen. Ewig streifte ich durch Boutiquen, um mir den Look einer trendigen, kunstsinnigen Studentin zuzulegen. Ich lernte Shakespeare-Zitate auswendig, damit ich bei Bedarf etwas vortragen konnte. Ich starrte auf die abstrakten Kleckserеien in irgendwelchen Museen und versuchte zu begreifen, was ›postmodern‹ bedeutete. Ich zwang mich sogar, meine kulinarischen Vorlieben zu ändern, oder probierte es zumindest. Also träufelte ich Trüffelöl auf meine Makkaroni und schlürfte Austern.

Am Ende unserer Beziehung erlitt ich einen kleinen Nervenzusammenbruch. Bald danach fragte mich jemand: ›Tanja, was liest du eigentlich gern?‹ und ich konnte nichts antworten. Ich hatte mich so lange durch die Werke irgendwelcher russischer Autoren gequält, dass ich gar nicht mehr wusste, was eigentlich mir gefiel. Also murmelte ich nur irgendwas Unverständliches und starrte auf meine Füße.

Ob mich all diese Anstrengungen verändert haben? Eigentlich nicht. Ich hatte nur so lange versucht, jemand anders zu sein, dass ich meine eigene Identität beinah verlor.

Jetzt kann ich wieder ich selbst sein. Und ich werde mich nie mehr als jemand ausgeben, der ich nicht bin. Und wenn mich heute jemand nach meiner Lieblingslektüre fragt, kann ich sofort sagen: ›Ich mag leichte Unterhaltung, Thriller und unheimliche Liebesgeschichten. So russisches Zeug mag ich nicht.‹ Mein wahres Ich ist genau betrachtet eigentlich ziemlich gut, und wenn irgendein Mann das anders sieht – sein Pech.«

Bella möchte sich die ganze »Twilight«-Reihe hindurch ändern, was ihr im letzten Band schließlich auch gelingt. Sie weiß, dass sie nicht sie selbst bleiben und eine langfristige, glückliche Beziehung mit Edward führen kann. Aber Bella hat auch die Option, ein Vampir zu werden und sich komplett zu transformieren. Diese Möglichkeit haben wir alle nicht – und ihr braucht sie auch nicht. Euer Edward oder Jacob im richtigen Leben wird euch so lieben, wie ihr jetzt bereits seid.

Geheimnis Nummer sechs: Zusammenfassung

Woran ihr erkennt, ob eure Beziehung wirklich funktioniert:

- Die Anfangszeit ist herrlich und unkompliziert.
- Eure Persönlichkeiten, Ziele, Wertvorstellungen und Lebensgewohnheiten passen gut zusammen.
- Ihr könnt Unterschiede zwischen euch gut akzeptieren oder euch entsprechend anpassen.
- Ihr könnt »gut« miteinander streiten.
- Ihr mögt einander so, wie ihr jetzt seid.

Die nächste Frage lautet, ob er dich so liebt, wie es deinen Bedürfnissen entspricht.

Geheimnis Nummer sieben

Ein Blick in die Zukunft eurer Beziehung

Ganz ohne Kristallkugel

19

Wird er dich so lieben, wie es dir guttut?

Denkt ihr überhaupt bis in die Zukunft?

Manche Mädchen geben sich mit Jungs ab, von denen sie schon wissen, dass daraus langfristig keine Beziehung werden wird. Bewusst verdrängen sie jeden Gedanken an die Zukunft. Stattdessen sagen sie sich: »Ich will doch einfach nur ein bisschen Spaß haben« oder »Wenigstens bin ich nicht allein«. Das Problem ist jedoch, kaum verbringt man eine gewisse Zeit mit einem Mann, kann man sich, ohne es selbst überhaupt richtig zu merken, in ihn verlieben.

In »Bis(s) zum Ende der Nacht« erklärt Bella, mit dem Verlieben sei es wie bei dem Zauber in »Ein Sommernachtstraum«. Wenn ihr das Stück von Shakespeare gelesen oder gesehen habt, wisst ihr, dass die Magie darin nur Unheil und Chaos anrichtet. Der Zauberelf Puck benetzt die Augen schlafender Menschen mit einem Liebeselixier, das bewirkt, dass sie sich in die erste Kreatur verlieben, die sie erblicken, sobald sie wieder erwachen. So verliebt sich die Elfenkönigin Titania in den eselsköpfigen Zettel und macht sich damit zum Gespött. Auch die übrigen Figuren des Stücks verlieben sich fast ausnahmslos in die Falschen.

In der Realität ist die Liebe genauso unberechenbar. Unser Gehirn ist zwar darauf programmiert, dass wir uns verlieben, aber wir wissen natürlich nicht, in wen und wann. Mutter Natur möchte, dass wir uns verlieben, und wie ein schelmischer Elf kümmert sie sich nicht groß darum, wer zu wem passt. Es ist fast so, als sei das erwähnte Liebeselixier schon bei der Geburt auf unsere Augenlider geträufelt worden. Es wartet nur darauf, dass wir größer werden, einem Jungen begegnen, und dann passiert der Zauber.

Am Ende des »Sommernachtstraums« werden die Figuren von dem Zauber befreit, was in der Realität natürlich nicht so einfach vonstattengeht. Habt ihr euch einmal verliebt, könnt ihr euch nicht einfach wieder »entlieben«, nur weil ihr das so wollt. Hat der Zauber erst einmal gewirkt, lässt er sich nur sehr schwer wieder aufheben.

Wenn ihr Zeit mit einem Jungen verbringt, verliebt ihr euch vielleicht in ihn. Und selbst wenn ihr euch sagt, das sei ja nichts Ernstes, habt ihr euer Herz doch niemals völlig unter Kontrolle.

Viele Mädchen, die problematische Beziehungen erlebt haben, sagen später, sie hätten von Anfang an gewusst, das sei nicht das Richtige gewesen. Man habe sich in dem Glauben, nichts Ernstes anzufangen, aufeinander eingelassen. Und ehe sie es sich versahen, hatten sie sich dann doch verliebt.

Ein Auslöser, sich zu verlieben, ist es, wenn er sich in euch verliebt. Verbringt ihr Zeit mit einem Jungen, woraufhin er sich in euch verliebt, reagiert euer Bewusstsein möglicherweise, indem ihr euch auch verliebt. Versuche im Rahmen von Speed Dating ergaben, dass Leute positiver auf ihr Gegenüber reagierten, nachdem dieses sie als attraktiv eingestuft hatte. Die Bewunderung eines Mannes kann also den Liebeszauber aktivieren.

Das wird Bella in »Bis(s) zum Abendrot« bewusst. Sie erkennt, wie sehr Jared, einer der Quileuten, Kim liebt. Kim ist eine Schulkameradin, auf die er »geprägt« ist. Bella fragt sich, wie sich das anfühlen muss und wie leicht es sein müsste, sich in jemand zu verlieben, der eine solche Hingabe an den Tag legt.

Wenn ihr Zeit mit dem falschen Jungen verbringt, kann es euch wie Titania ergehen, und ihr verliebt euch in einen »Zettel«. Im wahren Leben hätte der wohl keinen Eselskopf (hoffentlich!), aber er wäre ein Mann, von dem ihr tief in eurem Inneren wisst, dass er absolut nicht zu euch passt.

Und wie in »Ein Sommernachtstraum« verlieben sich auch in Wirklichkeit dauernd die Falschen ineinander. Weil man nie wissen kann, wo und wann Amors Pfeil einen trifft, solltet ihr Beziehungen immer ernst nehmen und nur Zeit mit Jungs verbringen, mit denen ihr euch auch eine Zukunft vorstellen könnt.

Oder achtet zumindest darauf, dass er kein Esel ist.

Wachsam bleiben

Auch nach einem vielversprechenden Anfang lässt sich die Zukunft nicht vorhersehen. Zu Beginn einer Beziehung finden viele Mädchen ihren Freund unglaublich nett, großzügig oder unterhaltsam, und sie schließen daraus, diese Eigenschaften seien für die Zukunft quasi garantiert. Das kann, muss aber nicht so sein. Man kann das im Vorhinein nie wissen. Am besten bleibt man selbst einfach wachsam. In der Anfangsphase eurer Beziehung wirbt er um euch, präsentiert sich im bestmöglichen Licht, um euer Herz zu gewinnen. Daher könnte es sein, dass er bei seinen Leistungen und Qualitäten übertreibt, schwindelt oder euch etwas vorgaukelt.

Ein bisschen ist es wie bei Werbespots. Das Produkt klingt darin immer phantastisch. Die Wirklichkeit ist dann nicht unbedingt gar so großartig, was man spätestens dann merkt, wenn man die beworbene Sache selbst in Händen hält.

Lässt sich vorhersagen, wie er euch lieben wird?

Aber ja!

Die wichtigste Aussage dieses Buchs lautet: *Er wird dich so lieben, wie es ihm von seiner Persönlichkeit her möglich ist.* Und die Art und Weise, wie er dich liebt, ist genauso wichtig wie das Ausmaß dieser Liebe.

Bei streitenden Paaren wird oft der Vorwurf geäußert: Wenn du mich lieben würdest, tätest du das nicht! Seid ihr je davon irritiert oder gekränkt worden, dass ein Freund eben noch »Ich liebe dich« sagen und dich im nächsten Augenblick schon schlecht behandeln kann?

Aber euer Freund kann euch tatsächlich aus ganzem Herzen lieben und trotzdem nicht gut behandeln bzw. nicht so lieben, wie es euren Bedürfnissen entspricht.

Ein Junge kann ein Mädchen nun mal nur so lieben, wie es sein grundlegender Charakter ihm erlaubt. Also nützt auch die größte Liebe nichts, wenn er im Grunde seines Herzens unfreundlich, impulsiv, selbstsüchtig und gedankenlos ist, denn genau so wird er sich euch gegenüber irgendwann verhalten. Es entspricht einfach seiner Persönlichkeit.

Stellt euch beispielsweise vor, ihr würdet den ganzen Tag mit Grippe im Bett liegen und keine einzige SMS von eurem Freund bekommen, in der er sich erkundigt, wie es euch geht. Ihr würdet euch wahrscheinlich schlecht behandelt fühlen und ihm Gleichgültigkeit vorwerfen. Er mag euch zwar sehr lieben, nur ist er im Grunde ein gedankenloser Bursche, dem es einfach nicht einfällt, euch eine Nachricht zu schicken. Dann könnt ihr ihm nicht vorwerfen: Wenn du mich lieben würdest, würdest du so was nicht tun! Denn er liebt euch ja, aber eben so, wie ein gedankenloser Mann das macht.

Die Liebe verändert das Wesen eines Menschen nicht. Die aufregenden allerersten Tage einer Beziehung mögen sein Verhalten noch kurzfristig beeinflussen, aber falls er negative Charakterzüge hat, werden diese sich wieder bemerkbar machen, sobald die spannende Anfangsphase vorbei ist.

Mädchen haben eine ziemlich konkrete Vorstellung davon, wie die Liebe das Benehmen ihrer Freunde prägen soll. Aber damit liegen sie nicht unbedingt richtig. Unsere Hoffnungen darauf, wie Männer sich uns gegenüber verhalten, basieren auf Liebesromanen.

Nachdem ihr eine gewisse Vorstellung davon gewonnen habt, wie er »tickt«, könnt ihr auch vorhersagen, wie er euch behandeln wird. Wenn ihr einen ausgeprägten Charakterzug entdeckt, könnt ihr davon ausgehen, dass er auch künftig vorhanden sein wird; so lässt sich in etwa abschätzen, wie er sich euch gegenüber verhalten wird.

Wenn Menschen sich in Vampire verwandeln, werden sie mit einer »Gabe« ausgestattet, die im Zusammenhang mit ihrer bisherigen Persönlichkeit steht. Bellas bestimmender Zug war das Bedürfnis, sich um andere zu kümmern. Als sie zur Vampirin wurde, bemerkte sie daher, dass sie eine Art Schutzschild besaß, der andere vor Schaden bewahrte. Auf ähnliche Weise wird die Persönlichkeit eures Freundes die »Gabe« seiner Zuneigung beeinflussen.

Hier ein paar Beispiele dafür, wie Männer mit bestimmten Eigenschaften wahrscheinlich lieben:

1 So liebt ein umgänglicher Mann:

Wenn er ein umgänglicher, gutherziger Typ ist, der prinzipiell mit anderen auskommt, wird er sich vermutlich auch euch gegenüber so verhalten. Seine Liebe wird von Freundlichkeit und Mitgefühl geprägt sein. Ist er dagegen nicht besonders umgänglich – zum Beispiel desinteressiert an anderen Menschen und deren Sorgen und wenig mitfühlend –, dann wird er euch zwar lieben, aber sich kaum um eure Belange und Gefühle kümmern.

2 So liebt ein negativ eingestellter Mann:

Wenn er oft unter negativen Gefühlen wie Furcht, Stress, Traurigkeit oder Wut leidet, wird sich das auch auf euch auswirken. Als Mensch, der ihm am nächsten steht, müsst ihr mit seiner schwierigen Lebenseinstellung irgendwie zurande kommen. Denn auch wenn er euch liebt, wird er furchtsam, gestresst, traurig oder wütend bleiben.

3 So liebt ein introvertierter Mann:

Wenn er introvertiert ist, wird er euch auch genau so lieben. Er wird froh sein, mit euch allein und ganz in Ruhe seine Zeit zu verbringen. Er wird die stille, stumme Zweisamkeit genießen. Wahrscheinlich braucht er auch immer wieder Zeit und Raum ganz für sich allein. Ist er extrovertiert, möchte er vermutlich plaudern, scherzen und all seine Gedanken mit euch teilen. Weil er in euch verliebt ist, will er viel mit euch und auch mit anderen zusammen sein und gemeinsam auf Partys gehen.

4 So liebt der phantasievolle Mann:
Wenn er der phantasievolle Typ ist, dann macht es ihm Spaß, alle Facetten eurer Liebe zu erkunden. Er wird sich gut ausdrücken können und vielleicht Liebeslieder oder -gedichte für euch schreiben. Wahrscheinlich fallen ihm romantische Gesten ein, um seine Liebe zu zeigen, beispielsweise indem er einen Stern nach euch benennt. Edward ist phantasievoll und zugleich intellektuell, daher bringt er seine Liebe zu Bella in wunderschönen Worten zum Ausdruck: Einmal vergleicht er die Zeit, bevor er sie kennenlernte, mit einer mondlosen Nacht.

Der pragmatischere Typ wird euch seine Liebe auf konventionellere, praktischere Art zeigen und wohl weniger mit Liedern oder Lyrik. Seine Vorstellung von einem Liebesbeweis ist eher, einen ganzen Tag lang in eurer Wohnung Kleiderschränke aufzubauen. Jacob ist auch pragmatisch veranlagt und zeigt Bella seine Zuneigung, indem er hilft, ihre zwei Motorräder zu reparieren.

5 So liebt der pflichtbewusste Mann:
So ein Mann wird sich euch sehr verpflichtet fühlen und auf Details achten. Irgendwelche spontanen Aktionen machen ihm wenig Spaß. Er mag es, wenn ihr ordentlich und gut organisiert seid. Wenn ihr eher der schlampige, chaotische

Typ seid, wird er versuchen, euch zu ändern. Edward ist ein sehr pflichtbewusster Junge, und deshalb liebt er auch Bella auf pflichtbewusste Weise. In »Bis(s) zur Mittagsstunde« beendet er sogar aus Pflichtbewusstsein ihre Beziehung. Jacob ist eher impulsiv, und so liebt er Bella auch. In einem seiner impulsiven Momente verrät er Charlie, dass sie ein Motorrad hat. So etwas wäre Edward nie passiert, weil es einfach nicht zu seinem Charakter passt.

6 So liebt der zufriedene Mann:
Ist er mit seinem Leben zufrieden, ist er das wahrscheinlich auch mit euch. Ein chronisch Unzufriedener hätte wahrscheinlich an eurer Beziehung dauernd etwas auszusetzen.

7 So liebt der unzuverlässige Mann:
Wer im Allgemeinen unehrlich und unzuverlässig ist, der wird euch höchstwahrscheinlich auch so behandeln. Das mag nach einer Selbstverständlichkeit klingen, aber viele Mädchen sind erstaunt und geschockt, wenn ihr Freund sie schlecht behandelt, obwohl sie doch bereits miterlebt haben, dass er so mit anderen umgeht. Auch ein unzuverlässiger Mann kann einen lieben, allerdings wird er immer ein unzuverlässiger Partner sein.

Angela war entsetzt, als sie dahinterkam, dass ihr Freund Stefan sie seit acht Monaten betrog. Ihre ganze Beziehung hindurch hatte er sich weiter mit seiner Exfreundin getroffen. Dabei hatte er ihr doch geschworen, es sei vorbei. Angela vermochte nicht zu begreifen, wie Stefan sie hatte belügen können.

Doch als sie darüber nachdachte, wurde ihr bewusst,

dass Ehrlichkeit keine von Stefans Stärken war. »Ich wusste, dass er seinen Chef regelmäßig belog, was seine Arbeitszeiten anging. Einmal hatte ich mitgehört, wie er seinem Bruder am Telefon vorgelogen hatte, krank zu sein, weil er ihm nicht beim Umzug helfen wollte. An Silvester hatte er vergessen, das Taxi für die Heimfahrt zu bestellen. Aber er belog unsere Freunde und behauptete, es sei nur nicht aufgetaucht – dann täuschte er sogar einen Beschwerdeanruf bei der Taxizentrale vor.«

Trotzdem hatte Angela erwartet, mit ihr würde er ehrlich sein. »Ich wusste, dass er ein geübter und überzeugender Lügner war. Und dass er dabei null Schuldbewusstsein hatte. Aber schließlich liebte er mich doch. Da würde er mich doch wohl besser behandeln, eben weil er mich liebte. Doch die Lügen, die er mir erzählte, waren die schlimmsten. Er hat mich zum Narren gehalten.«

Angelas Erfahrung ist typisch für die Liebe unaufrichtiger Männer. Denn oft sind Menschen ihrem Partner gegenüber erst recht »sie selbst«.

Natürlich gibt es noch mehr Charakterzüge

Kein Mensch passt exakt in irgendwelche Schubladen. Aber verständlicherweise kann ich im Rahmen dieses Buches nicht alle denkbaren wichtigen Persönlichkeitsmerkmale auflisten. Dafür sind wir Menschen einfach zu individuell. Als Freundin könnt ihr euch aber die Zeit nehmen, seine Charakterzüge genau zu studieren. Daraus lässt sich dann ableiten, wie er euch vermutlich lieben wird.

Bei Edward ist beispielsweise sein Kontrollbedürfnis ein wichtiges Charakteristikum. Jahrelang hatte er seine eigenen Bedürfnisse streng unter Kontrolle, um seinen mörderischen Impulsen nicht nachzugeben. So wurde Kontrolle Teil seines Wesens. Als er sich in Bella verliebt, versucht er, sie zu kontrollieren. Er liebt sie eben so, wie es seiner Persönlichkeit entspricht.

So kann man vorhersagen, wie er euch behandelt

Indem ihr seine Verhaltensmuster anderen Menschen gegenüber beobachtet, könnt ihr herausfinden, was seine negativen Charakterzüge sind. Natürlich ist niemand perfekt, und negative Eigenschaften sind etwas durchaus Menschliches. Rechnet also ruhig mit ein paar davon und mit dem einen oder anderen schlechten Benehmen. Fallen euch dieselben schlechten Gewohnheiten aber immer wieder auf, könnt ihr davon ausgehen, dass sie Teil seiner Persönlichkeit sind. Wenn die erste Phase des Werbens vorbei ist und die Sache zwischen euch ernster wird, wird er sich euch gegenüber wahrscheinlich genauso verhalten, wie ihr es an ihm bereits bei anderen beobachtet habt.

Psychologie ist keine Astrophysik …

Wenn er dazu neigt, sich selbst am wichtigsten zu nehmen, wird er das wohl auch euch gegenüber tun.

Wenn er dazu neigt, andere zu »benutzen«, wird er das wahrscheinlich auch mit euch tun.

Wenn er viel an andere denkt, wird er sicher auch viel an euch denken.

Wenn er anderen gegenüber mitfühlend ist, wird er das auch bei euch sein.

Wenn er oft an anderen herumnörgelt, wird er das auch bei euch machen.

Wenn er andere oft beschwindelt, wird er auch euch belügen.

Wenn er keine Hemmungen hat, andere mies zu behandeln, wird er das auch mit euch tun.

Wenn er wütend und ungeduldig mit anderen ist, wird er sich auch euch gegenüber so verhalten.

Wenn er anderen gegenüber unzuverlässig ist, wird er auch in eurer Beziehung unzuverlässig sein.

Wenn ihn die Gefühle anderer Menschen nicht kümmern, wird er sich auch für eure nicht interessieren.

Wenn er anderen gegenüber kleinlich ist, wird er sich auch bei euch nicht großzügig zeigen.

Achtet darauf, wie er mit Schwächeren umgeht

Wenn euer Freund dazu neigt, sich denjenigen gegenüber, die er als unterlegen betrachtet, schlecht zu benehmen, dann ist die Wahrscheinlichkeit groß, dass er eines Tages auch mit euch so umgeht.

Zu diesen Schwächeren gehören Tiere und kleinere Kinder, aber auch Menschen mit wenig Macht oder Einfluss, etwa Kellner oder andere Dienstleister. Es kann sich aber auch um ältere Leute, Behinderte oder Untergebene im Job handeln.

Wenn ihr mitbekommt, wie er sich an Schwachen, Schutz- oder Wehrlosen auslässt, macht euch darauf gefasst, dass er irgendwann das Gleiche mit euch tut. In der Dynamik der Beziehungen zwischen den Geschlechtern gelten zwar die Mädchen zunächst als dominierende Kraft, doch irgendwann kehren sich die Machtverhältnisse um. Und hast du dich erst Hals über Kopf in ihn verliebt, dann ist er auch in der Lage, dir wehzutun. Wenn ihr auf Dauer zusammenbleibt und irgendwann sogar gemeinsam Kinder bekommt, hat er dich erst recht in der Hand. Eines Tages wirst du einen liebenswürdigen, mitfühlenden Partner brauchen.

Doch sollte dein Freund Schwächeren grundsätzlich mit Respekt und Freundlichkeit begegnen, dann wird das wahrscheinlich auch das Verhalten sein, das er dir gegenüber dauerhaft an den Tag legt.

Finde heraus, wie er seine Ex behandelt hat

Wahrscheinlich hörst du das nicht gern, aber wenn dein Freund schon mal verliebt war, ist die Wahrscheinlichkeit hoch, dass er mit dir so ähnlich umgeht wie mit seiner Ex. Hat er sie gut behandelt, wird er sich vermutlich auch dir gegenüber anständig verhalten. War er gedankenlos, grausam oder egoistisch, dann spricht einiges dafür, dass sich so ein Verhalten wiederholt.

»Aber ich bin doch ein ganz anderer Mensch«, jammerst du jetzt vielleicht. Oder: »Mich liebt er viel mehr, als er sie je geliebt hat.« Das mag stimmen. Es wird wohl auch nicht identisch laufen, aber die Menschen haben gewisse Verhaltensmuster in ihren Beziehungen zu anderen. Also wird es sicher Ähnlichkeiten in seinem Verhalten geben.

Und noch einmal: das weibliche Ego

Manche Mädchen schätzen die Aufmerksamkeit von Jungen, die ansonsten schlecht mit anderen zurechtkommen. Sie finden diese Typen faszinierend, gerade weil sie an anderen herumnörgeln, deren Aussehen, Gewohnheiten oder Moralvorstellungen kritisieren, aber ihre Freundin trotzdem wunderbar finden.

In den Augen des Mädchens bedeutet es, dass sie etwas unglaublich Besonderes sein muss. Die einzige Person, die seinen Respekt verdient, eine strahlende Ausnahme in einer Horde unwürdiger Sterblicher. Das hat sicher etwas äußerst Einnehmendes, vor allem für diejenigen mit geringem Selbstwertgefühl.

Edward ist auch ein bisschen so. Über kaum einen der Mitschüler an der Highschool von Forks hat er ein gutes Wort zu sagen; er blickt ziemlich verächtlich auf sie alle herab. Dafür stellt er Bella auf ein Podest. Das ist für ihr Ego natürlich großartig. Schließlich war sie es gewohnt, unter den Gleichaltrigen in der Hierarchie ganz unten zu stehen, und da kommt dieser phantastische Edward und hebt sie über alle anderen hinaus.

In der Realität sind mit so einer Situation allerdings Gefahren verbunden.

Hat euer Freund Probleme mit dem Rest der Menschheit, oder auch nur mit der weiblichen Hälfte, könnt ihr fast sicher davon ausgehen, dass er diese irgendwann auch mit euch haben wird.

Denn früher oder später werdet ihr von eurem Sockel stürzen. Ihr seid nicht perfekt, ihr habt auch eure Schwächen und Fehler. Irgendwann werdet ihr ihn mal enttäuschen und daraufhin in Ungnade fallen. »Ich dachte, du wärst anders«, wird er dann mit enttäuschter Stimme sagen.

Und wie wunderbar ihr auch sein mögt, es ist unwahrscheinlich, dass ein Typ nur wegen euch seine negative Einstellung gegenüber Frauen ändert. In Liebesromanen und -filmen passiert so was zwar andauernd, im wahren Leben jedoch deutlich seltener. Es ist auch nicht eure Aufgabe als Freundin, ihn davon zu überzeugen, dass Mädchen oder die Menschen an sich doch ganz in Ordnung sind.

Seine Art zu lieben

Männer und Frauen gehen auf andere Art und Weise Liebesbeziehungen zueinander ein. Aber es gibt zwei allgemeingültige Formen: sicher und unsicher.

Psychologen sprechen hier vom Bindungsstil. Wenn ihr erkannt habt, wie euer Freund enge Beziehungen zu anderen eingeht, könnt ihr daraus Rückschlüsse auf seine Art zu lieben ziehen.

1 Der Mann, der sich in Beziehungen sicher fühlt

Jemand, der sichere Bindungen eingehen kann, wird sich auch in einer engen Beziehung wohlfühlen. Er kommt mit dem Gefühl, dass andere von ihm abhängig sind und er von ihnen, ausgesprochen gut klar. Darüber, zurückgewiesen oder verletzt zu werden, macht er sich kaum Gedanken. In »Twilight« findet man Paare mit sicherer Bindung vor allem unter den Vampiren des Cullen-Clans: Carlisle und Esme, Alice und Jasper, Rosalie und Emmett.

2 Der Mann, der sich in Beziehungen unsicher fühlt

Beziehungsforscher unterscheiden drei Unterkategorien von unsicherer Liebe.

a Charlie Swan: Der Typ, der keine zu große Nähe will

Eine Form der unsicheren Liebe ist die abweisende. So ein Mann fühlt sich mit emotionaler Nähe nicht besonders wohl. Er ist gern allein, kümmert sich um sich selbst und kann sich mit der Vorstellung, von jemand abhängig zu sein, genauso wenig anfreunden wie damit, dass ein anderer von ihm abhängig ist. Charlie Swan ist so ein Typ. Genügsam und zufrieden, wenn er für sich ist. Ungern lässt er sich auf andere ein. Ein Mann, der so liebt, bringt keine besonders intensiven Gefühle auf. Mehr kann er einfach nicht geben. Wahrscheinlich zieht er sich emotional zurück, wenn er meint, zu viel Nähe zu spüren. Enge Beziehungen hält er jedenfalls nicht für einen wichtigen Teil des Lebens.

b Jacob Black: Der Typ, dem es gar nicht nah genug sein kann

Die nächste Form von Unsicherheit könnte man auch als obsessive Liebe bezeichnen. Diese Art Mann will einem immer sehr nahe sein. Es kann sich sogar so anfühlen, als wolle er zu viel Nähe und würde am liebsten in deinen Kopf hinein. Dieser Mann verlangt oft mehr, als man ihm geben kann. Er klammert und fürchtet stets, nicht genug geliebt zu werden. Nur in der Nähe seiner Liebsten kann er glücklich sein. Dauernd sorgt er sich, zurückgewiesen zu werden oder der Liebe nicht wert zu sein. Die Beziehung mit ihm ist sehr intensiv, kann einem aber durchaus zu viel werden.

Jacob Black zeigt Anzeichen dieses Typs. Bella findet, dass er ihr zu nahe zu sein versucht. Für sich allein ist er unglücklich. Und er fürchtet, als Werwolf nicht liebenswert zu sein.

Jacobs Unsicherheiten erweisen sich als teilweise berechtigt, denn schließlich zieht Bella Edward ihm vor. Wären die beiden eine Beziehung eingegangen, hätte er vielleicht durchaus eine sichere Bindung zu ihr entwickeln können. So entsprechen Bellas Erfahrungen mit Jacob jedoch der Liebe eines unsicheren Mannes, der obsessive Züge an den Tag legt.

c *Edward Cullen: Der Typ, der Nähe möchte, sie aber zugleich fürchtet*

Die dritte Variante der unsicheren Bindung ist die furchtsame. Hier wünscht sich der Mann einerseits eine intime Bindung, hat aber andererseits Angst vor Nähe. Er tut sich schwer damit, darauf zu vertrauen, dass du für ihn da sein wirst. Vielleicht verbirgt er seine Gefühle vor dir, weil er Angst hat, verletzt zu werden oder dich am Ende doch wieder zu verlieren. Er neigt aus Selbstschutz dazu, sich vor dir zurückzuziehen. Er hält sich deiner Liebe für unwürdig.

Edward zeigt Merkmale dieser Form von Unsicherheit. Er will Bella nahe sein und fürchtet doch permanent, sie zu verlieren. Von ihrer Sicherheit ist er geradezu besessen. Vor ihr verbirgt er seine Gefühle. Es fällt ihm auch schwer zu glauben, dass sie ihn wirklich liebt. Edward trennt sich sogar von Bella, um sie zu beschützen, aber es mag ihm ebenso sehr darum gegangen sein, sich selbst zu schützen. Sich von ihr zurückzuziehen ist auch eine Möglichkeit, sich den Schmerz einer Zurückweisung oder eines Verlusts zu ersparen.

Liebt er dich so, wie es gut für dich ist?

Wenn euer Freund zu große Nähe scheut und euch eher abweisend liebt, ist er vielleicht nicht der Richtige. Wenn ihr dagegen jemand seid, der nach Nähe und intensiven Gefühlen hungert und euer beider Leben eng miteinander verflochten sehen will, wird er euch wohl niemals so lieben, wie es euren Bedürfnissen entsprechen würde.

Ein unsicherer Typ, der klammert und schon Zeichen von Obsession zeigt, passt auch nicht zu jedem Mädchen. Vielleicht fühlt ihr euch dadurch zu eingeengt. Sagt er euch, er würde sich sicherer fühlen, wenn ihr jeden Abend miteinander verbringen/zusammenziehen/euch verloben würdet, dann ist trotzdem Vorsicht geboten. Seine grundsätzliche Unsicherheit wird sich kaum bessern, auch wenn ihr euch noch so deutlich zu ihm bekennt.

Und auch der furchtsame Mann kann ein schwieriger Partner sein. Zum einen möchte er euch nahe sein, zum anderen fürchtet er genau das. Gerade wart ihr noch ganz vertraut, doch im nächsten Moment zieht er sich von euch zurück. Wie Bella habt ihr in so einem Fall mit extremen Höhen und Tiefen zu rechnen. Er vertraut nicht darauf, dass jemand für ihn da sein wird, und kann Liebe nur schwer annehmen. Stellt euch in so einem Fall auf eine lange – wenn nicht sogar lebenslange – emotionale Schaukelpartie ein.

Auch wenn Bücher und Filme das Gegenteil behaupten …

Einen unsicheren Mann kann man mit noch so viel Liebe nicht wirklich ändern. Seine Art zu lieben, wurde schon Jahre vorher geprägt. Die Kindheitserfahrungen haben sein Gehirn entsprechend beeinflusst und unauslöschliche oder zumindest sehr dauerhafte Spuren hinterlassen.

Es bringt nichts, einen »Abweisenden« zu mehr Nähe zu zwingen. Er ist darauf programmiert, eine gewisse Menge an Liebe zu geben – aber nicht mehr. Ihn aufzufordern, mehr zu tun, das wäre so, als würde man einen Beinamputierten zum Hürdenlauf zwingen.

Genauso sinnlos wie die Bitte an den »obsessiven« Mann, sich doch ein wenig zurückzunehmen, wäre es, einem Verhungernden zu raten, er solle sich nicht so nach Nahrung sehnen. Das kann er nicht. Sein Verstand gestattet es ihm nicht. Aus seinem tiefsten Inneren schreit es: »Ich brauche mehr.« Das kann er nicht abstellen, nur weil es dich nervt. Er kann es kaschieren oder verbergen, aber das Verlangen wird bleiben.

Schließlich kann auch der Furchtsame seine Ängste nicht abschalten. Bei dieser Form von Unsicherheit wird eine Beziehung immer kompliziert bleiben. Er möchte Nähe und kann sie dann doch nur schwer ertragen. Er sehnt sich nach Intimität und fürchtet sie zugleich. Stellt euch vor, ihr hättet Höhenangst, aber jemand wollte euch das Drachenfliegen schmackhaft machen. Wahrscheinlich würde es Jahre dauern, wenn es überhaupt gelänge.

Es ergibt eine tolle dramatische Geschichte, wenn durch

die Macht der Liebe aus einem unsicheren ein sicherer Mann wird. Aber das Leben sieht anders aus. In der Realität habt ihr mit einem Mann, der zu einer sicheren Bindung in der Lage ist, die besten Aussichten auf eine unkomplizierte Beziehung. Er wird euch Liebe und Nähe ohne Ängste und Zweifel geben können. Und es wird ihm leichtfallen, Vertrauen zu entwickeln, und sich auf eine verbindliche Bindung einzulassen.

Zahlen und Fakten

Viele Leute passen exakt in die oben beschriebenen Kategorien, aber natürlich ist jede Bindung individuell verschieden. Es besteht auch die Chance, dass jemand, der zunächst eine unsichere Bindung eingeht, sich im Lauf der Jahre langsam ändert. Alle wissenschaftlichen Untersuchungen deuten jedoch darauf hin, dass solche Charakteristika eher stabil bleiben.

Man hat auch herausgefunden, dass ein Drittel bis die Hälfte aller Jugendlichen auf sichere Weise Beziehungen untereinander eingehen. Menschen, die so lieben, haben bessere Chancen auf befriedigende und länger andauernde Beziehungen. Depressionen, Ängste und Einsamkeitsgefühle kommen bei den Betroffenen seltener vor, gleichzeitig sind sie eher zu Empathie fähig.

Sicher liebende Menschen stammen übrigens nicht aus einer bestimmten Gesellschaftsschicht oder haben ein besonderes Bildungsniveau. Auch die Verteilung zwischen Männern und Frauen ist gleich.

Eure Vorstellung von der Zukunft

Wenn wir uns die Zukunft ausmalen, spielt unser Verstand uns einen Streich. So, wie man ab einer gewissen Entfernung keine Einzelheiten mehr erkennen kann, sind beim Blick in die Zukunft keine Details sichtbar. Also sehen wir nur ein verschwommenes Bild, das mit der Realität nicht unbedingt viel zu tun hat.

Mädchen neigen außerdem dazu, wenn sie sich die Zukunft mit einem Jungen ausmalen, sich alle möglichen »Verbesserungen« vorzustellen. Und so halten manche von ihnen an einer Beziehung fest, nicht etwa weil sie gegenwärtig so toll wäre, sondern weil ihnen das Bild, das sie für die Zukunft davon haben, so gut gefällt.

Statt euch in eine ferne Zukunft zu träumen, stellt euch vor, ihr würdet morgen aufwachen, und alles zwischen euch und eurem Freund wäre so wie heute. Das Einzige, was sich geändert hätte, wäre das Datum, das fünf Jahre vorgerückt ist. Visualisiert also die Zukunft, als wäre sie schon morgen.

Ihr könnt vorhersagen, dass der morgige Tag sich vom heutigen nicht fundamental unterscheiden wird. Morgen wird er euch vermutlich genauso lieben wie heute. Außerdem könnt ihr die Details des Zusammenlebens von morgen bereits jetzt erkennen. So dürfte eure Zukunft höchstwahrscheinlich aussehen. In Bezug auf seine Persönlichkeit und eure Beziehung wird sich der morgige Tag von dem in fünf Jahren kaum unterscheiden.

Nun, gefällt euch, was ihr da seht?

20

Ist er dein Edward oder dein Jacob?

Was empfindest du für ihn?

Deine Gefühle sagen dir, ob dein derzeitiger Freund die große Liebc für dich sein könnte. Dafür musst du auf dein Herz hören.

Aber Gefühle sind nicht das Einzige, worauf es ankommt. Nur weil du viel für ihn empfindest, muss ein Mann nicht der Richtige für dich sein. Man kann sich auch sehr zu einem Menschen hingezogen fühlen, der einen niemals glücklich machen wird. Die Tatsache, dass man etwas oder jemanden liebt, genügt noch nicht. Ein Mensch mit Übergewicht liebt Essen. Der Spielsüchtige liebt Glücksspiele.

Ihr habt ja nicht nur Gefühle, sondern auch einen Verstand und Augen im Kopf. Um herauszufinden, ob es die große, wahre Liebe ist, braucht ihr geschärfte Sinne und ein gutes Urteilsvermögen.

Aber was genau ist eigentlich die große Liebe, und wann weiß man, ob man sie gefunden hat?

Ihn so lieben, wie er wirklich ist

Wahre Liebe basiert darauf, den anderen auch wahrhaftig zu kennen. Man kennt sich in- und auswendig und liebt einander trotzdem. So eine Liebe fußt auf der Realität, nicht auf einer Illusion. Deshalb konnte Rosalie aus »Twilight« mit Royce King II. auch keine wahre Liebe finden, denn ihre Gefühle beruhten auf einem falschen Bild von ihm.

In »Vom Winde verweht«, einem der Lieblingsbücher Stephenie Meyers, gibt es ein weiteres gutes Beispiel für eine Liebe, die auf eine Illusion gebaut ist. Scarlett O'Hara ist fast die ganze Geschichte hindurch in Ashley und nicht in Rhett Butler verliebt. Erst gegen Ende des Buches wird ihr klar, dass sie Ashley eigentlich gar nicht liebte. Sie hatte sich vielmehr in eine Phantasievorstellung von ihm verliebt. In ihrem Kopf hatte sie sich ein Bild von ihrer großen Liebe gemacht und dieses Bild dann auf Ashley übertragen. Sie gab sogar selbst zu, etwas geliebt zu haben, das sie sich ausgedacht hatte. Der Ashley, den sie liebte, hatte nie existiert – außer in ihrer Einbildung.

Wenn du ein »Twilight«-Fan bist, entspricht deine Phantasievorstellung wahrscheinlich Edward oder Jacob. Aber wie Scarlett oder Rosalie solltest du dich ernsthaft fragen, ob du deinen Freund so liebst, wie er wirklich ist.

Ihn so lieben, wie er jetzt ist

Wahre Liebe bedeutet, deinen Freund so zu lieben, wie er jetzt ist, nicht wie du hoffst, dass er morgen sein wird.

Denn wir können nicht alles nach Belieben ändern. Man möchte uns ja heute glauben machen, ein Mensch könne wachsen und sich verändern, wenn wir an einer Beziehung »arbeiten«. Andererseits ergeben psychologische Untersuchungen immer wieder, dass Menschen ziemlich unverrückbare Charakterzüge haben. Wenn ihr euch in einen Mann verliebt, aber permanent hofft, dass er noch eine radikale Persönlichkeitsveränderung durchläuft, dann ist das nicht die große Liebe. Er (und auch ihr) reift vielleicht noch in mancherlei Hinsicht, aber das ist nicht zwingend und kann Jahre dauern. Seid ihr mehr oder weniger darauf angewiesen, dass er sich charakterlich ändert, liebt ihr ihn einfach nicht so richtig.

Kann er wahrhaft treu sein?

Wahre Liebe bedeutet auch, dass er sich treu und loyal verhält. Manche Männer scheinen dafür nicht geschaffen zu sein. Mit einem Typen, der sich Untreue und Verrat zur Gewohnheit gemacht hat, könnt ihr keine wahre Liebe erleben. Ein geeigneter Freund wird sich dagegen wie Edward und Jacob benehmen, kein Problem mit der Treue haben und immer zu euch stehen.

Wahrheiten über die Liebe

Echte Liebe basiert darauf, dass man auch voll und ganz verstanden hat, was Liebe überhaupt ist. Manche Leute haben eine idealisierte oder unrealistische Vorstellung davon. Echte, wahre Liebe unterscheidet sich in drei entscheidenden Punkten von echter Liebe in Romanen oder Filmen:

1 Liebe ist nicht unzerstörbar

Wenn das so wäre, gäbe es wohl kaum Trennungen und Scheidungen. Selbst wahre Liebe kann zerbrechen. Doch das mindert ihren Wert nicht. Manche der wertvollsten Dinge im Leben sind fragil, was ihrem Wert nicht den geringsten Abbruch tut. Es macht sie sogar noch kostbarer. Denkt doch nur an eine antike Kristallvase, ein Fabergé-Ei, ein berühmtes Gemälde oder einen Wandteppich aus Seide. All diese Dinge sind empfindlich, lassen sich aber bewahren, wenn man auf sie achtgibt und sie sorgsam behandelt.

So ähnlich funktioniert es, wenn ihr begreift, dass auch die Liebe zerbrechlich ist. Dann wisst ihr sie mehr zu schätzen, passt besser auf sie auf und folglich kann sie eher für immer halten.

Unter bestimmten Bedingungen gedeiht sie, andere ersticken sie. Alles übersteht sie jedenfalls nicht.

2 Liebe ist keine Sache auf Leben und Tod

Für ein Kind ist sie das sehr wohl, denn ungeliebt könnte es sterben. Die meisten Eltern würden auch ihr Leben für das ihrer Kinder geben.

Als Erwachsener kann man jedoch auch ohne eine große Liebe glücklich und zufrieden leben. Man kann eine Liebe verlieren, aber selbst ein gebrochenes Herz ist heilbar und kann sich irgendwann erneut verlieben.

3 Liebe ist nicht bedingungslos

Wahre Liebe kann sehr dauerhaft und stark sein, aber sie ist nicht mit einem Gefühl wie der Mutterliebe vergleichbar. Sie ist vielmehr ein Austausch zwischen Erwachsenen, bei dem jeder gibt und etwas zurückbekommt.

Ihr seid keine Kinder mehr und braucht keine bedingungslose Liebe von euren Freunden. Als Erwachsene habt ihr einer dem anderen gegenüber entsprechende Verpflichtungen. Das bedeutet, eure Liebe ist an gewisse Bedingungen geknüpft. Und wenn es sich erweist, dass er nach einer gewissen Zeit nicht in der Lage sein sollte, eure Bedürfnisse als Frau zu erfüllen, dann kann das den Tod eurer Liebe bewirken. Das Gleiche gilt natürlich auch für seine Bedürfnisse.

Habt ihr die Liebe eures Lebens gefunden?

In diesem Buch ging es hauptsächlich darum, herauszufinden, wer ihr seid, was ihr wollt und welche Art Mann euch in der Realität glücklich machen könnte. Hier noch zehn hilfreiche Detailfragen, die euch bei der entscheidenden Frage – Ist er der Mann meines Lebens? – helfen sollen:

1 Ist er in der Lage und ernsthaft bereit auf meine Bedürfnisse einzugehen?

Manche Beziehungen funktionieren, weil ihr euch nur einmal die Woche und hauptsächlich zum Spaßhaben trefft. Das bedeutet aber noch nicht, dass ihr wirklich gut füreinander seid. Manche Typen sind tolle unverbindliche Kumpel. Aber wenn ihr euer Leben miteinander teilt, etwa auch zusammen wohnt, könnte das dann klappen? Sollte eure Antwort hier »eher nicht« lauten, ist er nicht euer Edward oder Jacob.

2 Sind wir uns ähnlich?

Bei der großen Liebe sollte es viel Übereinstimmung in den Bereichen Persönlichkeit, Lebensziele und -stil geben. Einfach bei all den Dingen, die dir wichtig sind. Gegensätze können einander zwar anziehen, aber die Wahrscheinlichkeit, dass das Ganze lange hält, ist deutlich geringer.

3 Kannst ich mit seinem Anders-Sein umgehen?

Wahre Liebe erfordert Kompromisse, Toleranz und dass du ihn so akzeptierst, wie er heute ist. Statt darauf zu hoffen, dass er sich deinen Wünschen gemäß ändern wird, solltest du eher einen Weg finden, mit seinem Anders-Sein glücklich zu werden.

4 Komme ich auch mit seinen Vorzügen zurecht?

Dass es sinnvoll ist, sich mit den Schwächen und Fehlern des Partners zu beschäftigen, leuchtet wohl jedem ein. Ebenso wichtig ist jedoch auch die Frage: Kannst du mit seinen guten Eigenschaften leben?

Viele Mädchen sind zunächst von bestimmten Qualitäten

eines Mannes begeistert, nur um sich dann, wenn die Beziehung schwieriger wird, über genau diese Eigenschaften zu ärgern. Zum Beispiel seid ihr vielleicht begeistert, wenn ihr merkt, dass euer Freund ein gutes Verhältnis zu seiner Mutter hat. Für euch ist das ein Beweis für seine liebevolle Art. Aber habt ihr dann auch Lust, diese Mutter jeden Sonntag zum Mittagessen zu besuchen, nur weil ihr Sohn es nicht übers Herz bringt, ihr diesen Wunsch abzuschlagen? Oder nehmen wir einen besonders sensiblen Jungen. Mit der Zeit stellt ihr fest, dass so etwas auch ein Nachteil sein kann, wenn er schmollt, weil ihr etwas Falsches gesagt habt, oder noch die unschuldigste Bemerkung als Herabsetzung empfindet.

Die meisten Vorzüge eines Mannes bringen auch gewisse Nachteile mit sich, was viele Mädchen nicht voraussehen. Wenn ihr also an eure Zukunft denkt, zieht in Betracht, dass seine guten Seiten auch eine Kehrseite haben. Könnt ihr mit der leben?

5 *Ist er mein bester Freund?*

Paare in langfristigen, glücklichen Beziehungen bezeichnen ihre Partner oft als »besten Freund/beste Freundin«. Natürlich kommt dazu noch die physische Anziehung, aber abgesehen davon mag man einander als Mensch und verbringt deshalb gern Zeit zusammen. Es gibt allerdings auch Paare, die sich lieben, aber nicht mögen. Diese Menschen wünschen sich oft, sie könnten ihre romantischen Gefühle ausschalten, weil sie ihren Partner im tiefsten Innern nicht respektieren.

Der Beziehungsforscher John Gottman fand heraus, dass 70 Prozent der Zufriedenheit bei Paaren von der Qualität ihrer Freundschaft abhängt. Das gilt übrigens für beide Geschlechter gleichermaßen.

Gerade wenn man noch sehr jung ist, kommt es einem vielleicht seltsam vor, den »Boyfriend« nur als Freund betrachten zu sollen. Zumal euch in eurer Kindheit Jungs wahrscheinlich entweder ignoriert oder geärgert haben. Kinderfreundschaften zwischen Jungen und Mädchen sind ja nicht so häufig, denn meist kommen die Geschlechter in diesem Alter nicht allzu gut miteinander aus. Mit der Pubertät ändert sich das dann. Aber ihr seid es vielleicht noch nicht gewohnt, mit einem Jungen gut befreundet zu sein und hohe Erwartungen an ihn zu stellen.

Eure echte Liebe wird allerdings ein bester Freund sein, den ihr noch dazu rein äußerlich attraktiv findet. Wenn ihr einen Jungen nicht wirklich mögt oder er euch kein richtiger Freund sein kann, scheidet er als euer Edward oder Jacob jedenfalls aus.

6 *Wie gut sind unsere gemeinsamen guten Momente – und wie viele gibt es davon?*

Wenn ihr miteinander mehr schöne als schlechte Zeiten verbringt, steigt die Wahrscheinlichkeit dafür, dass ihr zusammenbleibt.

7 *Können wir gut miteinander streiten?*

Unternehmt ihr noch während des Streits Rettungsversuche? Falls es euch gelingt, die vier apokalyptischen Reiter zu meiden – Nörgelei, Verachtung, Abwehr und Mauern –, stehen eure Chancen auf eine gemeinsame Zukunft nicht schlecht.

8 *Treffen wir Entscheidungen gemeinsam?*

John Gottman hat herausgefunden, dass Beziehungen, in denen der Mann sich weigert, die Entscheidungsgewalt zu teilen, zum Scheitern verurteilt sind.

Nach seinen Erkenntnissen beträgt die Scheidungswahrscheinlichkeit 81 Prozent, wenn ein Ehemann die Gewohnheit hat, ohne Rücksicht auf die Meinung seiner Frau zu entscheiden. Was man stattdessen braucht, nennt der Beziehungsforscher »akzeptierenden Einfluss«. Das bedeutet, der Partner akzeptiert die Einflussnahme auf Entscheidungen. Gottman hält das für eine unverzichtbare Voraussetzung glücklicher Beziehungen.

Er stellte auch fest, dass fast alle Frauen bei Entscheidungen quasi automatisch an die Gefühle ihrer Männer denken. Dagegen tut eine beträchtliche Anzahl von Männern das in Bezug auf ihre Frauen oder Freundinnen nicht.

Man kann sich ausrechnen, dass eine Beziehung mit größerer Wahrscheinlichkeit zerbricht, wenn der Mann, allen Bemühungen der Frau zum Trotz, gewohnheitsmäßig vergisst, die Ansichten und Gefühle seiner Partnerin zu berücksichtigen.

Wir können es aber auch positiv formulieren: Bezieht ein Freund deine Gefühle normalerweise in seinen Entscheidungsprozess mit ein, dann ist das ein vielversprechendes Zeichen für eure Zukunft.

9 *Ist er ein »Bad Boy«?*

Mit so einem Typen kann man die wahre Liebe nicht finden. Ein richtiger Bad Boy ist dominant, gefährlich und aggressiv. Trotzdem verlieben sich die Mädels reihenweise in ihn.

Solche »bösen Jungs« nennt man so, weil sie nie richtig

erwachsen geworden sind. Wie die »unsterblichen Kinder«, die Kindervampire in »Bis(s) zum Ende der Nacht«, sind sie in ihrer emotionalen Entwicklung stecken geblieben. Die unsterblichen Kinder erleben Trotzanfälle, die ungeheuren Schaden anrichten. Ein Bad Boy hat seinen Zorn genauso wenig im Griff und bekommt Wutanfälle wie ein Kind. Außerdem nehmen sich solche Jungs, was sie wollen, ohne an andere zu denken. Sie sind habgierig und neidisch wie verzogene Dreijährige.

Bella träumt einmal davon, dass eines der unsterblichen Kinder alle tötet, die sie liebt. Und so ein »unsterbliches Kind« in seinem Leben zu haben, das bedeutet tatsächlich Zerstörung und Schmerz.

Doch die kindliche Art dieser Typen empfinden viele auch als attraktiv. Sie können einfach bezaubern. Wie die Kindervampire in »Twilight« lösen sie stets heftige emotionale Reaktionen aus. Frauen können nicht anders, als sie zu lieben. Sie appellieren an die beschützende, mütterliche Seite des weiblichen Charakters.

Und ist der Beschützerinstinkt einer Frau erst geweckt, lässt er sich schwer wieder eindämmen. Mütterliche Liebe ist einfach sehr stark.

Die romantische Literatur macht uns vor, wir könnten ein unsterbliches Kind oder einen Bad Boy in einen sanfteren, ruhigeren Menschen verwandeln. Doch das geht nicht. Wie die unsterblichen Kinder lassen sich auch böse Jungs nicht zähmen.

Eine andere Sorte schlimmer Typen, wenn auch weniger extrem, sind die rastlosen Risikosucher, Männer, die anderen Frauen nachschauen oder eine sonst wie schwierige Persönlichkeit besitzen. Auch hier solltet ihr nicht auf echte

Liebe hoffen. Kurzfristig mag euch so ein Mann verlockend erscheinen, aber dauerhafte Liebe und Treue sind von ihm nicht zu erwarten.

Romantische Stoffe wie »Twilight« nähren die Vorstellung, man könne einen Bad Boy bekommen, der gleichzeitig auch ein netter Kerl ist. In der Realität gibt es beides auf einmal nicht. Also kein schlimmer Typ, der insgeheim echt nett ist – egal was Lovesongs und Filme uns vormachen wollen.

10 Ist er ein netter Kerl?
Eure echte große Liebe ist aller Wahrscheinlichkeit nach ein netter Kerl. Er kommt gut mit anderen Menschen aus, ist freundlich, rücksichtsvoll und bereit, sich in einer langfristigen, monogamen Beziehung zu engagieren.

Das bedeutet nicht, dass er unterwürfig wäre, schwach oder unfähig, sich Respekt zu verschaffen. Er ist sein eigener Herr und besitzt innere Stärke. Frauen mögen keine Männer, die »zu nett« sind, wenn die Nettigkeit die Grenze zur Gefallsucht überschreitet. Mike Newton nennt das »Schwanzwedel«-Syndrom. So ein Typ Mann ist für Frauen unattraktiv, weil er sich zu leicht dominieren lässt. Und die meisten von uns wollen keinen Mann, den sie herumkommandieren können, sondern einen Partner auf Augenhöhe.

Ein guter Typ

Der goldene Mittelweg ist also, nach einem guten Typ als wahre Liebe Ausschau zu halten. So ein Mann besitzt Selbstvertrauen, ist aber auch bereit, deine Gedanken und Gefühle zu achten. Die Frauen mit Glück in der Liebe erkennen einen guten Typen auf den ersten Blick. Die Pechvögel leider nicht. Das hat übrigens nichts mit mangelnder Intelligenz oder geistigem Unvermögen zu tun. Mädchen mit Pech in der Liebe zeigen oft in anderen Bereichen ihres Lebens ein großartiges Urteilsvermögen.

So leisten manche Mädchen beispielsweise Ungeheures, wenn sie ihre perfekte Hochzeit planen. Sie probieren ein Kleid nach dem anderen an. Sie schicken das Auserwählte wieder zurück, weil die Perlen falsch angenäht sind. Sie grübeln stundenlang über den perfekten Ort, verbringen Ewigkeiten zwischen Stoffballen, um den richtigen Ton zu finden, der perfekt zu ihrem Teint passt. Zerbrechen sich den Kopf über die Sitzordnung. Das Ergebnis ist eine phantastische Hochzeit.

Hätten sie doch nur annähernd so viel Grips in die Auswahl des richtigen Bräutigams investiert.

Geheimnis Nummer sieben: Zusammenfassung

Wie sich die Zukunft mit eurem Freund vorhersagen lässt:

- Geht nur mit Jungs aus, mit denen ihr eine Zukunft haben könntet.
- Er liebt euch so, wie es seiner Persönlichkeit entspricht.
- Er behandelt euch so, wie er auch mit anderen umgeht.
- Geht davon aus, dass er seinem Wesen treu bleiben wird.
- Versucht, seinen Bindungsstil zu verstehen.
- Macht euch klar, was wahre Liebe in Wirklichkeit ist.
- Erkennt die Anzeichen einer längerfristigen Beziehung.

21

Deine Entscheidungen im Hinblick auf eure Beziehung sind wichtig – und welche Rolle »Twilight« dabei spielt

Warum die richtige Partnerwahl lebenswichtig ist – nicht nur für dich

Die Wahl des Freundes ist nicht nur für die beiden unmittelbar Betroffenen wichtig. Sie hat Bedeutung für die Menschheit. Eines Tages entscheidet ihr euch für einen Mann, der der Vater eurer Kinder sein wird. Seine Charakterzüge werden an die nächste Generation weitervererbt. Also spielt ihr beide eine Rolle in der Ausgestaltung der Menschen.

Im Tierreich hat die Partnerwahl der Weibchen ganze Spezies geprägt. So entwickelte der Pfau ein derart eindrucksvolles Schwanzgefieder, weil es den Pfauenhennen so gefiel. Je imposanter sein Federkleid, desto mehr Freundinnen bekommt der Pfau. Und seine Söhne erben das prachtvolle Gefieder. Der mit dem schönsten Rad findet wieder die meisten Freundinnen usw. Einer der schönsten Anblicke im Tierreich verdankt seinen Fortbestand also der Entscheidung der Weibchen.

Die Macht der weiblichen Partnerwahl lässt sich auch auf

die Menschheit übertragen. In der Urzeit lebten Männer und Frauen meist als Jäger und Sammler in Gruppen zusammen; wobei die Frauen sich ihre Gefährten vermutlich relativ frei wählen konnten. Die Mädels damals bevorzugten ein »männliches Aussehen«, also ein ausgeprägtes Kinn, schmale Hüften und breite Schultern. Und deshalb gibt es bis heute noch so phantastisch aussehende Jungs wie Taylor Lautner und Robert Pattinson.

Und sollte aus einer Laune der Natur heraus tatsächlich mal ein Junge mit glitzernder Haut zur Welt kommen, könnt ihr drauf wetten, dass die Mädchen Schlange stehen werden, um sich mit ihm zu verabreden. Die würden ihm viele glitzernde kleine Babybuben gebären. Wenn diese groß wären, würden sie wiederum jede Menge Freundinnen abstauben. Und irgendwann wären Jungs ohne Diamant-Teint ausgestorben, weil sie keine Frau fänden.

Stellt euch vor, wie sich zwei Mädchen in der Zukunft dann über einen dieser Unglücklichen auslassen würden: »Und was soll ich sagen, wir standen in der prallen Sonne, und seine Haut hat nicht mal geschimmert. Ich war so entsetzt, dass ich gar nicht wusste, wo ich hinschauen sollte. Und noch dazu besaß er doch tatsächlich die Frechheit, mich um eine Verabredung zu bitten. Ich dachte mir: ›Träum weiter!‹ Und bin einfach weggegangen.«

Aber die weibliche Entscheidungsgewalt über die Gestaltung der Menschheit hängt nicht nur vom Aussehen ab. In seinem Buch »Die sexuelle Evolution« schreibt der Psychologe Geoffrey Miller, die weibliche Partnerwahl erkläre, warum die Menschen so große Gehirne haben. Die klugen Männer beeindruckten die Mädels schlicht am meisten. Aber auch Charakterzüge wie Liebenswürdigkeit, Treue, Mitgefühl und Großzügigkeit lassen sich von Generation zu Generation weitergeben.

Die Partnerwahl ist keine triviale Sache, egal wie sehr sich manche älteren Erwachsenen oder Männer über die intensive Beschäftigung junger Mädchen mit dem Thema Jungs auch lustig machen.

Heutzutage haben wir in diesem Punkt mehr Freiheit und Wahlmöglichkeiten als irgendeine andere Generation vor uns. Und nach wie vor steht es in der Macht der Frauen, die kommende Generation zu prägen.

Ihr schuldet es also nicht nur euch selbst, sondern auch euren Nachkommen, eine gute Wahl zu treffen. Immerhin liegt die Zukunft der Menschheit in euren Händen!

Eine schwierige Wahl

Frauen haben auch heute die Freiheit, sich ihre Freunde auszusuchen, aber wir leben in einer anderen Welt als unsere Vorfahren als Jäger und Sammler. Uns stehen weit mehr Männer zur Auswahl, wir leben länger und haben größere Erwartungen. Die Entscheidungsfindung in Bezug auf den Partner ist also um vieles komplexer.

Aber Mutter Natur kümmert sich wie der schadenfrohe Puck in »Ein Sommernachtstraum« nicht um persönliche, langfristige Erfüllung. Sie möchte nur, dass ihr euch mit jemand zusammentut, der euch Kinder macht. Sie hat euch nicht dahin gehend ausgestattet, dass ihr mit Blick auf längerfristiges Glück wählt. In grauer Vorzeit war es sogar wichtig, nicht zu kritisch zu sein, weil ja viel weniger Männer zur Verfügung standen.

Wir müssen schon ziemlich anspruchsvoll sein, wenn es darum geht, in wen wir uns verlieben – zumindest wenn wir auf lange Sicht glücklich werden wollen. Aber anstatt uns die Wahl zu erleichtern, bewirken einige Aspekte des modernen Lebensstils eher das Gegenteil und treiben uns den Falschen in die Arme. Wir bekommen unzählige Liebesromane, -filme und -lieder vorgesetzt. Zum Teil analysieren wir sie sogar im Schulunterricht. Auch Bella klagt in »Bis(s) zur Mittagsstunde« darüber, dass sie sich mit Liebesgeschichten beschäftigen muss, während sie unter akutem Liebeskummer leidet.

Man kann es einfach nicht oft genug sagen: Romantische Geschichten sind keine guten Ratgeber. Sie vermitteln unrealistische Botschaften in Bezug auf die Liebe und Beziehungen. Sie liefern uns Phantasiegestalten, in die man sich verliebt oder die man als Maßstab für echte Jungs nimmt. Und dann ergeht es einem wie Rosalie, die den brutalen Royce King II. zunächst für eine Art Märchenprinz hält. Fiktive Liebesgeschichten lassen euch vielleicht glauben, man könnte auch mit einem total gegensätzlichen Mann das große Glück finden. Sie gaukeln euch vor, selbst mit schwierigen und sogar gefährlichen Typen sei eine harmonische Verbindung möglich.

Mädchen entscheiden sich andauernd für falsche Jungs, vor allem wenn die Welt der Beziehungen ihnen noch ganz fremd ist. Bella ist erst achtzehn, als sie Edward heiratet, und aus diesem Anlass zu Recht nervös. In den USA sind 40 Prozent der Paare, die unter zwanzig heiraten, zehn Jahre später geschieden. In der Realität halten Teenie-Ehen also eher nur kurz. In diesem Alter sind die meisten einfach noch nicht so weit, eine gute Entscheidung über eine lebenslange Partnerschaft zu treffen.

Traurigerweise sind manche Mädchen sogar niemals dazu in der Lage. Sie begehen die gleichen Beziehungsfehler immer wieder oder machen jedes Mal einen neuen. Sie geraten in eine schlechte Partnerschaft, in der sie Schaden nehmen. Danach sind sie noch weniger in der Lage, sich einen guten Mann zu suchen. So entsteht viel unnötiges Unglück.

Mädchen-Power

Eine Menge Leute sind übrigens sogar der Ansicht, die Wahlfreiheit junger Mädchen für gute Beziehungen wäre nicht nur entscheidend für deren eigenes Glück, sondern könnte auch etwas gegen Armut und Elend in der Welt ausrichten. Das Dilemma, in dem sich Mädchen als Teenager befinden, wird endlich ernst genommen.

Wenn ein Mädchen in der »Dritten Welt« eine Ausbildung hat und ihr eigenes Geld verdient, dann verbessert die Wahlfreiheit nicht nur ihr eigenes Leben, sondern im kleinen Maßstab auch die Welt. Wenn sie sich ihren Partner selbst aussucht, wird sie später heiraten und weniger Kinder bekommen. Auch wird sie 90 Prozent ihrer Einkünfte in die eigene Familie investieren, also deutlich mehr als Männer das üblicherweise tun. Ihre Kinder werden zu glücklichen, gesunden und gebildeten Erwachsenen, die wiederum in der Lage sind, gute Entscheidungen für sich zu treffen.

Alle Tatsachen sprechen dafür, dass es am effektivsten ist, in junge Mädchen zu investieren, wenn man weltweit gegen Armut, Kindersterblichkeit und AIDS vorgehen will. Bis jetzt kommt den Mädchen allerdings erst ein winziger Bruchteil der ausländischen Hilfe zugute.

Ein Video darüber, warum Mädchen so einflussreich sein können, findet ihr auf der Seite http://www.thegirleffect.org/ im Internet.

Die richtige Partnerwahl der Frauen ist also alles andere als ein triviales Thema, sondern hat tatsächlich Auswirkungen auf die ganze Welt.

Warum »Twilight« so wichtig ist

Manche Leute belächeln »Twilight«. Vielleicht habt ihr euch auch schon über jemand geärgert, der sich abfällig über die Bücher oder Filme geäußert hat, ohne sie überhaupt richtig zu kennen. Das ist etwas, womit alle Fans leben müssen.

Dabei ist »Twilight« weit mehr als nur eine unterhaltsame Geschichte über ein junges Mädchen, einen Vampir und einen Werwolf. Und zwar, weil es den Zeitgeist so treffend wiedergibt. Die Bücher handeln von unseren größten Hoffnungen und schlimmsten Ängsten: von der Sehnsucht nach Liebe, Akzeptanz, Sex, Zugehörigkeit, Familie, Perfektion, Schönheit, Macht und der Angst vor Alter und Tod. »Twilight« führt uns vor Augen, wie wir gegenwärtig mit diesen ewigen Themen umgehen. Außerdem steckt die Geschichte voller Erkenntnisse über die menschliche Natur und unsere Beziehungen. »Twilight« handelt von den Sehnsüchten einer jungen Frau im 21. Jahrhundert. Und schließlich sind die so lange ignorierten oder verharmlosten Sehnsüchte junger Frauen inzwischen eine der wichtigen prägenden Kräfte in unserer Welt.

Wenn ihr euch über die Figuren und Episoden in »Twilight« unterhaltet, dann besprecht ihr die Themen, mit denen sich alle großen Dichter und Denker seit Jahrhunderten beschäftigen. Daher nimmt – auf seine Weise vollkommen berechtigt – »Twilight« einen Platz in der Literatur der Welt ein.

Wenn »Twilight« abgetan wird

Viele Erwachsene tun die Sorgen junger Frauen als banal ab und spotten über »Twilight«. Wenn sich jemand über euch lustig macht, dann könnt ihr Folgendes antworten (am besten in kühlem, überlegenem Ton): »Ja, bei oberflächlicher Betrachtung mag »Twilight« trivial erscheinen. Bei genauerem Hinsehen erkennt man jedoch, dass die Geschichte die existenziellen Dilemmata zum Gegenstand hat, die ein integraler Bestandteil des menschlichen Daseins sind. Meyer platziert gekonnt literarische Anspielungen und bezieht sich dabei auf Shakespeare, Brontë, Austen und die Tradition des Schauerromans. Daher denke ich, »Twilight« erfasst auf gelungene Weise den Zeitgeist des 21. Jahrhunderts, dieses entscheidenden Wendepunkts in der menschlichen Evolution. – Worauf genau gründet sich denn Ihre Analyse?«

Ende gut …

In »Twilight« sind wichtige Lektionen und Einsichten zum Thema Beziehungen versteckt. Und hinter der Phantasiegeschichte von Vampiren und Werwölfen verbergen sich Geheimnisse, die alle Mädchen kennen sollten.

Seine wahre Liebe zu finden, bedeutet genau genommen,

erkennen zu können, wer nicht dein Edward oder Jacob ist. Und umgekehrt den Mann zu sehen, der genau das ist.

Mädchen mit Glück in der Liebe und glücklichem Händchen schaffen das. Aber ist das wirklich Glück? Nein, es ist eher eine Fähigkeit, auch wenn die Betroffenen sich ihrer vielleicht gar nicht bewusst sind. Sie nutzen einfach ihr Wahrnehmungs- und Urteilsvermögen, wenn es um Jungs geht. Und wie viele Leute, die gut darin sind, komplexe Entscheidungen zu treffen, können sie hinterher gar nicht so genau erklären, wie sie das eigentlich gemacht haben. Ihr Erfolg ist ein Rätsel, vor allem für sie selbst. Sie sagen dann: »Es fühlt sich einfach richtig an.« Ihre Intuition und ihre Gefühle bewirken die richtige Entscheidung.

Diese Geheimnisse verbergen sich in »Twilight«, hinter der aufregenden Phantasiegeschichte. Ihr selbst könnt auch euer Liebesglück finden, wenn ihr die folgenden Schritte beherzigt:

Geheimnis Nr. 1: Versuch zu verstehen, warum »Twilight« dein Herz so tief berührt, und du lernst etwas über Liebe und Anziehungskraft.

Geheimnis Nr. 2: Wenn du die Gefahren romantischer Wunschvorstellungen erkannt hast, wirst du in der Lage sein, Männer zu erkennen, die dich nicht glücklich machen können.

Geheimnis Nr. 3: Löse dich von den Phantasiegestalten Edward und Jacob und entwickle positive Erwartungen in Bezug auf reale Männer.

Geheimnis Nr. 4: Entwickle Selbst-Bewusstsein. Wenn du dich selbst besser kennst, hilft dir das, herauszufinden, was du von einem Mann brauchst und was nicht. Erkenne, welcher Ballast aus deinem bisherigen Leben deine Partnerwahl beeinflusst.

Geheimnis Nr. 5: Verbessere dein Urteilsvermögen in Bezug auf Männer. Meide die typischen Fallen.

Geheimnis Nr. 6: Erkenne es, wenn deine Beziehung funktioniert – und wenn nicht.

Geheimnis Nr. 7: Komm zu exakten, überlegten Prognosen über eure gemeinsame Zukunft.

Die große Liebe – es gibt sie wirklich

Allen Tücken zum Trotz ist die Liebe etwas Wunderbares, das es sich zu suchen lohnt.

Nicht jede Frau hat das Glück, einen Mann zu finden, in den sie sich über Jahrzehnte »verliebt« fühlt. Aber viele von uns können zu Recht glückliche Jahre mit einem liebevollen Partner erwarten. Dabei spielt es überhaupt keine Rolle, wie ihr ausseht oder was ihr seid. Gutes Aussehen ist sogar vollkommen unwichtig, denn sonst wären die Romanzen der Hollywoodstars doch die langlebigsten der Welt.

Das Geheimnis der wahren Liebe besteht darin, den Richtigen zu finden. Und um den Richtigen zu finden, muss man erst einmal wissen, wer man selbst ist und welche Sorte Mann einem guttut. Und das Geheimnis einer glücklichen

Beziehung besteht wiederum in der Fähigkeit, echte Liebe von romantischen Phantasien zu unterscheiden.

Ich würde euch Glück wünschen, aber es ist ja nicht nur Glückssache. Also nutzt lieber eure Sinne und euer Urteilsvermögen. Dann habt ihr gute Chancen, Glück und Erfüllung mit eurem echten Edward oder Jacob zu finden.

Karen Chance

Untot mit Biss

Roman. Aus dem Amerikanischen von Andreas Brandhorst. 400 Seiten. Piper Taschenbuch

Cassandra Palmer kennt die Toten und Untoten besser, als einer jungen Frau lieb sein kann. Da Cassie in die Zukunft sehen und mit Geistern sprechen kann, sind die übernatürlichen Geschöpfe ihr seit jeher auf der Spur. Während die Toten nur nerven – sie reden einfach zu viel –, stellen die Untoten eine echte Gefahr da. Als Cassie von einem Blutsauger aufgespürt wird, der mit ihr noch eine Rechnung offen hat, muss sie den mächtigen Vampirsenat um Schutz bitten. Und dafür muss Cassie sich ausgerechnet mit einem äußerst attraktiven Vampir verbünden …

»Dieses Buch und seine toughe, sexy Heldin lassen dich nicht mehr los.«

Patricia Briggs

Stephenie Meyer

Biss zum Morgengrauen

Roman. Aus dem Amerikanischen von Karsten Kredel. 512 Seiten. Piper Taschenbuch

»Es gab drei Dinge, deren ich mir absolut sicher war: Erstens, Edward war ein Vampir. Zweitens, ein Teil von ihm – und ich wusste nicht, wie mächtig dieser Teil war – dürstete nach meinem Blut. Und drittens, ich war bedingungslos und unwiderruflich in ihn verliebt.« Edward bestimmt bald Bellas Leben, doch damit schwebt sie fortan in ständiger Gefahr … Die Geschichte von Edward und Isabella begeisterte auf Anhieb weltweit und wurde ein internationaler Bestseller. Stephenie Meyers Debüt ist so romantisch wie spannend und fesselt bis zur letzten Seite.

»Ein Schmöker zum Träumen und Schwärmen.«

Der Tagesspiegel

Stephenie Meyer

Biss zur Mittagsstunde

New Moon. Roman. Aus dem Englischen von Sylke Hachmeister. 560 Seiten. Piper Taschenbuch

Ein kleiner, aber blutiger Zwischenfall an ihrem achtzehnten Geburtstag wird Bella fast zum Verhängnis. Edward sieht keinen anderen Ausweg: Er muss sie verlassen. Für immer. Bella ist verzweifelt, einzig die Freundschaft zu Jacob hält sie am Leben. Da erfährt Bella, dass Edward in höchster Gefahr schwebt. Und sein Schicksal liegt in ihren Händen. Sie muss zu ihm, rechtzeitig, bis zur Mittagsstunde … Nach »Biss zum Morgengrauen« ein weiterer Bestseller um Bella und Edward, der den Leser bis zur letzten Seite fesselt.

»Stephenie Meyer hat es erneut geschafft, den Mythos Vampir zur fesselnden und gefühlvollen Realität zu verwandeln. Diese Fortsetzung belohnt alle Wartenden und Fans.«
Westfälische Rundschau

Stephenie Meyer

Bis(s) zum Abendrot

Roman. Aus dem Englischen von Sylke Hachmeister. 624 Seiten. Piper Taschenbuch

Bellas Leben ist in Gefahr. Seattle wird von einer Reihe rätselhafter Mordfälle erschüttert, ein offensichtlich blutrünstiger Vampir sinnt auf Rache. Und seine Spuren führen zu Bella. Aber damit nicht genug: Nachdem sie wieder mit Edward zusammen ist, muss sie sich zwischen ihrer Liebe zu ihm und ihrer Freundschaft mit Jacob entscheiden – wohl wissend, dass sie damit den uralten Kampf zwischen Vampiren und Werwölfen neu entfachen könnte …

SEI UNSER
HELD!
PIPER FANTASY
Gleich mitmachen und die magische Welt der Piper Fantasy erleben! Neugierig? Dann auf zu www.piper-fantasy.de!
Piper-Fantasy.de
PIPER